T0282895

Veröffentlicht von
DREAMSPINNER PRESS

8219 Woodville Hwy #1245
Woodville, FL 32362 USA
www.dreamspinnerpress.com

Liebe hat keinen Plan
Urheberrecht der deutschen Ausgabe © 2024 Dreamspinner Press.
Originaltitel: Love Has No Direction
Urheberrecht © 2020 Kim Fielding
Original Erstausgabe. Januar 2020
Übersetzt von Anna Doe.

Umschlagillustration
© 2020 Brooke Albrecht
http://brookealbrechtstudio.com
Umschlaggestaltung
© 2024 L.C. Chase
http://www.lcchase.com
Die Illustrationen auf dem Einband bzw. Titelseite werden nur für darstellerische Zwecke genutzt. Jede abgebildete Person ist ein Model.

Deutsche ISBN. 978-1-64108-776-6
Deutsche eBook Ausgabe. 978-1-64108-775-9
Deutsche Erstausgabe. November 2024
v 1.0

LIEBE
HAT KEINEN
PLAN

KIM FIELDING

PROLOG

Portland, Oregon
November 2006

„PARKER HERSHEL Levin, hör sofort auf, mit dem Ding zu spielen, und mach deine Hausaufgaben."

„Das mache ich doch, Mom." Parker legte den iPod auf den Schreibtisch. „Ich habe nur Musik gehört. Es hilft mir dabei, den Aufsatz zu schreiben."

„Wie kommt es dann, dass du erst sechs Wörter geschrieben hast? *Wenn ich erwachsen bin, will ich* ... Was willst du? Deine Zeit damit vergeuden, mit diesen Dingern zu spielen? Bei deinen Eltern im Souterrain wohnen, weil du über die neunte Klasse nicht hinausgekommen bist?"

„Mooom", grummelte Parker und ließ den Kopf auf den Schreibtisch fallen. Der Tisch roch nach Radiergummi und der Cola, die er letzte Woche verschüttet hatte. Wenigstens hatte er den Computer nicht ruiniert, obwohl ... so schlimm wäre das eigentlich gar nicht gewesen. Dann müsste er den Aufsatz jetzt mit der Hand schreiben und könnte das leere Blatt Papier leichter vor seiner Mutter verstecken.

Sie wuschelte ihm durch die Haare. „Komm schon, Junge. Was liegt dir denn heute auf der Seele? Abgesehen von den Hausaufgaben und dem Teenagersein im Allgemeinen?"

Parker stöhnte. Er wollte nur allein sein und in seinem Elend vor sich hin leiden, aber das ließ seine Mom nicht zu. Wenn Rhoda Levin sich erst mal an etwas festgebissen hatte, ließ sie nicht mehr los. Sie hätte für diesen dämlichen Aufsatz vermutlich keine fünf Minuten gebraucht.

„Ich soll über meine Berufsziele schreiben", jammerte er.

„Und?"

„Ich habe keine." Seit er ein kleiner Junge gewesen war, hatten ihn Erwachsene immer wieder gefragt, was er denn werden wollte, wenn er groß war. Als er ungefähr vier Jahre alt war, hatte er kurz mit dem Gedanken gespielt, Müllmann werden zu wollen. Aber diese Phase war schnell wieder vergangen und seitdem war er ratlos.

Seine Mutter sah ihn nachdenklich an. Dann nickte sie, als wäre sie zu einem Entschluss gekommen. „Lass uns eine Ausfahrt machen."

„Aber meine Hausaufgaben ..."

„Aus denen wird sowieso nichts. Komm jetzt."

Seine Mutter ermutigte ihn nicht oft, seine Pflichten zu vernachlässigen, also wollte Parker die Gelegenheit nicht ungenutzt verstreichen lassen. Er stand auf, schlüpfte in Tennisschuhe und Hoodie und strich sich vor dem Spiegel die Haare glatt. „Wo fahren wir hin?"

„Wirst du schon sehen."

Sie fuhren auf dem Sunset Highway Richtung Osten. Die Rushhour war schon vorbei und sie kamen gut voran. Parker schaute sehnsüchtig aus dem Fenster, als sie sich der Innenstadt von Portland näherten. Er hasste es, in einem Vorort zu leben. Beaverton war so ... langweilig. So gewöhnlich. Hier war es viel interessanter. Aber seine Eltern erlaubten ihm nur selten, die Stadt zu besuchen, obwohl es eine Busverbindung gab. *Du kannst deine Freunde besuchen*, sagten sie. *Oder ins Kino gehen oder in die Mall.* Klasse. Die *Mall.* In der Mall gab es weder einen coolen Klamottenladen noch einen Antiquitätenladen mit den coolen Möbeln, die er so bewunderte und mit denen er sich eines Tages sein eigenes Zuhause einrichten wollte.

Auch heute Abend blieben sie nicht in der Innenstadt. Seine Mom fuhr weiter, über den Fluss und in den Osten der Stadt. Wie merkwürdig. Hierher kamen sie nur selten. Die Häuser waren älter als in Beaverton und sahen nicht alle gleich aus. Er stellte sich Geheimtüren und Dachböden voller mysteriöser Kisten mit alten Schätzen vor. Oder einen Keller. Was ihn wieder an die Angst seiner Mutter erinnerte, er würde die neunte Klasse nicht schaffen.

Nach einigen Kilometern hielt seine Mutter am Straßenrand an und stellte den Motor ab. „Lass uns aussteigen", sagte sie und öffnete die Tür.

Was wollte sie hier? Parker stieg neugierig aus und zog sich die Kapuze über den Kopf, denn es hatte begonnen zu regnen. Dann folgte er seiner Mutter zu einem zweistöckigen Geschäftshaus mit einer zerfledderten Markise, die sie – mehr schlecht als recht – vor dem Regen schützte. Vor einem großen Schaufenster blieb sie stehen.

„Was hältst du davon?", fragte sie ihn und zeigte auf das Fenster.

Er schaute durch die schmutzige Scheibe nach innen, konnte aber nicht viel sehen, da kein Licht brannte. Nur einige alte Tische und Stühle und eine Art Theke waren zu erkennen. „Es ist die reinste Müllhalde."

„Jetzt vielleicht. Aber lass deine Fantasie spielen. Räum das Gerümpel raus, renoviere den alten Holzfußboden, streiche die Wände neu und hänge Bilder auf. Stell dir vor, an der Hinterwand steht eine große Glastheke mit Kuchen Gebäck und in den Regalen hinter der Theke Stapel mit hübschen Tellern und Tassen. Der Raum ist mit gemütlichen Stühlen und kleinen Tischen möbliert. Eine Musikanlage und ... hmm. Vielleicht sogar ab und zu Livemusik. Ja, das ist eine gute Idee." Ihre Augen glänzten vor Begeisterung und sie lächelte strahlend.

Parker legte ihr den Arm um die Schultern. Es war immer noch ein merkwürdiges Gefühl, größer als seine Mutter zu sein. „Ich habe keine Ahnung, wovon du sprichst, Mom."

„Von einem Café. Davon spreche ich."

„Starbucks?"

Sie schnaubte verächtlich. „Nein, so was ganz bestimmt nicht. Ein einmaliges Café. Schrullig. Skurril sogar. Ein Café, in dem sich Menschen treffen und kennenlernen können, warm und gastfreundlich. Eine friedliche Oase für nette Leute. Und mit richtig gutem Kaffee."

Parker kniff die Augen zusammen und schaute wieder durchs Fenster. Ja, wenn er sich etwas Mühe gab, konnte er sich vorstellen, was seine Mutter ihm beschrieben hatte. Es würde sogar richtig nett aussehen. Ein Ort, an dem er sich auch gerne aufhalten würde. „Und warum spielen wir dieses Spiel?"

„Weil es eines Tages vielleicht kein Spiel mehr sein wird." Sie schob ihm eine Locke hinters Ohr. „Wenn dein Dad aus Boise zurückkommt, will ich es ihm zeigen. Und wenn es ihm genauso gut gefällt wie mir, werden wir es vielleicht mieten."

„Ihr ... was?" Parker fiel es oft schwer, Erwachsene zu verstehen, aber dieses Mal stand er vor einem kompletten Rätsel.

„Es mieten. Instandsetzen – mit deiner Hilfe natürlich, mein Junge – und ein Café eröffnen."

Er ließ den Arm fallen, trat einen Schritt zurück und starrte sie ungläubig an. Nein, es war kein Scherz. Sie meinte es ernst. „Aber warum?"

„Du zitterst. Warum ziehst du immer diesen alten Fetzen an anstatt der kuscheligen Winterjacke, die ich dir gekauft habe?" Sie seufzte vernehmlich. „Lass uns zurück ins Auto gehen."

Er fror wirklich, aber das hätte er niemals zugegeben. Anstandslos folgte er ihr zum Auto und setzte sich auf den Beifahrersitz. Sie ließ den Motor an und schaltete die Heizung ein, fuhr aber noch nicht los. Stattdessen wühlte sie in ihrer Handtasche, bis sie eine Tüte Bonbons fand, ihm eines davon reichte und ein zweites auswickelte, um es sich in den Mund zu schieben. Sie hatte immer Bonbons dabei. Und Kleenex und Kugelschreiber und Kopfschmerztabletten und Fettstifte für die Lippen und Pflaster und Desinfektionsspray und Feuchttücher und Gummibänder und Büroklammern und Cracker. Parker war fest davon überzeugt, dass ihre Handtasche ein magisches Universum enthielt.

„Als ich in derselben Klasse war wie du, mussten wir keinen Aufsatz über unsere Berufswünsche schreiben", sagte sie. „Wir haben einen Test gemacht. Auf einem Computer. Das war damals eine Riesensache, weil noch niemand einen Computer zuhause hatte. Der Computer hat uns dann gesagt, was wir werden sollten."

Parker hätte nichts dagegen gehabt, wenn ihm ein Computer die Entscheidung abgenommen hätte. „Und was hat er dir geraten?"

„Dass ich Bauholz verkaufen soll."

Parker hätte sein Bonbon beinahe wieder ausgespuckt. „Bauholz?"

„Die Software wurde von der Holzindustrie gesponsort, also hatten alle Vorschläge damit zu tun. Förster. Sägemühlenbetreiber. Fahrer für Holztransporte."

3

Okay. Unter diesen Umständen war es vielleicht doch keine so gute Idee, die Sache einem Computer zu überlassen. „Aber du hast den Vorschlag nicht angenommen, oder?"

Sie antwortete nicht sofort, musterte stattdessen konzentriert die Konsole und fing an, mit einem Kleenex den Staub abzuwischen. Parker zupfte an einem losen Faden seines Hoodies.

„Weißt du, was ich wirklich werden wollte?", fragte sie dann verträumt, als würde sie mit sich selbst reden.

Er schüttelte den Kopf. Woher sollte er das wissen?

„Ich wollte eine Talkshow moderieren. Wie Johnny Carson. Damals gab es kaum Frauen, die ihre eigene Show hatten. Keine Ellen DeGeneres und keine Oprah Winfrey. Aber das war mein Ziel. Und ich wollte keine Berühmtheiten interviewen, sondern ganz normale Menschen. Du weißt schon ... Lehrer, Gärtner, Verkäufer. Ich war davon überzeugt, dass jeder Mensch interessante Geschichten zu erzählen hatte. Wir bekommen sie nur nie zu hören, weil wir nicht die richtigen Fragen stellen. Und das wollte ich tun – ihnen die richtigen Fragen stellen." Sie seufzte schwer. „Alle haben mir gesagt, es wäre ein lächerlicher Traum. Also habe ich stattdessen einen Abschluss als Diplomkauffrau gemacht und bin in der Personalabteilung einer Versicherung gelandet, anstatt normale Menschen im Fernsehen interessant zu machen."

Parker wäre nie auf den Gedanken gekommen, dass seine Mutter jemals so außergewöhnliche Ambitionen gehabt hatte. Sie war für ihn einfach seine Mom, mehr nicht. Sie ging zur Arbeit, kam nach Hause und sorgte dafür, dass er den Termin beim Zahnarzt nicht vergaß und seine Hausaufgaben machte. Sie las die Zeitung, beschwerte sich über Kommunalpolitik und naschte Schokoriegel, wenn sie dachte, er würde es nicht bemerken. Sie half ehrenamtlich im Tierheim aus, weil sie Tiere liebte, während Parker auf alle allergisch war. Sie bestand auf Familienabenden. Wenn sie *Trivial Pursuit* spielten, gewann sie haushoch gegen Parker und seinen Dad, aber bei *Monopoly* und *Cluedo* war sie hoffnungslos schlecht. Sie war eine wunderbare Mutter, auch wenn sie ihm manchmal peinlich war. Deshalb konnte er sich kaum vorstellen, dass sie auch unerfüllte Träume und Wünsche hatte.

„Du verdienst doch recht gut in deinem Job, oder?"

Sie zuckte mit den Schultern. „Sicher. Aber ich bin nicht mit dem Herzen dabei. Ich mag meine Kollegen. Teilweise jedenfalls. Aber ich hasse die vielen Formulare und diese verdammte Bürozelle mit ihren beigen Wänden. Ich hasse es, ständig professionell gekleidet sein zu müssen. Und weißt du, was ich noch hasse? Dass dein Dad seine Arbeit auch nicht sonderlich liebt, weil er geschäftlich so viel reisen muss. Nach Boise oder Louisville oder ... wie hieß das noch davor?"

„Keine Ahnung. Ich glaube, es war irgendwo in Ohio."

„Richtig." Sie tätschelte ihm das Knie. „Wir reden schon lange darüber und jetzt, mit dem Geld, das deine Großmutter uns vor einem Jahr hinterlassen hat,

4

können wir diesen Traum endlich wahrmachen. Wir wollen unsere Jobs kündigen und ein Café eröffnen. Ich kann mich anziehen und die Wände streichen, wie ich will. Dein Dad bleibt in der Stadt. Ich bin mir sicher, wir werden beide sehr, sehr viel glücklicher sein als jetzt."

Parker rieb sich das Kinn. Er musste sich noch nicht rasieren, hoffte aber, dass es bald so weit sein würde. Und vielleicht würde er sogar einige Muskeln zulegen und breitere Schultern bekommen. Er war es leid, wie ein Kind auszusehen.

„Das hört sich gut an, Mom. Echt cool. Bekomme ich dann freie Drinks und so?"

Sie lachte. „Aber selbstverständlich. Und einen bezahlten Job am Wochenende, falls du interessiert bist. Das Geld kannst du fürs College sparen. Oder dir ein neues Sweatshirt davon kaufen."

Einen Job. Ihm gefiel der Gedanke, sein eigenes Geld zu verdienen. Und besser bei seinen Eltern als in irgendeiner Hamburger-Bude. „Okay."

„Dann sind wir uns einig, Gonzo?"

Er wäre fast zusammengezuckt. Der alte Spitzname stammte noch aus der Zeit, als er keine Sendung der Muppets verpasste. „Sind wir, Stan."

„Gut. Die Geschichte hat übrigens auch eine Message. Ich bin schon viel älter als du, Parker. Ich habe Jahrzehnte gebraucht, um eine Beschäftigung zu finden, die mir nicht nur Spaß macht, sondern bei der ich auch genug zum Leben verdienen kann. Du solltest kein schlechtes Gewissen haben, dich mit vierzehn Jahren noch nicht entscheiden zu können. Aber wenn du dann eine Idee hast? Lass sie dir von niemandem ausreden. Warte nicht ab, bis du so alt bist wie ich, um endlich etwas zu tun, woran du Freude hast."

„Du bist noch nicht alt, Mom." Fünfundvierzig war in seinen Augen zwar schon ziemlich alt, aber das hätte er nie laut gesagt.

Sie lachte nur, legte den Gang ein und fuhr wieder los.

Auf der Rückfahrt sagte er lange nichts. Kurz bevor sie den Fluss erreichten, räusperte er sich. „Hey, Mom?"

„Ja, mein Schatz?"

Es war leichter, wenn sie sich auf die Straße konzentrieren musste und ihn nicht ansehen konnte. Die Scheibenwischer, die tapfer gegen den prasselnden Regen ankämpften, gaben ihm das Gefühl, sich an einem sicheren Ort zu befinden. Behütet zu sein. „Ich, äh … ich muss dir etwas sagen."

Sie drängte ihn nicht, zu reden und damit rauszurücken – weder, als sie die Brücke überquerten, noch, als sie durch die Innenstadt fuhren. Sie wartete geduldig ab, bis er so weit war. Das liebte Parker so an seiner Mutter. Sie konnte sich in ein Thema verbeißen wie eine Bulldogge, aber wenn Parker über etwas nicht reden wollte, bedrängte sie ihn nicht. Sie ließ ihm Zeit, seine Gedanken zu ordnen, bevor er etwas sagte.

Sie kamen zum Highway und fuhren durch den Tunnel auf die andere Seite des Flusses. Als Parker noch ein kleines Kind gewesen war, hatte er seinen Vater oft angebettelt, hier unten auf die Hupe zu drücken. Manchmal hatte Dad sogar nachgegeben und ihm seine Bitte erfüllt. Heute erwähnte er das nicht. Er sagte kein Wort, bis sie schließlich an die Abfahrt zum Zoo kamen.

„Mom, ich bin schwul."

Die Welt ging nicht unter. Vom Himmel wurden keine Blitze geschleudert und auf dem Sunset Highway öffnete sich kein Abgrund, um sie zu verschlingen. Seine Mom erschrak noch nicht einmal und baute einen Unfall, obwohl sie ihm einen kurzen Seitenblick zuwarf, bevor sie die eine Hand vom Lenkrad nahm und ihm das Knie tätschelte. „Danke für dein Vertrauen. Ich bin froh, dass du es mir gesagt hast."

„Du rastest nicht aus?"

„Ich raste nicht aus." Wieder ein kurzer Seitenblick. „Ich habe es schon seit einer Weile vermutet. Und wenn du jetzt denkst, dass du mir deswegen weniger bedeutest, mein Junge … dann kennst du mich schlecht. Das gilt übrigens auch für deinen Dad."

Das Herz schlug ihm immer noch bis zum Hals, aber er konnte wieder frei atmen. Es war nicht so, dass er damit gerechnet hatte, aus dem Haus geworfen zu werden. Seine Eltern waren keine bigotten Arschlöcher. Aber es war doch eine ziemlich große Sache, die er ihr jetzt so einfach vor die Füße geknallt hatte. Und es hatte ihm schon lange auf der Seele gelegen.

„Okay", sagte er.

„Gonzo, du bist ein wunderbarer Junge. Du bist klug und freundlich und siehst immer nur das Beste in den Menschen. Wenn ich einen Zauberstab hätte und etwas an dir ändern könnte, würde mir nichts einfallen. Ich liebe dich. *Wir* lieben dich. Und zwar genau so, wie du bist."

„Soll das etwa heißen, ich wäre perfekt?", fragte er und lächelte schüchtern. Er hatte als Kind gerne *Mary Poppins* gelesen und die alten Musicalfilme geliebt, die für Kinder gedreht wurden. Eigentlich war es kein Wunder, dass seine Mutter über sein Geständnis nicht sonderlich überrascht war.

„So gut wie. Wenn du jetzt noch deine Hausaufgaben machen würdest …"

„Mom!"

Lachend nahm sie die Abfahrt zum Highway 217. Es war eine lange, enge Kurve. Als Kind hatte er hier immer auf dem Rücksitz gesessen, beide Arme ausgestreckt und sich vorgestellt, er wäre ein Flugzeug. Zu schade, dass er für solche Spiele mittlerweile zu alt war.

Als sie wieder geradeaus fuhren, summte seine Mutter leise. „Gibt es jemanden? Einen Jungen, der besonders ist?"

„Mooom!", rief er laut und wurde feuerrot. Um ehrlich zu sein, war er in seinen Freund Troy verschossen, und Troy hatte auch schon angedeutet, dass es ihm mit Parker genauso gehen könnte. Parker war aber bisher zu feige gewesen, etwas zu unternehmen. Was, wenn er sich getäuscht hatte? Wenn Troy hetero war oder gar nicht auf ihn stand? Mein Gott, wäre das peinlich.

„Schon gut, schon gut. Nur ... es wird kein leichter Weg sein, mein Junge. Lass mich wissen, wenn es Probleme gibt oder jemand ein Arschloch ist."

Er lächelte. Wenn sie fluchte, meinte sie es ernst. Sie fluchte nur selten, aber wenn, dann war es ihr verdammt ernst. Sie waren jetzt fast wieder zuhause und er wechselte das Thema. „Ich weiß immer noch nicht, was ich in diesem dämlichen Aufsatz schreiben soll."

„Denk dir was aus. Schließlich ist es nicht so, dass dein Lehrer dir dann rückwirkend eine schlechtere Note geben kann, wenn sich in zwanzig Jahren herausstellt, dass es anders gekommen ist."

Das? War eine hervorragende Idee. Seine Mom war die Beste.

Sie verließen den Highway und hielten vor einer roten Ampel an. Sie drehte sich zu ihm um und lächelte. Es war ein ehrliches Lächeln, das fiel ihm sofort auf. Sie war nicht enttäuscht von ihm. Ganz und gar nicht. Er fühlte sich warm und zufrieden, als hätte er gerade eine Tasse heißer Schokolade getrunken. Obwohl er immer noch nicht wusste, was er nach der Schule werden wollte, bereite ihm das keine Sorgen mehr. Schließlich war er erst vierzehn Jahre alt. Und er wurde geliebt.

„Wie willst du das Café nennen?", fragte er sie. „*Rhoda's*?"

„Zu langweilig."

„Levin's Café?"

„Gähn. Dein Vater und ich sind noch in Verhandlungen, haben aber bisher noch keinen Namen gefunden, der uns gefällt."

„Wie wäre es mit ... *P-Town*? Du weißt schon – wie der Spitzname für Portland. Außerdem hört es sich hip an und ... *Pee*. Weil die Gäste so viel trinken, dass sie ständig pinkeln müssen. Aber das musst du ihnen nicht verraten."

Die Ampel war mittlerweile grün geworden, aber das war seine Mutter egal. Sie warf den Kopf in den Nacken und lachte. „Das ist spitze! Das gefällt mir, Gonzo. Danke! *P-Town*. So nennen wir es."

Sie trat aufs Gas und schoss los. Parker feuerte sie grinsend an.

1

PARKER SAß auf dem Bordstein, lehnte sich an seinen Koffer und starrte trübsinnig auf den schwarzen Bildschirm seines Handys. Er war einigermaßen dankbar, dass es wenigstens nicht regnete, aber dafür fror er. Sein dunkelrosa Hoodie war für diese Jahreszeit nicht warm genug. Er fühlte die Blicke der Autofahrer auf sich gerichtet, die sich wahrscheinlich wunderten, was ein dürrer Kerl mit leuchtend orangefarbenen Haaren, roten Jeans, einem Koffer und drei vollgepackten Pappkartons hier zu suchen hatte. Er hätte gern zurückgestarrt, konnte aber nicht die Energie dazu aufbringen. Vielleicht war er auch nur zu feige.

Also hielt er den Kopf gesenkt und zitterte vor sich hin. Er schaute noch nicht einmal auf, als ein Wagen vor ihm anhielt und eine Tür zuschlug. Kurz darauf sah er ein Paar Stiefel vor sich stehen. Sie kamen ihm bekannt vor – lila Designerstiefel. Trotzdem hielt er den Blick stur auf sein Handy gerichtet.

Lange war nichts zu hören, dann … Ja. Da war es. Dieses Seufzen. „Du brauchst eine wärmere Jacke, Parker."

„Mom." Mehr sagte er nicht. Nur dieses eine warnende Wort. Dann stand er auf, steckte das Handy in die Hosentasche und bereitete sich auf die unvermeidliche Umarmung vor. Und auf den Kuss, nur komplett mit Lippenstift auf der Wange. Unter Folter hätte er vielleicht zugegeben, dass er für die Umarmung und den Kuss dankbar war und sie ihm verdammt guttaten. Dass er ohne sie zusammengebrochen wäre. Aber – wie gesagt: dazu hätte man ihn schon foltern müssen.

Seine Mutter ließ ihn los und musterte ihn schweigend. Sie trug gelbe Leggings, ein schwarzes Kleid mit grauen aufgedruckten Bumerangs – jedenfalls erinnerten die merkwürdigen Formen ihn daran –, dazu einen kuscheligen lila Schal. Keine Jacke. Aber sie hatte auch nicht die letzten vier Stunden in der Kälte verbracht. Ihre Haare waren kürzer als das letzte Mal, als er sie gesehen hatte. Obwohl sie das natürliche Grau nicht mehr verbarg, hatte sie vorne eine lila Strähne. Und sie sah müde aus.

Parker hatte keine Ahnung, was sie sah, als sie ihn betrachtete. Vermutlich eine eins fünfundsiebzig-große Enttäuschung.

Er beugte sich und hob die größte der drei Kisten auf. Rhoda öffnete mit ihrem Transponder den Kofferraum des bescheidenen SUVs und packte die Kiste hinein. Sie packte erst den Koffer, dann die beiden anderen Kisten. Es passte problemlos. Er hatte nicht viel.

Sie schloss den Kofferraum und sie stiegen ins Auto. Seine Mom fuhr los und fädelte sich in den Verkehr ein. Sie hatten Tacoma schon fast erreicht, als endlich das erste Wort fiel.

„Ich muss pinkeln", sagte sie. „Und essen. Ich habe das Mittagessen verpasst."

„In Ordnung."

„Hast du gegessen?"

„Ich habe keinen Hunger."

Sie schnaubte nur.

Einige Meilen später wagte er den nächsten Schritt. „Wenn du willst, kann ich fahren. Falls du müde bist."

„Nicht nötig."

Und das war alles, bis sie die Ausfahrt in Chehalis erreichten, wo sie tankte und dann vor einem *Burgerville* anhielt. Sie ließ ihn im Auto sitzen und ging in das Bistro. Er lehnte den Kopf ans Fenster und stellte sich schlafend.

Als sie zehn Minuten später zurückkam, brachte sie eine Papiertüte und zwei Pappbecher mit. Sie stieg ein und reichte ihm einen der Becher. „Schokolade", sagte sie und zog dann ein eingewickeltes Sandwich aus der Tüte, das sie ihm ebenfalls reichte. „Du musst es nicht essen. Aber du kannst."

Das Sandwich roch appetitlich und er bekam tatsächlich Hunger. Außerdem gab es in Seattle keine *Burgervilles* und er liebte ihre Putenburger und Milkshakes. Also aßen sie schweigend. Seine Mutter schaltete noch nicht einmal das Radio ein, um von dem Schweigen abzulenken. Dabei hätte er seine Seele dafür verkauft, wenn sie jetzt eine diese Sendungen hören könnten, die ihr nicht gefielen und über die sie sich immer so aufregte.

Nach dem Essen sammelte Parker den Verpackungsmüll zusammen und brachte ihn in einen Mülleimer in der Nähe. Als er wieder im Auto saß, lehnte er sich zurück und schloss die Augen. Er spürte das Rollen der Räder unter sich, während sie weiterfuhren. Meile um Meile versuchte er, sein gebrochenes Herz nicht noch mehr in Stücke fallen zu lassen.

„Ich mochte ihn sowieso nie leiden", sagte seine Mutter schließlich, als sie an einem Hinweisschild zum Mount St. Helens vorbeifuhren.

„Mom."

„Er ist unzuverlässig und ich bin mir sicher, er hat dich nicht gut behandelt. Als ihr uns besucht habt, hat er dich ständig unterbrochen, wenn du etwas sagen wolltest."

Parker verdrehte die Augen und schaute aus dem Seitenfenster. Seine Mutter hatte recht. Logan ließ ihn nie ausreden. Und er war – selbst nach Parkers Standards – unzuverlässig.

9

„Selbst wenn er der perfekte Gentleman gewesen wäre – es ist nie eine gute Idee, sich mit einem Kollegen einzulassen."

Ach nein? Parker hätte es beinahe laut gesagt, aber ihm fiel noch rechtzeitig ein, dass er keine zwölf mehr war. Und obwohl er schon wieder von seiner Mutter gerettet werden musste, wollte er wenigstens so *tun*, als wäre er erwachsen. Also verzog er nur das Gesicht.

Er hatte natürlich genau gewusst, dass es keine gute Idee war. Und noch dämlicher war es gewesen, mit Logan in eine gemeinsame Wohnung zu ziehen. Sicher, bei manchen Menschen ging es gut aus, aber … Parker? Hatte, was seine Beziehungen anging, nicht gerade die beste Erfolgsbilanz vorzuweisen. Seine längste Beziehung hatte ganze vier Monate gehalten und das auch nur, weil der fragliche Mann für einen dieser vier Monate in Colorado gelebt hatte.

Parker hatte die Tendenz, nicht lange nachzudenken und sich sofort auf jede Idiotie einzulassen. Das hatte ihm seine Mutter schon mehr als einmal gesagt. Natürlich hatte sie es nie *Idiotie* genannt, sondern ihn nur vor seiner *Impulsivität* gewarnt. Aber das kam letztendlich aufs Gleiche raus.

„Logan war so süß", murmelte er. „Wir hatten viel Spaß zusammen."

Jetzt war es seine Mutter, die mit den Augen rollte. Anstatt ihm zu antworten, fing sie an zu fluchen, als vor ihnen ein BMW die Fahrspur wechselte. „Pass doch auf, du Schwachkopf!"

Parker musste lachen. „Du hast wieder zu viel Zeit mit Nevin verbracht, wie?"

Nevin war ein Freund seiner Mutter und Stammgast im *P-Town*. Er fluchte mehr als jeder andere Mensch, den Parker jemals kennengelernt hatte. Aber er war auch ein guter Bulle. Außerdem waren Nevin und sein Mann Colin ein absolut liebenswertes Paar. Ihre Beziehung zueinander war beneidenswert.

„Wenn Nevin jetzt hier wäre, würde ich ihn bitten, diesem Arschloch einen Strafzettel auszustellen", sagte seine Mutter. „Obwohl wir wahrscheinlich nicht in seinem Bezirk sind."

Parker war schon oft aufgefallen, dass sie vermutlich eine gute Detektivin wäre. Sie war neugierig, ging allem auf den Grund und ihre Verhörmethoden waren unübertroffen. Was sie kurz darauf prompt demonstrierte, indem sie ihm aufmunternd das Knie tätschelte. „Und jetzt will ich wissen, was zwischen dir und Logan vorgefallen ist." Sie spielte offensichtlich den guten Bullen.

„Puh …"

„Puh?"

„Das Apartment war unter seinem Namen gemietet, weil er schon vorher dort wohnte, ok? Also habe ich ihm jeden Monat meinen Anteil für die Miete und die Nebenkosten gegeben, damit er sie bezahlen kann. Was er aber nicht getan hat. Stattdessen hat er die Mahnungen weggeworfen, damit ich sie nicht sehe."

„Und was hat er mit dem Geld gemacht?"

Parker schnaubte. „Er behauptet, er hätte es angelegt, was ich aber bezweifle. Oh … und er hat jetzt dieses riesige Tattoo auf seinem Rücken." Wirklich, es war ein Kunstwerk und musste ein Vermögen gekostet haben. Als Parker ihn fragte, wie er sich das leisten könnte, antwortete Logan, der Tätowierer wäre ein Freund und würde ihm Rabatt geben.

„Er hat dich also bestohlen?"

„Er … ja. Ja, so kann man es wohl nennen." Unter diesem Aspekt hatte Parker das Problem bisher noch nicht betrachtet. „Heute früh ist die Hausverwalterin aufgetaucht, während Logan schon auf der Arbeit war. Sie sagte, wenn wir nicht bald die ausstehende Miete bezahlen, würden wir rausgeworfen." Parker war nicht sonderlich geschockt gewesen, als er erfuhr, dass Logan die Rechnungen nicht bezahlt hatte. Es passte zu ihm.

„Hast du Logan darauf angesprochen?"

„Ja. Ich war stocksauer, Mom. Also bin ich während der Arbeit zu ihm gegangen. Es gab einen Heidenstreit und unser Boss hat uns beide gefeuert." Es war wirklich dämlich gewesen, Logan während der Arbeit im Tierheim damit zu konfrontieren. Aber wenigstens hatte Logan ebenfalls seinen Job verloren und die Wohnung würde bald folgen. Logans Familie lebte irgendwo in Oklahoma – wohin ihn nichts zurückzog. Wenn er also zu seinen Eltern zurückkehren musste, würde er es dort wenigstens hassen. Diese Vorstellung befriedigte Parker ein bisschen.

„Es tut mir leid, Gonzo. Du hast deine Arbeit geliebt."

Das hatte er. Es wurde nicht sehr gut bezahlt, sich um fremde Hunde zu kümmern, machte aber Spaß. Die Beagles und Retriever verurteilten ihn nicht. Sie vermittelten ihm auch nicht das Gefühl, minderwertig zu sein, ganz im Gegenteil. Sie freuten sich, wenn er sie hinter den Ohren kraulte oder mit ihnen spielte.

Sie schwiegen, bis sie den Stadtrand von Vancouver, Washington, erreichten. „Danke, dass du mich abgeholt hast", murmelte Parker. „Obwohl ich ein solcher Versager bin."

„Ich hole dich immer und überall ab, wenn du mich brauchst. Und du bist kein Versager, auch wenn du manchmal Fehler machst. Wirst du dieses Mal länger in Portland bleiben? Ich könnte Hilfe im Café gebrauchen, weil wir bald nur noch zwei Baristas haben. Ptolemy hat eine Stelle als Postdoktorand bekommen und Deni erwartet demnächst ihr Baby."

Es wusste nicht, ob sie ihn wirklich brauchte oder ihm nur helfen wollte, sich besser zu fühlen. „Sicher, ich kann eine Weile bleiben." Wieder bei seiner Mutter leben und im *P-Town* arbeiten. Es war nicht gerade ein schweres Schicksal, aber er lebte schon damit, seit er sechzehn geworden war. Er hätte sich wirklich gefreut, wenn es ihm in den letzten zehn Jahren gelungen wäre, etwas erwachsener und unabhängiger zu werden. Parker stellte sich vor, wie er mit neunzig immer noch durch das Café schlurfte und von seiner Mutter Tipps bekam, wie mach sich als erwachsener Mann verhielt. Und … oh ja. Er würde natürlich auch noch zuhause in seinem schmalen Bett schlafen – ein Single, an dem die Zeit vorbeigezogen war. Tragisch.

Uff.

Vielleicht sollte er Mönch werden. Einer von denen, die sich in ihre Zelle einschlossen und ein Schweigegelübde ablegten. Gab es das noch? Parker kannte nur die, die in Mount Angel arbeiteten und dort Toffees herstellten. Vielleicht konnten sie ihn dort brauchen? Das konnte schließlich nicht allzu schwierig sein. In einer schwarzen Robe rumlaufen, Bonbons machen und beten. Dumm nur, dass er Jude war und nicht religiös.

Er musste dringend einen weltlichen Weg finden, endlich auf eigenen Füßen zu stehen.

RHODA PARKTE in der Einfahrt. Es war nicht das Haus in Beaverton, in dem Parker aufgewachsen war. Seine Eltern hatten es verkauft, nachdem er die Oberschule abgeschlossen hatte. Das neue Haus war im Südosten der Stadt, näher am Café. Es war schon über hundert Jahre alt und hatte aufgrund seiner interessanten architektonischen Details viel mehr Charakter als ihr altes Haus. Nur die Küche und die Badezimmer waren modernisiert.

Sie half Parker, sein Gepäck ins Haus zu bringen, wo sie die Kisten im Wohnzimmer abstellten. „Dein Zimmer ist noch nicht vorbereitet. Diese Krise kam etwas überraschend für mich."

Er verzog das Gesicht. „Ich kann mir das Bett durchaus selbst machen."

„Freut mich, das zu hören." Sie verschwand nach oben. Vermutlich wollte sie sich umziehen. Das oberste Stockwerk – Schlafzimmer, Wohnzimmer und Badezimmer – gehörte nur ihr, seit Parkers Vater gestorben war. Parker hatte ein Zimmer im Erdgeschoss, ein anderes diente Rhoda als Büro. Das Badezimmer befand sich auf der anderen Seite des Flurs.

Er brachte den Koffer in sein Zimmer, setzte sich seufzend aufs Bett und betrachtete das Bild an der Wand. Es zeigte Bigfoot und ein Einhorn, die mitten in einem Wald saßen und fernsahen. Einer von Rhodas Freunden hatte es gemalt und ihr geschenkt. Sie meinte, Parkers Zimmer wäre der perfekte Platz für das Bild. Womit sie recht hatte.

Trotz des Bildes und der Tatsache, dass er dieses Zimmer in den letzten acht Jahren mehr als einmal bewohnt hatte, fühlte er sich nicht ganz zuhause. Nicht, dass er sehr lange mit Logan zusammengelebt hätte. Er hatte nie irgendwo lange gelebt, sah man von seiner Kindheit in Beaverton ab. Wenn man es zusammenrechnete, hatte er in diesem Zimmer vermutlich sogar mehr Zeit verbracht als anderswo. Hier landete er immer, wenn er mal wieder Mist gebaut hatte oder etwas schiefgelaufen war. Und doch … war es nicht das, wonach sein Herz sich sehnte. Aber natürlich hatte ihm sein Herz – dieses dämliche Ding – bisher noch nie gesagt, was es sich eigentlich wünschte.

Er stand auf, zog die Bettwäsche ab und legte sie neben die Tür, um sie später in den Keller zu bringen, wo die Waschmaschine stand. In einer der Schubladen unter der Matratze befanden sich frische Laken und Bezüge. Es war ein Kapitänsbett und supercool gewesen, nachdem er aus dem Feuerwehrauto herausgewachsen war, in dem er als Kleinkind geschlafen hatte.

Parker hatte es gerade frisch bezogen, als Rhoda an die offene Tür klopfte. Sie hatte ihren Schal abgelegt und anstelle der lila Stiefel trug sie knallgrüne Clogs. „Alles okay hier?"

„Ja, alles bestens."

„Ich gehe für einige Stunden ins Café. Deni meint, es wäre viel Betrieb und sie könnte Hilfe brauchen. Willst du mitkommen?"

Er schüttelte den Kopf. „Ich packe erst aus und kümmere mich um die Wäsche. Und dann will ich Trübsal blasen. Soll ich uns etwas kochen?"

Sie kam zu ihm und schob ihm eine Locke hinters Ohr. „Das wäre schön. Ich habe Pasta im Haus, Hühnerbrüstchen und vielleicht …"

„Ich finde schon was, Mom." Er war kein großer Koch, aber er hatte während seiner Schulzeit gelernt, einfache Mahlzeiten zuzubereiten, weil seine Eltern damals oft lange im *P-Town* zu tun hatten.

„Ich weiß. Ich habe volles Vertrauen in dich."

Autsch. Sie meinte es gut, aber es traf ihn trotzdem. „Es tut mir leid, dass ich schon wieder Mist gebaut habe", murmelte er.

„Oh, mein Schatz. Du bist vertrauensvoll und hast ein so offenes Herz. Es wäre schade, wenn du es verschließen würdest. Nur … vielleicht könntest du in Zukunft etwas vorsichtiger sein?"

Er neigte sich zu ihr hinab und küsste sie auf die Wange. „Ich will es versuchen." Und das wollte er auch. Wirklich. Er war nur nicht allzu optimistisch, was die Erfolgsaussichten anging.

AM NÄCHSTEN Morgen stand Parker pünktlich auf, ging unter die Dusche und zog sich an. Er wollte seine Mutter nicht schon am ersten Tag enttäuschen. Kaffee zu trinken schien ihm überflüssig, weil es davon im *P-Town* mehr als genug gab. Also saß er gähnend neben ihr, während sie die zweieinhalb Meilen zum Café fuhr.

„Hast du mein Fahrrad noch?", fragte er sie, weil sie nicht immer zur gleichen Zeit arbeiten würden.

„Es steht im Keller. Willst du wirklich mit dem Rad fahren? Es ist kalt und regnet ständig."

„Ich werde schon nicht schmelzen."

„Wie sieht es mit einem Regenmantel aus? Sag mir, dass du wenigstens eine wasserdichte Jacke hast."

Er entschied sich wohlweislich, ihre Frage zu überhören.

Sobald sie angekommen waren und Rhoda die Tür aufgeschlossen hatte, machte er sich an die Arbeit. Während sie die Kasse vorbereitete und die Backwaren in Empfang nahm, rückte er die Stühle gerade, richtete die Jalousien und füllte die Behälter auf den Tischen mit Milch, Zucker und Zitronenscheiben. Dann half er

Rhoda, die Theke mit Kuchen und Torten zu füllen, und machte eine kurze Pause, um sich einen Plunder mit einer Füllung aus Kirschen und Mandeln zu gönnen. Köstlich. Er wischte die Theke ab und bereitete einige Krüge Eistee vor. Jeder Handgriff war ihm noch aus seiner Jugend vertraut. Seine Mutter und er arbeiteten perfekt zusammen. Als die Kaffeemaschine zu Gurgeln anfing, öffneten sie das Café für die ersten Gäste.

„Parker! Seit wann bist du wieder in der Stadt?"

Verlegen begrüßte Parker den großen Mann in seiner grünen Uniform. „Hi, Jeremy. Ich bin gestern erst angekommen."

„Willkommen zuhause!"

„Danke."

Parker lächelte leicht. Er hatte kein Problem mit Jeremy Cox, ganz im Gegenteil. Jeremy war ein Prachtkerl: muskulös, kantiges Kinn und kurze, blonde Haare. Seine grüne Uniform – Jeremy war Ranger – vervollständigte das Bild. Er sah aus wie ein Superheld und handelte auch so. Als Parker noch zur Schule ging, war er fürchterlich in Jeremy verschossen und betete ihn geradezu an. Wenn Jeremy ihn ansprach, wurde ihm schwindelig und er fing an zu stottern, und während des Unterrichts malte er kleine Herzchen in seine Schulhefte. Aber Jeremy war nur wenige Jahre jünger als Rhoda und Parker wurde bald klar, dass die Sache hoffnungslos war. Es hatte ihn allerdings nicht davon abgehalten, insgeheim weiter von Jeremy zu träumen. Das alles lag zwar schon Jahre zurück, aber es war ihm immer noch peinlich, wenn der Held seiner Jugendträume Zeuge seines Versagens wurde. Und – bei Gott – noch peinlich wäre es, wenn jemand erfahren würde, wie sehr er den Ranger früher angehimmelt hatte.

„Das Übliche?", fragte er Jeremy.

„Yep."

Das Übliche war ein großer Kaffee ohne Milch, der ihm in einem riesigen Becher serviert wurde, den Rhoda extra für ihn bereithielt. „Was zu essen dazu?"

„Nein. Qay liegt mir ständig damit in den Ohren, ich sollte auf Zucker und Fett verzichten. *Wir werden schließlich nicht jünger*, meint er. Bla bla bla ... Also werde ich später vernünftig, gesund und stinklangweilig frühstücken."

Parker lächelte, als er Jeremys verliebtes Gesicht sah. „Wie geht es Qay? Er geht schon auf die Graduiertenschule, nicht wahr?"

Jeremy strahlte. „Ja. Nur noch ein paar Jahre, dann ist er Dr. Hill. Und es geht ihm bestens. Alles läuft hervorragend. Bist du heute Nachmittag hier? Dann sage ich ihm, er soll nach dem Unterricht hier vorbeikommen."

„Das bin ich und ja, das wäre schön."

Parker freute sich, das zu hören. Qay hatte kein gutes Leben hinter sich: Drogenabhängigkeit, psychische Erkrankungen und kleinere Probleme mit dem Gesetz. Er war als Kind von seinen Eltern misshandelt und abgelehnt worden. Im Vergleich dazu ging es Parker golden. Aber Qay war es gelungen, sein Leben wieder in die richtigen Bahnen zu lenken, den wunderbaren Jeremy Cox zu heiraten und eine wissenschaftliche Karriere zu machen. Wenn ein Mann wie Qay das schaffte, gab es auch für Parker noch Hoffnung. Er wünschte nur, er müsste nicht erst Mitte vierzig werden, bis es endlich so weit war.

Im *P-Town* herrschte bald Hochbetrieb, aber mittlerweile waren Deni und zwei weitere Mitarbeiter eingetroffen, sodass sie alles im Griff hatten. Parker war froh, beschäftigt zu sein. Es lenkte ihn von seinen persönlichen Problemen ab und gab ihm das Gefühl, gebraucht zu werden. Viele der Gäste waren Stammkunden und kannten ihn noch von früher, aber alle waren nett und unkompliziert. Rhoda hatte eine frappierende Begabung, nur freundliche Gäste anzuziehen. Es musste ihre Superkraft sein, anders konnte es sich Parker nicht erklären. Und die Gäste kamen aus den unterschiedlichsten Bevölkerungsgruppen – reich und arm, schwul und hetero, jung und alt. Jede nur denkbare ethnische Herkunft war vertreten. Sicher, einige waren etwas … exzentrisch. Aber auch das war cool. Parker freute sich über jeden und jede von ihnen.

„Hey, Gonzo. Zeit für deine Mittagspause."

Parker, der gerade vor dem randvollen Spülbecken stand, schaute auf. „Wenn ich hier fertig bin."

„Benny ist gerade gekommen. Er kann sich darum kümmern. Du besorgst dir jetzt was Vernünftiges zu essen und legst für eine halbe Stunde die Beine hoch."

Parker wollte keine Pause machen. Wenn er zu viel Zeit hatte, würde er nur wieder über seine Fehler nachgrübeln. Andererseits wollte er sich aber auch nicht auf einen Streit mit seiner Mutter einlassen. Also drehte er den Wasserhahn zu und trocknete sich die Hände ab. „Soll ich dir noch etwas bringen?"

„Ich habe mir Reste mitgebracht. Mach dich davon. Husch, husch."

Einige Minuten später stand er auf dem Bürgersteig unter der Markise und überlegte, was er essen sollte. Es gab in der Nachbarschaft einige Optionen, die er sich mit seinen bescheidenen Mitteln leisten konnte. Ein Mann in Jeansjacke, die blonden Haare zu einem Pferdeschwanz zusammengebunden, kam zur Tür und nickte ihm zu. Parker lächelte freundlich. Der Mann sah recht gut aus und summte leise vor sich hin, machte aber einen abgelenkten, besorgten Eindruck. Als er im Café verschwand, widmete Parker sich wieder den Optionen für sein Mittagessen.

Er hatte sich gerade für das Thai-Bistro entschieden und auch schon einige Schritte in dessen Richtung gemacht, als sein Handy klingelte. Parker erkannte den Namen nicht, der auf dem Bildschirm angezeigt wurde, aber die Vorwahl deutete auf Seattle hin.

„Hallo?"

„Spreche ich mit Parker Levin?"

„Ja. Und wer sind Sie?"

„Detective Jocelyn Saito, Seattle Police Department. Ich möchte Ihnen einige Fragen stellen."

2

NORMALERWEISE GENOSS Wes die Fahrt aus dem südlichen Oregon nach Portland. Sie führte durch dicht bewaldete Berge ins Willamette Valley mit seinen grünen Feldern und fernen Hügeln. Sicher, je näher er Portland kam, umso mehr Verkehr herrschte auf der Straße, aber das störte ihn nicht sonderlich. Er hatte es selten eilig. Außerdem machte sich während der langen Fahrt die teure Musikanlage bezahlt, die er sich gegönnt hatte.

Heute war das anders. Graue Wolken hingen am Himmel, drohten mit Regen, der aber nicht fallen wollte. Die Straße unter den Rädern seines Transporters – er hatte ihn Morrison getauft – fühlte sich ungewöhnlich holprig an. Morrison brummte irritiert und schien sich seiner Kontrolle entziehen zu wollen wie ein störrisches Maultier. Die Musik ging ihm so höllisch auf die Nerven, dass er sie schließlich ausschaltete. Aber das wahre Problem lag noch vor ihm.

Erst musste er die Möbel abliefern. Daran lag es nicht. Er würde den Tisch und die Stühle, die er mit so viel Sorgfalt geschreinert hatte, dem Ladenbesitzer übergeben und dafür einen fetten Scheck in Empfang nehmen. Danach würde er sich eine gute Pizza leisten, weil man dort, wo er lebte, selten in diesen Genuss kam. Oft ging er auch noch in eine Eisenwarenhandlung und suchte nach antiken Beschlägen und Armaturen, die er vielleicht für ein zukünftiges Projekt verwenden konnte. Oder er fuhr zu Powell's und stöberte einige Stunden in den Bücherregalen. Wenn der Berufsverkehr nachließ, fuhr er entweder nach Hause zurück oder machte sich auf die Suche nach Gesellschaft. Dazu war er früher meistens in eine der Bars gegangen, aber in letzter Zeit verließ er sich zunehmend auf seine neue App. Wieder zuhause angekommen, machte er sich an die Vorbereitungen für sein nächstes Projekt – sei es eine Kommode, ein Bücherregal oder war auch immer.

Das war der normale Ablauf seiner Besuche in Portland. Heute jedoch … Nachdem er die Möbel abgeliefert hatte, musste er sich den Geistern seiner Vergangenheit stellen. Wes hasste Geister.

„Aber wenn du dich ihnen nicht stellst, suchen sie dich immer wieder heim." Er zog eine Grimasse und schaltete die Musik wieder ein. Sie war immer noch besser, als sich selbst kluge Ratschläge zu erteilen.

Black Lightning Innenausstattung befand sich in einer ehemaligen Keksfabrik am Rande des Pearl Districts. Die Eigentümer der alten Fabrik hatten viele der ursprünglichen architektonischen Details erhalten, als sie das Gebäude umbauten. Im Erdgeschoss befanden sich Läden mit Schaufenstern und in den oberen Stockwerken Wohnungen. Wes parkte auf einem Lieferantenparkplatz vor dem Gebäude. Er lächelte, als er eines seiner Stücke im Schaufenster sah. Es war ein

Buffet aus Walnuss- und Ahornholz mit alten Stahlbeinen. Er schickte eine SMS an Miri, die Ladenbesitzerin, um ihr seine Ankunft anzukündigen. Kurz darauf tauchte sie mit zwei Mitarbeitern auf.

„Hast du das Buffet noch nicht verkauft?", erkundigte sich Wes, nachdem er ihr die Hand geschüttelt hatte.

„Doch, wir haben es schon nach einem Tag verkauft. Aber die Käufer renovieren ihr Haus, deshalb bleibt es bei uns im Schaufenster stehen, bis alle Arbeiten abgeschlossen sind." Sie lachte herzlich. „Ich hätte das Ding seitdem ein Dutzend Mal verkaufen können. Und es waren gute Angebote dabei. Ich glaube, ich muss die Preise für deine Stücke anheben."

Wes hielt die achttausend Dollar, die sie dafür verlangt hatte, schon für ein halbes Vermögen, wenn man bedachte, dass es nur ein besserer Geschirrschrank war. Aber er wollte sich nicht darüber beklagen. Schließlich verdiente er gut daran mit.

Da sie zu viert waren, hatten sie den Tisch und die Stühle schnell abgeladen und in den Laden gebracht. Miri hatte schon einen Platz freigeräumt, an dem das Tageslicht, das durch die Fenster fiel, die Einlegearbeiten besonders gut zur Geltung brachte.

„Wunderschön", sagte sie und streichelte über die gebogene Lehne eines der Stühle. „Das ist wirklich hervorragende Arbeit, Wes."

„Danke. Es ist mir eine Freude, mit dir Geschäfte machen zu können." Er hätte auch im Süden Käufer finden und sich die lange Fahrt nach Portland sparen können, aber niemand bezahlte so gut wie Miri. Außerdem hatte er so einen Grund, gelegentlich seine Wildnis zu verlassen und sich in die Zivilisation zu begeben.

„Du weißt doch, es ist mir ein Vergnügen."

Sie gingen durch den Laden. Miri zeigte ihm einige Stücke, von denen sie wusste, dass sie ihm gefallen würden. Sie hatte einen hervorragenden Geschmack – sonst würde sie nicht bei ihm kaufen! – und er nahm die Chance wahr, sich neue Inspirationen zu holen. Als sie in ihr Büro kamen, zeigte sie auf die Espressomaschine, die sich zwischen Stapeln an Katalogen und Fachzeitschriften zu behaupten versuchte. „Kaffee?", fragte sie.

Er schüttelte sich, als ihm einfiel, was sein nächstes Ziel war. „Nein danke. Ich habe auf der Fahrt schon zu viel getrunken."

„Es ist eine lange Fahrt. Und langweilig vermutlich auch." Miri zog ein Scheckheft aus der Schreibtischschublade. „Ich könnte zehnmal mehr von deinen Möbeln verkaufen, wenn du mir nur mehr bringen würdest."

„Ich tue, was ich kann. Aber ich müsste billigeres Material verwenden oder schlechter arbeiten, um mehr zu schaffen. Und das werde ich auf keinen Fall tun."

„Oh, so war das nicht gemeint. Ganz und gar nicht." Sie unterschrieb den Scheck, riss ihn aus dem Heft und gab die Summe in ihre Kasse ein. „Ich dachte nur, du könntest vielleicht einige Mitarbeiter einstellen. Leute, von denen du weißt,

17

dass sie gute Handwerker sind. Vielleicht sogar eine Werkstatt eröffnen, irgendwo in der Nähe von Portland."

„Ich kann nicht …"

„Ich habe darüber nachgedacht, Wes. Ich weiß, dazu bräuchtest du Startkapital. Wir könnten uns mit meinem Buchhalter zusammensetzen und die Zahlen durchgehen. Vielleicht Geschäftspartner werden. Oder ich leihe dir das Geld. Wir finden schon eine Lösung."

Mist. Die meisten Leute würden sich über ein solches Angebot freuen. Miri hatte einen sehr guten Ruf. Nicht nur in Portland, sondern an der gesamten Westküste. Sie hatte Kunden, die extra aus Los Angeles nach Portland kamen, um sich von ihr beraten zu lassen und bei ihr zu kaufen. Aber bei Wes zog sich die Brust zusammen, wenn er nur daran dachte, auf ihren Vorschlag einzugehen.

„Das … kann ich nicht. Es muss so bleiben, wie es ist", sagte er leise.

Vielleicht hatte sie ihm die Panik angehört, denn sie verzog zwar das Gesicht, verfolgte das Thema aber nicht weiter. Sie reichte ihm den Scheck. „Es war mir ein Vergnügen, Wes. Ich hoffe, bald mehr von dir zu sehen."

„In einigen Wochen vermutlich." Wie üblich legte er sich weder auf einen Zeitpunkt noch ein Projekt fest. Miri hatte ihn vor einiger Zeit gefragt, ob er sie nicht vorher informieren könnte, hatte ihm sogar eine Liste mit Wünschen ihrer Kunden gegen wollen, damit er sich inspirieren lassen konnte. Er hatte es abgelehnt. Es würde, so hatte er ihr erklärt, seine Kreativität beschneiden. Was nur zum Teil gelogen war.

Sie unterhielten sich noch einige Minuten über Belanglosigkeiten, dann verabschiedete er sich. Er fuhr die paar Meilen zur Bank, löste den Scheck ein und hob einige hundert Dollar ab, die er ins Portemonnaie steckte. Falls er seinen nächsten Termin nicht überleben sollte, sollte das Geld wenigstens für eine anständige Beerdigung ausreichen.

Und das war nur zum Teil als Scherz gemeint.

Nachdem ihm keine Ausreden mehr einfielen, seinen Termin zu verschieben, fuhr er über die Morrison Bridge und folgte der Belmont Street, bis er Mount Tabor erreichte. Er suchte sich einen Parkplatz, stellte den Motor ab und verbrachte die nächste Viertelstunde damit, sich selbst zu verfluchen. Nach einer Weile zog er sich in seine mentale Kuschelecke zurück, wo er immer dann Ruhe suchte, wenn sich die Welt um ihn herum zu schnell drehte. Er schloss Wagenfenster und Augen und fing zu singen an: „Sloop John B …"

Er musste das Lied dreimal singen, bevor es ihm besser ging und er weiterfahren konnte.

Zurück auf der Belmont Street konnte er keinen Parkplatz für Morrison finden. Er fuhr fast zehn Minuten hin und her, bis er endlich, vier Blocks von seinem Ziel entfernt, eine ausreichend große Parklücke fand. Ein längerer Spaziergang stand ihm bevor. Lange genug, um wieder nervös zu werden und Reißaus nehmen zu wollen.

„Oh nein", sagte er, als er den Transporter abschloss. „Reiß dich zusammen. Niemand will dich umbringen." Wahrscheinlich.

Er summte leise vor sich hin – immer noch *Sloop John B* – und machte sich auf den Weg.

Als er sich seinem Ziel näherte, sah er unter der Markise einen Mann stehen. Der Mann wirkte nachdenklich. Und sah aus wie ein Regenbogen: orangefarbene Haare, ein knallrosa Hoodie, gelbe Jeans und grüne Turnschuhe. Er war ein leuchtender Farbfleck in einer grauen Landschaft. Ein sehr attraktiver Farbfleck, aber viel zu jung für Wes, der die Dreißiger schon hinter sich gelassen hatte. Dieser Junge sah aus, als ginge er noch aufs College. Nichtsdestotrotz beruhigte sein Anblick Wes' Nerven und er nickte ihm zu, als er die Tür erreichte. Der Junge lächelte zurück. Oh ja. Definitiv attraktiv. Sehr sogar.

Wes, der nicht daran denken wollte, was ihm bevorstand, konzentrierte sich lieber auf das hübsche Gesicht des jungen Mannes. Als er das *P-Town* betrat, schlug ihm der Duft von frischem Kaffee und Zimt entgegen. Er bestellte einen koffeinfreien Kaffee und Rosinencookies von der hochschwangeren Frau hinter der Theke. Sie brachte ihm seine Bestellung an den kleinen Tisch, der weiter hinten an der Wand stand. Es war ein guter Platz. Hier wurde er nicht so leicht entdeckt, konnte aber sofort sehen, wer das Café betrat.

Es gab nicht viele Gäste. Die Mittagszeit war schon vorbei und für den Kaffeedurst am späten Nachmittag war es noch zu früh. Aus den Lautsprechern war Billie Holiday zu hören, bunte Bilder hingen an den Wänden und der Stuhl war bequem. Er hätte leicht einige Stunden hier verbringen können, an seinem Kaffee nippend und ein gutes Buch lesend. Aber heute nicht.

Als er noch in Portland lebte, war er nur selten hier gewesen, aber viele seiner damaligen Kollegen liebten dieses Café und hatten ihn gelegentlich eingeladen. Er hoffte und fürchtete gleichzeitig, ihnen hier zu begegnen.

Plötzlich kam der Regenbogenmann ins Café gestürmt. Er schwenkte sein Handy und machte ein so entsetztes Gesicht, dass Wes beinahe aufgesprungen wäre, um ihm zur Hilfe zu eilen. Der junge Mann lief quer durchs Café und verschwand durch die Tür hinter der Theke. Wes blieb sitzen und rieb sich übers Kinn. Was war nur passiert, um ihn so urplötzlich in Panik zu versetzen? Konnte Wes ihm irgendwie helfen?

Er hätte bei dem Gedanken beinahe laut aufgelacht. Er konnte sich ja noch nicht einmal selbst helfen. Was sollte er also für einen Fremden tun können? Nichts. Das war es.

Er zerlegte beiläufig ein Plätzchen und versuchte, sich nicht anmerken zu lassen, dass er die Tür im Auge behielt, hinter der der junge Mann verschwunden war. Er wollte nicht wie ein Stalker wirken.

Einige neue Gäste kamen ins Café – ein alter Mann mit weißem Bart, der schon Ende sechzig sein musste, zwei ältere Damen, die mit Kätzchen bedruckte Sweatshirts im Partnerlook trugen, und eine junge Frau in Bürokleidung, die ein

Laptop unterm Arm hatte. Sie alle bestellten an der Theke und setzten sich an freie Tische. Billie Holiday wurde von Etta James abgelöst.

Wes überlegte, ob er aus dem Stück Treibholz und altem Eichenholz, das er noch auf Lager hatte, einen Kaffeetisch in nautischem Design schreinern sollte – so, dass das Treibholz über dem Eichenholz aufragte und es stützte in Form eines Seemonsters. Das wäre zwar etwas exzentrischer als seine üblichen Arbeiten, aber dafür würde es richtig Spaß machen. Er konnte die feine Holzmaserung beinahe unter den Fingern spüren, den abgenutzten Holzgriff seiner Säge in der rechten Hand. Wes arbeitete meistens im Freien, unter einer großen Plastikplane, die er zwischen den Bäumen aufgespannt hatte. In den Ästen saßen die Eichelhäher und beobachteten ihn neugierig. Wenn Miri an dem Stück kein Interesse hatte, konnte er bestimmt einen anderen Käufer finden. Und vielleicht …

„Was zum Teufel hast du hier zu suchen?"

Wes wäre vor Schreck fast vom Stuhl gefallen. Er schaute auf und sah zwei Männer vor sich stehen, die ihn verärgert ansahen. Einer von ihnen trug einen schwarzen Maßanzug und ein brombeerfarbenes Hemd, der andere war groß und muskulös und trug eine grüne Uniform.

Wes hob beschwichtigend die Hände. „Hi", sagte er zu dem größeren der beiden Männer, von dem er wusste, dass er nicht gleich an die Decke gehen würde. „Ich hatte gehofft, euch hier zu treffen. Ich wollte …"

Der Kleinere trat einen Schritt auf ihn zu. „Setz deinen traurigen Arsch in Bewegung und verzieh dich in das verdammte Loch, aus dem du gekrochen bist." Er sah aus, als hätte er am liebsten die Knarre gezogen.

Na toll. Besser hätte es nicht kommen können.

Wes senkte die Hände. „Bitte. Wenn ihr mir nur fünf Minuten geben könntet? Danach seht ihr mich nie wieder, ja? Bitte." Er wusste, es hörte sich ziemlich erbärmlich und verzweifelt an, aber so fühlte er sich auch. Also war er wenigstens ehrlich.

„Jetzt ist kein guter Zeitpunkt." Jeremy Cox blieb höflich, aber er machte ein angespanntes Gesicht und hatte die Fäuste leicht geballt. Wes musterte ihn verwirrt. Jeremy hätte eine blaue Uniform tragen sollen, keine grüne. Aber darum ging es im Moment nicht.

„Es tut mir leid. Ich lebe ziemlich weit weg, in Rogue Valley, und kann deshalb nicht einfach…" Mist. Er rieb sich übers Gesicht. „Ich muss das jetzt tun. Bitte." Wenn er jetzt wieder ging, würde er vermutlich nie wieder den Mut aufbringen, zurückzukommen und mit ihnen zu reden.

„Scher dich zum Teufel, du Wichser. Du bist immer noch der alte Wanker", fauchte Nevin Ng ihn wütend an. Er hatte sich in den zehn Jahren, seit Wes ihn das letzte Mal gesehen hatte, offensichtlich bis zum Detective hochgearbeitet. Deshalb der schwarze Anzug.

Bevor Wes seine Bitte wiederholen konnte, kam eine Frau auf ihren Tisch zu. Sie trug ein weites Kleid, das mit Kaffeetassen bedruckt war. „Hey, was ist hier los? Parker wartet auf euch. Er steht kurz vorm Nervenzusammenbruch."

Nevin machte ein verlegenes Gesicht. Das sah ihm nicht ähnlich. „Sorry, Rhoda. Wir wollen nur erst dieses Arschgesicht loswerden."

Die Frau, die Wes bisher ignorierte hatte, musterte ihn scharf. Ihrem Blick nach zu urteilen, entging ihr nichts. „Er sieht nicht aus, als müsste man ihn loswerden."

„Doch. Er ist schlechte Gesellschaft. Als er noch bei der Polizei war …"

„Das ist zehn Jahre her!", unterbrach ihn Wes. „Ich bin jetzt ein anderer Mensch. Deshalb bin ich gekommen."

Nevin wollte etwas darauf erwidern, aber die Frau – Rhoda – hob die Hand und er verstummte. Was ein wahres Wunder war, denn Wes wusste aus Erfahrung, dass nichts und niemand Nevin Ng zum Schweigen bringen konnte, wenn er etwas zu sagen hatte.

„Eure alten Geschichten verblassen vor dem neuen Drama, in dem mein Sohn mitspielt. Ich glaube nicht, dass dieser Mann … Wie heißt du eigentlich?"

„Wes. Wes Anker."

„Nun, ich glaube nicht, dass Wes uns Ärger machen will. Habe ich recht?"

Wes schüttelte den Kopf. „Nein, Ma'am."

Sie seufzte und nahm Nevin am Arm. „Hast du das gehört? Er hat *Ma'am* zu mir gesagt. Also kann er kein Bösewicht sein. Er wird brav hier sitzenbleiben, seinen Kaffee trinken – Wes, lass dir frischen Kaffee nachschenken – und sein Plätzchen essen. Ihr beiden kommt derweil mit mir. Anschreien könnt ihr euch auch später noch."

Nevin hätte vielleicht noch etwas einzuwenden gehabt, aber sie hielt ihn immer noch am Arm. Dann gab Jeremy ihm einen leichten Schups an die Schulter. „Komm schon. Rhoda hat recht. Notfälle gehen vor."

Wes fühlte sich nicht wie ein Notfall. Er fühlte sich nur erschöpft. Vielleicht sollte er auf starken Espresso umsteigen.

Jeremy und Nevin warfen ihm noch einen scharfen Blick zu, dann stampften sie davon. Sie gingen durch die Tür hinter der Theke, durch die schon der Regenbogenmann – Parker, wie Wes annahm – verschwunden war. Rhoda blieb zurück. Sie stemmte die Hände in die Hüften und starrte ihn an. „Das sind zwei der besten Menschen, die ich in dieser Stadt kenne. Normalerweise nehme ich sie ernst, wenn sie jemanden loswerden wollen. Aber du scheinst kein schlechter Kerl zu sein, also gebe ich dir eine Chance. Wenn sie sich um meinen Sohn gekümmert haben, könnt ihr euer Problem zu dritt lösen."

„Danke", murmelte Wes erleichtert.

„Ich hoffe, ich muss meine Entscheidung nicht bereuen."

„Guter Gott, das hoffe ich auch."

21

Es musste sich inbrünstiger angehört haben, als er es beabsichtigt hatte. Rhoda lachte. „Ja, ich glaube, ich habe dich richtig eingeschätzt. Bleib hier sitzen und rühr dich nicht vom Fleck, mein Süßer."

Sie drehte sich um und verschwand ebenfalls durch die Tür hinter der Theke. Wes rührte sich nicht vom Fleck, obwohl er am liebsten die Flucht ergriffen hätte – zurück zu Morrison und ins Rogue Valley. Aber diese Rhoda schien an ihn zu glauben, also blieb er sitzen. Außerdem war er neugierig. Er wollte wissen, was bei Parker passiert war. Hoffentlich war es nicht allzu schlimm. Ein so umwerfend schöner Mann sollte immun sein gegen Katastrophen jeder Art.

Die anderen Gäste, die dem Geschehen aufmerksam gefolgt waren, wanden sich gelangweilt wieder ihren Handys, Laptops und Gesprächen zu. Wes schob sich ein Plätzchen in den Mund. Dann stand er auf, nahm seine Tasse vom Tisch und machte sich auf die Suche nach Nachschub.

3

PARKER WAR immer noch übel. Er hatte sich vorhin schon in der kleinen Personaltoilette übergeben. Jetzt saß er in der Küche und ihm war immer noch kotzübel. Seine Mutter hat ihm einen starken Ingwertee gekocht und ein Päckchen Salzcracker aus den Tiefen ihrer Handtasche gezogen, aber es half nicht viel.

„Tief durchatmen", sagte er sich. „Ganz langsam. Einatmen, ausatmen …" Er hatte vor einigen Jahren einen Yogakurs absolviert, weil sein damaliger Freund auf Yoga schwor. Kurz danach, während des Fortsetzungskurses, hatte Parker ihn mit einem anderen Mann erwischt und die Beziehung beendet. Den Kurs hatte er auch abgebrochen. Einige Stellungen waren ihm wegen ihrer merkwürdigen Namen noch in Erinnerung: Schildkrötenhaltung, Totenhaltung oder einbeinige Königstaube. Wie sie genau funktionierten und was sie bewirken sollten, wusste er allerdings beim besten Willen nicht mehr. Aber er hatte auch die Atemtechnik gelernt – lang und tief einatmen, dann durch die Nase wieder ausatmen – und die, so hatte man ihm versichert, würde die Nerven beruhigen. Also versuchte er es damit.

Entweder waren seine Yogakurse doch keine Zeitverschwendung gewesen oder es lag am Ingwertee seiner Mutter. Er wusste es nicht. Jedenfalls ließ seine Übelkeit nach einer Weile nach. Sie wäre vermutlich schnell durch einen Tränenausbruch abgelöst worden, wären in diesem Augenblick nicht Jeremy und Nevin in die Küche gestürmt gekommen wie zwei Actionhelden, die in letzter Sekunde eine Katastrophe verhindern mussten.

„Was zum Teufel ist passiert?", rief Nevin, als er vor Parker zum Stehen kam. Sein Fluchen wirkte beruhigender als Yoga und Tee zusammen: Parker konnte wieder klar denken. Jeremy kniete sich neben ihn auf den Boden und legte ihm die Hand auf die Schulter, was sich ebenfalls als tröstlich erwies. Parker wollte ihnen gerade antworten, als seine Mutter in die Küche kam. Jetzt hätte er sogar fast gelächelt. Diese drei hätten es mit einer ganzen Kohorte Bösewichter aufnehmen können. Selbst Thanos hätte laut schreiend vor ihnen die Flucht ergriffen.

„Wie fühlst du dich", erkundigte sich Rhoda.

„Besser. Der Tee war gut." Er hob die Tasse.

Sie kam zu ihm und drückte ihn an sich. Er war eigentlich viel zu alt, um sich noch von seiner Mutter umarmen zu lassen. Dachte er. Aber sie war immer so warm und weich und roch nach Kaffee und Kuchen, und wenn sie ihn in die Arme nahm, fühlte er sich behütet. Er erwiderte ihre Umarmung und sie schniefte leise, aber niemand sprach sie darauf an. Nachdem sie sich wieder aufgerichtet hatte, zog sie ein Papiertaschentuch aus ihrer Tasche und reichte es ihm.

Er wischte sich damit die Augen trocken und drehte sich zu Nevin um. „Ich habe einen Anruf bekommen. Von der Polizei in Seattle." Seine Stimme zitterte. „Detective Saito."

„Das hat uns Rhoda schon erzählt", erwiderte Jeremy. „Worum ging es bei dem Anruf?"

Jeremy und Nevin waren offensichtlich sofort zu seiner Rettung erschienen, obwohl ihnen Rhoda noch keine Details genannt hatte. Es war wunderbar. Wirklich. Was, wenn die Polizei ihn für einen Drogenbaron oder Serienmörder halten würde? Parker war von seinen Freunden schon wegen wesentlich weniger ernsthaften Geschichten im Stich gelassen worden, aber die Freunde seiner Mutter waren sofort an seiner Seite. Er war verdammt froh, dass er seine Mutter und ihr Team hatte. Und doch nagte es an ihm, weil er nie ein Teil dieses Teams sein würde.

Parker schnäuzte sich die Nase und atmete tief durch. „Es geht um Logan, meinen Freund. Meinen *Ex*-Freund. Wir haben uns gestern getrennt und … heute früh hat er sich umgebracht."

So. Jetzt war es raus. War doch gar nicht so schlimm gewesen, oder?

Parker gab ein ersticktes Geräusch von sich, stand auf und rannte los.

Als er von der Toilette zurückkam, reichte ihm seine Mutter eine Dose Limonade. Es war 7 Up. Das hatte sie ihm als Kind schon immer gegeben, wenn er krank war. Im *P-Town* gab es normalerweise keine Limonade und er hatte keine Ahnung, wo seine Mutter sie aufgetrieben hatte, war ihr aber zutiefst dankbar dafür.

Er war auch dankbar, dass Jeremy und Nevin ihn nicht auf seinen Ausflug zur Toilette ansprachen. Die beiden waren offensichtlich Schlimmeres gewöhnt. Nevin war schon seit Jahren bei der Polizei und Jeremy hatte, bevor er Ranger wurde, ebenfalls als Polizist gearbeitet. Auf Polizeistationen und in Parks wurde bestimmt auch viel gekotzt.

„Kannst du jetzt reden?", erkundigte sich Nevin. „Oder willst du erst etwas Stärkeres trinken als Limonade?"

Jeremy verdrehte die Augen. „Alkohol löst sein Problem auch nicht."

„Aber er kann vorübergehend den Schmerz betäuben, Germy."

Ihr liebevolles Geplänkel beruhigte Parkers Magen. „7 Up ist okay", sagte er und nahm zum Beweis einen tiefen Schluck aus der Dose.

„Immer mit der Ruhe." Jeremy lehnte sich an die Konsole und verschränkte die Arme vor seiner breiten Brust.

„Detective Saito sagte, der Hausverwalter hätte Logan tot in unserer Wohnung aufgefunden. In *seiner* Wohnung. Eine Überdosis oder so. Von was auch immer. Ich habe keine Ahnung."

„Hat Logan oft Drogen genommen?" Jeremy machte ein grimmiges Gesicht. Vielleicht dachte er an Quay, seinen Mann, der früher drogensüchtig gewesen war.

„Nein, er hat nie Drogen genommen. Ich meine … gelegentlich hat er Gras geraucht. Aber das tut doch jeder." Er warf Rhoda einen schuldbewussten Blick

24

zu. Marihuana war in Washington und Oregon legal und er war ein erwachsener Mann, der selbst für sich entscheiden konnte, aber er hatte trotzdem ein schlechtes Gewissen. Seine Mutter schüttelte nur den Kopf.

Nevin ignorierte das alles. „Und die Kollegen halten es nicht für einen Unfall?"

„Er hat eine Nachricht hinterlassen. Für mich." Parkers Magen drehte sich wieder, aber er blieb sitzen. „Deshalb haben sie angerufen. Um den Fall abschließen zu können."

„Was stand in der Nachricht?"

„Das weiß ich nicht. Die Frau hat es mir nicht gesagt."

„Diese Idioten", grummelte Nevin. „Und was wollte sie von dir wissen?"

„Wo ich bin. Die Adresse seiner Familie. Aber die konnte ich ihr nicht geben. Ich weiß nur, dass seine Familie in Oklahoma lebt. Ich habe ihr geraten, in seinem Handy nach Telefonnummern zu suchen. Viel habe ich nicht gesagt, aber sie wollte auch nicht viel wissen. Sie meinte, sie würde sich vielleicht später wieder melden, falls noch zusätzliche Fragen auftauchen." Parker hoffte, dazu würde es nicht kommen. Er wollte nicht mit Fremden über sein Privatleben reden müssen. Er wollte an dieses Kapitel seines Lebens nicht wieder erinnert werden, nachdem er gerade erst damit abgeschlossen hatte.

Nevin hockte sich vor ihn. „Wenn sie sich wieder meldet, musst du kein Wort sagen. Lass dir ihre Nummer geben und ich rufe sie zurück." Er hörte sich so beruhigend an. Wahrscheinlich hatte er diesen Tonfall bei der Polizei gelernt. Nevin arbeitete in einer Abteilung, die sich vor allem um Senioren und hilflose Personen kümmerte.

„Okay."

Jeremy, der immer noch an der Konsole lehnte, war mit seinem Handy beschäftigt. „Ich kenne eine gute Anwältin. Wir sind befreundet. Ich schicke ihre Adresse und ihre Telefonnummer an Rhodas Handy."

„Ist das wirklich nötig?", jammerte Parker. Er wunderte sich nicht darüber, dass Jeremy eine Anwältin kannte. Der Mann überall in der Stadt seine Beziehungen.

„Wahrscheinlich nicht. Aber schaden kann es auch nicht. Wie kompliziert sind deine persönlichen Angelegenheiten?"

„Hä?"

„Du und dein Ex. Hattet ihr einen gemeinsamen Mietvertrag, der aufgelöst werden muss? Gemeinsames Eigentum?"

Parker schüttelte den Kopf. „Ich kannte ihn erst seit einigen Monaten."

Jeremy nickte, als wäre das eine gute Nachricht. Als er sich von der Konsole abstieß und zu Parker kam, trat Nevin einen Schritt zur Seite und machte ihm Platz. „Parker", sagte Jeremy. „Es tut mir wirklich leid, was dir passiert ist. Aber du darfst nie vergessen, dass Logan für seine Entscheidung selbst verantwortlich ist. Nichts daran ist deine Schuld, ja?"

Von einem Fremden hätten sich diese Worte banal und abgedroschen angehört, aber sie kamen von Jeremy und deshalb nahm Parker sie ernst. Jeremys Ex war vor einigen Jahren ermordet worden, nachdem er sich mit Drogenhändlern eingelassen hatte und in einen Bandenkrieg verwickelt worden war. Obwohl sie sich schon Jahre zuvor getrennt hatten, spielte Jeremy bei den polizeilichen Ermittlungen eine wichtige Rolle, wurde von der Bande sogar entführt und gefoltert. Jeremy wusste also, wovon er sprach. Die Welt drehte sich nicht nur um ihn, das durfte Parker nicht vergessen.

Er schniefte. „Danke. Logan war … er konnte richtig lieb sein. Und lustig war er auch."

„Er kann kein schlechter Mann gewesen sein, wenn du mit ihm zusammen warst."

Mist. Parker wurde feuerrot vor Verlegenheit. Schnell versteckte er sein Gesicht hinter den Händen und hoffte, Jeremy würde seine Reaktion für Trauer halten. Seine jugendliche Schwärmerei hatte ihn wieder eingeholt. Es war wie mit einem Virus, der jahrelang schlummerte, um dann unverhofft wieder zuzuschlagen. Trotzdem – Verlegenheit war immer noch besser als Brechreiz und merkwürdigerweise fühlte Parker sich nicht mehr ganz so niedergeschlagen.

Nevin und Jeremy stellten ihm noch einige Fragen, aber Parker konnte ihnen kaum weiterhelfen. Er lächelte schwach. „Ich bin euch wirklich dankbar, aber ich will euch nicht von der Arbeit abhalten. Ihr habt bestimmt Wichtigeres zu tun."

„Erst müssen wir uns noch um den *Wanker* kümmern", sagte Nevin.

„Um wen?"

„Vergiss es."

Es hörte sich interessant an und Parker konnte eine Abwechslung vertragen. Also folgte er ihnen, als sie mit Rhoda zusammen die Küche verließen.

Sie marschierten direkt auf einen kleinen Tisch zu, der in der hintersten Ecke des Cafés stand. Der Gast, der an dem Tisch saß, hob den Kopf und sah sie erwartungsvoll an. Parker erkannte in ihm den attraktiven Mann mit dem blonden Pferdeschwanz, der ihm vorhin zugenickt hatte. Er saß vor einer großen Tasse Kaffee und einem kleinen Teller voller Plätzchenkrümel. Seinem Gesicht nach zu urteilen, ging es ihm nicht viel besser als Parker.

Nevin öffnete den Mund und wollte etwas sagen, aber Jeremy kam ihm zuvor. „Du solltest wieder gehen, Wes."

„Das werde ich auch. Aber erst muss ich etwas loswerden. Deshalb bin ich gekommen und ich muss …" Er schluckte schwer und biss sich auf die Lippen.

„Du musst jetzt deinen Arsch in Bewegung setzen und von hier verschwinden." Nevin verschränkte die Arme vor der Brust und sah ihn drohend an. Jeremy verzog das Gesicht. Er wirkte jetzt genauso verärgert wie Nevin.

Wenn Parker an Wes' Stelle gewesen wäre, hätte er Nevins freundliche Aufforderung ernst und die Beine in die Hand genommen. Jeremy und Nevin waren gute Freunde, aber sie waren auch ernst zu nehmende Gegner. Nun, Parker war glücklicherweise nicht Wes. Aber er stand hinter den anderen und sah die Verzweiflung in Wes' Gesicht. Parker war offensichtlich heute nicht der Einzige hier, der ein Problem hatte.

„Lasst ihn ausreden."

Rhoda, Jeremy und Nevin drehten sich zu ihm um und starrten ihn sprachlos an. Wes schenkte ihm einen dankbaren Blick. Parker fühlte sich durch diesen Blick ermutigt. „Ich weiß zwar nicht, worum es hier eigentlich geht, aber ihr vergebt euch nichts, wenn ihr euch anhört, was er zu sagen hat."

„Danke", sagte Wes leise. Jeremy und Nevin machten keinen sehr glücklichen Eindruck, entspannten sich aber wieder. Rhoda neigte den Kopf und musterte ihn eindringlich, aber darum scherte Parker sich im Moment nicht.

Nachdem er die Erlaubnis zum Reden hatte, schienen Wes die Worte zu fehlen. Er nahm die Kaffeetasse vom Tisch, stellte sie wieder hin und schob mit dem Finger eine Rosine über den Teller. Dann kratzte er sich hinterm Ohr. Erst, als Nevin den Mund öffnete – vermutlich wollte er ihn wieder zum Teufel jagen –, fing Wes endlich an zu reden.

„Ich … ich bin vor allem gekommen, weil ich mich entschuldigen möchte. Ich habe Scheiße gebaut. Große Scheiße. Und ich … guter Gott, ich kann diesen Tag seit zehn Jahren nicht vergessen. Er geht mir immer wieder durch den Kopf. Ich träume sogar davon. Ich weiß, ich werde den Rest meines Lebens damit leben müssen. Aber ich musste euch einfach sagen, wie verdammt leid es mir tut."

Parker hätte gerne gewusst, was Wes angestellt hatte, aber er wollte nicht unhöflich sein und ihn unterbrechen. Also hielt er den Mund. Aber er nahm sich fest vor, Jeremy später danach zu fragen. Im Moment hatte er nur Mitleid mit Wes. Parker wusste genau, wie beschissen man sich fühlte, wenn man einen Fehler gemacht hatte und mit den Betroffenen konfrontiert wurde. Nicht, dass er Logan jemals wiedersehen würde, weil … ok. Auch das hatte Zeit bis später. Bis Parker wieder in Reichweite der Toilette war.

Jeremy warf Wes einen misstrauischen Blick zu. „Ist das ein Teil deiner Therapie?"

„Nein. Ich bin kein Trinker und ich nehme auch keine Drogen. Ich bin nur ein Idiot."

„Und warum bist du dann gekommen, um uns das zu sagen?"

„Weil …" Wes seufzte. „Ich weiß es selbst nicht. Ich erwarte nicht, dass ihr mich jetzt weniger hasst. Ich dachte nur, es wäre vielleicht auch für euch wichtig zu wissen, dass es mir leidtut. Dass es für mich auch nicht eitel Sonnenschein ist, ja? Ich habe mich selbst ruiniert. Ich bereue das alles zutiefst und ich ersticke fast daran."

„Und du erwartest, dass wir dir verzeihen?" Nevin hörte sich zwar noch feindselig an, aber wenigstens nicht mehr bedrohlich.

„Nein. Schließlich kann ich es mir selbst nicht verzeihen. Aber vielleicht hilft es euch, wenn ihr wisst, wie schwer es mir auf das Gewissen drückt. Ich habe schon früher mit euch reden wollen, hatte aber nicht den Mut dazu. Aber jetzt habe ich es endlich hinter mich gebracht." Wes starrte auf den Tisch und ließ die Schultern hängen.

Nach einer langen Pause war es überraschenderweise Nevin, der sich als erster wieder gefangen hatte. „Es ist zehn Jahre her, du verdammter Wanker", sagte er, aber er hörte sich nicht mehr wütend an. „Du glaubst ja nicht, was seitdem alles passiert ist. Es ist nicht gerade so, dass ich deinetwegen noch um den Schlaf gebracht werde." Es hörte sich wie eine Beleidigung an, aber merkwürdigerweise schien Wes darüber erleichtert zu sein.

Er nickte, schaute aber nicht auf. „Ich wollte fragen … ich habe nicht viel Geld, aber wenn es eine Möglichkeit gibt, um den Jungs zu helfen …?"

Jeremy und Nevin tauschten einen kurzen Blick aus. „Ich glaube, die gibt es", sagte Jeremy dann. „Gib mir deine Telefonnummer und ich melde mich, sobald ich mehr weiß."

Wes nickte eifrig und taste seine Jackentaschen ab. Nach einer Weile zog er eine zerknitterte Visitenkarte hervor, die er vor sich auf den Tisch legte. Niemand nahm sie auf, aber Jeremy nickte.

Wes stand auf. „Danke, dass ihr … danke", sagte er leise und lächelte Parker zu.

Parker brach es das Herz. Er konnte es sich nicht erklären, aber so war es. Er wusste nichts über Wes, wusste nur, dass es ihm vor langer Zeit irgendwie gelungen sein musste, den unerschütterlichen Jeremy mächtig gegen sich aufzubringen. Und dass er seitdem ein verdammt schlechtes Gewissen hatte. Jedenfalls hatte Wes es so dargestellt. Aber … guter Gott, der Mann sah aus wie ein Häufchen Elend. Und er war mutig. Sich seinen Dämonen zu stellen und sie bei den Eiern zu packen? In Parkers Augen erforderte das eine gehörige Portion Mut.

Wes schob die Hände in die Hosentaschen und ging langsam an Jeremy und Nevin vorbei. Und an Rhoda. Und Parker. Niemand sagte ein Wort. Als er zur Tür kam, schaute er sich noch einmal im Café um. Es war, als würde er nach etwas suchen oder … ja, das war es. Als wollte er sich verabschieden. Genauso hatte sich Parker in dem Tierheim umgesehen, nachdem er gefeuert worden war. Oder in einigen seiner etwas besseren Wohnungen, nachdem er ausziehen musste. Ihre Blicke trafen sich und Wes winkte ihm kurz zu. Dann verließ er das Café.

Fünf Sekunden später rannte Parker ihm nach.

4

ER HATTE es überlebt. Er war nicht vom Blitz erschlagen worden oder vor Scham im Erdboden versunken, und Nevin hatte ihn nicht zu Klump geschlagen oder gar kaltblütig erschossen. Wes sah das als Erfolg an. Er hatte tatsächlich den Mut gefunden, dieses Gespräch, das er seit Jahren gefürchtet hatte, endlich hinter sich zu bringen. Und das hieß, er musste es nie, nie wieder tun. Und das war auch gut. Sehr gut sogar.

Aber so fühlte er sich nicht. Sicher, er fühlte sich etwas besser als vor seinem Besuch im *P-Town*, doch da lag nur daran, dass er es endlich hinter sich gebracht hatte. Die Schuldgefühle waren geblieben und auch das Bewusstsein, vielen Menschen Leid zugefügt zu haben. Das ließ sich nicht mehr ändern, dazu war es zu spät.

Während er zu seinem Transporter ging, fasste er einen Entschluss. Er wollte nicht zurück ins Rogue Valley fahren und an seinem Tisch arbeiten. Jedenfalls nicht sofort. Er musste etwas Abstand bringen zwischen sich und die Welt. Er brauchte die Weite der Straße, schlechten Kaffee von einer Raststätte und ein Radio, aus dem nur statisches Knistern zu hören war. Er brauchte …

„Wes! Hey, Wes!"

Als er sich umdrehte, sah er den jungen Mann – Parker? –, der auf ihn zu gerannt kam. Sein erster, etwas lächerlicher Gedanke war, dass Jeremy und Nevin ihn geschickt hatten. Wes im *P-Town* zu beseitigen, hätte mehr Aufwand bedeutet, als die Sache hier auf dem Bürgersteig zu erledigen.

Aber Parker machte keinen sehr gemeingefährlichen Eindruck. Er grinste sogar, als er Wes erreichte und schnaufend vor ihm stehen blieb. „Hi."

Wes blinzelte verblüfft. „Äh … hi."

„Wo gehst du jetzt hin?"

„Nach Wyoming." Die Antwort kam wie aus dem Nichts. Wes hatte sich noch nicht für ein Ziel entschieden, wollte nur auf den Highway und einfach losfahren. Wollte sich von Morrison leiten lassen. Aber jetzt, nachdem er es ausgesprochen hatte, gefiel ihm die Idee. Wyoming war der am Geringsten besiedelte Bundesstaat. Es gab im ganzen Land nur zwei Aufzüge und es war der erste Staat, der das Frauenrecht eingeführt hatte. Außerdem lag in Wyoming der *Devil's Tower* und dort war die Landung der Außerirdischen für den Film *Unheimliche Begegnung der dritten Art* gedreht worden. Es gab also mehr als genug Gründe, nach Wyoming zu fahren.

Sollte Parker über seine Antwort überrascht gewesen sein, so ließ er es sich nicht anmerken. Er lächelte nur nickend. „Nimmst du mich mit?"

„Was?"

„Ob du mich mitnimmst. Nach Wyoming."

„Warum?"

Parker zuckte mit den Schultern. „Warum nicht?"

Es gab ungefähr zehntausend Gründe, warum Wes ihn *nicht* mitnehmen sollte. Eher mehr sogar. Unter anderem die Tatsache, dass er nie aus Oregon rauskommen würde. Aber er drehte sich nur um und machte sich wieder auf den Weg zu Morrison. „Dann komm halt mit."

WES FUHR nicht auf den Banfield Expressway, der sie direkt in Richtung Wyoming geführt hätte. Stattdessen machte er eine Tour durch die Eastside, um seine Gedanken zu ordnen. Parker musste aufgefallen sein, dass Wes nur ziellos durch die Gegend fuhr, aber er sagte nichts. Er starrte nur schweigend aus dem Fenster und warf Wes gelegentlich einen kurzen Blick zu.

Nach ungefähr einer dreiviertel Stunde – sie fuhren gerade zum dritten Mal am Laurelhurst Park vorbei – machte Parker endlich den Mund auf. „Kannst du bei der nächsten Runde kurz am McDonalds anhalten? Ich habe seit dem Frühstück nichts mehr gegessen."

„Willst du wirklich Fast Food? Wie wäre es mit etwas Besserem?"

„Du bist der Fahrer. Du entscheidest."

Merkwürdig. Wie konnte Parker ihm nach seinem Geständnis im *P-Town* so viel Vertrauen entgegenbringen?

Wes war kein großer Fan von McDonalds, also hielt er an einem kleinen Imbissstand an. Er bestellte eine Portion Yakisoba-Nudeln und Parker entschied sich für Gyros. Sie setzten sich zum Essen an einen der Picknicktische, die in einer Art Zelt standen. Es war wohl zu kalt oder schon zu spät fürs Mittagessen – sie waren jedenfalls allein hier, obwohl auf der Straße viel los war. Ein Auto nach dem anderen fuhr an ihnen vorbei.

„Willst du mich an einen geheimen Ort bringen und satanische Rituale durchführen?", fragte Parker grinsend, als würde er sich schon darauf freuen. „Oder willst du dir nur zehn Jahre Zeit nehmen, bevor wir endlich nach Wyoming kommen?"

„Keines von beidem."

„Okay. Ich, äh … ich bin übrigens Parker Levin. Meiner Mom gehört das *P-Town*."

Wes nickte. „Ich heiße Wesley Anker. Wes." Er wartete, bis der unvermeidliche Groschen fiel.

Parkers Augen funkelten amüsiert, als er bei ihm fiel. „Deshalb sagt Nevin also *Wanker* zu dir."

„Ja. Er ist zwar nicht der Einzige, aber niemand ist so hartnäckig. Und das war er schon, bevor er mich begann zu hassen."

30

Damit gab er Parker die Möglichkeit, ihn nach dem Grund für Nevins Hass zu fragen, aber Parker biss nicht an. „Das kann ich mir vorstellen. Jeremy nennt er *Germy* und mich *Schlumpf*, seit ich mir das erste Mal die Haare blau gefärbt habe. Und Nevin ist wahrscheinlich der einzige Mensch auf Gottes Erdboden, der es wagt, meine Mom *Rho* zu nennen."

„Er hatte schon immer ein sehr bildhaftes Vokabular."

Parker lachte. „Oh ja." Er trank einen Schluck Cola, um das Gyros runterzuspülen. „Letztes Jahr haben wir zusammen an einem Freiwilligenprojekt mitgearbeitet. Wir mussten in einem Baumarkt Material besorgen und so ein Idiot dort hat mich Schwuchtel genannt. Na gut, ich gebe zu, ich war an diesem Tag … besonders farbenfroh gekleidet. Ich wollte es einfach ignorieren, weil er mir scheißegal war. Aber Nevin hat ihn sich vorgenommen. Hat ihn mit keinem Finger angerührt, aber seine Worte? Der Kerl hatte Tränen in den Augen, als Nevin mit ihm fertig war. Und dann hat Nevin dem Ganzen noch die Krone aufgesetzt und mir einen dicken Kuss auf die Wange gedrückt. Nevins Mann war auch dabei und hat herzlich darüber gelacht. Aber dieses dämliche Arschloch hat mit wehenden Fahnen die Flucht ergriffen."

Wes starrte ihn an. „Nevin Ng ist *verheiratet*?"

„Yep."

„Guter Gott. Er hat früher mit jedem gebumst, der auch nur andeutungsweise dazu Lust hatte. Ich hätte nie gedacht, dass er sich jemals mit einem Mann niederlassen würde."

Parker machte ein trauriges Gesicht und trank noch einen Schluck Cola. „Das würde vermutlich fast jeder, wenn er nur den richtigen Menschen kennenlernt."

Wes schnaubte skeptisch. Nicht jeder hatte dieses Glück. Manche Menschen waren einfach dazu bestimmt, ihr Leben allein zu verbringen.

Und dann fiel ihm ein, dass er noch eine Frage hatte. „Warum trägt Jeremy Cox eigentlich eine grüne Uniform?"

„Er ist jetzt Park Ranger. Ist sogar ihr Chef."

„Oh." Es war keine allzu große Überraschung für Wes. Jeremy war ein guter Polizist gewesen, ruhig und zuverlässig. Aber er hatte nie gerne Menschen festgenommen, hatte immer lieber helfen wollen. Und die Natur hatte Jeremy damals schon geliebt.

„Hast du früher mit den beiden gearbeitet?", erkundigte sich Parker vorsichtig. Ihm musste aufgefallen sein, dass dieses Thema für Wes ein wunder Punkt war.

„Ja." Wes bereitete sich innerlich auf ein Verhör vor, aber Parker sammelte nur ihren Müll ein und brachte ihn in einen der Abfalleimer. Dann gingen sie wieder zu Morrison und stiegen ein.

„Wyoming?", fragte Parker lächelnd.

„Vielleicht doch nicht. Ich, äh … im Café: Du warst ziemlich aufgeregt. Bist du sicher, dass du dich nicht erst wieder beruhigen musst?"

31

„Das tue ich doch." Parker klopfte auf die Konsole. „Ich sitze hier in deinem Auto und beruhige mich."

„Morrison."

„Was?"

„Er heißt Morrison. Das Auto."

Parker brach in schallendes Gelächter aus. „Wie klasse ist das! Mein letztes Auto war ein verbeulter, alter Ford Focus. Ich habe es … sie: *Helen Wheels* getauft und ein Freund hat mir Flammen auf die Kotflügel gemalt. Vielleicht solltest du Morrison auch aufpeppen. Weiß ist so langweilig. Was würde am besten zu ihm passen?"

Wes wollte erst sagen, dass er darüber noch nie nachgedacht hatte. Vielleicht irgendein Möbel? Das würde passen. Dann fiel ihm auf, dass Parker ihn erfolgreich vom Thema abgelenkt hatte. „Vielleicht solltest du nicht einfach mit einem Fremden nach Wyoming fahren, wenn es dir nicht gut geht."

Parker schnaubte nur und starrte ungerührt geradeaus. Regen prasselte auf die Windschutzscheibe.

Wie hatte Wes sich nur auf diesen Unsinn einlassen können? Er hatte geplant, seine Möbel abzuliefern, sich öffentlich zu geißeln und wieder nach Hause zu fahren. Ein junger Regenbogenmann, der offensichtlich in einer persönlichen Krise steckte, war nicht Teil seiner Agenda gewesen. Auch wenn dieser Sturkopf verdammt attraktiv war.

„Wird deine Mutter dir nicht böse sein, wenn du einfach wegläufst?"

Parker war ihm einen flüchtigen Seitenblick zu. „Ich bin sechsundzwanzig. Ich darf weglaufen, wann und wohin ich will."

Wes hätte ihn für viel jünger gehalten. Er sah ihn überrascht an und stellte fest, dass in seinem Blick ein Ernst lag, die für einen jungen Mann ungewöhnlich war. Parker mochte impulsiv sein, aber er hatte schon einige Tiefschläge hinter sich, auch wenn man es ihm nicht sofort ansah.

„Was ist mit Nevin und Jeremy? Muss ich damit rechnen, dass sie mich für einen Kidnapper halten und festnehmen wollen?" Seine Frage war durchaus ernst gemeint.

Parker rollte mit den Augen, zog aber sein Handy aus der Tasche und schickte eine kurze Nachricht. „So", sagte er, als er das Handy wieder einsteckte. „Ich habe sie darüber informiert, dass ich nicht entführt wurde, sondern für eine Weile meine Ruhe brauche. Sie sind vermutlich froh, mich losgeworden zu sein."

„Das bezweifle ich. Sie machten einen sehr besorgten Eindruck."

„Hmm." Parker verschränkte die Arme vor der Brust und drehte sich zu ihm um. „Solange wir hier rumstehen, verrate ich dir kein Wort über meine Leidensgeschichte. Wenn du sie hören willst, musst du losfahren. Nach Wyoming oder wohin auch immer." Er machte eine auffordernde Geste: *Los jetzt.*

Wes überlegte, wie er Parkers Entschlossenheit ins Wanken bringen konnte. „Wie wäre es, wenn wir irgendwo hinfahren, wo wir ficken können?"

32

„Okay."

Mist. Mit dieser Antwort hatte er nicht gerechnet. „Okay? Einfach so?"

„Du siehst gut aus und ich bin ... Single." Eine tiefe Trauer huschte über sein Gesicht, wurde aber schnell von Entschlossenheit abgelöst. „Ich bin kein einfacher Mensch, aber wenn es um Sex geht, bin ich dabei."

„Dann bist du also ... normal? Gerade richtig?"

Parker grinste. „Jetzt komme ich mir vor wie ein Mann, mit dem selbst Rotkäppchen ins Bett gehen würde."

Um ehrlich zu sein, geriet Wes in Versuchung, Parkers Angebot anzunehmen. Einen abgeschiedenen Platz zu finden und zu ficken, bis sie beide nicht mehr gerade gehen konnten. Hinten im Auto lagen praktischerweise immer noch die vielen Decken, mit denen er seine Möbel vor Transportschäden geschützt hatte. Aber sein Gewissen ließ es nicht zu. Parker hatte etwas Verstörendes erlebt und Wes wollte ihn nicht ausnutzen. Er hatte schon genug Scheiße gebaut in seinem Leben und nicht vor, dieser Liste noch mehr hinzuzufügen. Dennoch – die Bedenken waren nicht groß genug, um sich einen Ruck zu geben und Parker zurück ins *P-Town* zu fahren.

Der Verkehr rollte an ihnen vorbei und der Regen wurde stärker. Wes versuchte, sie wieder auf Kurs zu bringen. „Wie wäre es mit Plan C?", fragte er Parker.

„Plan C?"

„Weder Wyoming noch ficken. Was hältst du davon, wenn wir zu mir nach Hause fahren?"

„Und wo wäre das?", fragte Parker interessiert.

„Im Süden. Rogue Valley."

„Okay. Cool. "

Also dann. Wieso hatte Wes eigentlich jemals daran gezweifelt, wieder zuhause zu landen?

MORRISON WAR wesentlich kooperativer als auf der Herfahrt. Vielleicht freute er sich darauf, nach einem langen Tag endlich wieder nach Hause zu kommen. Oder ihr unerwarteter Passagier gab ihm das Gefühl, nicht sinnlos durch die Landschaft zu rollen.

Parker schwieg, bis sie südlich von Salem an einem bekannten Punkt vorbeikamen. „Enchanted Forest", sagte er und zeigte auf ein Hinweisschild. „Hier war ich als Kind oft mit meinen Eltern. Wie schön, dass es das noch gibt."

„Es kann noch nicht lange her sein, seit du noch ein Kind warst."

„Oh doch. Eine halbe Ewigkeit."

„Unsinn. Du bist doch noch jung."

„Du redest, als wärst du mindestens hundert. Du bist nicht viel älter als ich."

Es gab tatsächlich Tage, an denen fühlte Wes sich wie hundert. „Ein Jahrzehnt. Ich bin ein ganzes Jahrzehnt älter als du."

„Uralt, ja."

Parker verstummte wieder. Als sie nach Eugene kamen, meinte Wes, Morrison bräuchte jetzt Sprit. Er steuerte die nächste Tankstelle an und während sich der Tank langsam füllte, machte er einen kurzen Abstecher zur Toilette. Es hätte ihn nicht gewundert, wenn Parker in der Zwischenzeit verschwunden wäre oder seine Meinung geändert hätte und nach Portland zurückgebracht werden wollte. Aber Parker saß immer noch einfach auf dem Beifahrersitz. „Ich kann mich am Benzin beteiligen", sagte er lächelnd, als Wes wieder zum Auto kam.

„Nein. Ich wäre sowieso wieder nach Hause gefahren. Du kostest mich also keinen zusätzlichen Cent."

Kurz darauf waren sie wieder unterwegs. Es war eine merkwürdige Situation. Wes hatte noch nie einen Fremden mitgenommen, noch nie jemanden mit zu sich nach Hause gebracht. Aber er hatte keine Vorbehalte, im Gegenteil. Es war ein gutes Gefühl. Vielleicht lag es an Parker, der neben ihm saß, nichts von ihm wollte und damit zufrieden schien, die Landschaft vorbeiziehen zu sehen. Diese Art kameradschaftlicher Vertrautheit hatte Wes noch nicht oft erlebt. Normalerweise hielt er sie auch nicht für nötig, aber heute … nun, heute konnte er sie sehr gut brauchen. Jedenfalls für eine Weile.

„Du bist also kein Bulle mehr?"

Mist. Genau deshalb ging er den Menschen aus dem Weg. Sie stellten unangenehme Fragen.

„Nein."

„Und womit verdienst du jetzt dein Geld?"

Die Enge in seiner Brust ließ wieder nach, als Parker kein Interesse an den Untiefen seiner Vergangenheit zeigte. „Als Schreiner. Ich mache Möbel." Und das hörte sich jetzt wirklich stinklangweilig an.

Parker schien anderer Meinung zu sein. „Wirklich? Wie cool! Erzähl mir mehr davon. Was genau machst du?" Wes erzählte ihm von seiner Arbeit und Parker hörte interessiert zu. Gelegentlich unterbrach er ihn sogar und stellte Fragen zu speziellen Techniken und zu Wes' stilistischen Vorbildern, obwohl er behauptete, dass seine eigene Erfahrung nicht über das eine oder andere Desaster mit IKEA-Möbeln hinausginge: „Ich stehe auf Kriegsfuß mit Inbusschlüsseln."

Wes hatte ausnahmsweise mal das Gefühl, Möbel zu schreinern wäre tatsächlich cool und er ein Meister in seinem Handwerk. Er kam sich selten anerkannt oder bewundert vor – außer, wenn Miri ihm einen Scheck überreichte, was er wirklich zu schätzen wusste. Dann, sie näherten sich gerade Roseburg, machte er den Fehler, Parker eine Gegenfrage zu stellen. „Und du – was machst du?"

Parker stöhnte und sagte einige Meilen lang gar nichts. Dann seufzte er. „Ich bin arbeitslos. Bis auf die Tatsache, dass Mom immer einen Job im *P-Town* für mich findet."

34

„Also bist du ein Barista."

„Gelegentlich. Ich war schon vieles. Mein letzter Job war in einem Tierheim. Ich habe mich um die Hunde gekümmert, was keine sehr gute Idee war. Ich bin nämlich allergisch gegen Hundehaare. Aber es ging schon. Ich habe Antihistaminika eingenommen. Davor? Verkäufer. Fast Food. Rezeption. Kurier. Ansprechpartner im Kundendienst. Bestandsprüfer. Das ist ein hochtrabender Name für Leute, die zählen, was noch in den Geschäftsregalen steht. Ich habe auch schon Hüllen für Handys verkauft. Fußböden gewischt. Eintrittskarten abgerissen. Und hektoliterweise Kaffee eingeschenkt."

„Das ist eine sehr lange Liste für jemanden, der erst sechsundzwanzig ist."

„Ich bin nie sehr lange geblieben." Parker schaute aus dem Seitenfenster, als wollte er das Thema beenden.

Wes hakte nicht nach, obwohl er immer noch wissen wollte, was Parker heute so verstört hatte. Er schaltete seine Anlage an. Eddie Vedder bedauerte das traurige Schicksal eines heimatlosen Mannes. Zu Wes' Erstaunen lehnte Parker sich zurück, wippte im Takt mit den Beinen und summte sogar gelegentlich mit. Wes hätte ihn eher für einen Grunge-Fan gehalten. Alles, was er bisher über den Mann erfahren hatte, war für ihn … überraschend.

In Grants Pass verließ er die I-5. Jetzt kamen sie nur noch an Farmen, Plantagen und Weiden vorbei. Die Marihuana-Plantagen, die sich in dieser Gegend befanden, waren von der Straße aus nicht sichtbar.

„Fast geschafft", sagte er nach einer Weile. „Noch ungefähr zwanzig Minuten."

„Prima. Hey, stört es dich, dass ich mich einfach aufgedrängt habe? Ich hätte dich vorher fragen sollen."

„Kein Problem."

„Gut."

Nach einer Weile erreichten sie die kleine Stadt, in der Wes seine Einkäufe erledigte. Es gab hier wenig mehr als einen kleinen Supermarkt, eine Post, die übliche Bar, eine Tankstelle mit einer kleinen Werkstatt und eine mittelmäßige Pizzeria. Außerdem gab es noch eine Grundschule – die älteren Schüler mussten mit dem Bus in die nächstgelegene größere Stadt fahren – und eine kleine Halle, in der ab und zu Veranstaltungen stattfanden, an denen Wes allerdings nie teilnahm.

An einer Kreuzung bremste er ab und bog in eine schmale Straße ab. Parker setzte sich auf und holte tief Luft. „Ich habe mich gestern von meinem Freund getrennt. Logan. Es war nicht sehr schön. Und heute hat er sich umgebracht."

„Verdammte Scheiße." Wes fuhr an den Straßenrand – eine etwas überflüssige Vorsichtsmaßnahme, weil es so gut wie keinen Verkehr gab. Aber er war wie vor den Kopf geschlagen. „Das tut mir leid, Parker", sagte er und drehte sich zu Parker um.

„Ja. Es war … das, was du im *P-Town* miterlebt hast. Die Polizei hatte mich aus Seattle angerufen – dort haben wir gelebt – und ich war völlig fertig."

Wes war doppelt erleichtert, dass er nicht auf Parkers Angebot eingegangen und ihn in seinem aufgewühlten Zustand gefickt hatte. Er suchte nach den passenden Worten, um ihn zu beruhigen. In solchen Dingen war er nicht gut. „Das ist furchtbar. Es tut mir so leid, dass dir das passiert ist."

„Das ist es nicht. Ich meine ... natürlich ist es passiert und ich muss damit zurechtkommen. Aber ich bin hier. Ich lebe noch. Es ist Logan, der gestorben ist." Er spielte mit dem Saum seines Hoodies, rollte ihn zwischen den Fingern und zog an einem losen Faden.

„Jemanden zu verlieren, den man geliebt hat ..."

Parker schüttelte den Kopf. „Das habe ich nicht. Ich mochte ihn gern, aber wir waren nicht verliebt. Wir waren erst seit ein paar Monaten zusammen und es war nicht gerade die Art von Beziehung, über die man in Liebesromanen liest. Es war nur ..." Er seufzte. Es klang fast wie ein Schluchzen. „Wir haben beide in dem Tierheim gearbeitet und uns gut verstanden. Wir haben einige Male ... rumgemacht. Seine Wohnung lag näher an dem Tierheim und einer meiner Mitbewohner hatte ständig Sex auf dem Wohnzimmersofa. Es war eklig. Ein anderer – oder vielleicht war es auch immer derselbe – hat wiederholt in den Flur geschissen. Das war noch ekliger. Außerdem haben sich alle an meinen Vorräten vergriffen und nie ihr Geschirr gespült. Also bin ich bei Logan eingezogen."

Wes wusste nicht, ob Parker mit seiner Geschichte schon zu Ende war. Also wartete er ab und fischte eine Tüte Pfefferminzbonbons aus dem Türfach. Er reichte Parker eines der Bonbons und packte ein zweites für sich aus. Pfefferminzbonbons konnten die Probleme der Welt nicht lösen, aber sie schadeten auch nicht. Schon als er noch ein Kind war, hatte sein Großvater sie immer verteilt, wenn Wes unglücklich war. Dann konnte er wenigstens mit frischem Atem leiden.

Parker zerbiss das Bonbon knirschend. „Wie auch immer ... Logan war ein guter Mitbewohner. Dachte ich jedenfalls. Dann stellte sich heraus, dass er die Miete nicht bezahlte. Vielleicht hätte ich mich irgendwann in ihn verliebt? Aber als ich herausfand, dass der Vermieter uns vor die Tür setzen wollte, habe ich ihn angeschrien. Während der Arbeit. Wir wurden beide gefeuert und ich habe meine Mom angerufen. Sie hat mich abgeholt. Wieder einmal. Logan hat das Problem wohl anders gelöst."

„Das tut mir leid."

„Danke." Parker lehnte sich zurück und schloss die Augen. „Folge 5892 der beliebten Serie *Parker baut Scheiße*. Nur, dass meine falsche Entscheidung dieses Mal nicht nur mich selbst betroffen hat."

Wes wusste sehr wohl, wie es war, wenn man mit einer falschen Entscheidung Leid über andere Menschen brachte. Er war sich allerdings nicht sicher, ob er Parkers Erlebnis in diese Kategorie einordnen würde. „Für mich hört es sich an, als wäre Logan selbst für die Sache verantwortlich", sagte er leise.

Parker rieb sich übers Gesicht und drehte sich mit einem verlegenen Lächeln zu ihm um. „Sorry. Als du heute früh aufgestanden bist, hast du wahrscheinlich nicht damit gerechnet, in die Seifenoper eines wildfremden Menschen reingezogen zu werden."

„Kein Problem." Wes war sogar erleichtert, weil es ihn daran erinnerte, dass er mit seinen Problemen nicht allein war. Nicht, dass er Parker Schlechtes gewünscht hätte. Dazu fand er ihn viel zu nett. „Warum bist du mir vorhin nachgelaufen?"

Parker überlegte eine Weile. Dann verzog er das Gesicht. „Ich musste einfach raus. Mom ist wunderbar. Sie liebt mich und ist immer für mich da. Nevin und Jeremy sind die reinsten Superhelden. Aber ich wollte trotzdem einfach nur weg von ihnen. Und als wir uns vor dem *P-Town* getroffen haben, hast du einen sehr netten Eindruck gemacht, obwohl du bestimmt höllisch nervös warst. Aber du hast dich von den beiden nicht einschüchtern lassen. Das war sehr tapfer von dir."

Wes hatte sich schon lange nicht mehr tapfer gefühlt. Er wusste nicht, woran es lag, aber Parkers Anwesenheit wirkte beruhigend auf seine angespannten Nerven. Oder vielleicht lag es auch nur an Parkers Gesicht. Er war schließlich ein sehr schöner Mann. Aber das glaubte Wes nicht wirklich.

„Willst du immer noch mit zu mir kommen?", fragte er Parker.

„Ja, will ich."

5

PARKER HATTE schon immer leicht Bekanntschaften geschlossen. Echte Freundschaft zu finden, fiel ihm allerdings schwer. Er war in der Vergangenheit schon mehr als einmal mit einem Mann im Bett gelandet, dessen Namen er nicht kannte. Sich Wes anzuschließen, entsprach also durchaus seinem Charakter. Als er miterlebte, wie Wes sich bei Nevin und Jeremy entschuldigte, hatte er eine tiefe Sympathie für den Mann empfunden. Außerdem war Wes ihm sehr gelegen gekommen, als er Portland entfliehen wollte, weil er sich dort eingeengt fühlte.

Das alles erklärte, warum er zu Wes ins Auto gestiegen war. Es erklärte allerdings nicht, warum er sich bei ihm so verdammt wohlfühlte. Sie kannten sich schließlich erst seit wenigen Stunden. Normalerweise brachen Gefühle jeder Art – egal, ob gute oder schlechte – wie ein Tornado über ihn herein. Jetzt ähnelten sie mehr einer steifen Brise. Sie waren stark genug, um ein leichtes Zittern auszulösen, konnten ihn aber nicht mit sich davontragen.

Je weiter sie sich von Portland entfernten, umso mehr entspannte er sich. Wenn es nach ihm gegangen wäre, hätten sie ewig so weiterfahren können. Doch dann näherten sie sich Rogue Valley und ihm wurde klar, dass er Wes ein Geständnis schuldete. Es wäre unfair gewesen, ihn über die Ereignisse im Unklaren zu lassen. Also fasste er sich ein Herz und erzählte ihm alles. Zu seiner Überraschung blieb Wes vollkommen ruhig. Er überschüttete Parker weder mit inhaltslosen Beileidsfloskeln noch mit falschem Mitleid. Er sagte nur einige wenige, aber ehrliche Worte und sah Parker dabei mit seinen blaugrauen Augen verständnisvoll an.

Sich Wes anzuschließen, war eine weitere dieser spontanen Entscheidung gewesen, die Parker ansonsten später bereute. Aber vielleicht stand das Glück dieses Mal auf seiner Seite.

Wes bog auf einen holprigen, mit Schlaglöchern übersäten Feldweg ab. Vor ihnen glänzten die weißen Schindeln eines Farmhauses in der untergehenden Sonne. Parker nahm an, dass es sich um ihr Ziel handelte, aber Wes fuhr an dem Haus vorbei und umrundete einen kleinen Hügel, bis sie zu einem kleinen Gehölz kamen. Erst jetzt hielt er an und schaltete den Motor aus. „Ich hoffe, du hast nicht das Taj Mahal erwartet", sagte er beim Aussteigen.

Parker sah weder einen Palast noch ein Haus, nur einen Schulbus. Die gelbe Farbe war mit abstrakten, bunten Motiven bemalt und die Räder mit Zementblöcken stabilisiert. Er stand auf einem freien, von Bäumen umgebenen Areal, auf dem sich noch einige Holzschuppen befanden. Unter einer großen grünen Plane standen mehrere Kisten und Möbel und auf einem kleinen Teich schwammen einige Wildenten.

„Ich dachte immer, Enten würden im Süden überwintern", sagte Wes, als Parker zu ihm kam. „Sie sind vor zwei Jahren hier aufgetaucht und offensichtlich gefällt es ihnen so gut, dass sie sich fest eingenistet haben."

„Hier lebst du also?"

Wes warf ihm einen kurzen Seitenblick zu. „Ja."

„Wie cool. Ich habe noch nie jemanden getroffen, der in einem Bus lebt. Zeigst du mir alles?"

Nach einer kleinen Pause und einem weiteren Seitenblick nickte Wes. Parker folgte ihm zu dem wettergeschützten Areal unter der Plane. „Das ist meine Werkstatt und die Küche. Der Bus hat kein Wasser, aber hier habe ich alles Nötige." Er zeigte auf ein Waschbecken, einen Gasgrill und einen Herd, auf dem er sein Essen zubereitete. In einem der Schuppen befand sich die Toilette, der andere hatte einen Fußboden aus Beton und diente als Dusche. Das Wasser befand sich in einem großen Tank und konnte mit Gas erhitzt werden.

„Es ist sehr rustikal", sagte er und zuckte mit den Schultern. „Ich habe mich daran gewöhnt."

Aber Parker fielen viele kleine Details auf. Die kleinen, geschnitzten Blumen an der Seite des Regals, in dem Wes sein Geschirr aufbewahrte. Die Tierfiguren, die er in die Türen der Holzschuppen geschnitzt hatte. Die gläsernen Türgriffe, die bemalte Keramik und das facettierte Metall. Das halbe Weinfass, das mit bunt bemalten Steinen gefüllt war. Die Tischplatte, die aus einem Mosaik von Porzellanscherben bestand.

„Es ist gemütlich", fand er. „Es gefällt mir hier." Er sah sich, eine Tasse mit frischem Kaffee in der Hand, in einem der Sessel sitzen und zuschauen, wie Wes unscheinbare Holzstücke in wunderschöne Möbel verwandelte. Sicher, es war etwas kühl. Aber schließlich war es schon November. Außerdem hatte Wes ein Heizgerät und eine Feuerstelle, und wenn das alles nichts half, konnte er sich in eine Decke wickeln.

Wes hatte ihn genau beobachtet. Als er Parkers Reaktion sah, lächelte er. „Danke." Sie gingen weiter und stiegen die paar Stufen hinauf, die in den Bus führten.

Parker wusste nicht, was er erwartet hatte. Vielleicht eine Pritsche mit einigen notwendigen Kleinigkeiten, dazu den verblassten Geruch nach Pausenbroten und Buntstiften. Stattdessen fand er ein Zuhause vor. Das Steuerrad und das Armaturenbrett gab es noch, aber der Fahrersitz war durch einen bequemen Ledersessel ersetzt worden, der mit dem Rücken zur Windschutzscheibe stand. Der Boden bestand aus poliertem Holz und war mit kleinen Teppichen belegt. Das große Bett an der Rückwand nahm die gesamte Breite des Busses ein. Wes musste es selbst eingebaut haben. In der Mitte standen ein Sofa, einige Polsterstühle, eine Garderobe, mehrere kleine Tische und Regale und ein Holzofen. Sogar einen Kleiderschrank gab es und einen Kühlschrank. An den Fenstern hingen Vorhänge.

„Wow", sagte Parker beeindruckt.

„Ja?"

„Definitiv. Wie gemütlich!" Und das war es auch. Es gab wenig Schnickschnack, aber alles war mit sehr viel Sorgfalt gefertigt und eingebaut. „Es gibt kein fließendes Wasser, aber ich habe Elektrizität und Wi-Fi." Der Bus erinnerte an eines dieser kleinen Wunschhäuser, über die Fernsehserien gedreht wurden. Es roch nach frischem Holz und einem Hauch Lavendel.

„Es ist wunderschön. Hast du das alles selbst gemacht?"

„Das meiste."

„Wie lange lebst du schon hier?"

„Seit zehn Jahren."

Parker fuhr mit den Fingern über das glatte Holz einer Kommode. Es fühlte sich an wie Glas, nur wärmer. Es stellte sich vor, wie Wes Holz geduldig schliff und polierte. Sein Herz schlug schneller und eine warme Röte stieg ihm ins Gesicht. Er hatte noch so viele Fragen, die er sich nicht zu stellen traute. Wes hatte in der Vergangenheit Fehler gemacht und Parker wollte ihn nicht daran erinnern. „Du liebst dein Zuhause", sagte er stattdessen.

„Ja", antwortete Wes leise. „In dem Haus, an dem wir vorbeigefahren sind, hat mein Großvater gelebt. Ich habe als Kind viel Zeit bei ihm verbracht. Ich habe ihm auch dabei geholfen, den Teich auszuheben." Er machte eine Geste zum Fenster. Parker schaute nach draußen. Der Teich war nicht viel größer als Rhodas Hinterhof. Er war von Gras umgeben. Hier und da blühte noch eine Blume. Es war ein friedlicher, sehr intimer Ort, der perfekt zu der Einrichtung des Busses passte.

Wes fuhr mit dem Finger über die Fensterscheibe. „Großvater hat damals noch gelebt. Der Bus war seine Idee. Aber er ist gestorben, bevor ich mit der Arbeit fertig war. Er hat den Bus nie so gesehen, wie er jetzt ist." Er lächelte wehmütig. „Er hat mir diese zwei Hektar Land hinterlassen."

Es war mittlerweile dunkel geworden. Kleine Lampen verbreiteten warmes Licht. Parker blieb bei der Tür stehen und sah zu, wie Wes sein Handy ans Ladegerät anschloss und an der Anlage herumfummelte. Kurz darauf war aus den Lautsprechern an der Decke Musik zu hören. Die Rolling Stones.

„Willst du etwas essen?", fragte Wes.

„Noch nicht. Ich bin noch satt vom Mittagessen."

„Gut. Ich kann uns später Hamburger oder Lachs grillen. Falls du immer noch bleiben willst, natürlich."

Parker wollte bleiben. Unbedingt. Er ging zu Wes hinüber, um ihn nach dem wunderschönen Stuhl zu fragen, der in der Nähe stand. Hatte Wes ihn selbst geschreinert? Aus welchem Holz war er gemacht? Wieso hatte Wes die Lehne mit diesem speziellen Motiv dekoriert? Aber als er bei Wes ankam, nahm er ihn nur wortlos in die Arme.

Wes war zwar etwas muskulöser gebaut als Parker, aber sie waren ungefähr gleich groß. Sie passten zusammen, als wären sie füreinander gemacht. Sie küssten

40

sich nicht, betatschten sich auch nicht. Parker hielt Wes nur fest an sich gedrückt und Wes erwiderte seine Umarmung. Er fühlte sich stark und sicher an und roch nach Sojasoße und Pfefferminzbonbon.

Parker kam sich vor, als müsste er nur lange genug in Wes' Armen stehen bleiben – eine Woche vielleicht oder einen Monat – und er wüsste endlich, wer er war und was er sein wollte. Als würden Wes' Arme ihn vor falschen Entscheidungen bewahren.

Wes vergrub sein Gesicht in seiner Halsbeuge. „Mein Gott, wir ... wir sollten das nicht tun." Aber er ließ Parker nicht los.

„Warum nicht?"

„Ich will dich nicht ausnutzen."

Das brachte Parker zum Lachen. „Hältst du mich für eine sittsame Jungfer? Oder ein Kind?"

„Nein. Aber ich halte dich für einen Mann, der in den letzten Tagen einiges durchgemacht hat."

Damit hatte Wes nicht unrecht. Trotzdem, unter normalen Umständen hätte Parker keine Sekunde gezögert. Aber die Stimme der Vernunft – diese leise Stimme, die sich nur selten Gehör verschaffen konnte – flüsterte ihm zu, dass alles vorbei wäre, wenn er jetzt Mist baute und mit Wes im Bett landete. Dann würde er sich am nächsten Tag wieder auf den Weg nach Portland machen und Wes nie wiedersehen. Und das wollte er nicht.

Es kostete ihn Überwindung, sich aus Wes' Armen zu lösen, aber irgendwie gelang es ihm. Die Umarmung hatte ihm neue Kraft gegeben. Kraft und, wenn er nichts dagegen unternahm, einen Ständer. Er setzte sich aufs Sofa. „Erzähl mir mehr von deinem Großvater", sagte er lächelnd.

WES FING stockend an zu erzählen. Es waren nur kurze Sätze, emotionslos vorgetragen und ohne Details. Mit der Zeit wurde es besser. Seine Erinnerungen setzten wieder ein und schließlich war er nicht mehr zu bremsen. Er redete und redete, während er gleichzeitig das Abendessen vorbereitete. Sie aßen draußen, unter der Plane. Parker genoss die Campingatmosphäre und Wes' Geschichten über seinen Großvater, der auch schon Möbel geschreinert und es Wes auch beigebracht hatte.

„Wenn wir nach Wyoming gefahren wären, hätten wir das *Reliance Tipple* besuchen können." Wes schwenkte seine Bierflasche.

„Ich habe keine Ahnung, wovon du sprichst." Parker war rundum satt und obwohl es empfindlich kühl war, fühlte er sich so entspannt wie schon lange nicht mehr.

„Das ist ein Ort, an dem Kohle aufbereitet und verladen wurde. Die Station ist schon lange nicht mehr in Betrieb, aber ich habe Fotos davon gesehen. Eine riesige

Anlage mit Kohlehalden und verrosteten Maschinen. Richtig postapokalyptisch. Ich glaube, es wäre einen Ausflug wert."

„Warum nicht. Berge von Kohle sind immer gut."

Wes grinste. „Oder wir hätten in die Wüste oder ans Meer fahren können."

Und dann ging es wieder los. Dieses Mal erzählte Wes über den Pazifik und die Geschichte der Schifffahrt. Parker hörte gebannt zu. Man merkte Wes an, dass er nicht oft die Gelegenheit hatte, sich mit anderen Menschen zu unterhalten. Parker ging es genau umgekehrt. Er war immer von Menschen umgeben – seien es Mitarbeiter, Bekannte, Kunden oder Mitbewohner – und er genoss es, sich auf ein Gespräch konzentrieren zu können.

Während er Wes zuhörte, sammelte er das Geschirr ein und fing an zu spülen. Danach gingen sie in den Bus zurück und Wes fragte ihn, welche Musik er hören wollte. In diesem Moment klingelte Parkers Handy. Er schaute auf den Bildschirm. „Meine Mom", sagte er seufzend. „Ich gehe kurz raus, ja?"

Wes nickte und Parker verließ den Bus.

„Hallo, Mom."

„Alles in Ordnung, Gonzo?"

Er schaute in den Himmel. Es war bewölkt und nur hier und da funkelte ein Stern durch die Wolken. „Alles bestens. Ich bin nicht entführt worden oder so."

„Bist du immer noch bei Wes?"

„Ja. Ich bin ein erwachsener Mann und … "

„Ich habe dich nicht angerufen, um dir Vorschriften zu machen."

Parker blinzelte. Rhoda hielt sich normalerweise mit guten Ratschlägen nicht zurück. Und das galt nicht nur für ihn, sondern für jeden, der ihr über den Weg lief. „Oh?"

„Ich wollte dir nur sagen, dass ich dich liebe."

„Ich liebe dich auch." Er wartete eine halbe Ewigkeit, aber sie sagte nichts mehr. Schließlich gab er auf. „Bist du sicher, dass du mich nicht daran erinnern wolltest, wie verantwortungslos es von mir war, einfach davonzulaufen? Oder dass Wes ein Fremder ist, den Jeremy und Nevin hassen?"

Sie lachte. „Das weißt du doch alles schon, mein Junge. Daran muss ich dich nicht erst erinnern. Ist völlig in Ordnung, dass du eine Auszeit brauchst."

Er ging unter die Plane und ließ sich auf den Stuhl fallen, auf dem er den größten Teil des Abends verbracht hatte. Es raschelte leise in den Bäumen. Vielleicht war es nur der Wind, vielleicht aber auch … ein Waschbär? Ein Opossum? Parker hatte sein ganzes Leben in der Stadt verbracht und konnte mit dem Geräusch nichts anfangen. Aber es war ihm nicht unheimlich, obwohl er allein hier draußen saß. Wes hatte kleine Lampen aufgehängt, die ein freundliches Licht verbreiteten.

„Ich habe keine Ahnung, was ich brauche", sagte er. „Oder was ich will."

„Vielleicht kannst du die Zeit mal nutzen, um darüber nachzudenken. Wo auch immer du bist."

„Vielleicht. Wes … "

„Ich weiß nicht, was Nevin und Jeremy gegen ihn haben. Ich bin sicher, sie haben einen guten Grund für ihr Verhalten. Aber ich fand ihn nett. Und tapfer. Es kann nicht leicht für ihn gewesen sein, sich bei den beiden zu entschuldigen."

Parker nickte. „Ich mag ihn."

„Gut."

Obwohl er – wie er eben noch betonte hatte – ein erwachsener Mann war, bedeutete Rhodas stillschweigende Akzeptanz viel für ihn. Vor allem deshalb, weil sie sich selten in einem Menschen täuschte.

Wes hatte die Vorhänge im Bus noch nicht zugezogen und Parker konnte ihn durch die Fenster dabei beobachten, wie er im Bus beschäftigt hin- und herging.

„Mom, ich weiß noch nicht, wann ich nach Portland zurückkomme." Oder wie er zurückkam, aber das war ein anderes Problem. „Fehle ich dir im *P-Town*?"

„Etwas, ja. Aber mach dir keine Sorgen, ich habe einen Plan B."

Natürlich hatte sie den. Rhoda war auf alles vorbereitet und ließ sich nie zu dummen Entscheidungen hinreißen. „Okay", sagte Parker.

„Melde dich, falls du wieder von der Polizei in Seattle hörst, ja? Willst du mit der Anwältin sprechen, die Jeremy dir empfohlen hat?"

„Eigentlich nicht. Könntest du das für mich übernehmen?" Weil es für einen erwachsenen Mann vollkommen normal war, wenn er seine Mutter bat, sich um seine Rechtssachen zu kümmern.

Rhoda schien seine Bitte schon erwartet zu haben, denn sie zögerte keine Sekunde. „Wenn du das willst. Aber ich melde mich, falls sie zusätzliche Informationen braucht."

„Danke, Mom. Ich bin froh, dass ich dich habe."

„Das solltest du auch sein." Sie lachte. „Ich bin auch froh, dass ich dich habe, Gonzo. Gute Nacht."

Parker blieb noch einige Minuten sitzen. Als er zu frösteln begann, ging er in den Bus zurück. Wes saß in einem der Sessel, ein Buch in der Hand.

„Alles in Ordnung?", fragte er Parker.

„Yep."

Aus den Lautsprechern klang Creedance Clearwater Revival. John Fogerty sang den *Midnight Special*. Parker machte es sich auf dem Sofa bequem und summte leise mit. „Du denkst wahrscheinlich, ich wäre zu alt, um mich bei meiner *Mami* zu melden."

„Nein, ich kann es verstehen. Ihr steht euch sehr nahe."

Seine Stimme hörte sich wehmütig an. Parker musterte ihn. Wes hatte viel über seinen Großvater gesprochen, den Rest der Familie aber mit keinem Wort erwähnt. „Was ist mit deinen Eltern? Steht ihr euch nicht nahe?"

Wes zuckte mit den Schultern. Falls es gleichgültig wirken sollte, war ihm das nicht gelungen. „Sie haben sich scheiden lassen, als ich noch ein kleines Kind war. Dann haben beide wieder geheiratet und neue Familien gegründet. Ich war ein Überbleibsel aus der Vergangenheit und habe sie an ihre gescheiterte Ehe

43

erinnert. Sie haben mich hin und her geschoben, aber ich war immer das fünfte Rad am Wagen."

Mist. Parker hatte schon oft bis zum Hals in der Scheiße gesteckt, aber auf seine Mutter hatte er sich immer verlassen können. Er gehörte zu ihr und sie zu ihm. „Leben sie hier in der Nähe?"

„Nein. Meine Mutter ist in Nevada gelandet. Mein Dad und seine Kinder haben die Farm meines Großvaters geerbt, sie aber sofort wieder verkauft. Jetzt steht das Haus leer und das Land ist verpachtet. Dad lebt irgendwo in Kalifornien." Wes schob das Kinn vor. „Aber ich habe meine zwei Hektar, den Bus und meine Schreinerei. Das gehört alles mir."

Der *Midnight Special* war zwischenzeitlich angekommen und wurde durch den *Fortunate Son* abgelöst, was schon fast an Ironie grenzte. Wes sah Parker an. „Soll ich dich jetzt nach Portland zurückbringen?", fragte er mit ruhiger Stimme.

Parkers Kehle schnürte sich zusammen und er sprang auf die Füße. „Ich dränge mich auf. Es tut mir leid, ich …"

Wes war auch aufgestanden und legte ihm die Hand – voller Schwielen und heißer Haut – auf den Arm. „Du drängst dich nicht auf. Nur …" Er trat einen Schritt zurück und ließ die Hand wieder fallen. „Ich bin nicht gut für dich."

Hätte Wes nicht so ein ernstes Gesicht gemacht und wäre er selbst nicht so gerührt gewesen, hätte Parker gelacht. „Gut für mich? Wie gesundes Essen oder so? Darauf kann ich verzichten."

„Ich bin nicht …" Wes biss sich auf die Lippen. Er kämpfte mit den Worten, gab schließlich auf und schüttelte den Kopf. „Mein Leben hier ist stinklangweilig."

Als Parker den Zweifel in Wes' Blick sah, konnte er wieder leichter atmen. Wes wollte ihn nicht loswerden. „Mir gefällt es hier", sagte er.

„Warum?"

Das war eine berechtigte Frage, aber es dauerte eine Weile, bis Parker sie beantworten konnte. Es ging ihm wie Wes. Er konnte nicht die richtigen Worte finden. „Ich mag die Stille", sagte er schließlich, aber das war nur ein Teil der Antwort. Wenn Wes wirklich bereit war, Parker in seiner Idylle zu ertragen, hatte er mehr verdient.

Nach kurzem Zögern ging Parker zur anderen Seite des Busses. Er brauchte dazu nur zwei Schritte. Er fuhr mit den Fingern über das Bücherregal aus poliertem, rotem Holz, das warm im Licht glänzte. An den Seiten des Regals waren Einlegearbeiten aus hellerem Holz, die sich wie ein träge fließender Fluss oder eine verträumte Landstraße von ganz oben bis zum Boden schlängelten. „Das hast du selbst gemacht, nicht wahr?"

„Ja."

Parker streichelte über das Holz und sammelte seine Gedanken. „Meine Eltern haben das *P-Town* eröffnet, als ich noch zur Schule ging. Es war eine Heidenarbeit. Erst die Renovierungen und die vielen Formalitäten, dann das

Personal – einstellen und ausbilden – und die Entscheidungen bezüglich eingehender Angebote und Lieferanten ... Selbst jetzt, nach so vielen Jahren, arbeitet Mom manchmal achtzig Stunden in der Woche. Das hätte sie nicht nötig, aber sie will es so. Sie hat sich mit dem Café einen Traum realisiert. Das mag sich für manche dumm anhören, aber ..."

„Es ist ein sehr schönes Café."

Parker lächelte. „Das ist es. Aber letztendlich ist es nicht mehr als ein weiterer Ort, an dem man Zucker und Koffein bekommt. Davon gibt es in Portland mehr als genug. Aber im *P-Town* herrscht immer Betrieb. Viele Gäste kommen vom anderen Ende der Stadt, obwohl die Parkmöglichkeiten beschissen sind. Ich glaube, es liegt daran, dass es nicht zu irgendeiner Kette gehört und nur Geld einbringen soll. Das *P-Town* macht meine Mutter glücklich, und das fühlen die Gäste. Es strahlt auf sie ab."

Es war seltsam. Parker hatte darüber noch nie ernsthaft nachgedacht, aber jetzt, nachdem er es gesagt hatte, hörte es sich wahr an. Wes schien es genauso zu gehen, denn er nickte verständnisvoll. Wie cool. Wenn Parker diese Rede einem seiner Verflossenen gehalten hätte, wäre er nur ausgelacht und gefragt worden, was er geraucht hätte. Aber Wes lachte nicht, also fuhr Parker fort.

„Dieser Ort – dein Bus und die Werkstatt draußen – ist so ähnlich. Du hast ihn dir mit derselben Liebe eingerichtet wie Mom das *P-Town*. Das macht ihn zu deinem Zuhause und man fühlt sich gut hier. Er strahlt Wärme und Geborgenheit aus, verstehst du?"

Wes sah ihn mit großen Augen an. „Ja."

Parker freute sich so sehr darüber, dass er die Arme um sich schlang, als müsste er sich umarmen.

Sie setzten sich wieder – Wes auf seinen Sessel und Parker aufs Sofa. Aus den Lautsprechern tönte immer noch CCR. Parker beobachtete Wes schweigend. Normalerweise hätte er mit seinem Handy gespielt. Stattdessen stand er nach einigen Minuten wieder auf und ging zum Bücherregal. „Darf ich mir eines ausleihen?"

„Sicher."

Für Parker war Lesen noch nie Unterhaltung gewesen. Er nahm selten freiwillig ein Buch in die Hand. Heute war das anders. Er entschied sich für *Per Anhalter durch die Galaxis* und kuschelte sich wieder aufs Sofa, schmökerte in dem Buch und hörte der Musik zu, während Wes ebenfalls in seinem Buch las. Noch besser war, dass Wes nach einer Weile den Bus verließ und zehn Minuten später mit dampfendem Pfefferminztee zurückkam. Er stellte die beiden Becher auf den kleinen Tischen ab, die neben dem Sofa und seinem Sessel standen. Dann ging er zu einem Schrank, zog eine Tüte Chips hervor und füllte sie in zwei kleine Schälchen. Eines davon gab er Parker, das andere nahm er mit zu seinem Sessel und setzte sich wieder.

Ja. Viel perfekter konnte es nicht mehr werden.

Parker hätte nicht sagen können, wie viel Zeit vergangen war, als Wes die Hand vor den Mund hielt und gähnte. „Es war ein langer Tag, oder?", sagte er.

„Für uns beide."

Parker wurde wieder an Logan erinnert, den er in den letzten Stunden so erfolgreich verdrängt hatte. Er verzog das Gesicht. „Ja."

„Okay, du hast die Wahl. Wir können das Sofa in ein Bett umwandeln. Ich habe auch schon darauf geschlafen. Es ist recht bequem. Oder ..." Er zeigte auf sein eigenes Bett.

Normalerweise hätte Parker keine Sekunde gezögert und sich für die große, weiche Matratze entschieden – vorzugsweise nackt und ausgerüstet mit Gleitgel und einem Kondom. Je mehr Zeit sie miteinander verbrachten, umso begehrenswerter wurde Wes. Aber heute zögerte Parker. Er wollte nichts überstürzen. Sicher, es würde Spaß machen, mit Wes ins Bett zu gehen. Vielleicht würde es sogar noch für eine zweite Nacht ausreichen, aber ... was dann? Was, wenn danach Schluss war? Er wollte das Dessert nicht vor dem Hauptgang essen. Nach einem Stück Schokoladentorte mit Erdnussbutter verloren die gegrillten Zucchini ihren Reiz. Und das wäre verdammt schade, weil gegrillte Zucchini nicht nur hervorragend schmeckten, sondern auf Dauer auch viel gesünder waren.

Parker hatte das Gefühl, als würde Wes einen sehr appetitlichen Hauptgang abgeben, wenn sie sich erst besser kannten.

Andererseits war er nicht in der Stimmung, allein auf dem Sofa zu schlafen, während er Wes in Reichweite wusste.

Wes wartete geduldig ab, die Augenbrauen hochgezogen und den Kopf leicht auf die Seite gelegt. Er drängte Parker nicht, sich zu entscheiden. Was verdammt nett von ihm war.

Ein Kompromiss. Das war die Lösung. „Das Bett. Aber ... kein Sex. Falls das okay ist."

„Bestens." Sollte Wes enttäuscht sein, so ließ er sich nichts anmerken.

Eine halbe Stunde später war Parker froh, sich für das Bett entschieden zu haben. Es war gemütlich, auf drei Seiten von Wänden umgeben und unter einem Sternenhimmel, der an die Decke des Busses gemalt war. Wes hatte den Ofen ausgeschaltet und es wurde kühler, aber die Bettwäsche war aus Frottee und die warme Daunendecke roch angenehm nach Wes: frisches Holz, Dr. Bronner's Seife und Pfefferminztee. Wes war schon eingeschlafen und schnarchte leise an seiner Seite. Sie berührten sich nicht, aber Parker hätte ihn jederzeit berühren *können*, wenn er die Hand nur wenige Zentimeter über die Bettdecke geschoben hätte. Morgen vielleicht.

6

WES KONNTE sich nicht erinnern, wann er das letzte Mal mit einem Mann im Bett aufgewacht war. Es war ein merkwürdiges Gefühl, zumal er diesem Mann gestern Nachmittag erst begegnet war und sie einen seltsam häuslichen Abend miteinander verbracht, aber nicht gefickt hatten. Sie hatten sich noch nicht einmal geküsst. Außerdem war Parker zehn Jahre jünger als Wes, und wenn er schlief, so wie jetzt, sah er noch jünger aus. Wes hatte gestern Abend nicht alle Vorhänge zugezogen und das Morgenlicht lag auf Parkers Gesicht. Seine orangefarbenen Haare breiteten sich auf dem weißen Kissen aus, seine langen Wimpern warfen leichte Schatten auf die Wangen und sein Mund stand etwas offen. Eine Hand, leicht zur Faust geballt, lag neben seinem Kopf auf dem Kissen.

Wes wollte ihm die Haare streicheln. Wollte seinen Mund küssen, sich an ihn drücken und seinen morgendlichen Duft einatmen. Aber er schaute ihn nur schweigend an, als würden Meilen zwischen ihnen liegen anstatt weniger Zentimeter.

Dann öffnete Parker die Augen – warme Brauntöne, wie poliertes Rosenholz – und lächelte. „Guten Morgen."

Wes musste sich erst räuspern, bevor er antworten konnte. „Frühstück?"

„Dazu sage ich nicht nein." Parker streckte sich träge. „Aber ich helfe dir, ja?"

Wes wusste, seine Einrichtung war mehr als unkonventionell. Man musste erst in die Kälte raus, um die Toilette benutzen und sich zu waschen. Er war daran natürlich schon lange gewöhnt, aber es überraschte ihn, dass Parker sich mit keinem Wort beschwerte oder grummelte. Parker nahm die Unbequemlichkeiten anstandslos hin und stand jetzt gut gelaunt vor dem Herd, wo er Toast und Rührei zubereitete, während Wes sich duschte. Wes warf ihm über die Holzwand ab und zu kurze Blicke zu und Parker revanchierte sich mit einem gelegentlichen Grinsen.

Sie aßen ihr Frühstück im Bus. „Das Rührei schmeckt prima", sagte Wes nach einigen Bissen. „Was ist da drin?"

„Nur einige Kräuter und Gewürze."

„Der Kaffee ist auch gut."

Parker lachte. „Wenn ich etwas kann, dann Kaffee kochen."

„Sehr praktisch." Wes hob die Tasse und prostete ihm zu. „Ich weiß es zu schätzen." Er trank noch einen Schluck.

„Es ist nichts Besonderes. Kein Vergleich zu deinen wunderschönen Möbeln."

Wes lachte. „Und wer braucht die? Eine Handvoll Menschen. Reiche Leute, die zu viel Geld haben. Kaffee ist ein Geschenk für die Massen."

Parker war von diesem Argument nicht sehr überzeugt. Er verdrehte die Augen, ließ das Thema aber fallen. „Willst du heute arbeiten?"

„Ja. Aber wenn dir das zu langweilig ist, können wir ..."

„Ist es nicht. Wenn du nichts dagegen hast, würde ich dir gern bei der Arbeit zuschauen."

„Von mir aus." Wes hatte noch nie vor Publikum gearbeitet. Er konnte sich nicht vorstellen, Parker mit seiner Show vom Hocker reißen zu können.

Nachdem sie aufgeräumt und das Geschirr gespült hatten, setzte sich Parker, eine Tasse Kaffee in der Hand, unter die Plane auf einen Stuhl und legte sich eine warme Decke über die Beine. Und dort blieb er den ganzen Morgen sitzen. Er stellte Wes einige Fragen zu seiner Arbeit und hörte seinen Erklärungen aufmerksam zu. Wes zeigte ihm die verwitterten Eichenbretter, die er aus einem alten Schuppen gerettet hatte. Er beschrieb ihm sein derzeitiges Projekt, einen kleinen Beistelltisch. Er erklärte Parker, wie er das Holz schneiden und verarbeiten wollte, damit der Tisch dem Kiel eines Schiffs ähnelte. Wie die alten Nagellöcher in den Brettern den Charakter des Tischs betonen würden. Wie er das Treibholz, das noch im Schuppen lag, in sein Design einarbeiten wollte, damit der Tisch an ein Schiff erinnerte, das von einem Seemonster in die Tiefe gezogen wurde.

Wenn Wes allein arbeitete, hatte er die Angewohnheit, vor sich hin zu murmeln. Es war eine schöne Abwechslung, mit einem anderen Menschen reden zu können. Besonders deshalb, weil dieser Mensch ein Augenschmaus war und ihn regelmäßig mit warmen Getränken versorgte. Parker wollte ihm auch Werkzeuge bringen, aber es stellte sich schnell heraus, dass er außer dem Hammer keines davon richtig identifizieren konnte.

„Hat dir deine Mom das nicht beigebracht?", fragte Wes grinsend.

„Nein." Parker schnaubte amüsiert. „Ihre handwerklichen Fähigkeiten waren so gut wie nicht vorhanden."

Wes zögerte einen Moment, bevor er ihm die nächste Frage stellte. „Was war mit deinem Dad?" Parker hatte schon einige Male von seinen Eltern im Plural gesprochen, aber wenig über seinen Vater gesagt. Meistens ging es nur um Rhoda.

Parker lachte leise. „Der war noch schlimmer als sie. Er meinte, er wäre ein hoffnungsloser Tollpatsch. Damit hatte er recht."

„Er ... *war*?"

Parker nickte. „Ja. Er ist vor Jahren bei einem Autounfall ums Leben gekommen."

„Oh. Das tut mir leid."

„Danke. Es war mein erstes Semester an der Oregon State University. Ich hatte ihn am Wochenende zuvor noch gesehen. Er und Mom haben mich in Corvallis besucht, weil ich Geburtstag hatte. Wir waren zum Essen in einem Restaurant.

Danach haben sie mich ins Wohnheim zurückgebracht und sich verabschiedet. Das war's. Dann war er plötzlich nicht mehr da."

Wes nickte. Er erinnerte sich noch gut an die Trauer, die er nach dem Tod seines Großvaters empfunden hatte. Aber wenigstens hatte er damit gerechnet. Sein Großvater war schon Ende achtzig gewesen und seit einigen Jahren krebskrank. Trotzdem, es hatte Wes' Welt auf den Kopf gestellt und ihn orientierungslos zurückgelassen. Noch Monate nach seinem Tod hatte er sich dabei erwischt, den Weg zum Haus seines Großvaters einzuschlagen oder ihm diese grauenhaften Mentholbonbons zu kaufen, die der alte Mann lutschte, wenn er keine Lust auf Pfefferminz hatte.

„Es tut mir leid", wiederholte Wes.

Parker machte ein nachdenkliches Gesicht. „Mom war … es hat sie hart getroffen. Ich habe mir große Sorgen um sie gemacht. Aber sie ist eine sehr starke Frau und mit der Zeit hat sie es überwunden."

„Und du? Hast du es auch überwunden?", fragte Wes, ohne ihm in die Augen zu sehen.

„Sicher. Ich denke schon." Parker seufzte. „Ich habe mein Studium abgebrochen. Es sollte nur vorübergehend sein, weil ich Mom aushelfen wollte. Aber ich war kein sehr guter Student und wäre vielleicht sowieso durch die Prüfung gefallen. Ich habe nur studiert, weil es von mir erwartet wurde. Wie auch immer. Ich bin nie an die Uni zurückgegangen."

„Bedauerst du das?" Dieses Mal sah Wes ihn an.

Parker verzog nachdenklich das Gesicht. „Nein. Ich bin nicht der akademische Typ. Und du? Bist du aufs College gegangen?"

„Ich habe ein Grundstudium in Strafrecht abgeschlossen."

Parker riss die Augen auf. „Stimmt! Du warst ja früher Bulle!"

Parker hatte ihn nicht nach dem Grund seiner Auseinandersetzung mit Jeremy und Nevin gefragt und Wes hatte kein Problem damit, diesem Thema aus dem Weg zu gehen. Wenigstens für die nächsten hundert Jahre oder so.

Er griff nach dem Maßband, das an seinem Werkzeuggürtel hing. „Soll ich dir zeigen, wie die Kappsäge funktioniert?", wechselte er das Thema.

PARKER SCHIEN im Laufe des Morgens unruhig zu werden. Er ging zum Teich und sah für eine Weile den Enten zu. Dann verkündete er, dass er einen Spaziergang bräuchte, und verschwand kurz darauf hinter der Kurve des Feldwegs. Wes rechnete schon damit, dass er zur Straße gehen würde, um per Anhalter zurück nach Portland zu fahren, als Parker nach etwa einer Stunde zurückkam. Er hatte die Schultern eingezogen, weil mittlerweile ein leichter Regen fiel.

„Mit dem Hoodie wirst du nass", sagte Wes und versuchte, sich seine Erleichterung über Parkers Rückkehr nicht anmerken zu lassen. „Ich glaube, ich habe irgendwo noch einen Regenmantel."

„Jetzt hörst du dich schon an wie meine Mom." Parker suchte unter der Plane Schutz. „Soll ich mich ums Mittagessen kümmern?"

„Klar."

„Schließlich muss ich mir meinen Unterhalt verdienen."

Wes, der gerade am Schmirgeln war, schaute gelegentlich auf und sah Parker, der leise vor sich hin summte, beim Kochen zu. Parker fand sich in der improvisierten Küche schon gut zurecht. Vielleicht hatten ihn die vielen, sehr unterschiedlichen Jobs, in denen er schon gearbeitet hatte, darauf vorbereitet, auch unter schwierigen Bedingungen das Beste aus der Situation zu machen.

Nach dem Essen ging Wes zurück an die Arbeit. Normalerweise arbeitete er nicht so viele Stunden hintereinander, aber die Zeit verging heute wie im Flug. Es war schön, mit jemandem reden zu können. Er wusste zwar nicht, ob Parker sich wirklich für seine Arbeit interessierte oder sich nur von seinen eigenen Problemen ablenken wollte, aber dass war ihm egal. Ob so oder so, Wes war ihm gerne behilflich.

Als der Abend kam, hatte er Rückenschmerzen und steife Finger. An Tagen wie diesem sehnte er sich nach einem heißen Bad. Er sollte vielleicht darüber nachdenken, eine Badewanne zu installieren. Falls das möglich war und er es sich leisten konnte. Das musste er erst in Erfahrung bringen. Es wäre wirklich schön, gelegentlich nach der Arbeit bis zum Hals im warmen Wasser zu liegen und die Sterne zu bewundern.

Parker bestand darauf, wieder zu kochen – Linguini mit Hühnchen und Kürbis –, während Wes sich den Schmutz des Tages von den Händen und aus dem Gesicht wusch. Sie aßen im Freien, sprachen nicht viel und lauschten dem Regen, der auf die Plane prasselte. Es war schon ihre fünfte gemeinsame Mahlzeit. Fünf Mal hintereinander hatte er mit Parker gegessen. Wes konnte es kaum glauben. Er war so selten mit anderen Menschen zusammen, aß fast immer allein. Das letzte Mal, das er fünf Mahlzeiten hintereinander mit jemandem gegessen hatte, musste in seiner Schulzeit gewesen sein.

Parker sah ihn an, als gäbe es nichts Spannenderes, als Wes beim Essen zu beobachten. Auch das war ungewöhnlich, denn Wes wurde nicht oft von anderen Menschen beachtet. Selbst seine seltenen Sexkontakte beschränkten sich darauf, ihn kurz von oben bis unten zu mustern, bevor sie zur Sache kamen. Wes wusste, dass er nicht schlecht aussah, auch wenn er nicht gerade einen unvergesslichen Eindruck hinterließ. Hätte er sein Gesicht beschreiben müssen, er hätte es ebenmäßig und unauffällig genannt.

Aber Parker starrte ihn an, als wäre es etwas Besonderes. Vielleicht war Parker nur an Männer gewöhnt, die genauso farbenprächtig und umwerfend waren wie er selbst. Vielleicht war Wes in seiner Gewöhnlichkeit quasi ein exotischer Anblick für ihn.

„Tut mir leid, dass es hier keinen Club in der Nähe gibt", platzte es aus ihm heraus.

Parker sah ihn überrascht an. „Einen Club?"

„Einen Tanzclub oder so. Hier gibt es im Umkreis von vielen Meilen keinerlei Unterhaltung. Wir müssten bis nach Medford fahren."

„Willst du tanzen gehen?"

Wes lachte verlegen. „Ich kann nicht tanzen. Ich dachte nur, dass du vielleicht ... du weißt schon." Er zuckte mit den Schultern und machte eine kreisende Geste mit der Hand.

„Hältst du mich dafür? Einen *Clubber*?" Parker, der den ganzen Tagen über so entspannt gewirkt hatte, kniff die Augen zusammen.

„Nein. Und wenn, wäre das auch kein Problem. Ich dachte nur ... du bist ein so lebhafter Mensch und ich kann mir gut vorstellen, dass du dich gerne mit deinen Freunden auf der Tanzfläche amüsierst. Jedenfalls besser als auf einer Farm, wo du einem Langweiler wie mir zuhörst, der dir erklärt, wie Schraubenzieher funktionieren und Ständer montiert werden."

Parkers Miene hellte sich wieder auf. Seine Mundwinkel zuckten amüsiert. „Ständer? Machen wir jetzt Wortspiele?" Er schnaubte leise, stand dann auf und sammelte das Geschirr ein. „Ich tanze gerne", sagte er auf dem Weg zum Spülbecken. „Und wenn mir danach ist, gehe ich aus. Aber im Moment fühle ich mich hier wohler. Bei dir."

Wes konnte es kaum glauben, aber Parker hatte in den letzten Tagen viel verkraften müssen – die Trennung von seinem Freund Logan, die anschließende Kündigung, den Umzug und schließlich Logans Tod. Vielleicht sehnte er sich nach dieser Kette von traumatischen Erlebnissen tatsächlich nach Ruhe. Das Problem war nur, dass aus einem Rückzug in die selbstgewählte Isolation leicht eine selbstverursachte Gefangenschaft wurde, wenn man den Schlüssel zur Außenwelt verlor.

Später am Abend schickte Parker seiner Mutter eine kurze Nachricht. Vermutlich wollte er ihr mitteilen, dass Wes ihn noch nicht ermordet hatte. Danach saßen sie wieder im Bus und lasen, während im Hintergrund Uralt-Rock spielte. Sie aßen Popcorn und tranken Bier und manchmal, wenn Wes kurz aufschaute, stellte er fest, dass Parker ihn nachdenklich musterte.

Es war schon spät, als sie sich wuschen, bis auf die Unterwäsche auszogen – graue Boxershorts für Wes, orangefarbener Schlüpfer für Parker – und ins Bett gingen. Seite an Seite. Ohne sich zu berühren.

Parker in seinem Bett, nahezu nackt und doch unerreichbar? Es war die reinste Qual und Wes musste sich zusammenreißen, um nicht laut aufzustöhnen.

„Ich habe eine Frage", flüsterte Parker leise in die Dunkelheit. „Eine persönliche Frage. Du musst sie mir nicht beantworten."

Das hörte sich interessant und beunruhigend zugleich an. „Okay."

„Stell dir einfach vor, wir würden Wahrheit oder Pflicht spielen. Wenn du mir antwortest, darfst du eine Gegenfrage stellen. Wenn ich nicht antworte, habe ich verloren. Und ich hasse es zu verlieren."

Wes war normalerweise nicht der Typ, der mit seinen persönlichen Angelegenheiten hausieren ging, aber heute beschloss er, eine Ausnahme zu machen. „Was willst du wissen?"

„Du scheinst nicht viel Kontakt zu anderen Menschen zu haben. Bist du introvertiert und einfach gerne allein? Wenn ja, ist das okay. Oder wünschst du dir, du wärst ... geselliger?"

Wes antwortete nicht sofort, weil er sich seiner Antwort nicht sicher war. Er war schon immer eine Art Einzelgänger gewesen, hatte sich in kleineren Gruppen wohler gefühlt. Menschenmassen machten ihn nervös. Gesellschaftliche Anlässe kosteten ihn Überwindung und ermüdeten ihn. Andererseits war es ein großer Unterschied, ob man einfach gelegentlich seine Ruhe haben wollte oder ob man zehn Jahre lang ein regelrechtes Einsiedlerleben führte. Manchmal verging eine ganze Woche, ohne dass er einen einzigen Menschen sah oder sprach. Und manchmal fühlte er sich so einsam und vergessen, dass er am liebsten geweint hätte.

„Von beidem etwas", antwortete er schließlich. „Meistens fühle ich mich hier sehr wohl. Behütet und sicher."

„Okay", sagte Parker, ohne sich seine Meinung dazu anmerken zu lassen. Er fragte noch nicht einmal, warum Wes das Bedürfnis nach Sicherheit verspürte. Er nahm seine Antwort einfach nur zur Kenntnis. Dann drehte er sich unter der Decke zu Wes um. „Jetzt bist du an der Reihe."

Wes wollte tausend Dinge über Parker wissen, aber nichts davon war wirklich wichtig. Nicht jetzt, solange Parker emotional noch so verletzlich war.

„Welche Haarfarben hattest du vor dem Orange?"

Parker lachte schallend. „Alle. Jede Farbe des Regenbogens."

Sie schwiegen. Es war ein angenehmes Schweigen. Nach einer Weile döste Wes ein. Vermutlich träumte er schon, als er spürte, wie Parker ihn leicht an der Hand berührte. „Gute Nacht, Wes", flüsterte er.

7

PARKER WÄRMTE sich die Hände an seiner zweiten Tasse Kaffee dieses Morgens. Er brauchte eine Aufgabe. Er hatte zwar wieder das Frühstück vorbereitet und den Kaffee gekocht, aber jetzt saß er schon wieder hier und sah Wes untätig dabei zu, unscheinbares Holz in Möbel zu verwandeln.

Parker fand ihn faszinierender als jeden Film. Teilweise lag es an Wes' magischer Begabung, aus altem Holz, das jeder normale Mensch nur noch als Brennholz verwendet hätte, wahre Kunstwerke zu schaffen. Es lag aber auch an Wes' anziehendem Gesicht und daran, wie er sich auf die Lippen biss, wenn er sich konzentrierte. Wes' warme Stimme trug ebenfalls ihren Teil dazu bei. Er erzählte über fremde, exotische Orte und erklärte, wie seine Werkzeuge funktionierten. Parker hörte ihm gebannt zu. Und Wes' Hände! Parker bewunderte ihre Stärke und Geschicklichkeit. Er fragte sich, wie sie sich wohl auf seiner Haut anfühlen würden. Wie groß war wohl die Wahrscheinlichkeit, dass er sich diese Hände noch jahrelang vorstellen würde, wenn er allein im Bett lag und masturbierte? Vermutlich irgendwo im Bereich von einhundertzehn Prozent. Mindestens.

Aber er konnte nicht den Rest seines Lebens damit verbringen, auf diesem Stuhl rumzusitzen und nur gelegentlich aufzustehen, um zu kochen oder zu spülen. Er trug Wes' Kleidung – die ihm nicht sonderlich gut passte –, benutzte Wes' Akku, Rasierer, Seife, Shampoo und Zahnpasta. Nur eine eigene Zahnbürste hatte er, aber auch die hatte ihm Wes aus seinem Zahnbürstenvorrat abgetreten. So großzügig Wes auch war, Parker konnte nicht auf Dauer in geborgter Unterwäsche leben.

Aber er wollte auch nicht in die reale Welt zurückkehren, die er verlassen hatte.

Er lebte hier wie in einem Sommercamp für Erwachsene, verbrachte seine Tage in der freien Natur und seine Nächte mit einem Freund in einem kuscheligen Bett. Es fehlten nur noch die gegrillten Marshmallows und Stechmücken. Aber zu einem Sommercamp gehörte auch, dass es irgendwann seine Pforten wieder schloss und man in die Schule zurückkehren musste. So war es auch mit seiner Zeit bei Wes. Sie musste irgendwann enden und Parker musste zurück nach Portland, zu seiner Mutter und ihrem Café. Zu den Ruinen seines Lebens und der größten Katastrophe, die ihn bisher heimgesucht hatte.

Und plötzlich musste er weinen.

Er hatte es nicht geplant. Parker war nicht der Mensch, der leicht in Tränen ausbrach. Die wenigen Male in seinem Leben, in denen er von seinen Gefühlen überwältigt worden war, hatte er sich in seinem Zimmer oder im Bad eingeschlossen, wo niemand seine Tränen sah.

Aber jetzt weinte er, direkt vor den Augen des armen Wes. Er stellte die Kaffeetasse ab und schlug die Hände vors Gesicht. Am liebsten wäre er weggelaufen, wusste aber nicht, ob seine Beine ihn tragen würden.

Wes legte die Schleifmaschine zur Seite, kam zu ihm gerannt und kniete sich vor ihm auf den Boden. „Parker?", fragte er und klopfte ihm unbeholfen auf die Schulter.

Parker ließ den letzten Rest Würde fahren und warf sich in seine Arme. Er landete auf den Knien und klammerte sich an Wes fest wie ein Ertrinkender an seinem Retter. Jeder vernünftige Mensch hätte ihn weggestoßen, aber Wes legte die Arme um ihn und rieb ihm beruhigend über den Rücken. Parker heulte Rotz und Wasser und Wes' weiches Flanellhemd saugte alles geduldig auf.

Nach einer Weile schmerzten ihm die Knie. Parker ließ Wes los und rappelte sich auf. „Sorry." Er wischte sich mit dem Ärmel übers Gesicht. Der Hoodie war ein beschissenes Taschentuch, aber etwas Besseres hatte er nicht.

Wes stand ebenfalls auf. „Es hat dich mächtig erwischt, wie?", sagte er besorgt.

„Logan war ..." Parker schniefte. „Er war unzuverlässig. Selbst für meinen Standard. Aber er war auch lustig und konnte gut mit den Tieren umgehen. Er hat sich einfach zu ihnen gesetzt und mit ihnen geredet, wenn sie Angst hatten. Manchmal hat er sie auch geknuddelt. Das hat sie schnell beruhigt und zutraulich gemacht. Die Hunde haben Logan ganz besonders geliebt."

Logan hatte auch andere gute Qualitäten gehabt. Er kaufte billige, weiße Tennisschuhe und hat sie mit Filzstiften bemalt. Abends aß er gerne zuckersüßes Müsli aus bunten Kartons, wie es für Kinder verkauft wurde. Er kannte jeden Titelsong jeder alten Fernsehserie auswendig und hatte höllische Angst vor Spinnen. Mein Gott, was konnte er kreischen, wenn er eine Spinne sah!

Parker war schon wieder den Tränen nahe.

„Ich bin an seinem Tod schuld", flüsterte er. Er hatte in seinem Leben schon viele Fehler gemacht, aber er hatte noch nie den Tod eines anderen Menschen verschuldet.

Wes schüttelte den Kopf. „Nein. Lass das. Du bist nicht verantwortlich für den Mist, der in seinem Kopf vor sich ging."

„Wenn ich nicht mit ihm Schluss gemacht hätte und wir gefeuert worden wären ..."

„Was hättest du denn tun sollen? Dich bei ihm dafür bedanken, dass er dich bestohlen hat und ihr auf die Straße gesetzt worden seid?"

„Ich ... weiß es nicht." Er schniefte. „Ich hätte einfach besser damit umgehen sollen."

„Lass uns ... lass uns in den Bus gehen. Es ist kalt hier."

Sie wuschen sich die Hände und das Gesicht und Parker kochte frischen Kaffee. Dieses Mal setzte sich Wes nicht auf seinen üblichen Sessel, sondern zu

Parker aufs Sofa. Parker starrte in seine Tasse. „Kannst du mich morgen nach Grants Pass fahren. Wenn es dir zu viel Aufwand ist, kann ich auch …"

„Was willst du in Grants Pass?"

„Von dort geht der Bus nach Portland." Parker kannte den Fahrplan nicht, aber irgendein Bus würde in Grants Pass schon anhalten.

Wes versteifte sich. „Ich fahre dich", sagte er mit gepresster Stimme.

„Du hast hier nicht zu viel zu tun?"

„Nein."

Sie schwiegen. Parker wusste nicht, was er sagen sollte. Er wusste nicht, was er wollte und was er tun sollte. Meistens wusste er noch nicht einmal, was er fühlte. Und Wes? Der war an persönliche Kontakte – und Dramen – vermutlich nicht mehr gewöhnt.

Was Parker zu einer interessanten Frage führte, die ihm den dringend nötigen Themenwechsel ermöglichte.

„Warum bist du eigentlich Bulle geworden?"

Wes sah ihn stirnrunzelnd an, gab ihm aber keine Antwort. Parker ließ sich dadurch nicht aufhalten. „Ich kenne einige Bullen. Nevin. Jeremy. Na gut, der ist kein Bulle mehr, aber man merkt es ihm noch an. Und einige ihrer Kumpels kommen oft ins *P-Town*. Die kenne ich also auch. Versteh mich nicht falsch, weil … okay, ich will dich nicht beleidigen, aber ich habe ein Problem damit, mir dich in einer blauen Uniform vorzustellen. Du bist einfach nicht der Typ dafür. Finde ich."

Parker verzog das Gesicht. Das hatte er dumm formuliert. Es war ihm egal, dass Wes nicht der Typ dafür war. Es war ihm sogar lieber so. In seinem gegenwärtigen Zustand war Wes' ruhige, geduldige Art genau das, was er brauchte. Wes war stark und wie ein Fels in Parkers Brandung, aber er war es auf eine unaufdringliche Art. Ihm zu sagen, er wäre nicht der Typ für seinen früheren Beruf, war deshalb echt beschissen.

Zu seiner Überraschung lächelte Wes. „Du hast recht, ich bin nicht der Typ dafür. Ich war ein beschissener Bulle und habe meinen Job gehasst."

„Aber …"

„Mein Dad hat als Deputy für den Sheriff gearbeitet. Seine Uniform war zwar beige, aber er war ganz klar ein Bulle." Er schürzte die Lippen. „Er war der Typ, für den Dienstmarke und Waffe einen harten Kerl auszeichnen. Das war gut für sein Selbstbewusstsein und hat sein Verhalten bestimmt."

So waren Nevin und Jeremy zwar nicht, aber Parker wusste ganz genau, was Wes damit meinte. „Okay."

„Ich dachte mir, wenn ich seinem Vorbild folge, wird er vielleicht … ich weiß auch nicht. Mich beachten. Mich respektieren."

Parker konnte ihn gut verstehen. Er hatte nie daran gezweifelt, dass seine Eltern ihn liebten, im Gegenteil. Sie hätten ihn nie ignoriert. Und doch wurde er manchmal von Schuldgefühlen gequält. Er machte sich Vorwürfe, sie enttäuscht zu haben. Als Einzelkind hätte er mehr erreichen sollen. Als er ein Teenager war und sein Vater noch lebte, war es nicht ganz so schlimm gewesen. Damals lag die Zukunft noch vor ihm und es bestand die Chance, dass er seinen Weg finden würde. Aber jetzt war er erwachsen und hatte nur noch seine Mutter. Das Gefühl, sie enttäuscht zu haben, wurde von Jahr zu Jahr schlimmer. Jedes persönliche Versagen ließ die Last schwerer werden.

„Du wolltest von ihm geliebt werden."

„Ich war ein Idiot."

„Das finde ich nicht."

Wes warf ihm einen undurchdringlichen Blick zu, zuckte mit den Schultern und lehnte sich zurück. „Wie auch immer. Es war ihm scheißegal. Er ist noch nicht einmal zu meiner Abschlusszeremonie in der Polizeihochschule gekommen. Ich hatte ihn extra eingeladen. Ich habe erst wieder von ihm gehört, als ich aus der Polizei ausgeschieden bin. Und da war er nicht sehr freundlich, um es höflich auszudrücken."

Parker hätte gerne mehr über den Vorfall gewusst, der zum Ende seiner Polizeikarriere führte und den Nevin und Jeremy ihm immer noch nachtrugen. Korruption oder Machtmissbrauch konnten es nicht sein. Obwohl Parker ihn noch nicht allzu gut kannte, konnte er sich nicht vorstellen, dass Wes dazu fähig wäre. Wenn er nur die magische Begabung seiner Mutter hätte, die den Menschen ins Herz blicken konnte.

Wes sagte nichts mehr zu dem Thema. Er wirkte so niedergeschlagen, dass Parker nicht nachhakte. „Gab es in deinem Beruf auch etwas, das du geliebt hast?", fragte er stattdessen lächelnd.

Damit entlockte er Wes ein leises Lachen. „Schnell zu fahren. Ich liebe es, schnell zu fahren."

DEN REST des Tages mieden sie persönliche Themen. Parker sah Wes bei der Arbeit zu und Wes erklärte ihm, welche Werkzeuge er benutzte und warum. Es war gut. Wenn Wes an seinen Möbeln arbeitete, wurde er fast ein anderer Mensch. Selbstbewusster. Nicht so barsch. Seine Augen strahlten, wenn er über die verschiedenen Materialien sprach und Parker erklärte, was er mit den einzelnen Holzstücken vorhatte. Es erinnerte Parker an Rhoda, wenn sie übers *P-Town* sprach. Auch Jeremy hatte diesen speziellen Glanz in den Augen, wenn er seine Wanderungen beschrieb. Parker hielt es für Leidenschaft. Er bezweifelte, dass seine eigenen Augen jemals so geglänzt hatten.

Zum Abendessen gab es Burger mit Bratkartoffeln. Wes kochte und Parker spülte, bevor sie sich zu Musik und Büchern in den Bus zurückzogen. Es war ein aufwühlender Tag gewesen und Parker fiel es schwer, wieder zur Ruhe zu finden. Er blätterte Seite um Seite seines Buches um, ohne richtig zu lesen. Wes änderte mehrmals die Playlist, zog die Vorhänge auf und zu und spielte mit dem Licht. Dabei summte er leise vor sich hin. Parker kam der Bus heute sehr klein vor. Vielleicht hätten sie etwas Abstand gebraucht, aber es regnete stark und die Nacht war kalt. Parkers ohnehin angespannten Nerven wollten sich nicht beruhigen, im Gegenteil. Er rutschte unruhig auf dem Sofa hin und her, aber das half genauso wenig wie der Pfefferminztee. Als er es nicht mehr aushielt, sprang er auf und lief nach draußen. Trotz Dunkelheit und Regen und obwohl ihm sein Hoodie kaum Schutz vor den Elementen bot und er kaum den Boden vor seinen Füßen sehen konnte, rannte er los. Er rannte an dem weißen Haus vorbei, das Wes' Großvater gehört hatte, und als er auf die Landstraße kam, rannte er immer noch weiter. Seine Schritte hallten laut auf dem nassen Asphalt.

Die Anstrengung wärmte ihn, obwohl er mittlerweile vollkommen durchgeweicht war. Das Wasser stand ihm in den Schuhen und die nassen Haare hingen ihm ins Gesicht. Er kam ins Stolpern, fiel zu Boden und rappelte sich fluchend wieder auf. Wischte sich den Schmutz von den aufgeschürften Händen und lief weiter. Immer weiter. Er konnte an nichts mehr denken, hörte nur noch das Keuchen seiner Lungen und das Klatschen der Schuhe auf der nassen Straße.

Vor ihm spiegelte sich das Licht eines Scheinwerfers auf der nassen Straße. Von hinten näherte sich ein Auto. Parker schaute über die Schulter, kam von der Straße ab und fiel in den flachen Graben am Straßenrand. Dieses Mal landete er mit den Händen in einer verdorrten Distel. Er stand immer noch fluchend im Straßengraben, als das Auto neben ihm anhielt.

Nein, kein Auto. Es war Morrison.

„Du bringst dich noch um." Wes öffnete die Tür und sprang auf die Straße.

Bevor Parker auch nur ein Wort sagen konnte, hatte Wes ihm eine Regenjacke über die Schultern gehängt, zog ihn auf den Beifahrersitz und schnallte ihn an. Er warf ihm eine Decke auf den Schoß und setzte sich wieder hinters Lenkrad. Wes musste auf der schmalen Straße zweimal zurückstoßen, dann hatte er gewendet und machte sich auf den Rückweg.

„Du hast dein Handy vergessen", sagte er, zog es aus der Tasche und warf es Parker zu.

Parker rührte es nicht an. Er schaute zitternd aus dem Fenster. Der warme Atem brachte die Scheiben zum Beschlagen.

Als sie den Bus erreicht hatten, schaltete Wes den Motor aus und schaute durch die Windschutzscheibe in die Dunkelheit. „Zieh dir trockene Klamotten an, dann fahre ich dich nach Grants Pass. Wahrscheinlich kommt vor morgen früh kein Bus. Du musst dir ein Hotelzimmer nehmen."

Jetzt machte Parker endlich den Mund auf. „Du willst mich heute noch loswerden?", fragte er leise.

„Nein!", rief Wes und schlug mit beiden Händen aufs Lenkrad. „Ich will, dass du im Warmen und Trockenen bleibst und dich nicht auf der dunklen Landstraße von irgendeinem betrunkenen Arschloch über den Haufen fahren lässt. Aber du scheinst andere Pläne zu haben."

„Ich wollte nicht …" Parker malte mit dem Fingern Kringel auf die feuchte Scheibe. „Ich würde lieber bis morgen bleiben."

Wes öffnete knurrend die Tür und stieg aus. Dann schlug er sie so heftig zu, dass Morrison anfing zu wackeln.

Parker blieb noch einige Minuten sitzen. Wasser tropfte ihm aus den Haaren ins Gesicht und auf die Schultern. Er kam sich so dämlich vor und kalt war ihm auch. Schließlich stieg er doch aus, hängte sich die Decke über den Kopf – sie roch vertraut nach Sägespänen – und wickelte das Handy in das eine Ecke der Decke ein, damit es nicht nass wurde. Die Bustreppe ragte steil vor ihm auf, aber er schaffte es.

Sobald er im Bus war, schloss Wes die Tür. „Zieh das an." Er drückte ihm einen Stapel Kleidung vor die Brust.

Immer noch zitternd zog Parker die durchnässten Klamotten aus und schlüpfte in die warme, trockene Kleidung, die Wes ihm hingelegt hatte: frische Unterwäsche, eine weiche, graue Sporthose und ein ausgewaschenes rosa Sweatshirt, das ursprünglich vermutlich rot gewesen war. Der Saum war schon ausgefranst, aber innen war es kuschelig weich und fühlte sich auf seiner klammen Haut wunderbar an.

„Hast du dich bei deinem Sturz verletzt?", fragte Wes besorgt, nachdem er die feuchten Klamotten weggebracht hatte.

Parker hielt ihm wortlos die Hände hin. In den Schürfwunden steckten immer noch Dornen und kleine Steinchen.

Wes seufzte resigniert. „Setz dich." Parker setzte sich auf die Sofakante und Wes verließ den Bus, ohne sich eine Jacke anzuziehen.

Kurz darauf kam er mit einem Eimer voll heißem Wasser und einem Erste-Hilfe-Kasten zurück. Der Kasten war verkratzt und abgestoßen. Offensichtlich wurde er oft gebraucht.

Keiner von ihnen sagte ein Wort, als Wes Parkers wunde Hände vorsichtig mit warmem Wasser abwusch. Als er sie mit Desinfektionsmittel besprühte, zischte Parker leise. Er hielt aber auch dann still, als ihm Wes mit einer Pinzette die Dornen aus der Handfläche zog.

Wes begutachtete seine Arbeit, nickte zufrieden und schloss den Erste-Hilfe-Kasten. „Ein Verband ist lästig und hilft nicht viel. Aber achte darauf, dass kein Schmutz in die Wunden kommt."

„Du bist ein guter Sanitäter. Hast du das auf der Polizeiakademie gelernt?"

Wes lachte schallend. „Nein. Wenn man mit den Händen arbeitet, passieren Unfälle. Mit der Zeit lernt man, kleinere Wunden zu versorgen."

Wes hatte niemanden, der für ihn da war und ihm half, wenn er sich verletzte. Parker sagte es nicht laut, aber es stimmte ihn traurig.

Wes ging wieder nach draußen, um den Eimer und den Erste-Hilfe-Kasten zurückzubringen. Er kam mit einem übergroßen Becher zurück. „Trink das", sagte er und drückte ihn Parker in die Hand.

Es war heiße Schokolade. Parker verbrannte sich die zwar Zunge, aber sie vertrieb die Kälte, die ihm immer noch in den Knochen steckte. Er war müde und erschöpft, obwohl es noch nicht sehr spät sein konnte. „Ich sollte mich schlafen legen."

„Gut."

„Es tut mir leid, dass ich …" Parker verstummte. Er war es leid, sich ständig zu entschuldigen. Er schlurfte zum Bett und ließ sich auf die Matratze fallen, ohne sich vorher auszuziehen. Dann starrte er an die Decke. Er hörte, wie Wes den Ofen ausschaltete, die Vorhänge zuzog und noch einige Kleinigkeiten aufräumte. Wes hatte ihm gestern erklärt, dass man die Nahrungsmittel immer gut wegschließen musste, weil sie sonst Mäuse anziehen würden.

Parker musste eingedöst sein, denn er zuckte erschrocken zusammen, als Wes plötzlich vor dem Bett stand und ihn stirnrunzelnd betrachtete.

Er setzte sich auf. „Soll ich auf dem Sofa schlafen?"

„Du bist jung. Und … hell. Lebensfroh."

Das beantwortete Parkers Frage nicht. Er blinzelte. „Und?"

„Ich bin nichts davon. Und meistens bin ich ein elender Idiot."

„Ich glaube nicht …"

„Doch, das bin ich. Du kennst mich noch nicht sehr lange. Früher oder später fällt es dir auch auf. Du hast schon genug Probleme am Hals. Auch ohne mich. Ich fahre dich morgen zurück nach Portland. Dort hast du alles, was du brauchst."

Das war Unsinn. Parker konnte sich nicht vorstellen, wie Wes darauf gekommen war, aber er war zu müde, um darüber zu streiten. „Lass uns jetzt schlafen, ja?"

Kurz darauf schaltete Wes das Licht aus und kam ins Bett. Es war jetzt fast vollkommen dunkel im Bus. Sie lagen nebeneinander und atmeten im Takt.

„Ich bin nicht immer so daneben", sagte Parker nach einer Weile. Es hörte sich erbärmlich an.

„Ich weiß."

„Wirklich. Normalerweise bin ich recht unkompliziert. Vielleicht sogar *zu* unkompliziert. Es ist, als ob man im Dunkeln die Straße entlangläuft. Ich laufe und laufe und falle irgendwann auf die Nase. Drama perfekt."

„Aber du stehst wieder auf."

Parker überlegte. „Vermutlich. Meistens jedenfalls. Es tut mir nur leid, dass ich dich in mein derzeitiges Drama reingezogen habe. Normalerweise ist es Mom, die darunter zu leiden hat. Dieses Mal hat es dich erwischt." Ihm kam ein Gedanke. „Und Logan. Mein Gott."

„Darüber haben wir doch schon gesprochen. Du bist für seinen Selbstmord nicht verantwortlich."

„Vielleicht nicht. Aber ich habe ihn auch nicht gerade verhindert. Ich meine … wie haben zusammengelebt und ich hatte nicht den Hauch einer Ahnung, dass es ihm mit mir so ernst war. Oder dass er Depressionen hatte. Ich kenne die Anzeichen von Depressionen. Qay hat mit mir darüber gesprochen."

„Wer?"

„Jeremys Mann. Er ist echt cool, aber sein Leben war nicht immer einfach. Ich weiß, dass Depressionen sich bei jedem Menschen individuell ausprägen, aber ich hätte niemals vermutet, dass Logan auch davon betroffen ist."

Wes schwieg. „Er hatte finanzielle Probleme, oder? Vielleicht war das der Grund", sagte er nach einer Weile.

„Besonders, nachdem er meinetwegen gefeuert wurde."

„Parker ..."

„Ich weiß, ich weiß."

Mehr Schweigen. Und dann passierte etwas Merkwürdiges. Parker fiel plötzlich auf, wie nahe Wes neben ihm lag. Und dass er vermutlich nur seine Unterhose trug. Wes war ein attraktiver Mann, war immer geduldig und hilfsbereit gewesen, obwohl Parker das wirklich nicht verdient hatte. Wes war sogar losgefahren und hatte ihn gerettet. Er hatte sorgsam Parkers Hände verarztet, obwohl er selbst niemanden hatte, der sich um ihn kümmerte.

Wes war *hier*.

Und morgen würde er, Parker, wieder in Portland sein.

Er drehte sich zu Wes um. Rollte sich auf ihn. Nahm seinen Kopf zwischen die wunden Hände und drückte ihm einen Kuss auf den Mund.

Für einige Sekunden blieb Wes wie erstarrt liegen. Dann schlang er die Arme um Parker und erwiderte den Kuss mit einer solchen Leidenschaft, dass sie mit den Zähnen zusammenstießen. Es kümmerte Parker genauso wenige wie das Brennen an seinen Händen. Für ihn zählte nur der Hautkontakt und dass Wes ihn mit seinen starken Händen festhielt, den Mund öffnete und Parkers Zunge Einlass gewährte.

Parker küsste gerne. Es war ein Hobby, dass er seit Jahren intensiv pflegte. Manchmal gefiel es ihm fast so gut wie der Sex selbst, weil es persönlich war und nicht so ... kompliziert. Kein Gleitgel und kein Gefummel mit dem Kondom. Kein Anziehen, wenn es vorbei war. Keine Positionen, bei denen man sich einen Krampf holte.

Ja, Küssen war gut. Aber *dieser* Kuss? Vielleicht lag es an dem emotionalen Trampolinspringen der letzten Tage, das sämtliche Hormone und Neurotransmitter in Parkers Körper aus dem Gleichgewicht gebracht hatte. Vielleicht lag es auch nur daran, dass Wes' nackte Haut sich an Parkers bekleidetem Körper so gut anfühlte. Wie auch immer, dieser Kuss schickte ihn in den Overdrive und sein Verstand nahm sich eine Auszeit. Er ließ stöhnend die Hüften kreisen und spürte, wie Wes ihm entgegenkam. Das Beste aber waren dieser Geschmack nach Schokolade und der Geruch nach Regen und frischem Holz.

Er hätte beinahe vor Empörung laut aufgeschrien, als Wes ihn sanft, aber bestimmt wegschob.

„Ich bedauere schon zu viel in meinem Leben", sagte er heiser. „Ich muss die Liste nicht noch verlängern."

Das war wie eine kalte Dusche. „Ich dachte, du willst auch …", fing Parker verletzt an.

„Ja, ich will auch. Aber was ist mit dir? Du bist noch vollkommen aufgewühlt. Warte ab, bist du wieder klar denken kannst, ok?"

Aus der Verletzung wurde Bedauern. Ja, in diesem Augenblick begehrte er Wes, aber er konnte nicht mit letzter Sicherheit sagen, dass es ehrliche Anziehung war. Es war durchaus möglich, dass er in Wes nur den sicheren Hafen sah, in dem er vor seinem persönlichen Sturm Zuflucht suchte. Wes hatte es nicht verdient, ausgenutzt zu werden. Und Parker musste sich erst über seine eigenen Motive klar werden.

Er drückte Wes' leicht an der Schulter und drehte ihm den Rücken zu. Es war entweder eine bewundernswert ehrbare Entscheidung oder eine phänomenal dämliche. Wie dem auch sein mochte, für heute hatte er sich entschieden.

8

WES HATTE Morrison in Medford vorm Busbahnhof geparkt. „Ich kann dich nach Portland fahren", bot er Parker schon zum wiederholten Mal an, aber der schüttelte nur wieder den Kopf.

„Ich habe dir schon genug Mühe bereitet."

Wes zuckte mit der Schulter. Wenn man von dem nächtlichen Ausflug im Regen absah, hatte Parkers Anwesenheit ihn nicht gestört. Im Gegenteil: Wes hatte seine Gesellschaft genossen. Aber wenn er dieses Argument ins Feld führte, würde es möglicherweise wieder damit enden, dass Parker bei ihm im Bett lag. Und ein zweites Mal brachte er wahrscheinlich nicht die Kraft auf, ihn von sich zu stoßen.

„Wie du meinst", sagte er und überlegte, ob er Parker etwas Geld für die Fahrt anbieten sollte. Aber bisher hatte Parker von ihm nichts annehmen wollen. Er meinte, er hätte genug fürs Ticket und mehr bräuchte er nicht.

Weil es in Grants Pass nur eine Haltestelle in einem Industriegebiet gab, mussten sie nach Medford fahren, wo sich der nächste Busbahnhof befand. Hier konnte Parker sich wenigstens ein Ticket kaufen. Der Bahnhof war nur klein, aber es gab mehrere Bänke, sodass er vor dem Regen geschützt war, während er auf den Bus wartete. Jetzt saß er auf dem Beifahrersitz und starrte auf die Plastiktüte auf seinem Schoß. Sie enthielt die Kleidung, die er getragen hatte, als er aus dem *P-Town* weggerannt war. Er trug heute die Sporthose, die Wes ihm gestern Abend ausgeliehen hatte. Parker wollte sie zurückschicken, wenn er in Portland angekommen war. Wes meinte nur, die Hose wäre ihm egal.

Parker machte keinerlei Anstalten auszusteigen und Wes ermutigte ihn nicht dazu.

Eine ältere Frau in einem warmen Daunenparka kam aus dem Bahnhof, sah sich kurz um und ging dann zur nächsten Bank. Sie hatte eine riesige Tasche über der Schulter hängen und zwei große Einkaufstüten in den Händen. Auf dem Kopf trug sie eine grüne Strickmütze mit einem absurd großen Bommel. Vielleicht würde Parker während der Fahrt nach Norden neben dieser Frau sitzen. Wes hoffte, dass sie eine angenehme Reisebegleitung war.

Parker drehte sich seufzend zu ihm um. „Danke. Für alles."

„Schon gut."

„Komm im *P-Town* vorbei, wenn du wieder in Portland bist. Ich weiß zwar nicht, wie lange ich bleibe, aber …"

Wes nickte, obwohl er nicht vorhatte, das *P-Town* jemals wieder zu betreten. Er hatte Jeremy und Nevin gesehen und ihnen gesagt, was er loswerden wollte. Das reichte. Außerdem würde Parker bald wieder auf die Beine kommen und weiterziehen. Er war ein kluger Mann, lernte schnell und arbeitete hart. Bestimmt würde er bald einen neuen Job finden. Und einen neuen Freund.

„Ich habe dir meine Telefonnummer zurückgelassen", sagte Parker. „Auf dem Notizblock neben dem Bett. Du kannst mich jederzeit anrufen."

Wieder nickte Wes und wieder hatte er nicht vor, sein Versprechen zu halten.

Sie schwiegen. Dann platzte er mit der Wahrheit heraus, die ihn seit einem Jahrzehnt von innen heraus aufzuzehren drohte. „Ich habe eine Frau umgebracht."

Parker blinzelte ihn an. „Was?"

„Deshalb ... Nevin und Jeremy. Deshalb hassen sie mich so. Und das sollten sie auch."

„Du kommst mir nicht wie ein kaltblütiger Mörder vor." Parker sagte das so leichthin, als wäre Wes' Geständnis ein Witz gewesen, aber sein Blick war besorgt.

„Ich ... nein. Mist. Vergiss es."

„Nein! Wenn du es mir erzählen willst, höre ich zu."

Parker klang völlig unvoreingenommen. Er verlangte auch keine Rechtfertigung von Wes. Von wem hatte Parker nur gelernt, so einfühlsam und verständnisvoll zu sein? Er war ein Geschenk. Wes konnte nicht widerstehen. „Ich war noch ein Anfänger und hatte schon aufgegeben, meinen Dad beeindrucken zu wollen. Aber ich wollte immer noch eine große Nummer werden. Ein Held. Warum auch immer."

Er hatte diese Geschichte noch nie erzählt. Jedenfalls nicht auf diese Art. Natürlich hatte er unzählige Diskussionen mit seinem Chef, der Mordkommission und der Abteilung für innere Angelegenheiten hinter sich, von den vielen Anwälten ganz abgesehen. Aber dieses Mal war es anders. Parker verhörte ihn nicht. Er hörte ihm nur zu.

„Ich war mit dem Auto unterwegs, bin in der Gegend von Brooklyn – also ganz in der Nähe des *P-Town* – Patrouille gefahren. Es war ein ruhiger Dienstagvormittag." Er erinnerte sich so deutlich an die Details wie an einen Film, den er schon tausendmal gesehen hatte. Es war ein kühler Frühlingstag, die Sonne schien durch die Wolken und ein leichter Dunst stieg von der Straße auf. Nur wenige Menschen waren unterwegs. Die meisten waren schon auf der Arbeit oder in der Schule. Die ersten Bäume schlugen aus und in den Vorgärten blühten Narzissen. Brooklyn war ein ruhiger, beschaulicher Stadtteil. Er fuhr langsam durch die Straßen und langweilte sich zu Tode. In Gedanken war er schon bei seiner Mittagspause und überlegte, wo er essen sollte.

„Von der Terrasse eines Mehrfamilienhauses kam plötzlich ein Mann auf die Straße gerannt. Er schrie und wedelte mit den Armen. Ich kannte ihn. Ralph Denton hatte psychische Probleme und wir wurden immer mal zu ihm gerufen. Es war nichts Gefährliches, aber er vergaß gelegentlich, seine Medikamente zu nehmen, und drehte die Musik so laut, dass die Nachbarn sich belästigt fühlten. Wir baten ihn dann, die Musik leiser zu drehen. Er gehorchte und das Problem war behoben. Wie auch immer ... an diesem Morgen war er sichtlich erregt. Ich hielt an und öffnete das Seitenfenster. Er sagte, der Mann in der Nachbarwohnung würde laut brüllen und die Frau, die dort mit ihm wohnte, würde weinen."

Mr. Denton war ziemlich durcheinander gewesen, stolperte über seine eigenen Worte und stellte wilde, sich widersprechende Theorien darüber auf, was in der Nachbarwohnung vor sich ging. Drogendealer. FBI. Terroristen.

„Ich hätte Verstärkung rufen sollen. Das wusste ich. Es ist die übliche Vorgehensweise in einem solchen Fall. Steht so in den Regeln. Stattdessen habe ich angehalten und bin ausgestiegen."

„Warum?", wollte Parker wissen, hörte sich aber nicht anklagend an. Er war nur neugierig.

„Weil ich ein verdammter Idiot war. Ich dachte, Denton würde sich die ganze Geschichte nur einbilden. Oder hätte sich vielleicht mit seinen Nachbarn über seine Musik gestritten und könnte nicht mehr klar denken. Ich dachte mir, ich müsste nur an die Tür klopfen und kurz nach dem Rechten sehen, dann würde Denton sich wieder beruhigen und ich könnte Mittagspause machen. Alles kein Problem."

Er konnte nicht weitersprechen und verstummte.

Parker legte ihm die Hand aufs Knie. „Aber so war es nicht", sagte er leise. Eine einfache Feststellung, keine Frage.

„Als ich zur Tür ging, war alles ruhig. Vielleicht war wirklich kein Geräusch zu hören, vielleicht war ich aber auch nur unaufmerksam. Ich weiß es nicht. Ich klopfte an. Dieses typische Polizeiklopfen, ja? Keine Antwort. Ich klopfte wieder an. *Polizei!*, rief ich. Nichts."

Mr. Denton stand nicht weit entfernt und wartete ab, was geschehen würde. Wes hatte sich darüber geärgert, seinetwegen ausgestiegen und seine Zeit vergeudet zu haben. Er hatte diesen Tag nicht damit verbringen wollen, sich um Mr. Dentons – vielleicht nicht existente – Nachbarn zu kümmern oder Rotlichtsünder aufzuschreiben. In Uniform und mit Dienstmarke und Dienstwaffe durch die Straßen zu fahren und zu hoffen, dass ihn irgendjemand wahrnahm.

„Ich wollte schon aufgeben, als ich ein Geräusch hörte. Es war die Stimme einer Frau. Ich konnte nicht verstehen, was sie sagte, aber sie hörte sich … verstört an. Und dann machte ich wieder einen Fehler. Spätestens jetzt hätte ich erfahrene Kollegen zur Verstärkung rufen müssen. Jeder verantwortungsbewusste Polizist hätte so gehandelt. Nicht ich. Ich habe wieder angeklopft: *Polizei! Öffnen Sie die Tür!*":

War er in Panik geraten? Er wusste es bis heute nicht. Die Frau schrie und alles, was danach passierte, war ihm nur noch bruchstückhaft in Erinnerung. Er konnte nicht sagen, ob er nach diesem Schrei noch rational gehandelt und erst der Schock alle Details in seinem Gedächtnis ausgelöscht hatte. Er würde es wohl nie erfahren. Er wusste nur noch, dass die Frau Linda Shaw hieß. Diesen Namen würde er niemals vergessen können.

„Sie hat geschrien. Es war ein fürchterlicher Schrei. So laut. Dann waren Schüsse zu hören. Vier Schüsse." Das hatten die Kollegen von der Mordkommission später rekonstruiert. Drei Kugeln trafen Mrs. Shaw und eine ihren Ehemann. Wes hatte sie damals nicht gezählt.

„Oh nein …" Parker stöhnte. Seine Hand lag immer noch auf Wes' Knie, warm und tröstlich. „Jemand hat auf sie geschossen?"

„Ihr Ehemann. Danach hat er sich selbst erschossen. Ich habe dann endlich Verstärkung angefordert, aber für die Frau war es zu spät. Viel zu spät."

„Du hast sie nicht umgebracht, Wes. Ihr Mann hat sie erschossen."

„Wenn ich mich an die Vorschriften gehalten hätte, wäre sie vielleicht noch am Leben. Sie hatte zwei Kinder, Parker. Kinder, die ihre Eltern vielleicht nicht verloren hätten." Glücklicherweise waren sie an diesem Morgen in der Schule in Sicherheit gewesen. Aber das Leid und der psychische Schaden … unvorstellbar. Wes wollte nicht daran denken.

„Das kannst du nicht wissen. Deine Kollegen hätten es vielleicht auch nicht verhindern können. Selbst, wenn sie in einer ganzen Hundertschaft angerückt wären."

Wes schüttelte den Kopf. „Stell dich nicht auf meine Seite, Parker. Das habe ich nicht verdient. Fakt ist, dass ich unvorsichtig und überheblich gehandelt habe. Ich habe mich weder an die Vorschriften gehalten noch den Aussagen des Zeugen ausreichend Beachtung geschenkt. Dadurch ist ein Mensch gestorben. Vielleicht wäre sogar dieser Bastard, der den Auslöser betätigt hat, noch zu retten gewesen, wenn man rechtzeitig interveniert hätte."

Parker runzelte die Stirn. „Dann … hast du also Mist gebaut. Aber daran war nichts Böses. Es war nur ein dummer Fehler. Ich mache ständig dumme Fehler. Denk doch nur an Logan und was meinetwegen mit ihm passiert ist."

„Das war nicht deinetwegen. Er ist selbst für seinen Tod verantwortlich. Jeder macht gelegentlich Fehler. Fehler sind menschlich. Aber in manchen Berufen liegt die Messlatte höher, weil jeder Fehler unvorhersehbare Konsequenzen haben kann. Chirurgen gehören dazu. Soldaten auch. Und eben Polizisten. Sie können sich keine *dummen Fehler* leisten."

Parker sah aus, als wollte er ihm widersprechen. Wes hob die Hand. „Ich mache als Schreiner auch manchmal Fehler", erklärte er. „Ich schneide das Holz falsch zu. Ich verschütte Farbe oder bohre ein Loch an einer Stelle, wo es nicht hingehört. Vor einigen Jahren habe ich an einem Barschrank gearbeitet und mich vermessen. Ich musste das ganze Ding wieder auseinandernehmen und von vorne anfangen. Tagelange Arbeit und alles umsonst. Aber dabei ist niemand ums Leben gekommen."

Parker sah ihn ernst an. „Du machst dir schwere Vorwürfe."

„Es war meine Schuld."

„Was … was ist danach passiert?"

„Ich habe gekündigt. Sie hätten mich sowieso gefeuert. Glücklicherweise wurde keine Anklage erhoben. Ich hatte schon damals nicht viele Freunde und die meisten von ihnen waren auch bei der Polizei. Sie haben sich alle von mir abgewendet."

Parker nickte. „Wie Jeremy und Nevin."

„Ich hätte an ihrer Stelle genauso gehandelt. Nachdem alle rechtlichen Angelegenheiten geregelt waren, habe ich Portland verlassen. Mein Dad, von dem ich seit Jahren nichts gehört hatte, teilte mir schriftlich mit, ich wäre eine Enttäuschung und eine Schande für die Familie. Aber mein Großvater hat mich aufgenommen. Ich habe ihm in seiner Werkstatt ausgeholfen." Der alte Mann hatte nie über Portland gesprochen. Er war nie sehr gesprächig gewesen und wenn er etwas sagte, ging es meistens um Möbel.

„Warum hast du mir das alles ausgerechnet jetzt erzählt, Wes?"

„Damit du die Wahrheit über mich kennst."

„Die Wahrheit über dich besteht nicht nur aus einem Tag", sagte Parker im Brustton der Überzeugung. Aber Parker war noch jung und kannte ihn kaum. Das erklärte seine Naivität. Wes nahm es ihm nicht übel.

Parker schaute aus dem Seitenfenster. Vielleicht beobachtete er die alte Frau auf der Bank, die sich etwas zu essen aus einer ihrer Tüten geholt hatte und vor sich hin kaute. Nach einer Weile drehte er sich wieder zu Wes um. „Verrätst du mir noch etwas?"

Wes zuckte mit den Schultern. Warum nicht? Das Schlimmste hatte Parker sowieso schon gehört.

„Warum bist du ins *P-Town* gekommen?"

Oh. Das wollte er also wissen. Wie konnte Wes ihm das erklären, ohne sich lächerlich zu machen? Gar nicht.

„Ich habe vor einige Wochen eine Fernsehsendung gesehen. Ich schaue selten fern und … Ach, ich weiß auch nicht. Ich habe von einem Programm ins andere umgeschaltet, ohne mich auf etwas Bestimmtes zu konzentrieren."

Parker nickte. „Das mache ich auch oft. Mit YouTube-Videos oder bei Netflix. Einige Minuten hier, dann einige dort. Man vergisst dabei schnell die Zeit."

„Richtig. Jedenfalls bin ich in einem dieser Religionsprogramme gelandet. Ich war noch nie religiös, aber der Mann war so verrückt gekleidet, dass ich es erst für eine Parodie hielt. Er trug einen rot-blau karierten Anzug und eine übergroße Cowboykrawatte." Wes lachte. „Dann stellte sich heraus, dass er es ernst meinte. Ich habe ihm einige Minuten zugehört. Er sprach darüber, man käme der Erlösung näher, wenn man bei seinem Tod nichts zu bereuen hat. Meine Erlösung ist mir egal, aber das mit der Reue ist hängengeblieben. Ich habe darüber viel Schlaf verloren. Mir wurde klar, wie sehr ich es bereute, mich niemals bei Jeremy und Nevin entschuldigt zu haben. Ich habe die beiden enttäuscht und im Stich gelassen. Sie waren sehr nett zu mir, als ich bei der Polizei anfing."

Er hatte recht gehabt. Es hörte sich lächerlich an. Und außerdem hatte er heute schon mehr gejammert als in den zehn Jahren zuvor. Es war, als hätte sich eine Schleuse geöffnet. Zeit, sie wieder zu schließen.

„Bist du froh darüber? Dich entschuldigt zu haben, meine ich."

Während Wes noch über die Frage nachdachte, musste er unverhofft grinsen. „Ja. Sonst hätte ich dich nicht kennengelernt."

„Darüber bin ich auch froh." Parker drückte ihm das Knie.

Der Bus kam die Straße entlang gerumpelt und hielt an. Die Frau auf der Bank verschwand aus ihrem Blickfeld und selbst der kleine Busbahnhof war nicht mehr zu sehen.

Parker beugte sich über die Konsole und drückte Wes einen Kuss auf die Wange. Es war ein sehr keuscher Kuss, ganz anders als gestern Nacht. Trotzdem wurde Wes rot und sein Herz schlug schneller.

„Viel Glück, Parker. Du hast es verdient."

Parker nahm seine Plastiktüte, stieg aus und lächelte ihm kurz zu. „Du auch."

MORRISON FÜHLTE sich leer an ohne Parker. Der Bus würde sich wahrscheinlich nicht viel besser anfühlen. Überall würde etwas fehlen, trotz Enten und allem. Nachdem er getankt hatte, fuhr Wes wieder auf die Autobahn, machte sich aber nicht auf den Heimweg. Er fuhr stattdessen nach Süden, durch Ashland und in die Berge nach Kalifornien. Als er auf er anderen Seite der Berge ankam, fuhr er immer noch weiter, bis er das Central Valley erreichte, von wo er über Redding nach Williams fuhr. Dort angekommen, ging sein Benzin zur Neige. Wes tankte und kaufte sich eine Flasche Wasser. Er hatte steife Knochen von der langen Fahrt, aber wenigstens schien hier die Sonne. Das war schön.

Anstatt auf der I-5 wieder nach Norden und nach Hause zurückzukehren, beschloss er, direkt nach Westen zu fahren. Er kam durch Felder und Hügel, an deren Hängen die Brände des letzten Sommers ihre Spuren hinterlassen hatten. Kleine Dörfer lagen am Ufer eines großen Sees, aber viel los war hier nicht. Aus den Hügeln wurden Berge und die Straße schlängelte sich durch hohe Zedernwälder bis zum Meer. Irgendwie schaffte er es bis zum Pazifik. Nebel hing in der Luft, es roch nach Salz und Möwen saßen auf den Dächern der Häuser. Er lebte nicht weit von der Küste entfernt, konnte sich aber nicht erinnern, wann er zum letzten Mal ans Meer gefahren war. Er liebte den Ozean.

Wes überlegte ernsthaft, ob er am Strand parken und im Auto übernachten sollte, wollte aber nicht auf fließendes Wasser und ein gutes Essen verzichten. Also suchte er sich ein billiges Motel in Fort Bragg, nicht weit vom Meer entfernt. Glücklicherweise hatte er immer Kleidung zum Wechseln und einen Kulturbeutel dabei.

Die Sonne ging schon unter, als er zu der Klippe kam, die über Glass Beach aufragte. Der Nebel war zu dicht, um den Sonnenuntergang zu einem Spektakel zu machen. Wes fror in seiner alten Jeansjacke, blieb aber auf der Klippe stehen und lauschte den Wellen, die unter ihm an den Strand schlugen. Er konnte das Salz des Meeres auf den Lippen schmecken und fragte sich, welche Geheimnisse wohl in den Tiefen des Meeres verborgen lagen und was hinter dem Horizont lag.

Vielleicht inspirierte ihn die Nähe zum Meer zu einem neuen Projekt, dass er nach dem Seemonster-Tisch in Angriff nehmen konnte. Vielleicht sollte er morgen früh einen Strandspaziergang machen und nach Muscheln und interessanten Steinen suchen, die er in dem Tisch verarbeiten konnte. Er sang leise vor sich hin – *Sloop John B.* – und als die letzte Strophe endete, fing er von vorne an.

Es war schon lange dunkel, als er Hunger bekam und sich auf den Rückweg machte. Er schlenderte durch die kleine Stadt und entschied sich für ein Thai-Restaurant. Die Suppe mit Zitronengras und Kokosmilch wärmte ihn wieder auf und das Pad Thai füllte seinen Magen. Einige Flaschen Bier trugen dazu bei, dass er sich entspannte und eine angenehme Schwere sich in seinen Gliedern ausbreitete.

An Parker dachte er nicht. Jedenfalls nicht öfter als alle zwei Minuten oder so. Und dann versuchte Wes sofort, die Gedanken wieder zu verdrängen. Ihre gemeinsame Zeit war nur ein kurzes Blinken auf dem Radar seines Lebens gewesen, ein kurzer Abstecher von einem Weg, der keinerlei Überraschungen bereithielt. Der junge Mann hatte dringend einen sicheren Hafen gebraucht, um wieder zur Ruhe zu kommen. Mehr war es nicht gewesen. Jetzt konnte Parker sein Leben wieder in den Griff bekommen und Wes konnte zu seinen Möbeln zurückkehren und einem Leben, in dem er nicht Gefahr lief, andere Menschen zu verletzen oder zu enttäuschen. Einem Leben, in dem er nichts mehr bereuen musste, nachdem er sich bei Jeremy und Nevin entschuldigt hatte.

Dann, er trank gerade sein drittes Bier, stellte er fest, dass er vom Regen in die Traufe geraten war. Weil er schon wieder einen Grund zur Reue hatte. Er bereute diesen *Kuss*. Nicht den Abschiedskuss am Busbahnhof, sondern den anderen. Den Kuss, den sie sich letzte Nacht gegeben hatten. Den Kuss, bei dem sich Parker – warm und fest und liebevoll – an Wes gedrückt hatte. Den Kuss, der sie beide so erregt hatte und bei dem Wes beinahe gekommen wäre. Diesen Kuss.

Es war nicht der Kuss selbst, den er bereute. Er hatte ihn nicht initiiert und war viel zu schön gewesen, um ihn zu bedauern. Außerdem hatte der Kuss Parker geholfen, wieder Ruhe zu finden und seine negativen Gedanken loszuwerden.

Aber Wes hatte ihn abgewiesen und *das* war es, was er bedauerte.

Obwohl er richtig gehandelt hatte.

Jedenfalls aus ethischer Perspektive betrachtet. Auch praktisch gesehen war es besser gewesen, denn ihre kurze Zeit zusammen war so gut wie abgelaufen. Aber aus emotionaler Perspektive gesehen? War es falsch gewesen. Falsch, falsch, falsch. Jetzt würde Wes den Rest seines Lebens damit verbringen, über diese Nacht nachzudenken und sich zu fragen, wie sie wohl verlaufen wäre, wenn er anders gehandelt hätte. Wäre sie für ihn so unvergesslich gewesen, wie dieser verdammte Kuss es versprochen hatte? Er würde es nie erfahren.

„Verdammt!"

Die Kellnerin trat erschrocken einen Schritt zurück. „Entschuldigung! Ich wollte nicht …"

„Schon gut. *Ich* muss mich entschuldigen. Ich war in Gedanken. Ich habe mich gemeint, nicht Sie."

Sie entspannte sich wieder und lächelte breit. „Oh, das verstehe ich gut. Ich führe auch oft Selbstgespräche. Manchmal streite ich sogar mit mir."

„Aber vermutlich nicht in der Öffentlichkeit."

Sie lachte. „Wollen Sie noch ein Bier?"

„Wenn ich jetzt noch ein Bier trinke, wird es nur schlimmer. Bringen Sie mir die Rechnung, bitte."

Die Nacht war kalt. Er schlang die Arme um sich und schlenderte gemächlich zum Motel zurück. Er begegnete keiner Menschenseele. Nur ein Obdachloser saß im Eingang zu einem der leer stehenden Geschäfte und sah ihm nach. Nach einigen Metern blieb Wes stehen, drehte sich um und ging zu dem Mann zurück. „Hier", sagte er und hielt ihm einen Hunderter hin. „Vielleicht hält dich das für einige Tage warm."

Der Mann hatte einen dichten Bart und trug mehrere Lagen Kleidung, darunter einen langen gelben Rock und eine zerrissene Skihose. Seine Schuhe passten nicht zusammen – ein abgelaufener, rot-weißer Nike und ein beiger Wanderschuh. Er starrte auf den Geldschein. „Das ist verdammt viel Geld."

„Ich hatte kürzlich Glück und dachte mir, ich teile etwas davon."

Der Mann nahm den Geldschein an, schien aber immer noch nicht ganz überzeugt. „Bist du dir sicher, Kumpel?"

„Ja. Vielleicht hast du ja auch irgendwann Glück. Dann kannst du es weitergeben."

„Ja, okay. Danke. Und eine gute Nacht."

„Dir auch."

Wes ging weiter. Jedenfalls würde er jetzt nicht mitten in der Nacht aufwachen und bedauern, diesem armen Mann nicht geholfen zu haben.

Als er in sein Zimmer kam, nahm er eine schöne, lange Dusche und verbrauchte dabei viel zu viel heißes Wasser. Er hatte nicht oft die Gelegenheit, unter einer richtigen Dusche zu stehen. Dazu kam noch, dass ein warmes Badezimmer auf ihn wartete, wenn er die Duschkabine verließ. Die Dusche, die er sich zuhause gebaut hatte, war während der kalten Jahreszeit alles andere als verlockend. Da er sein Gepäck im Auto gelassen hatte, wusch er seine Unterwäsche und die Socken in dem kleinen Waschbecken und hielt sie kurz unter das Gebläse des Händetrockners, bevor er sie zum Trocknen über die Lehne des einzigen Stuhls hängte. Dann schob er den Stuhl vor die Heizung und hoffte, dass bis morgen alles getrocknet sein würde.

Er kroch ins Bett – es roch nach Bleichmittel anstatt nach Parker –, schaltete das Licht aus und versuchte einzuschlafen. Es war noch nicht sehr spät, aber die Fahrt, das Gefühlschaos und drei Flaschen Bier hatten ihn erschöpft. Er suchte sich eine bequeme Schlafposition, schüttelte das Kissen auf und … fing von vorne an. Es nutzte alles nicht. Er konnte nicht einschlafen. Nach einer Weile überlegte er, ob er vielleicht masturbieren und auf die Kraft der postorgiastischen Hormone setzen sollte, war aber nicht in der Stimmung dazu. Außerdem würde er dabei nur wieder an Parker denken müssen. Es fühlte sich nicht richtig an.

„Mist, verdammter!" Er stand auf, wickelte sich in die Bettdecke und schlurfte zum Fenster. Von hier war zwar nur der schwach beleuchtete Parkplatz zu sehen, aber das war immer noch besser, als an die dunkle Decke zu starren. Oder das Licht einzuschalten und mit dem billigen Bild eines Leuchtturms konfrontiert zu werden, das auf der anderen Seite des Zimmers an der Wand hing. Fürchterlich.

Hier gab es keine Kellnerin, die er erschrecken konnte, also musste er sich nicht zurückhalten. „Wie bin ich nur hier gelandet?", fragte er sich laut. Und damit meinte er *nicht* Fort Bragg. Den Weg nach Fort Bragg hätte er im Schlaf aufsagen können. Er meinte sein existenzielles *Hier*: mutterseelenallein in seinem Bus in der Wildnis, in dem er von der Hand in den Mund lebte. Und sich nach einem jungen Mann sehnend, den er kaum kannte.

„Ich sollte öfter ausgehen. Menschen kennenlernen." Wenn er das nächste Mal nach Portland fuhr und Möbel auslieferte, würde er in eine Bar oder einen Club gehen. Oder wenigsten eine App benutzen, um einen Mann zu finden. Sicher doch. Als ob das sein Leben wie von Zauberhand wieder auf die Füße stellen würde. „Toll gemacht, Wanker. Wirklich toll."

Sein Leben hatte keinerlei Ähnlichkeit mit der Zukunft, die er sich als Kind vorgestellt hatte. Er war damals zwischen seinen Eltern und seinem Großvater hin und her gesprungen wie eine Flipperkugel. Vielleicht hatte er sich deshalb immer gewünscht, sich in ein hübsches Mädchen zu verlieben, zu heiraten und eine Familie zu gründen, mit der er in einer kleinen Stadt lebte und seine Freizeit damit verbrachte, am Wochenende die Kinder beim Footballspielen anzufeuern oder sie zum Zahnarzt zu chauffieren. Alle zwei Wochen ging er mit seiner Frau aus, erledigte kleinere Arbeiten am Haus und brachte seinen Söhnen und Töchtern in der kleinen Werkstatt in der Garage bei, ihre eigenen Möbel zu schreinern. Und den Urlaub hätten sie – natürlich – in Disneyland verbracht.

Als er älter wurde, stellte er fest, dass Mädchen nicht sein Ding waren. Dazu tauchte Ethan Hawke zu oft in seiner Fantasie auf, wenn er nachts allein im Bett lag. Trotzdem weigerte er sich beharrlich, seine Träume für die Zukunft dieser Realität anzupassen. Der Wes der Zukunft war für ihn immer noch ein konventioneller, heterosexueller Mann in einem kleinen Haus mit Gartenzaun und mit einer Frau, die als Lehrerin arbeitete und ihn jeden Donnerstagabend zu Tanzkursen schleppte.

Später, als er aufs College ging, hatte er sich zwar mit einigen Männern eingelassen, aber vor seinen Freunden nie geoutet. Daran änderte sich auch nichts, als er die Akademie abgeschlossen hatte und als Polizist arbeitete. Er hatte sich immer beschissen gefühlt, wenn Jeremy einen neuen Freund erwähnte oder Nevin mit dem Mann angab, den er in Nacht zuvor gefickt hatte.

Selbst jetzt hatte Wes sich noch nicht offiziell geouted. Als er vor zehn Jahren bei der Polizei aufhörte, gab es niemanden, vor dem er sich hätte outen können – abgesehen von seinem Großvater, der sich aber nie dafür interessierte, warum sein Enkel keine Freundin hatte. Also hatte Wes es ihm nicht gesagt.

Der Wes seiner Kindheit hatte schon lange nicht mehr existiert, zumal der wirkliche Wes sich seiner Homosexualität nicht schämte. Warum also hatte er dieses Zerrbild nicht durch den neuen Wes ersetzt? Den Wes, der einen bemerkenswerten Mann liebte und von ihm geliebt wurde? Den Wes, der sich eine eigene Familie aufbaute, die zu ihm passte?

Wes starrte durch Fenster auf den Parkplatz, bis ihm die Augen zufielen. Dann schleppte er sich zurück ins Bett.

Als er aufwachte, hatte er eine Idee.

Das war für ihn nichts Ungewöhnliches. Mindestens einmal im Monat öffnete er morgens die Augen und wusste genau, was er mit dem perfekten Stück Olivenholz oder dem alten Eisenschloss, das er im Antiquitätenladen gefunden hatte, am besten anfangen sollte. Die Möbelmuse, die ihn nachts gelegentlich besuchte, hatte ihm schon mehr als eine Inspiration beschert, mit der er sich den Lebensunterhalt sichern konnte.

Heute hatte seine Idee allerdings nichts mit Möbeln zu tun.

Wes wachte mit der festen Überzeugung auf, dass mit Logans Selbstmord etwas nicht stimmen konnte. Er redete sich ein, dass ihn die Sache nichts anging und er viel zu wenig über Parkers Ex wusste, um sich dazu eine Meinung zu bilden.

Trotzdem, er konnte seinen Verdacht nicht verdrängen. Wes putzte sich die Zähne, kämmte sich und zog die glücklicherweise über Nacht getrocknete Unterwäsche und die leider immer noch etwas feuchten Socken an. Nachdem er sich angezogen hatte, packte er seine Sachen und verließ das Motel. Mangels besserer Alternativen frühstückte er bei McDonalds, tankte Morrison auf und machte sich auf den Weg nach Norden. Er entschied sich für den Highway 101, der ihn teilweise an der Küste entlangführte, aber Wes hatte heute weder ein Auge für die Landschaft noch ein Ohr für die Musik, die aus Morrisons Lautsprechern dröhnte.

Nachdem er Crescent City hinter sich gelassen und getankt hatte, dachte er wieder über sein Problem mit Logans Selbstmord nach. Dieses Mal versuchte er es laut, weil er so seine Gedanken besser sortieren konnte. „Die Sache passt einfach nicht zusammen. Warum hätte Logan sich umbringen sollen? Parker sind keine Anzeichen von Depression aufgefallen und ihre Beziehung war nicht gerade die große Liebe. Logan hat Parker bestohlen. Behandelt man so den Mann, ohne den man nicht leben kann?"

Morrison tuckerte zustimmend.

„Vielleicht war die Trennung von Parker gar nicht der Grund für seinen Selbstmord. Er hat seinen Job und seinen Mitbewohner verloren und steckte finanziell in der Klemme. Selbst wenn das ein ausreichender Grund für ihn gewesen wäre, mit seinem Leben Schluss zu machen, stellt sich die Frage, warum er den Abschiedsbrief ausgerechnet an seinen Ex adressiert hat. Parker war schließlich schon ausgezogen. Und selbst wenn er ihm noch etwas zu sagen gehabt hätte, wäre es unter diesen Umständen sinnvoller gewesen, ihm eine Mail zu schicken."

Wes bog auf den Highway 199 ab, der sich durch die Berge des Klamath Nationalparks schlängelte. Ein dichter Wald aus Fichten, Kiefern und Zedern säumte die Straße und dehnte sich bis zum Horizont aus. Wes rollte das Seitenfenster nach unten und atmete den frischen Duft ein. Leider ihn konnte auch die eindringende Kälte nicht von seinem Problem ablenken.

„Und warum sollte er sich ausgerechnet mit einer Überdosis umbringen? Wenn Parker recht hat und Logan keine harten Drogen nahm, hatte er den Stoff mit Sicherheit nicht irgendwo zuhause rumliegen. Es gibt wesentlich einfachere und billigere Wege zum Selbstmord, als sich auf die Suche nach einem Dealer zu machen und teuren Stoff zu kaufen. Zumal, wenn man pleite ist." Wes hatte während seiner Ausbildung zum Polizisten einige Kurse in Psychologie belegt. Er konnte sich nicht vorstellen, dass das, was er damals über Selbstmörder gelernt hatte, nicht mehr aktuell war. Männer erschossen oder erhängten sich, sprangen in den Tod oder verursachten einen – hoffentlich nur für sie selbst tödlichen – Autounfall. Gift oder Drogen wurden vor allem von Frauen benutzt. Das schloss natürlich nicht aus, dass auch Männer gelegentlich mit Absicht eine Überdosis nahmen, aber wenn man es im Zusammenhang mit den anderen Ungereimtheiten betrachtete, die Logans Selbstmord umgaben, dann … stimmte da etwas nicht.

Als Wes die Staatsgrenze nach Oregon passierte, stand sein Entschluss fest. Er musste herausfinden, was in Logans Abschiedsbrief stand.

9

PARKER RÄUMTE den leeren Tisch ab. Seine Mutter stand hinter der Theke und beobachtete ihn. Er konnte ihre Blicke im Rücken spüren und drehte sich irritiert zu ihr um. Rhoda störte sich nicht daran und beobachtete ihn ungerührt weiter. Guter Gott. Dachte sie etwa, er würde explodieren und sich in Luft auflösen, wenn sie ihn aus ihren Adleraugen ließ?

Parker brachte das schmutzige Geschirr in die Küche und stellte es am Spülbecken ab. Nicht ein Teil passte zum anderen. Rhoda hatte das Geschirr auf Flohmärkten und in Trödelläden gekauft, weil es dort billiger war und nicht so langweilig. Einige der Stammgäste hatten mittlerweile ihr persönliches Lieblingsgeschirr, das nur für sie reserviert war.

Als er aus der Küche zurückkam, wartete Rhoda schon auf ihn. „Willst du kurz Pause machen, mein Schatz?"

„Ich bin erst seit zwei Stunden hier."

„Na und? Momentan ist nicht viel los."

Parker seufzte. „Dann wische ich jetzt den Boden. Und putze die Fenster." Er musste etwas tun, um sich von dem Gefühlschaos abzulenken, das ihm keine ruhige Minute ließ. Fensterputzen war immer noch besser, als in Selbstmitleid auszubrechen oder sich von seiner Angst lähmen zu lassen. Als er von Wes zurückkam, bestand Rhoda darauf, dass er sich einen Tag frei nahm und zu Hause blieb. Er verbrachte die Zeit damit, das ganze Haus zu putzen. Am nächsten Tag gab Rhoda auf und nahm ihn widerstrebend mit ins *P-Town*.

Erwachsene Männer drückten ihren Protest nur selten durch Putzen aus. Parker war ein solcher Fall.

Es war später Nachmittag, Parker hatte sämtliche Böden und Fenster geputzt und widmete sich jetzt dem schmutzigen Geschirr, das sich neben der Spüle stapelte. Das *P-Town* hatte sich gefüllt. Um diese Zeit kamen viele Studenten und Stammgäste, die im Homeoffice arbeiteten, um sich frischen Kaffee und Snacks zu gönnen. Viele von ihnen waren mit ihren Laptops beschäftigt. Eine Gruppe älterer Frauen, die sich für Straßenkatzen einsetzte, traf sich fast Nachmittag im *P-Town*. Sie hatten ihre eigenen Tassen, die – ihrem Hobby entsprechend – mit Katzenbildern verziert waren. Fiona, die in einem alten Bahnwaggon lebte, nippte an ihrem Kaffee und las Zeitschriften, nachdem sie kurz in der Damentoilette verschwunden war und sich gewaschen hatte. Parker wusste, ab jetzt hatten sie zu tun, bis Rhoda das Café am Abend schließen würde. Während der Abendessenszeit wurde es noch kurz etwas ruhiger, aber dann ging es sofort wieder los. Heute war

Dienstag, der Tag, an dem traditionell Livemusik gespielt wurde. Spätestens um halb acht würde das *P-Town* aus allen Nähten platzen.

Gut so. Je mehr er zu tun hatte, umso weniger Zeit blieb ihm zum Grübeln.

„Mir gefällt deine Haarfarbe", sagte eine der Katzenladies, als er ihr Kaffee nachgoss. „Orange passt zur Jahreszeit."

„Das fand ich auch."

„Meine Enkelin meint, ich sollte mehr Mut zur Farbe zeigen. Was denkst du?" Sie fuhr sich über den stahlgrauen Bubikopf.

„Eine rote Strähne würde gut passen. Oder nur die untere Lage färben, sodass die Haare ganz natürlich aussehen, aber ein Regenbogen zum Vorschein kommt, wenn man sie hochsteckt."

Ihre Freundinnen klatschten zustimmend in die Hände. „Dann versuche ich das!", rief die alte Dame. „Hailey wird sprachlos sein vor Überraschung!"

„Prima! Ich bin auch schon gespannt auf das Ergebnis."

Er wollte gerade einen Tisch abräumen, der vor wenigen Minuten freigeworden war, als sich die Tür öffnete und ein doppeltes Problem das Café betrat: Jeremy und Nevin. Jeremy in seiner grünen Uniform war die personifizierte Fitness und Anständigkeit, während Nevins maßgeschneiderter schwarze Anzug und sein kirschrotes Hemd der absolute Hingucker waren. Sie gingen direkt zur Theke und taten so, als hätten sie Parker nicht gesehen.

Jeremy wohnte nicht weit entfernt und kam fast jeden Tag ins *P-Town*, bevor er sich auf den Weg zur Arbeit machte. Für Nevin war es ungewöhnlich, während der Dienstzeit hier aufzutauchen. Dass sie gemeinsam und in Arbeitskleidung gekommen waren, ließ auf einen besonderen Grund für ihren Besuch schließen.

Nachdem sie Platz genommen hatten, marschierte Parker an ihren Tisch, baute sich vor ihnen auf und stemmte die Hände in die Hüften. „Ich brauche keine weitere Intervention. Auch kein Beratungsgespräch. Was auch immer."

Nevin hob seine Espressotasse. „Wir wollen nur einen Kaffee trinken, Mann."

„Nein, wollt ihr nicht. Ihr seid hier, weil Mom ihre Finger im Spiel hat."

Er hätte es wissen müssen. Sie hatte ihm nicht eine einzige Frage über Wes oder Logan gestellt, seit er wieder zuhause war. Anscheinend glaubte sie, dass sie die Hilfe von Profis brauchte, um ihn zum Reden zu bringen.

„Sie macht sich Sorgen um dich." Jeremy Keramiktasse war mit stilisierten Nadelbäumen verziert. Sie war so riesig, dass sie schon fast komisch aussah, passte aber perfekt in seine ebenso riesigen Pranken.

„Mir geht es bestens. Ich funktioniere problemlos und habe nicht vor, zu einem heulenden Bündel Elend zu mutieren. Ich putze mir die Zähne, kämme mich und ziehe frische Klamotten an. Ich erfülle alle Voraussetzungen für ein verantwortliches, eigenständiges Leben. Ich brauche keinen Babysitter."

Seine kleine Rede hatte genau die Wirkung, mit der er gerechnet hatte: keine. Jeremy sah ihn an wie einen Drogensüchtigen, der auf eine der Statuen im Park klettern wollte, um einer Invasion von unsichtbarem Ungeziefer zu entkommen.

Nevin schnaubte nur. „Du solltest dankbar sein, eine so fürsorgliche Mutter zu haben, Schlumpf."

„Das bin ich doch!"

„Aha. Und deshalb bist du mit Wanker weggelaufen. Einem Mann, den du gar nicht kennst."

„Aber jetzt kenne ich ihn. Und er ist ein guter Mensch."

„Pfft. Er ist gut darin, dir an die Wäsche zu gehen."

„Wes hat mich nicht angerührt." Parker verschwieg ihnen sicherheitshalber, dass er selbst es gewesen war, der sich Wes in dieser letzten Nacht an den Hals geworfen hatte. „Er hat mir zu essen gegeben und einen Platz zum Schlafen. Als ich wieder nach Portland zurückwollte, hat er mich zum Busbahnhof gefahren. Und er war immer nett zu mir, obwohl ich mich aufgedrängt habe und ihm nur im Weg war."

Nevin rollte mit den Augen, hielt aber den Mund. Das war ungewöhnlich. Vielleicht hatte Wes' Entschuldigung doch ihre Spuren hinterlassen.

Jeremy stellte seine Tasse ab. „Hat er dir gesagt, warum er an diesem Tag mit uns sprechen wollte?"

„Um sich bei euch zu entschuldigen."

„Und hat er dir auch gesagt, warum er sich entschuldigen wollte?"

Parker zog sich der Magen zusammen, als er an Wes' gequälten Blick zurückdachte. Zehn Jahre lang hatte Wes mit der Last seiner Schuldgefühle gelebt. Es war unvorstellbar. „Ja. Er hat gesagt, er hätte große Scheiße gebaut und den Tod eines Menschen auf dem Gewissen. Er hat gesagt, er hätte sie umgebracht."

Zu seiner Überraschung schüttelte Nevin den Kopf. „Das glaube ich nicht. Wenn er sich an die Regeln gehalten hätte, wäre die Sache vermutlich nicht viel anders ausgegangen. Häusliche Auseinandersetzungen dieser Art sind unberechenbar. Sie können sehr schnell sehr hässlich werden."

„Warum hasst du ihn dann so sehr?"

„Ich hasse ihn nicht. Aber er war ein sturer Bastard und hätte nie Polizist werden sollen. Er hatte nicht die richtige Einstellung für diesen Job. Und er hätte sich nicht wie ein verdammter Idiot aufführen, sondern ehrlich über seine Probleme reden sollen."

Als Nevin die Arme vor der Brust verschränkte und Jeremy die Lippen zusammenkniff, fiel bei Parker der Groschen. Die beiden waren *enttäuscht* von Wes. Und ihre Enttäuschung hatte nichts mit Linda Shaw zu tun. „Wusstet ihr, dass Wes schwul war?", fragte er leise.

„Das haben wir erst erfahren, nachdem er gekündigt hat", sagte Jeremy.

Nevin schnaubte wieder. „Wir haben es nur vermutet. Er war ... wie alt? Zweiundzwanzig oder dreiundzwanzig? Aber er hat nie über Frauen gesprochen, und wenn das Gespräch auch nur ansatzweise in diese Richtung ging, hat er keinen Ton mehr gesagt."

Parker kannte Nevin nur zu gut und konnte sich vorstellen, wie oft es dazu gekommen war. Nevin war in der Vergangenheit nicht sehr wählerisch gewesen und hatte den Dating-Pool der Stadt weidlich abgeschöpft – egal, ob männlich oder weiblich. Erst durch Colin hatte er zur Monogamie gefunden, was ihn aber nicht davon abhielt, offen darüber zu reden, wenn es um das Sexualleben seiner Mitmenschen ging. Er scheute auch vor direkten Fragen nicht zurück.

Parker zog die Augenbrauen hoch. „Hat Wes nicht das Recht auf ein Privatleben?"

Bevor Nevin ihm antworten konnte, mischte Jeremy sich ein. „Natürlich. Es gibt auch heute noch viele Kollegen bei der Polizei, die sich nicht outen wollen. Es ist ihnen unangenehm. Vor zehn Jahren war es noch schlimmer. Aber wir waren seine Freunde. Wir hätten ihn verstanden. Uns ist aufgefallen, dass er ein Problem mit sich rumschleppt."

„Er hat überkompensiert und sich wie ein beschissener Macho aufgeführt", fügte Nevin hinzu. „Nur deshalb hat er an diesem Tag Mist gebaut."

Das hörte sich logisch an. Parker konnte sich an einen Mitschüler erinnern, einen Jock namens Pat Ballard, der immer mit lüsternem Grinsen durch die Schule stolzierte und den Mädchen nachsah. Wenn er Parker über den Weg lief, lachte er ihn aus und nannte ihn Schwuchtel. Parker war nicht sonderlich überrascht gewesen, als er ihn vier Jahre später in der Toilette eines Clubs wiedersah, wo er auf dem Boden kniete und einem Kerl in Lederklamotten einen Blowjob gab. Er konnte sich zwar nicht vorstellen, dass Wes sich über Schwule lustig gemacht hatte – im Gegensatz zu Pat Ballard war er kein Arschloch –, aber er musste ein sehr unsicherer junger Mann gewesen sein. Parker konnte sich gut vorstellen, dass Wes damals versuchte, seine Neigungen hinter übertriebenem Machogehabe zu verstecken.

„Das ist lange her", sagte er. „Kommt schon, Jungs. Ihr habt früher bestimmt auch gelegentlich Mist gebaut. Selbst du, Jeremy. Mir passiert es jedenfalls ständig. Sicher, Wes' Fehler hatte ernste Konsequenzen, aber er … ich mag ihn eben. Er war sehr nett zu mir. Ich glaube, er war in den letzten Jahren sehr, sehr einsam." Vielleicht sogar sein ganzes Leben lang. Es war ein trauriger Gedanke.

Nevin machte ein beschämtes Gesicht – wahrscheinlich zum ersten Mal in seinem Leben. Er zog den Kopf ein und murmelte etwas Unverständliches vor sich hin. Vermutlich fluchte er leise. Jeremy fuhr sich mit den Fingern durch die Haare. Glücklicherweise war in diesem Moment ein lauter Schlag zu hören. In der Küche musste ein Malheur passiert sein.

„Ich glaube, meine Hilfe wird gebraucht", sagte Parker.

Jeremy lächelte ihn an. „Du hast recht. Du brauchst keinen Babysitter. Aber wenn du mit jemandem reden willst, sind wir da."

Es war beruhigend, das zu wissen. Traurig war nur, dass Wes jetzt niemanden hatte, mit dem er reden konnte. Aber dagegen konnte Parker vielleicht etwas unternehmen – sobald er sein eigenes Leben wieder halbwegs im Griff hatte.

PARKER KONNTE das Gähnen nicht mehr unterdrücken. Er wäre gerne bis zum Abend geblieben, um sich die Musik anzuhören, beschloss aber, für heute Schluss zu machen. Er suchte nach Rhoda und fand sie in ihrem Büro, wo sie vor dem Computer saß. „Brauchst du mich heute Abend noch, Mom? Oder kann ich gehen?"

Sie sah ihn fragend an. „Nein, ich brauche dich nicht. Willst du ausgehen?"

„Nein. Ich will mir die Haare neu färben, mich vor den Fernseher setzen und dann früh ins Bett gehen."

Man sollte meinen, eine Mutter würde sich darüber freuen, wenn ihr Sohn brav zuhause blieb. Als Parker noch ein Teenager war, hatte sie ihn regelmäßig daran erinnert, dass er nicht genug schlief. Aber jetzt runzelte sie die Stirn und schien etwas sagen zu wollen. Vermutlich wollte sie wissen, ob die neue Haarfarbe symbolische Gründe hätte oder so. Er hob die Hand. „Es geht mir gut", sagte er. „Ich brauche nur etwas Ruhe. Außerdem habe ich RJ versprochen, morgen früh für ihn einzuspringen. Er hat einen Termin beim Zahnarzt."

„Okay." Sie wirkte immer noch besorgt, kehrte aber zu ihrer Arbeit zurück.

Parker wollte schnell nach Hause kommen und leistete sich einen Lyft, obwohl er sich diesen Luxus eigentlich nicht leisten konnte. Zuhause angekommen aß er ein Sandwich mit Kartoffelchips, zog seine bequemste Jogginghose und ein altes T-Shirt an und machte sich dann daran, sich die Haare zu färben. Es endete mit Bleichmittel auf dem T-Shirt und kobaltblauen Fingern, aber er war mit dem Ergebnis zufrieden. Danach legte er sich mit seinem Laptop ins Bett und wollte sich Die Große Britische Backshow ansehen, auch wenn er die Kekse anschließend nicht essen konnte.

Aber irgendwie endete es damit, dass er Wes Anker googelte.

Er fand so gut wie nichts über Wes, wenn man von der Website von *Black Lightning Interiors* absah, auf der einige seiner Möbel abgebildet waren. Jedes Stück war einmalig. Einmalig und teuer, aber sein Geld wert, wenn man wusste, wie viel Kreativität, Zeit und Sorgfalt Wes in die Herstellung seiner Möbel investierte. Sie waren Kunstwerke im wahrsten Sinne des Wortes und, wenn man der Website Glauben schenken durfte, alle schon verkauft.

Parker hatte eine Idee. Er griff nach seinem Handy und durchsuchte seine Kontakte. Ja, da war er. Wes Anker. Parker hatte die Telefonnummer auf einer Visitenkarte in Wes' Bus gefunden und gespeichert, obwohl er sich vorgenommen hatte, Wes niemals anzurufen. Er wollte Wes nicht nachstellen. Aber dieser Anruf war geschäftlich. Das war erlaubt.

Er holte tief Luft und wählte die Nummer.

Es klingelte mehrmals und Parker wollte gerade wieder auflegen, als sich Wes' atemlose Stimme meldete. „Hallo?"

„Äh, hallo. Hier ist Parker Levin." Guter Gott, wie dämlich. Als ob Wes Dutzende von Parkers kennen würde.

„Hey. Hast du etwas bei mir vergessen?"

Es war schwer, seiner Stimme anzuhören, ob er sich über den Anruf freute oder genervt war. Wes trug seine Gefühle nicht zur Schau, und ohne Gesichtsausdruck und Körperhaltung gab es keinerlei Anhaltspunkte, die Parker weitergeholfen hätten.

„Nein, ich habe nichts vergessen. Bist du beschäftigt? Ich kann dich später zurückrufen."

Wes lachte leise. „Ich habe die Enten besucht und mein Handy am Waschbecken liegen gelassen. Musste mich beeilen, um den Anruf anzunehmen. Klar kann ich reden."

Okay. Wes konnte reden. Aber wollte er das auch? Und wenn ja, über was? Parker plapperte einfach weiter. „Ich habe mich gefragt ... in ein paar Wochen ist Chanukka und ich weiß nie, was ich Mom schenken soll. Wenn ich sie frage, was sie sich wünscht, sagt sie nur: *Dass mein Sohn glücklich wird.* Und das ist nicht sehr hilfreich. Ich habe nicht viel Geld, aber ich dachte ... vielleicht könntest du eine Kleinigkeit für sie machen? So was wie das Geschirrregal mit den Blumen. Das könnte ich mir leisten und es würde ihr gefallen. Ähm ... natürlich nur, falls du dafür Zeit hast. Ich weiß, es ist etwas kurzfristig."

Wes sagte lange nichts. Parker hätte sich am liebsten in den Hintern getreten: was für eine dumme Idee! Warum hatte er nur immer so dumme Ideen? Er hätte den Mund halten sollen.

Als Wes schließlich doch etwas sagte, hörte er sich fast froh an. Jedenfalls kam es Parker so vor. „Das wäre schön."

„Wirklich?"

„Wirklich. Gib mir einige Tage Zeit, ja?"

„Natürlich. Ich kann mit dem Bus kommen und es in Medford abholen, wenn dir die Fahrt nicht zu lange ist."

Wieder eine Pause, aber dieses Mal kürzer. „Ich bringe es dir nach Portland."

Parkers Herz schlug einige Takte schneller. Er musste sich Mühe geben, sich seine Aufregung nicht anhören zu lassen. „Danke. Du bist meine Rettung. Schon wieder."

„Ich gewöhne mich langsam daran." Damit wünschte Wes ihm eine gute Nacht und legte auf.

PARKER LIEBTE die Sonntagvormittage im *P-Town*. Sie öffneten etwas später als an den Werktagen und die Gäste kamen nicht alle auf einen Schlag. Viele brachten ein Buch oder die Sonntagszeitung mit. Sie waren leger gekleidet, bewegten sich nicht so hektisch und lachten öfter. Und die Trinkgelder, die sie in dem Glas auf der Theke zurückließen, waren auch großzügiger.

Rhoda hatte heute ausnahmsweise beschlossen, auszuschlafen und es Parker zu überlassen, das Café zu öffnen. Er durfte auch die Musik auswählen und entschied sich für Pop und Swing der 1959er-Jahre – etwas Sinatra, Nat King Cole und Dean Martin, dazu noch Ella Fitzgerald. Ella war immer gut. Der Reaktion der Gäste nach zu urteilen, war es eine gute Entscheidung gewesen. Viele wippten mit den Füßen oder schlugen mit den Fingern den Takt. An einem großen Rundtisch in der Ecke saßen einige Studenten, die ihre Laptops und Papierstapel ignorierten und stattdessen leise mitsangen.

Grinsend füllte Parker einen Teller mit Kürbisplätzchen und stellte ihn auf die Theke. „Bitte sehr. Noch ist Kürbissaison."

Der Gast, ein gut aussehender Mann um die Sechzig mit einem kleinen Bäuchlein und grauem Stoppelbart, lächelte freundlich. „Und die muss ich ausnutzen. Bald beginnt nämlich die Pfefferminzsaison und ich hasse Pfefferminze."

„Es heißt, Pfefferminze wäre gut für die Verdauung." Das hatte Parker von Ptolemy gelernt, der sich mit Kräutertees auskannte.

„Mag sein. Aber was nutzt das noch, wenn die Pfefferminze in Zucker und Fett untergeht?"

„Stimmt auch wieder."

Der Mann sah zu, wie Parker den Macchiato zubereitete. Parker benutzte dazu immer eine Glastasse. Es gefiel ihm, wenn die verschiedenen Lagen Kaffee und Milch durchs Glas zu erkennen waren.

Nachdem der Macchiato fertig war, stellte er die Tasse auf die Theke. Der Mann zögerte kurz und wurde rot. „Äh, darf ich dich etwas fragen?"

„Sicher."

„Die Dame, die hier arbeitet, ist sie die ... Eigentümerin? Die mit den hübschen bunten Kleidern."

Parker musste sich ein Lachen verkneifen. Er ahnte schon, worauf diese Frage hinauslief. Und er würde sich freuen, wenn er mit seiner Vermutung rechtbehielt. „Rhoda, ja. Ihr gehört das Café."

„Ich bin vor einigen Tage zufällig zum ersten Mal ins *P-Town* gekommen. Es gefällt mir sehr gut hier."

„Mir auch."

Der Mann kratzte sich hinterm Ohr. „Und sie – Rhoda – scheint eine sehr nette Frau zu sein. Sie strahlt viel positive Energie aus."

„Rhoda ist wunderbar. Die beste Chefin, die ich je hatte." Er wollte dem Mann nicht verraten, dass sie auch seine Mutter war. Wo blieb dann noch der Spaß?

„Weißt du zufällig, ob sie, äh ... Single ist?"

„Ich weiß es und sie ist es." Parker beugte sich über die Theke. „Soll ich vielleicht ein gutes Wort für Sie einlegen?", flüsterte er.

Der Mann strahlte. „Das wäre sehr nett. Mein Name ist Bob Martinez. Du kannst mich Bob nennen. Ich bin erst vor einigen Wochen aus Cleveland hierhergezogen. Ich wollte dem Mittleren Westen entfliehen, nachdem ich in Rente gegangen bin. Und ich bin auch Single. Seit neun Jahren geschieden."

Obwohl Rhoda manchmal andeutete, sich einsam zu fühlen, bestand sie darauf, dass ihre Arbeit ihr keine Zeit ließ, um mit einem Mann auszugehen. Bob sah gut aus und hatte ein offenes Lächeln. Vielleicht war er die Lösung für ihr Problem. Natürlich konnte Parker nicht ausschließen, dass der Mann ein Axtmörder war, aber Rhoda war eine gute Menschenkennerin. Sie würde schnell wissen, ob Bob vertrauenswürdig war. Falls sie sich für ihn interessieren sollte.

„Rhoda kommt in einer halben Stunde. Wenn du bleibst, versuche ich, sie in deine Richtung zu lotsen."

„Vielen Dank, Sir." Bob zwinkerte ihm zu, nahm seine Plätzchen und den Kaffee und ging zu einem leeren Tisch.

Parker war bester Laune. Endlich konnte er sich bei seiner Mutter revanchieren. Sie hatte schon so oft versucht, ihn zu verkuppeln. Jedes Mal, wenn ein hübscher Mann in seinem Alter ins *P-Town* kam, wurde ihr Gaydar ausgelöst und sie stieß Parker dem armen Kerl nahezu in die Arme. Natürlich waren ihre gut gemeinten Versuche erfolglos geblieben. Parker war viel zu stur, um ihr nachzugeben. Guter Gott, wenigstens seine Männer wollte er sich selbst aussuchen! Auch wenn seine Wahl manchmal nicht sehr angemessen war oder die Beziehung nicht lange anhielt. Bobs Interesse an Rhoda kam ihm daher sehr gelegen.

Er arrangierte den Kuchen in der Auslage und summte leise mit, als *Mackie Messer* lief. *Mackie Messer* war sein drittliebstes Serienmörderlied, übertroffen nur von *The Ballad of Sweeney Todd* und *Psycho Killer*. Aber es war eine knappe Entscheidung.

„Hi."

Er hob so schnell den Kopf, dass er beinahe gegen die Scheibe der Auslage gestoßen wäre. Vor ihm stand Wes in seiner Jeansjacke, die Haare zu einem Pferdeschwanz gebunden. Wes lächelte zögernd. „Ist das Bobby Darin?" Er zeigte zu einem der Lautsprecher.

„Ja. In der Interpretation von Ella Fitzgerald gefällt mir das Lied besser, aber ich hatte schon einige ihrer anderen Lieder auf dem Band und wollte etwas Abwechslung reinbringen."

Sie blickten sich an, während Bobby Darin im Hintergrund erzählte, wie MacHeath dem armen Louie Miller Zementschuhe verpasste. Wes wirkte etwas nervös.

„Du hast deine Haarfarbe geändert."

„Ja. Sie heißt Cobalt Midnight." Ihm fehlten für einen Moment die Worte, dann platzte es aus ihm heraus. „Du bist nach Portland gekommen." *Geniale Beobachtung. Und so geistreich.* Fast hätte er das Gesicht verzogen, so peinlich war es ihm.

Wes zuckte nur mit den Schultern, eine Reaktion, die Parker mittlerweile schon vertraut war. „Ja. Ich, äh ... habe an dem Geschenk für deine Mom gearbeitet und wollte dich fragen, ob es so okay ist."

„Ich habe dich doch erst vor ein paar Tagen gefragt."

„So was dauert nicht lange. Keine große Sache." Wes sah sich im Café um, als wollte er sichergehen, dass nicht Jeremy und Nevin irgendwo auf ihn lauerten. „Hast du einige Minuten Zeit? Ich habe Morrison direkt um die Ecke geparkt."

In Parkers Kopf überschlugen sich die Gedanken. Freute sich Wes, ihn wiederzusehen? War er deshalb gekommen? Oder hatte Wes nur Mitleid mit ihm und wollte sich seiner Verpflichtung erledigen? Vielleicht war er nur gekommen, weil er noch einen anderen Termin in Portland hatte und nicht zweimal fahren wollte. Schließlich drehte sich die Welt nicht nur um Parker, nicht wahr?

Er nickte und hoffte, Wes würde ihm seine Unsicherheit nicht ansehen. „Sobald Rhoda kommt, mache ich kurz Pause. In einer halben Stunde ungefähr. Willst du einen Kaffee?"

„Ja, danke." Wes wirkte fast erleichtert.

Parker wusste schon, wie Wes seinen Kaffee trank. Er entschied sich für eine seiner Lieblingstassen – sie war mit bunten Vögeln bemalt –, füllte sie mit frisch aufgebrühtem und organischen Kona-Kaffee und ließ etwas Platz für Zucker, aber nicht für Milch. „Die Pistazienplätzchen schmecken prima. Willst du welche?"

„Gerne."

Wes wollte ihm zehn Dollar geben, aber Parker rollte nur mit den Augen und nahm das Geld nicht an. „Ernsthaft?"

Ein kleines Schulterzucken, dann steckte Wes das Geld wieder ein. Er löffelte Zucker in seinen Kaffee und ging zu einem der kleinen Tische, die weiter hinten an der Wand standen, direkt vor dem Einhorn mit der regenbogenfarbenen Mähne. Es war von einem Künstler gemalt worden, der auch Parkers Zimmer zuhause dekoriert hatte und der dienstagabends gelegentlich im *P-Town* auftrat. In der nächsten halben Stunde schaute Parker mehr als nur einmal zu Wes' Tisch hinüber, ging aber nicht zu ihm. Theoretisch war er dazu viel zu beschäftigt, praktisch wusste er nicht, was er sagen sollte, und er wollte sich nicht wieder blamieren, indem er Unsinn redete. Aber ihm fiel auf, dass Wes ihn auch beobachtete.

Kurz darauf kam Rhoda, umhüllt von einem weiten Kleid, das mit einem Sternenhimmel bedruckt war. Dazu trug sie eine rote Jacke und rote Stiefel. Noch bevor sie ihren Regenmantel an die Garderobe hängte, sah sie Wes an seinem Tisch sitzen. Sie sah Parker fragend an, aber Parker tat so, als würde er es nicht bemerken.

Wenige Minuten später, der Mantel hing mittlerweile an seinem Haken, hatte sie die Mitarbeiter und einige Stammkunden begrüßt und sich davon überzeugt, dass Parker das Schiff in ihrer Abwesenheit sicher durch alle potenziellen Untiefen gesteuert hatte. Sie zog ihn zur Seite. „Süße Haarfarbe. Geh jetzt. Mittagspause."

Sie schob ihn in Richtung Wes. Parker hätte sich normalerweise wohl gewehrt, war aber zu neugierig. Er wollte wissen, was Wes ihm mitgebracht hatte. Und wenn er dafür Zeit mit ihm verbringen musste, ließ sich das nicht ändern. Schließlich handelte es sich um einen reinen Geschäftstermin.

„Okay. Siehst du den Mann in dem grünen Hemd, der am Fenster sitzt? Er heißt Bob und ist erst vor Kurzem von Ohio nach Portland gezogen. Bob hat mich gefragt, ob ich hier gute Restaurants kenne und wo man am besten einkaufen kann. Vielleicht kannst du ihm einige Tipps geben. Du kennst dich mit solchen Dingen besser aus."

Sie strahlte. Nichts liebte Rhoda mehr, als um Rat gefragt zu werden. Damit wurde der arme Bob gleich zu Beginn einem Crashtest unterzogen. Hatte er die Ausdauer und Geduld, sich einer vollen Dosis Rhoda auszusetzen? Nachdem seine Mutter glücklich davongeschwebt war, ging Parker in die Küche und zog sich seinen Hoodie über. Als er zurückkkam, was Wes schon aufgestanden und wartete auf ihn. Schweigend verließen sie das Café.

„Ich versuche, meiner Mom ein Date zu vermitteln", sagte Parker, als sie draußen waren. „Verrückt, oder?"

Wes schnaubte. „Ja. Aber auch lieb."

Obwohl es nicht weit war, war Parker durchgefroren, als sie bei Morrison ankamen. Vielleicht hätte er auf Rhoda hören und sich angemessene Winterkleidung besorgen sollen. Aber die Regenmäntel, die er sich leisten konnte, waren alle so langweilig …

Wes öffnete die Hintertür des Transporters und machte eine einladende Geste.

„Ich komme mir vor wie in einem Agententhriller", meinte Parker. „Oder einer Entführung."

„Ich verspreche, dich nicht gegen deinen Willen von hier zu entführen oder deine Geheimnisse an die Russen weiterzugeben."

„Na gut, wenn das so ist …"

Im Laderaum war nicht viel Platz und Parker musste den Kopf einziehen, aber wenigstens war es trocken. An der Seite stand ein sperriges Objekt, das in mehrere Lagen Decken eingehüllt war. Wes wickelte es vorsichtig aus und legte die Decken auf den Boden.

„Oh mein Gott!", rief Parker, als er sah, was unter den Decken zum Vorschein kam. Das Regal hatte drei Fächer, war etwa einen Meter hoch und genauso breit. Das Holz war hell, hatte aber eine dunkle Maserung. Kleine Einlegearbeiten in Form von Tassen, Herzen und Notenzeichen waren aus dunklerem Holz gefertigt. Sie befanden sich vor allem an den Seiten und dem oberen und unteren Rahmen des Regals. Es war wunderschön – individuell, aber nicht überladen oder protzig. „Wie schön!"

„Meinst du, es wird ihr gefallen?"

Parker blinzelte. „Ich … das ist viel zu edel und teuer für mich."

„Ich gebe dir Rabatt. Ich habe vor allem Restholz verwendet. Außerdem wollte ich eine neue Säge ausprobieren."

„Wes ..."

„Wird es deiner Mom gefallen?"

„Natürlich! Es ist perfekt für sie."

„Gut." Wes wickelte das Regal wieder ein. „Wo wollen wir es hinbringen, damit sie es nicht vorher findet?"

„Ich, äh ..." Parker musste in einer Stunde wieder im Café sein. „Können wir zu uns fahren? Es ist nicht weit. Ich kann es in meinem Zimmer verstecken."

„Kein Problem."

Sie stiegen vorne ein und Wes fuhr los. Aus den Lautsprechern dröhnte Lynyrd Skynyrd. Parker musste sehr laut sprechen, um Wes den Weg zu zeigen. Er saß die ganze Zeit auf seinen Händen, um nicht in Versuchung zu geraten, Wes zu berühren. Um sich davon zu überzeugen, dass Wes real war. Sein Problem wurde noch dadurch verschärft, dass er Wes *riechen* konnte, was ihn an sein leeres Bett zuhause erinnerte. Rhodas Lieblingswaschmittel war unparfümiert und gut zur Haut. Kein künstlicher Blumenduft. Aber auch kein Geruch nach Sägespänen und Gewürzen. Und Wes.

Parker machte Atemübungen, um sich zu beruhigen.

Wes fuhr rückwärts in die Einfahrt zu Rodas Haus. Parker schloss die Haustür auf, während Wes das eingewickelte Regal aus dem Auto holte und ins Haus brachte.

Parker zeigte ihm den Weg zu seinem Zimmer. Sie stellten das Regal in den Wandschrank, wo es mehr als genug Platz gab. Wes wickelte das Regal wieder aus, klemmte sich die Decken unter den Arm und blieb verlegen mitten im Zimmer stehen. Parker wurde an seine Schulzeit erinnert. Er hatte damals oft Marcus, seinen damaligen Freund, in sein Zimmer geschmuggelt, wenn seine Eltern noch bei der Arbeit waren. Parker und Marcus hatten Videospiele gemacht und rumgemacht, bevor Marcus dann wieder die Flucht ergriff, damit sie nicht erwischt wurden. Obwohl Parker damals immer alle belastenden Beweise sorgfältig entfernte, vermutete er, dass Rhoda sehr genau wusste, was Marcus und er getrieben hatten. Dieser Verdacht bestätigte sich, nachdem er einige Kondome in seiner Kommode fand, die sie – wie zufällig – dort deponiert hatte. Er wurde immer noch rot, wenn er daran zurückdachte.

„Kann ich kurz mit dir reden?" Wes trat von einem Fuß auf den anderen, schaute zu Boden und spielte mit dem Saum seiner Jacke.

„Sicher, äh ..." Parker zeigte zum Bett. Glücklicherweise war es ordentlich gemacht. Sein Zimmer war ebenfalls in gutem Zustand und auch der Rest des Hauses war – dank seiner Putzorgie in der vorigen Woche – aufgeräumt und sauber.

Wes setzte sich auf die Bettkante. Parker setzte sich zu ihm, achtete aber darauf, einen ausreichenden Sicherheitsabstand einzuhalten. Keiner von beiden sagte ein Wort. Wes sah sich im Zimmer um. Parker folgte seinem Blick und stellte zu seiner Überraschung fest, dass nichts hier wirklich ihm gehörte. Es war nicht *sein* Zimmer, es war das Gästezimmer seiner Mutter. Und das hieß, dass er hier nicht zuhause war und sich auch nicht so fühlte.

„Ich lebe hier wie ein Fünfzehnjähriger", sagte er stöhnend.

„Und ich lebe in einem Bus."

„Ja. Aber es ist wenigstens *dein* Bus. Es ist ein verdammt cooler Bus und du hast ihn zu *deinem* Bus gemacht. Jeder, der dich kennt, weiß sofort, dass er dir gehört."

„Niemand kennt mich", erwiderte Wes leise.

„Ich schon."

Obwohl sie sich noch nicht lange kannten und nur wenige Tage zusammen verbracht hatten, wusste Parker, dass er damit recht hatte. Er hatte Wes bei der Arbeit gesehen, er hatte zugehört, als Wes ihm seine Lebensgeschichte beichtete, und erlebt, wie Wes sich den Geistern seiner Vergangenheit stellte und sich öffentlich bei ihnen entschuldigte. Er war von Wes wieder zusammengeflickt worden, nachdem er in der Dunkelheit gestolpert war. Ja, Parker kannte ihn.

Wes nahm einen kleinen Elefanten vom Nachttisch und betrachtete ihn von allen Seiten. Es war nur billiger Kitsch, den Rhoda gekauft hatte, als sie das Zimmer neu einrichtete. Parker benutzte ihn manchmal, um sein Handy abzustützen.

„Hast du Neuigkeiten von der Polizei aus Seattle?"

Nun, das kam unerwartet. „Nein. Warum?"

„Ist es dir unangenehm, darüber zu reden?"

„Nein, ich habe kein Problem damit."

Rhoda war dem Thema sorgfältig ausgewichen, hatte es aber einige Male angedeutet und abgewartet, wie Parker darauf reagierte. Parker war nicht darauf eingegangen. Es gab nichts, was er dazu zu sagen hatte.

„Ich habe darüber nachgedacht. Du hast Logan natürlich besser gekannt als ich. Ich bin nur ein Außenseiter. Aber … kommt dir die Sache nicht auch merkwürdig vor?"

„Merkwürdig? Du meinst, dass er tot ist?"

„Sorry. Ich meinte damit die Umstände seines Todes. Das Wie und Warum. Und dieser Abschiedsbrief."

Parker nahm den Elefanten und ließ ihn majestätisch über seinen Oberschenkel zum Knie marschieren, wo er den Rüssel hob und lautlos trompetete. Er hatte dem Ding nie einen Namen gegeben. Hätte er das tun sollen? Sie hatten in den letzten Jahren oft nebeneinander geschlafen. Das war gewissermaßen namenswürdig. Andererseits hatte der arme Kerl weder Augen noch Maul, also war es vielleicht doch nicht nötig. Er gab ihn Wes zurück.

„Ja", sagte er. Logans Tod war von Anfang an merkwürdig gewesen, aber er hatte nicht klar darüber nachdenken können, weil er emotional zu aufgewühlt gewesen war. In den letzten Tagen hatte er wieder Ruhe gefunden und Logan war ihm mehr als einmal in den Sinn gekommen. Nicht nur wegen seiner Schuldgefühle, sondern auch, weil Logans Selbstmord ein ungutes Gefühl in ihm hinterlassen hatte, das er aber nicht so recht beschreiben konnte.

Als er noch ein Kind war, gab es diese Sammelbilder, in denen man, wenn man sie richtig betrachtete, eine dreidimensionale Szene sah. Autostereogramme oder so ähnlich. Seine Freundin Hannah besaß ein ganzes Buch mit solchen Bildern, aber Parker hatte nie das gesehen, was sie darin zu erkennen behauptete. So ging es ihm auch mit Logans Selbstmord: Egal, aus welchem Blickwinkel er ihn betrachtete, es wollte sich kein Bild ergeben. Er konnte sich einfach nicht vorstellen, dass Logan Selbstmord begangen hatte. Besonders nicht seinetwegen.

Parker drehte sich zu Wes um, der ihn aufmerksam beobachtete. „Es fühlt sich wirklich merkwürdig an."

„Willst du der Sache auf den Grund gehen? Oder sie hinter dir lassen?"

Seltsam. Wenn Wes ihn gedrängt hätte, Parker hätte sich gewehrt und nie wieder darüber reden wollen. Aber Wes überließ ihm selbst die Entscheidung und Parker hatte den Eindruck, dass Wes diese Entscheidung respektieren würde, egal, wie sie ausfiel. Das machte ihn neugierig.

„Auf den Grund gehen? Wie?"

Wes' Lächeln wirkte mehr grimmig als glücklich. „Mit etwas Hilfe."

10

NEVIN NG war ein gefährlicher Mann – nicht nur, weil er eine Waffe trug. Soweit Wes wusste, hatte Nevin diese Waffe noch nie auf einen Menschen gerichtet, aber Parker hatte ihm erzählt, dass Nevins Mann, ein Bauunternehmer, einen Serienmörder erschossen hatte. Nevins wahre Waffen waren sein scharfer Verstand und seine noch schärfere Zunge. Deshalb fürchtete Wes ihn mehr als Jeremy, obwohl Jeremy gut dreißig Zentimeter größer und viel muskulöser war.

Trotzdem, als er mit den beiden Männern und Parker an einem Tisch im *P-Town* saß, richtete er seine Bitte an vor allem Nevin. Der Grund dafür war vor allem, dass Nevins Erfolgschancen, die Kollegin aus Seattle zur Kooperation zu überreden, wesentlich größer waren. Wobei Wes selbst zugeben musste, dass *überreden* in diesem Fall ein Euphemismus war.

„Was kümmert dich der ganze Mist eigentlich?" Nevin hatte die Arme vor der Brust verschränkt und sah ihn aus zusammengekniffenen Augen an.

„Es betrifft Parker."

„Na und?"

„Wir sind Freunde."

Nevin schnaubte verächtlich und rollte mit den Augen. „Nachdem du also endlich dazu stehst, schwul zu sein, willst du jetzt sämtliche hübschen Jungs beeindrucken. Ist das so?"

„Nur Parker", sagte Wes, ohne auf Nevins Unterstellung einzugehen oder sich zu verteidigen.

Interessant. Der grimmige Ausdruck in Nevins Gesicht verflog und seine Haltung wurde sichtlich entspannter. „Parker ist nämlich nicht irgendein hübscher Junge, er gehört zu uns."

„Hey!", rief Parker. „Danke für die Unterstützung, aber ich bin ein erwachsener Mann. Ich brauche keinen Wachhund, der auf meine Freunde losgeht."

„Dein Pech, Schlumpf. Du bist Rhodas Junge und wir werden noch auf dich aufpassen, wenn du die Hundert überschritten hast."

Wes mischte sich nicht ein. Er wollte Parker bei diesem Tauziehen nicht als Unterpfand benutzen. Jeremy schien es genauso zu gehen. Er saß seelenruhig auf seinem Stuhl, die Beine unterm Tisch ausgestreckt und eine große Tasse Kaffee in der Hand.

Keiner sagte mehr was.

Wes fragte sich, ob die anderen Gäste sie wohl beobachtet hatten und sich jetzt wunderten, was hier vor sich ging. Vier Männer unterschiedlichen Alters, alle unterschiedlich gekleidet und mit einem unterschiedlichen Kaffee, die von Rhoda, die so tat, als wäre sie hinter der Theke beschäftigt, nicht aus den Augen gelassen wurden. Parker hatte sie gebeten, sich nicht einzumischen. Rhoda hatte sich zwar damit einverstanden erklärt, aber ihrem wachsamen Blick entging nichts.

Parker fing an, mit seiner Serviette zu spielen. Er faltete sie und strich sie wieder glatt, rollte sie zusammen und riss sie in kleine Fetzen. „Wollt ihr uns jetzt helfen oder nicht?", fragte er nach einer Weile.

Nevin schob das Kinn vor. „Natürlich helfen wir dir. Aber *der* da soll sich zum Teufel scheren. Der kann sich wieder in seinem Kleinkleckersdorf verkriechen und um seine eigenen Angelegenheiten kümmern."

„Nein. *Der* da gehört zu mir. Wir machen das zusammen."

Nevin sah ihn überrascht an. Er hatte offensichtlich nicht mit Parkers Widerspruch gerechnet, schien es ihm aber nicht übelzunehmen. Noch überraschender war, dass ausgerechnet in diesem Moment Jeremy zum ersten Mal das Wort ergriff und Parker beisprang. „Nein", sagte er. „Sie gehören zusammen."

Nevin drehte sich zu ihm um und zog beide Augenbrauen hoch. „Oh?"

„Ja. Oh. Diese Sache betrifft Parker persönlich. Deshalb sollte er auch entscheiden, wie wir weitermachen. Und ich kann mich erinnern, dass Wes immer ein sehr kluger Kopf war. Er könnte uns eine große Hilfe sein."

Nevin grummelte leise vor sich hin – es hörte sich wie *Verdammter Sasquatch* an –, aber Jeremy ignorierte ihn und winkte grinsend ab. Wes konnte es nicht glauben. Jeremy hatte sich nicht nur auf seine – und Parkers – Seite gestellt, er hatte sogar freundliche Worte für ihn gefunden. Jeremy behandelte ihn nicht wie den Bastard, der für den Tod einer unschuldigen Frau verantwortlich war. Es dauerte einen Moment, bis Parker merkte, wie erleichtert er darüber war.

Er ließ die letzten Fetzen der Serviette auf den Tisch fallen und drückte Wes' Hand. Wes zuckte erschrocken zusammen und warf einen ängstlichen Blick auf Rhoda, die sie zwar immer noch beobachtete, aber glücklicherweise keinerlei Anstalten machte, eingreifen zu wollen.

„Wes ist superklug und geschickt", sagte Parker. „Er kann aus Holz und altem Eisenkram die wunderbarsten Sachen machen. Und sein Zuhause? Ist total unkonventionell, aber er hat sich verdammt viel einfallen lassen, damit es funktioniert. Wes findet immer Lösungen."

So hatte Wes sich noch nie gesehen. Er hätte beinahe widersprochen, wollte aber nicht den Eindruck von falscher Bescheidenheit erwecken. Außerdem brachte Parker nicht noch einen Menschen, der seine Urteilskraft in Zweifel zog. Darum hatte Nevin sich schon zu Genüge gekümmert. Wes spürte Parkers warme, sanfte Hand in seiner und konnte fast glauben, dass er mehr war als nur ein Versager, der sich mit seinem Hobby den Lebensunterhalt verdiente. Also hielt er den Mund, drückte dankbar Parkers Hand und sah Nevin direkt in die Augen. Nicht herausfordernd, aber auch nicht eingeschüchtert. Selbstbewusst.

Ein großer Mann in einer abgewetzten Motorradjacke, mit einem grauen Rucksack auf dem Rücken und silbernen Strähnen in den schwarzen Haaren, betrat das Café, sah sich kurz um und kam dann lächelnd auf ihren Tisch zu. Der Mann war sehr attraktiv, aber sein Gesicht und seine Haltung ließen erkennen, dass sein Leben nicht immer leicht gewesen war. Sein Lächeln wurde noch herzlicher, als Jeremy den Kopf hob und ihn bemerkte.

„Was ist aus deinem Seminar geworden?", fragte Jeremy.

Der Mann musste Qay, Jeremys Ehemann, sein. Er legte ihm die Hand auf die Schulter und drückte sie leicht. „Wir haben heute früher aufgehört. Die Professorin muss zu einer Konferenz in Philly und nimmt den Nachtflug."

Jeremy stellte ihn Wes vor – die beiden nickten sich zu – und unterhielt sich dann kurz mit ihm übers Abendessen und die Wanderung, die sie für morgen geplant hatten. Obwohl ihr Gespräch nur wenige Minuten dauerte, sah man den beiden Männern an, wie sehr sie sich liebten. Es drückte sich nicht nur in ihrer Körperhaltung aus, sondern auch in der Art, wie sie sich unterhielten. Sie tendierten dazu, die Sätze ihres Partners zu Ende zu bringen, weil sie instinktiv zu wissen schienen, was der andere sagen wollte. Wes spürte, wie die Eifersucht in ihm aufstieg. Er war aber nicht nur auf die liebevolle Beziehung zwischen den beiden Männern eifersüchtig, sondern auch darauf, wie der so abgeklärte, zynische Nevin nicht ein einziges Wort sagte, um sich über sie lustig zu machen. Stattdessen wartete er nur geduldig ab und spielte dabei abwesend mit dem Ehering an seinem eigenen Finger.

Als Qay Rhoda zuwinkte, sich wieder von ihnen verabschiedete und davonschlenderte, sah Jeremy ihm lange nach.

„Wann willst du es versuchen?", brachte Nevin die drei anderen zu ihrem Thema zurück.

„Am besten sofort. Noch heute Abend", antwortete Parker. „Meinst du, du könntest sie erreichen?"

„Ich kann alles", erwiderte Nevin mit einem breiten Grinsen. Dann zog er das Handy aus der Tasche, tippte einige Male mit dem Finger auf den Bildschirm und stand auf. „Ich bin gleich zurück." Er gab Rhoda ein kryptisches Handzeichen, sie nickte und er ging in die Küche, wo es leiser war. Parker ließ Wes' Hand los und sprang vom Tisch auf, um seiner Mutter hinter der Theke zu helfen. Wes blieb mit Jeremy allein zurück.

„Herzlichen Glückwunsch", sagte er und machte eine Geste zu der Tür, durch die Qay das Café verlassen hatte.

„Wir mussten hart darum kämpfen, besonders in der ersten Zeit. Aber es war die Mühe wert." Jeremy lehnte sich zurück. Der Stuhl knarrte gefährlich. „Du hättest mir damals ruhig sagen können, dass du auch schwul bist. Ich hätte es nicht weitergesagt."

„Ich weiß."

„Und jetzt kannst du damit leben? Du bist zufrieden?"

Wes nickte. Seine Sexualität war einer der wenigen Aspekte seines Lebens, mit dem er wirklich zufrieden war. Er hatte seine Kinderträume schon lange aufgegeben. Sein Wes der Zukunft war jetzt schwul und – leider – Single. Es war vielleicht nicht die romantische Zukunft, die er sich damals für seine Traumfamilie in ihrem kleinen Haus vorgestellt hatte, aber dafür war diese neue Zukunft wenigstens realistisch. „Niemand interessiert sich dafür, ob ich schwul bin oder nicht." Weil es niemanden gab, dem er etwas bedeutete. Außer Parker vielleicht, aber das war eine brandneue Entwicklung und noch sehr fragil.

„Wenn ich es damals gewusst hätte, dann … egal. Es spielt keine Rolle mehr." Jeremy beugte sich wieder vor. „Kannst du dich noch an Donny Matthews erinnern?", fragte er mit ernster Stimme.

Der Name kam ihm bekannt vor, war aber so alltäglich, dass Wes ihn nicht einordnen konnte. Jeremy ging davon aus, dass er ihn kennen müsste, also stand er vermutlich mit seiner Zeit bei der Polizei in Verbindung. Jemand, den sie verhaftet hatten? Nein, aber … halt. „War das dieses Arschloch aus dem östlichen Revier?" Ein rechthaberisches Großmaul, das gerne mal Fünfe grade sein ließ. Selbst für einen Anfänger wie Wes alles andere als ein Vorbild.

Jeremy stöhnte leise. „Ja, genau der. Als du noch bei uns warst, hatten wir ein Verhältnis."

Wes klappte die Kinnlade runter. „Ich dachte immer, er hätte Schwule gehasst."

„Nicht wirklich. Er war nur ziemlich durcheinander. Frisch geschieden und mit der Erkenntnis konfrontiert, nicht ganz so hetero zu sein, wie er immer gedacht hatte."

Das mochte ja stimmen, aber Wes fiel es schwer, diese beiden Versionen des Mannes in Einklang zu bringen. Jeremy war ein so ehrenwerter und aufrechter Kollege gewesen, dass er hinter seinem Rücken oft Dudley Do-Right genannt wurde. Matthews war das genaue Gegenteil und niemand hätte sich gewundert, wenn er eines Tages wegen Korruption aufgeflogen wäre. „Du, äh, hast ihn damals nie erwähnt."

„Wir haben es lange geheim gehalten. Vor allem, weil Donny nicht *out* war. Es wurde erst bekannt, nachdem du gekündigt hast. Wir waren sechs Jahre zusammen."

„Wow."

„Dieses Wort würde ich wahrscheinlich nicht benutzen. Die Geschichte hat in einer einzigen Katastrophe geendet. Er hat getrunken, später dann auch Drogen genommen. Das ist einer der Gründe, warum ich bei der Polizei aufgehört habe. Ich musste aus allem raus."

Sechs Jahre. So lange hatte Jeremy sich diesen Mist gefallen lassen. Wes konnte es sich kaum vorstellen, auch wenn er schon oft gehört hatte, dass Liebe merkwürdige Dinge mit einem Menschen anstellen konnte. „Sorry."

Jeremy winkte ab. „Es war eine der besten Entscheidungen meines Lebens. Ich liebe meine Arbeit als Ranger. Donny hatte weniger Glück. Fünf Jahre nach unserer Trennung – sie hatten ihn schon lange vorher gefeuert – hat er plötzlich vor meiner Tür gestanden. Er war übel zugerichtet worden. Und einen Tag später war er tot."

„Scheiße."

„Er hatte sich mit den falschen Leuten angelegt. Ich wurde auch in die Geschichte reingezogen. Es war nicht sehr schön."

„Guter Gott, das ist …"

„Schon gut. Ich erzähle dir das nicht, weil ich dein Mitleid will. Ganz im Gegenteil." Jeremy sah ihn ernst an. „Ich habe einige falsche Entscheidungen getroffen. Es ist nicht meine Schuld, dass Donny ermordet wurde. Dafür ist er selbst verantwortlich, auch wenn ich manches hätte besser machen können. So war es auch mit meiner Beziehung zu Qay, jedenfalls anfangs. Ich war viel zu arrogant. Ich dachte, ich könnte alle seine Probleme für ihn lösen. Das war überheblicher Unsinn. Ich kann nicht zaubern."

Dieses Eingeständnis musste Jeremy schwergefallen sein. Starke Männer geben ihre vermeintlichen Schwächen nicht gerne zu. Wes konnte nachvollziehen, was Jeremy ihm mit dieser Geschichte sagen wollte. „Du hast daraus also gelernt?"

„Das hoffe ich doch sehr." Jeremy lachte. „Und ich möchte wetten, dir geht es genauso."

Ah ja. „Dann bin ich mit dieser Rede also offiziell begnadigt?"

„Ich kann niemanden begnadigen, Wes. Auch dich nicht. Das musst du schon selbst für dich übernehmen."

Wes zog die Augenbrauen hoch. Sollte er eine klugscheisserische Bemerkung über Leute machen, die sich bescheiden gaben und eingestanden, sie könnten die Welt nicht verändern, die aber gleichzeitig Weisheiten verbreiteten, die Obi-Wan Kenobi vor Neid erblassen lassen würden?

Glücklicherweise wurde ihm diese Entscheidung abgenommen, denn Parker kam an ihren Tisch zurück. Er brachte einen Kaffee mit, der in einem schmalen Glas serviert wurde und eine Schaumkrone hatte. „Mom will unbedingt wissen, worüber wir gesprochen haben", verkündete er, als er sich zu ihnen setzte.

„Du hast es ihr nicht verraten?", wollte Jeremy wissen.

„Nein. Sie würde sich nur einmischen und Anweisungen erteilen."

„Ja, vermutlich."

„Und das will ich nicht. Es ist nicht ihr Problem, sondern allein meines." Er nahm einen tiefen Schluck aus seinem Glas und setzte es wieder ab. Es hätte entschlossen wirken können, wäre da nicht dieser süße Milchbart zurückgeblieben.

Jeremy und Parker unterhielten sich noch eine Weile. Es ging vor allem um einen neuen Gast, den Parker sehr sympathisch fand und von dem er meinte, Rhoda sollte mit ihm ausgehen. Jeremy schien sich darüber zu amüsieren, dass

Parker seine Mutter verkuppeln wollte – vor allem deshalb, weil Rhoda jahrelang selbst versucht hatte, ihn unter die Haube zu bringen. Wes verfolgte ihr Gespräch schweigend. Es freute ihn, dass die beiden Männer sich so gut verstanden. Jeder, der Jeremy auf seiner Seite hatte, konnte sich glücklich schätzen. Was im Übrigen auch für Nevin galt, wie Wes sich widerstrebend eingestand.

Kaum hatte Wes diesen Gedanken zu Ende gebracht, kam Nevin aus der Küche zurück. Er machte ein grimmiges Gesicht und ließ sich mit dem geballten Melodrama eines empörten Teenagers auf seinen Stuhl fallen. „Scheiß *Pendejos!*", fluchte er und knallte sein Handy auf den Tisch.

„Eine zweisprachige Beleidigung. Du wirst immer besser, Nev." Jeremy hob die Kaffeetasse und prostete ihm grinsend zu.

„Ich bekomme einen Bonus für Zweisprachigkeit, *Cabrón.*" Nevin drehte sich zu Parker um. „Ich habe mit Detective Saito gesprochen. Sie ist stur wie ein Esel und wollte mir nichts über den Fall sagen. Es hat ewig gedauert, bis sie nachgegeben hat."

„Dein Charme und dein schier übermenschliches Taktgefühl waren bestimmt hilfreich", kommentierte Jeremy ausdruckslos.

Parker ignorierte ihr Geplänkel. „Was hat sie gesagt?"

„Sie hat mich mit allem möglichen Unsinn über Vertraulichkeit und Dienstgeheimnisse zugemüllt. Als wäre ich noch feucht hinter den Ohren und könnte eine Glock nicht von einem Arschloch unterscheiden. Aber dann hat sie mir doch ein Foto des Abschiedsbriefs geschickt." Er nahm sein Handy vom Tisch und tippte auf den Bildschirm. „So. Jetzt gehört er dir."

In diesem Moment klingelte Parkers Handy. Er warf einen kurzen Blick auf die Nachricht, legte es mit dem Bildschirm nach unten auf den Tisch und atmete einige Male tief durch. „Okay", flüsterte er und drehte das Handy wieder um.

Keiner sagte ein Wort, als Parker sich den Brief durchlas. Wes fragte sich, ob Nevin ihn wohl schon kannte, und wenn ja, was er darüber dachte. Seinem Gesicht war nichts anzumerken. Jeremy hatte die Hände zu Fäusten geballt. Um sie herum unterhielten sich die anderen Gäste. Sie lachten, aßen und tranken, als wäre nichts passiert. Woher sollten sie auch wissen, was in Parker vor sich ging.

Parker presste die Lippen zusammen und runzelte die Stirn. Der Brief konnte nicht sehr lang sein. Nachdem er ihn gelesen hatte, reichte er das Handy wortlos an Wes weiter, ohne ihn anzusehen. Dann senkte er den Kopf.

Der Brief war mit einem dünnen, schwarzen Filzstift geschrieben, der offensichtlich schon fast leer war, aber die krakeligen Druckbuchstaben waren noch einigermaßen deutlich zu lesen.

Lieber Parker,
Ich halte es nicht mehr aus. Ich dachte, wir hätten so
große Pläne, und jetzt sind sie alle vorbei. Aber das ist in
Ordnung so. Ich will, dass du dein Leben weiterlebst, wie du es

dir vorstellst und ohne von mir mit runtergezogen zu werden.
Viel Glück. Ich gehe jetzt sowieso an einen besseren Ort, ok?
Als ich ein Kind war, haben mir meine Eltern immer gesagt,
dass ich in den Himmel komme, wenn ich brav bin. Ich weiß
nicht, ob ich brav genug war, aber ich hoffe, ich kriege jetzt
einen Heiligenschein und eine Harfe. Und muss nicht mehr
leiden.
      Ich liebe dich.
      Tschüss,
      Logan

Die Unterschrift war größer als die anderen Worte, ein kaum leserliches Gekritzel und ohne jeden Schwung. Es sah fast aus, als hätte der Schreiber noch nie mit seinem Namen unterschrieben.

„Seine Rechtschreibung war schon immer beschissen", flüsterte Parker kaum hörbar. „Wir mussten für das Tierheim jeden Tag einen Bericht schreiben und er hat mich ständig gefragt, wie man dieses oder jenes Wort schreibt." Er machte ein verlorenes Gesicht, nahm Wes das Handy wieder ab und steckte es in die Tasche.

Dann biss er die Zähne zusammen, richtete sich gerade auf und schob das Kinn vor. „Mit dem Brief stimmt was nicht."

„Hat Logan ihn nicht selbst geschrieben?", fragte Jeremy.

„Doch, es ist seine Handschrift. Nur ... er hat mich nie Parker genannt. Nie. Als wir uns kennenlernten, war ich für ihn der Portland Boy. Später ist daraus PB geworden."

Parker drehte sich zu Wes um und sah ihm direkt in die Augen. „Ich glaube nicht, dass Logan sich umgebracht hat."

11

WES HATTE in seinem Transporter übernachten wollen, aber Parker hielt das für eine dumme Idee. Er hätte auch in Parkers Bett schlafen können. Es war groß genug für zwei Personen, wenn man keine Angst vor etwas Nähe hatte. Schließlich war es nicht so, als ob es das erste Mal wäre, dass sie zusammen auf einer Matratze schliefen. Sie hatten sich zwar schon geküsst – einmal! –, aber ansonsten war zwischen ihnen noch nichts passiert. Parkers Bett wäre also eine Alternative gewesen zu Morrison. Aber es stand in Rhodas Haus. Nicht, dass Rhoda ihren Sohn für unschuldig hielt, aber trotzdem …

Rhoda löste das Problem, indem sie einen Stapel Bettwäsche und Decken aus dem Schrank holte und aufs Sofa warf. „Den Rest müsst ihr schon selbst erledigen. Ich gehe jetzt ins Bett." Es war noch nicht sehr spät, aber sie hatte einen langen Arbeitstag hinter sich. Das hatten sie alle.

Wes öffnete den Mund, wollte vermutlich protestieren, aber bevor er das erste Wort über die Lippen brachte, war sie schon aus dem Wohnzimmer verschwunden.

„Gegen meine Mom hast du keine Chance. Niemand kann gegen sie gewinnen."

„Ich will euch keine Arbeit machen."

„Du schläfst auf dem Sofa. Das macht keine Arbeit. Außerdem bist du nicht der Erste, der hier übernachtet." Rhoda hatte die Angewohnheit, gelegentlich Streuner aufzunehmen – meistens Gäste aus dem *P-Town*, die für eine Nacht oder zwei ein Bett brauchten. Normalerweise schliefen sie in Parkers Zimmer, aber wenn er selbst hier wohnte, mussten sie sich mit dem Sofa begnügen. Der letzte Gast auf diesem Sofa, eine Studentin, war eine ganze Woche geblieben, weil das Studentenheim während der Osterferien geschlossen war und sie keine Familie hatte, zu der sie zurückkehren konnte. Sie hatte sich als hervorragende Köchin herausgestellt und in vollen Zügen genossen, vorübergehend Rhodas Küche benutzen zu dürfen. Sowohl Parker als auch seine Mutter hatten sehr bedauert, als sie und ihre köstlichen Kreationen das Haus wieder verließen.

Parker breitete ein Laken auf dem Sofa aus und steckte es zwischen den Polstern fest. Die Bettwäsche stammte noch aus seiner Kindheit und war mit Comicrobotern bedruckt. Er lächelte, als er sich daran erinnerte, wie er damals in seinem Bett gelegen und sich vorgestellt hatte, auch ein Roboter zu sein. Er und seine Roboterkumpel hatten sich heimlich versammelt, um einen Staatsstreich auszuhecken. Keine festen Schlafenszeiten mehr und unbegrenzt Nachtisch waren ihre Hauptforderungen gewesen.

Wes half ihm, das Sofa vorzubereiten – mit Roboterbettwäsche, lila Wolldecke und einer weichen Überdecke in leuchtendem Türkis, dazu noch drei Kissen. Es war definitiv ein Fall von Overkill.

„In dem kleinen Schrank im Badezimmer findest du frische Handtücher", sagte Parker. „Brauchst du sonst noch etwas?"

„Nein, danke."

Für einige Sekunden standen sie nur da und sahen sich an. Dann schlang Parker die Arme um Wes und drückte ihn fest an sich. Wes seufzte leise und erwiderte seine Umarmung.

„Endlich. Ich wollte dich schon den ganzen Tag umarmen." Parker flüsterte, weil Rhoda oben im Bett lag. Und weil es besser passte.

„Ja."

Hieß das, dass Wes ihn auch umarmen wollte? Oder wollte er damit nur sagen, dass er Parker verstand? Egal. Parker wollte sich nicht mehr zurücknehmen. „Ich habe dich vermisst, seit ich wieder in Portland bin."

„Ich bin keine sehr unterhaltsame Gesellschaft."

„Doch, das bist du."

„Ich sollte jetzt gehen." Wes hörte sich nicht sehr überzeugend an und ließ Parker auch nicht los.

„Ich lasse dich nicht gehen."

Sie blieben noch lange so stehen und hielten sich in den Armen. Parker fiel zum ersten Mal auf, dass Wes einige Zentimeter kleiner war als er selbst. Na ja, es war ihm schon vorher aufgefallen, aber jetzt konnte er es spüren, und für eine kleine Weile fühlte er sich groß und stark. Natürlich war das der absolute Unsinn, aber trotzdem – es war ein gutes Gefühl.

Sie konnten nicht die ganze Nacht hier stehenbleiben, aber Parker wollte noch nicht gehen. Er zog Wes zum Sofa und sie setzten sich. Ihre Beine berührten sich kaum. Wes hatte die Hände im Schoß gefaltet wie ein Gast, der sich von seiner besten Seite zeigen wollte. Das brachte Parker auf eine Idee. „Wann hast du das letzte Mal bei Freunden übernachtet?"

„Was?"

„Ich habe in den letzten Jahren oft bei Freunden übernachten, unter anderem bei dir. Wie oft hast du das schon gemacht?"

Wes sah ihn kurz an, dann senkte er den Blick wieder. „Noch nie."

„Noch nie?"

„Ich habe manchmal Sex. Aber Übernachten gehört nicht dazu."

„Und platonisch? Wenn du mit Freunden feierst oder vor dem Fernseher sitzt und es wird zu spät oder ihr seid zu betrunken, um noch nach Hause zu fahren. Wenn dein Mietvertrag abgelaufen und deine neue Wohnung noch nicht bezugsfertig ist. Na gut, du hast den Bus. Das betrifft dich nicht. Aber du weißt, was ich meine. Vielleicht, wenn du jemanden besuchst, der weit weg wohnt."

Wes schaute zu Boden und schüttelte den Kopf. „Noch nie."

„Selbst dann nicht, wenn …"

„Das letzte Mal war in der achten Klasse, als ich bei Craig Stephens übernachtet habe. Seine Mom ist mit uns ins Kino gegangen, wir haben Pizza gegessen und ich habe in einem Schlafsack auf dem Boden übernachtet. Wir hatten Pläne, das zu wiederholen, aber eine Woche später hat mein Dad entschieden, dass er mich loswerden will. Er hat mich zu meiner Mutter nach Roseburg gebracht. Das war's."

Es traf Parker wie ein Schlag. Wes hatte niemanden: keine Familie, keine Freunde. Niemanden, den er um einen Gefallen bitten konnte, wenn er Hilfe brauchte. Niemanden, der ihm dumme Texte schickte, um ihn zum Lachen zu bringen.

„Ich bin froh, dass du heute hier bist."

Wes machte es sich auf dem Sofa bequem. Offenbar entspannte er sich etwas.

„Hey, Wes? Hast du im Moment viel Arbeit?"

„Gefällt dir das Regal nicht? Soll ich dir etwas anderes machen?" Wes zeigte auf die Treppe, um seine Frage zu erklären.

„Nein! Sie wird es lieben. Ich dachte nur, du könntest vielleicht etwas länger bleiben und uns aushelfen. Du weißt schon. Diese Sache mit Logans Tod."

„Ich habe euch gar nicht geholfen. Das war Nevin."

„Sicher, er hat in Seattle angerufen. Aber du hast zuerst Verdacht geschöpft. Du hast mich auf die Idee gebracht, dass an der Geschichte etwas nicht stimmen könnte. Und du hast bei mir gesessen und mir die moralische Unterstützung gegeben, die ich so dringend gebraucht habe." Parker nahm eine von Wes' schwieligen Händen zwischen die seinen.

Es dauerte eine Weile, bis Wes ihm antwortete. Parker rechnete schon nicht mehr mit einer Antwort, aber Wes nickte. „Ich kann noch einen oder zwei Tage bleiben."

Parker drückte seine Hand. „Gut. Vielleicht fällt uns zu zweit mehr ein. Wir brauchen einen Plan, weil … Mann, hier passt nichts zusammen."

„Weil er dich nicht PB genannt hat." Wes hörte sich nicht skeptisch an. Er schien nur neugierig zu sein.

Parker erklärte ihm, was ihm an dem Brief aufgefallen war. „Es … hört sich einfach nicht nach Logan an. Heiligenscheine und Harfen? Er hat mir oft genug gesagt, Religion wäre Unsinn. Und wir hatten keine großen Pläne für die Zukunft: Wir machten gar keine Pläne. Meistens konnte er sich noch nicht einmal entscheiden, was er zum Abendessen wollte. Selbst dann nicht, wenn es schon nach acht war und uns der Magen knurrte. Aber wir hatten einen mächtigen Streit, weil er meinen Anteil an der Miete gestohlen hat und wir seinetwegen die Wohnung verloren haben. Wenn er einen Abschiedsbrief geschrieben hätte, dann eher in der Art von *Leck mich am Arsch, PB*. Aber dass er mich liebt und mir viel Glück wünscht? Niemals."

Wes hörte ihm so aufmerksam zu, dass Parker sich bestätigt fühlte. „Dieser Kitsch passt nicht zu Logan. So sentimental war er nicht", erklärte er Wes. „Er konnte amüsant sein, aber er war nicht unbedingt nett. Er war …na ja. Er konnte besser mit Hunden umgehen als mit Menschen. Die Hunde haben ihn geliebt. Es gab da eine alte Labradorhündin, die schon über neunzig Menschenjahre alt war. Sie wurde einmal in der Woche bei uns abgegeben und wollte eigentlich nur in der Ecke liegen und schlafen. Aber wenn Logan kam, ist sie aufgesprungen und hat mit ihm gespielt wie ein Welpe. Schüchterne Hunde sind auf seinen Schoß gekrochen, hyperaktive haben sich beruhigt und zu bellen aufgehört, wenn er sie hinter den Ohren kraulte. Aber Menschen? Das war eine andere Sache."

Wes fuhr sich mit der freien Hand übers Kinn. „Aber du hast gesagt, es wäre seine Handschrift."

„Ja. Ich kenne seine Sauklaue und seine typischen Schreibfehler. Nur … warum hätte er einen so unehrlichen Abschiedsbrief schreiben sollen?" Es war ihm ein Rätsel und Parker war nicht gut darin, Rätsel zu lösen. Er hatte nicht die Geduld, sich die einzelnen Hinweise zu merken und zusammenzuführen, um herauszufinden, wer General Mustard im Billardzimmer ein Messer in die Brust gerammt hatte.

„Vielleicht solltest du mit Detective Saito über deinen Verdacht reden", schlug Wes vor.

Hmm. Parker wollte nicht mit Bullen reden, Rhodas Freunde ausgenommen. Aber vielleicht hatte Wes recht. Vielleicht war das die beste Lösung. Er dachte kurz nach, dann nickte er. „Ja, okay. Kommst du mit?"

„Mitkommen? Wohin?"

„Nach Seattle natürlich."

SIE BLIEBEN noch lange wach. Erst musste Parker Wes davon überzeugen, dass ein persönliches Gespräch mit Saito besser war als ein Telefonanruf. Ein Anruf wäre unpersönlich gewesen und Parker wollte ihren Gesichtsausdruck und ihre Haltung sehen, wenn sie mit ihm sprach. Und wenn er dadurch mehr Zeit mit Wes verbringen konnte, ohne dabei vor Rhodas neugierigen Blicken und gespitzten Ohren auf der Hut sein zu müssen? Umso besser.

Nachdem Wes an Bord war, schickte Parker eine Nachricht an Nevin. Er informierte ihn über sein Vorhaben und bat ihn, einen Termin mit Saito abzusprechen. Das Ganze zog sich länger hin als erwartet, weil Nevin darauf bestand, dass Parker ihm überlassen sollte, die Trottel in Seattle zurechtzustutzen. Aber Parker ließ sich nicht kleinkriegen, sodass Nevin schließlich nachgab. Das allein war ein Grund, diesen Tag im Kalender rot anzukreuzen.

Nachdem Nevin mit Saito in Kontakt getreten war, wurde Parker nervös. Was, wenn sie so spät am Abend nicht mehr erreichbar war oder nicht mit ihm sprechen wollte? Aber offensichtlich gelang es Nevin, alle potenziellen

Hindernisse aus dem Weg zu räumen. Es war schon fast elf Uhr, als Nevin sich wieder meldete:

3 Uhr morgen Nachmittag. Spring Street, Café Sveglio. *Ich komme mit.*

Parker lächelte erleichtert, als er seine Antwort abschickte.

Danke und nein, du kommst nicht mit. Ich melde mich, wenn ich dich brauche.

Es dauerte eine Weile, bis Nevins sich wieder meldete. Parker grinste, als die Aubergine auf dem Bildschirm auftauchte.

Damit hätten Parker und Wes sich schlafen legen können, aber Parker bekam Lust auf einen Mitternachtssnack. Sie schlichen sich kichernd in die Küche wie zwei Teenager, aßen Cracker mit Käse und fielen anschließend über Rhodas nicht ganz so geheimem Vorrat an Oreos her, den Parker nach ihrer Rückkehr aus Seattle wieder auffüllen würde. Sie saßen am Küchentisch und unterhielten sich flüsternd. Parker erzählte Wes von Jeremy und Qay und wie Jeremy von einem psychotischen, aber glücklicherweise nicht sehr cleveren Drogendealer entführt und gefoltert worden war. Es war eine epische Geschichte.

„... und dann trafen sie sich auf dieser Brücke in Bailey Springs wieder und beschlossen, nicht mehr so dämlich zu sein, sondern besser ein liebendes Paar zu bleiben."

„Offensichtlich waren sie damit erfolgreich."

Hörte Wes sich wehmütig an? Vielleicht. Parker jedenfalls war es. Jeremy und Qay hatten enorme Schwierigkeiten überwinden müssen, und doch hatten sie es geschafft. Genauso Nevin und Colin. Parkers Eltern waren zwanzig Jahre lang ein Paar gewesen, als sein Vater starb. Viele seiner Freunde waren mittlerweile verheiratet oder in einer festen Beziehung. Sie lebten zusammen, gingen zusammen einkaufen, hatten sich gegenseitig als Nutznießer ihrer Lebensversicherungen eingesetzt oder – mindestens – zusammenpassende Tattoos.

Wes gähnte.

„Es war ein langer Tag für dich", sagte Parker. „Lass uns schlafen gehen." Er räumte die Küche auf, ging mit Wes ins Wohnzimmer und zeigte auf die Tür zu seinem eigenen Zimmer. „Ich bin da drin. Ruf mich, wenn du etwas brauchst."

„Okay."

Parker drückte ihm einen Kuss auf die Wange. Es war kein leidenschaftlicher Kuss, aber es war eine liebe Geste. Wes lächelte.

„Gute Nacht", sagte Parker und ging in sein Zimmer.

PARKER HATTE eigentlich den Wecker stellen wollen, wurde aber von Wes geweckt, der ihn leicht an der Schulter schüttelte.

„Wir sollten bald aufbrechen." Wes war schon angezogen und hatte sich die Haare zusammengebunden. Sein Atem roch leicht nach Kaffee. Das dunkelgrüne, langarmige T-Shirt, das er gestern getragen hatte, war durch ein weißes ersetzt worden, das unter einer auberginefarbenen Fleecejacke hervorlugt. Sie sah so weich und kuschelig aus, dass Parker sie am liebsten gestreichelt hätte.

Parker schaute auf sein Handy. Mist. So lange hatte er nicht schlafen wollen. Rhoda musste schon vor Stunden ins *P-Town* gegangen sein. „Scheiße. Ich wollte noch mit meiner Mom reden und ihr sagen, was wir heute vorhaben."

„Ich habe schon mit ihr gesprochen. Sie lässt dir ausrichten, du sollst vorsichtig sein." Wes sah aus, als müsste er sich ein Grinsen verkneifen.

Parker duschte und zog sich an. Für ein Frühstück war es mittlerweile zu spät, aber Wes meinte, sie könnten unterwegs essen. Das hörte sich gut an. Er gähnte immer noch, als sie durch den Nieselregen zu Morrison gingen.

„Du musst mir den Weg ansagen." Wes fuhr auf die Straße.

„*Café Sveglio* ist in der Innenstadt. Ich war schon einige Male dort. Kennst du dich in Seattle aus?"

„Ich war noch nie dort."

Parker blinzelte. „Du warst noch nie in Seattle?"

„Ich war noch nie irgendwo in Washington. Nur in Vancouver."

„Aber Seattle liegt doch direkt neben Vancouver. Ich dachte, du würdest viel reisen. Gibt es einen Grund, warum du Seattle zugunsten von Vancouver übersprungen hast?"

Wes gab ihm keine Antwort. Sie nahmen die I-5 durch North Portland nach Vancouver. Wes hatte Musik an – Heart, Pink Floyd, Van Halen –, sagte aber kein einziges Wort, bis sie Hazel Dell erreichten.

„Ich habe gelogen", sagte er und schaute stur nach vorne. Parker erschrak über seine Stimme genauso wie über seine Worte.

„Was?"

„Ich habe gelogen. Ich war noch nie in Wyoming. Ich habe nur darüber gelesen."

„Du hast mir nie erzählt, dass du dort gewesen wärst. Nur, dass du dorthin fahren wolltest."

Wes zuckte mit den Schultern. „Ist aber so. Ich war fast noch nie außerhalb von Oregon. Nur in Vancouver und Nordkalifornien."

Parker konnte sich nicht mehr an die Details erinnern, hatte nach Wes' Geschichten aber den Eindruck gewonnen, dass er oft unterwegs gewesen und viele verrückte Abenteuer erlebt hätte. Für einen Mann ohne Verpflichtungen und persönliche Kontakte, der als selbstständiger Handwerker arbeitete, wäre das kein Wunder gewesen. Wes konnte jederzeit spontan seine Arbeit liegen lassen und auf die Reise gehen.

„Warum?", fragte er.

„Ich wollte mich interessanter machen. Denke ich."

„Nein, das meinte ich nicht. Warum bist du nie gereist?"

„Keine Ahnung."

Parker glaubte ihm kein Wort. Wes hatte über seine angeblichen Reisen gelogen und ihm anschließend die Wahrheit gestanden. Er war also nicht zuhause geblieben, weil er sich dort wohler fühlte und nie übers Reisen nachgedacht hatte. Parker war überzeugt, dass mehr dahintersteckte. Aber er wollte jetzt nicht den Amateurpsychologen spielen. Wes war nicht verpflichtet, ihm seine Geheimnisse anzuvertrauen.

„Ich reise gern", sagte er leise. „Als ich noch ein Kind war, sind meine Eltern oft mit mir verreist. Nichts Spektakuläres, aber es hat Spaß gemacht. In der achten Klasse habe ich mit der Schule einen Ausflug nach New York und Washington D.C. gemacht. Und als ich zwanzig war, bin ich mit meiner Freundin Denise nach Spanien geflogen, wo wir in Jugendherbergen übernachtet haben. Es war verantwortungslos. Als wir zurückkamen, war ich nämlich pleite. Außerdem war ich zwischenzeitlich gefeuert worden und musste für einige Monate zu Mom ziehen."

„Aber es war ein Abenteuer."

„Ja."

Parker lächelte, als er daran zurückdachte. Die vielen Bars, in denen sie Alkohol trinken durften, weil sie in Europa als volljährig galten. Die vielen neuen Bekannten aus aller Herren Länder, die sie in den Jugendherbergen kennenlernten. Barcelona, wo sich sein Hochschulspanisch der katalanischen Sprache geschlagen geben musste. Wo er den süßen Lluís kennenlernte, der mit einem Muttersprachler sein Englisch verbessern wollte, seinen Mund aber auch mit Begeisterung für andere Zwecke einsetzte.

In Chehalis hielten sie an einem kleinen Bistro an, in dem Parker und seine Eltern immer gegessen hatten, wenn sie nach Norden fuhren. Als Kind hatte er hier immer eine der riesigen Zimtschnecken bestellt, aber heute entschied er sich für Panini und Pommes frites. Wes bestellte einen Cheeseburger, knabberte aber nur lustlos daran herum. Er mied Parkers Blicke und sagte nicht viel. Parker war das Schweigen unangenehm und er fing an, nonstop über Belanglosigkeiten zu plappern. Er bestand auch darauf, die Rechnung zu übernehmen, weil Wes abgelehnt hatte, einen Zuschuss zu den Benzinkosten anzunehmen.

„Ich glaube, Morrison ist glücklich", sagte Wes, als sie wieder unterwegs waren.

„Ja? Warum?"

„Weil er mehr von der Welt sehen kann. Jedenfalls mehr von der I-5."

„Du bist auch glücklich." Das brachte ihm ein Schulterzucken ein und Parker interpretierte es als Ermutigung. „Seattle ist übrigens eine schöne Stadt", fuhr er fort. „Wenn du willst, kann ich dir nach unserem Gespräch mit Saito mehr davon zeigen. Wir könnten zum Pike Place Market gehen und zusehen, wie sie dort Fische anbieten. Oder zur Space Needle."

Wes sagte nichts, zuckte noch nicht einmal mit der Schulter. Nach einigen weiteren erfolglosen Versuchen gab Parker auf und fing an, mit seinem Handy zu spielen. Er konnte Wes keinen Vorwurf machen. Es war nicht sehr angenehm, in Seattle mit dem Auto unterwegs zu sein. Parker hatte immer versucht, in Fußnähe zu seinem Arbeitsplatz zu wohnen oder mit dem Bus zu fahren.

Parker lenkte Wes zu einer Tiefgarage in der Nähe des *Sveglio*. Die Zeit wurde langsam knapp und sie mussten erst eine Parklücke finden, die groß genug war für Morrison, aber Wes war sehr geschickt darin, den Transporter durch die engen Parkdecks zu manövrieren und schließlich einzuparken. Vermutlich hatte er mehr als genug Übung, zumal er in der Polizeiakademie zusätzliches Fahrtraining absolviert hatte.

Als sie ausgestiegen waren, griff er nach Wes' Arm und hielt ihn kurz zurück. „Was ist?", fragte Wes.

„Es ist mir egal, wie viel du schon gereist bist."

„Parker …"

„Wirklich."

Wes schüttelte den Kopf. „Logan hat dich bestohlen. Er hat dich belogen. Du brauchst nicht noch einen unehrlichen …" Er schluckte hörbar. „… einen unehrlichen Freund."

„Das ist nicht vergleichbar. Du hast es mit der Wahrheit nicht ganz so genau genommen, weil du einen besseren Eindruck machen wolltest. Du hast mich nicht betrogen. Auf jeder Dating-App findest du mehr Lügen über Alter, Größe, Gewicht, Beziehungsstatus, Job, Hobbys, Schwanzlänge."

Wes schüttelte wieder den Kopf und wollte ihm seinen Arm entziehen, aber Parker hielt ihn fest. „Die Sache mit den Reisen ist mir egal, ob gelogen oder nicht. Und dieser Fehler auch, den du vor zehn Jahren gemacht hast. Mein Gott, damals ging ich noch zur Schule! Oder dass du in einem Bus lebst. Weil ich das supercool finde und außerdem … ohne meine Mom wäre ich sogar schon mehr als einmal obdachlos gewesen."

Ihr schwerer Atem klang laut in Parkers Ohren. Ja, sie mussten sich beeilen, um pünktlich zu ihrer Verabredung mit Saito zu kommen, aber vorher musste er Wes noch etwas Wichtiges sagen. Jetzt sofort. Hier.

„Ich will dir sagen, was ich über dich weiß, Wes. Und ich weiß das nicht, weil du es mir gesagt hast, sondern weil ich es mit eigenen Augen gesehen habe. Du bist ein guter Mann, der einen verstörten Fremden aufgenommen hat, ohne lange darüber nachzudenken. Du hast ihn – mich! – in dein Leben eindringen gelassen, ohne dich auch nur einmal darüber zu beschweren. Du hast mich nicht ausgenutzt, obwohl ich mich dir an den Hals geworfen habe. Du hast für deine Entscheidungen persönliche Verantwortung übernommen. Du hast Mut. Du bist nicht ansatzweise habgierig. Du bist ein Künstler, der aus den gewöhnlichsten Materialen zauberhafte Dinge herstellt. Du hörst mir zu und gibst mir das Gefühl, dass ich etwas zu sagen habe. Du gibst mir nicht das Gefühl, ein dummer Junge zu sein, selbst dann nicht, wenn ich mich wie einer aufführe. Du rettest mich aus dem Sturm, gibst mir trockene Kleidung und ziehst mir die Dornen aus der Haut. Wir kennen uns kaum, aber du bist mit mir nach Seattle gekommen, weil ich dich darum gebeten habe. Du stehst an meiner Seite. Und das sind die Dinge, die *wirklich* wichtig sind. Nicht, ob du dir diese gottverdammte Geschichte über Wyoming ausgedacht hast oder nicht!"

Seine Stimme war immer lauter geworden, weil er sonst in Tränen ausgebrochen wäre. Parker war nicht sehr geschickt darin, solche Dinge zu sagen. Ihm fehlten die Worte, um ihm zu erklären, dass er ihn für einen zutiefst ehrlichen Menschen hielt. Einen Menschen, an dem er sich festklammern wollte. Einen Menschen, den er aber auch an sich drücken und trösten wollte, um ihm seinen Kummer und seine Sorgen abzunehmen. Aber er hielt nur Wes' Arm, sonst nichts. Parker schniefte noch einige Male, dann ließ er den Arm los.

Wes stand reglos vor ihm, Augen und Mund aufgerissen. „Oh", sagte er nach einer Weile so leise, dass Parker es kaum hören konnte.

Er wollte vorschlagen, sich auf den Weg ins *Sveglio* zu machen, aber bevor er etwas sagen konnte, zog Wes ihn an sich. Sie hielten sich so fest umarmt, dass sie kaum Luft bekamen, aber irgendwie gelang es ihnen trotzdem, sich zu küssen. Und was war das für ein Kuss! Wer auch immer vor den Bildschirmen der Überwachungskameras saß, hätte ihnen eigentlich Geld dafür zahlen sollen, um den wunderbarsten, herzergreifendsten Kuss aller Zeiten mitansehen zu dürfen. Wo immer sie sich berührten, spürte Parker die belebende Kraft und Energie, die Wes ausstrahlte und die er selbst an Wes zurückgab. Es war wie ein Endlosloop und die Funken, die zwischen ihnen flogen, waren so stark, dass Parker schon befürchtete, sie würden die benzingeschwängerte Luft um sie herum zum Explodieren bringen.

Parkers Schwanz wurde immer härter. Er konnte spüren, dass es Wes genauso ging. Aber bei diesem Kuss ging es nicht nur um Sex, es war auch ein romantischer Kuss, ein dankbarer Kuss. Ein Kuss, der vergangene Sünden vergab und eine glückliche Zukunft versprach. Hätte Parker ihn in Flaschen abfüllen und sie überall auf der Welt verteilen können, dann hätte die Menschheit endlich Frieden gefunden. Davon war er fest überzeugt.

„Oh", sagte er, als sie sich endlich trennten. Und vielleicht war das jetzt *ihr* Wort, den genau dieses *Oh* hatte Wes gesagt, bevor sie sich küssten. So, wie diese stickige Tiefgarage jetzt *ihr* Ort war.

„Jesus!"

„Ich bin Jude", sagte Parker.

„Das war Jesus auch."

Parker musste lachen, was vermutlich ihre Rettung war, denn es löschte die Funken und die Explosionsgefahr nahm schlagartig ab. Sie nahmen sich an der Hand und gingen zum Ausgang. Detective Saito wartete bestimmt schon ungeduldig auf sie.

12

DETECTIVE SAITO trug zwar gewöhnliche Alltagskleidung, aber man sah ihr die Gesetzeshüterin schon von weitem an. Sie saß an einem Tisch am Fenster, hatte einen Pappbecher vor sich stehen und beschäftigte sich mit ihrem Handy. Sie strahlte Selbstbewusstsein und Autorität aus. Wes fühlte sich an Jeremy und Nevin, aber auch die meisten seiner früheren Kollegen erinnert. Er konnte sich nicht vorstellen, jemals die gleiche Souveränität ausgestrahlt zu haben.

Sie stand auf, gab ihnen die Hand und stellte sich vor. Als Wes und Parker Platz genommen hatten, richtete ihr scharfer Blick sich sofort auf Wes. „Warum sind Sie hier, Sir?"

„Ich bin nur gekommen, um Parker zu unterstützen." Sie machte ihn nervös und er wünschte, er wäre zuhause geblieben. Dann erinnerte er sich an Parkers Kuss und war froh, an seiner Seite zu sein.

Saito neigte den Kopf zur Seite. „Und in welcher Beziehung stehen Sie zu Mr. Levin?"

Dazu fiel Wes nichts ein. Er suchte immer noch nach dem richtigen Wort, als Parker ihm das Problem abnahm. „Er ist ein enger Freund."

„War er auch ein Freund von Mr. Miller?"

Parker hatte Logans Nachnamen nie erwähnt, deshalb dauerte es eine Sekunde, bis bei Wes der Groschen fiel. Parker war offensichtlich, wie Wes auch, Saitos besondere Betonung des Wortes *Freund* aufgefallen, denn er schlug mit der Faust auf den Tisch. „Ich habe Logan nicht betrogen und Wes hatte mit ihm auch nichts zu tun, falls Sie das meinen. Und wir haben uns erst nach Logans Tod kennengelernt, also vergessen Sie das gleich wieder."

„Dann sind Sie aber sehr schnell Freunde geworden."

„Na und? Manchmal findet man den richtigen Menschen genau zum richtigen Zeitpunkt und wenn man sich versteht, reichen schon ein paar Stunden aus, um Freundschaft zu schließen. Haben Sie das wirklich noch nie erlebt, Detective?" Er kniff die Augen zusammen.

Sie runzelte die Stirn. „Ich habe schon viel erlebt", sagte sie mit scharfer Stimme.

Ihr Verhalten hätte unter normalen Umständen wahrscheinlich einschüchternd gewirkt, aber Parker war gewissermaßen mit Nevin aufgewachsen. Für ihn waren solche Spielchen ein alter Hut. Wes musste sich ein Grinsen verkneifen, als Parker mit den Augen rollte.

„Wenn Sie unbedingt Ihre Zeit verschwenden wollen, kann ich Sie nicht daran hindern. Wes und ich versuchen nicht, Ihnen eine schmuddelige Affäre zu verheimlichen. Oder glauben Sie wirklich, dann hätte ich mit Ihnen reden wollen *und* ihn obendrein noch mitgebracht?"

Saito schien seine Logik nachvollziehen zu können. „Na gut. Und warum wollen Sie mit mir reden?"

„Weil ich Zweifel an Logans Selbstmord habe. Ich bin mir sicher, dass dieser Brief nicht als Abschiedsbrief gedacht war."

Saito rieb sich nachdenklich über den Mund, kam dann zu einem Entschluss und zog einen Notizblock mit Stift aus der Tasche. „Erklären Sie mir das genauer", forderte sie Parker auf.

Parker erklärte ihr in aller Ruhe seinen Verdacht und beantwortete ihre – mehr oder weniger wichtigen – Fragen. Er bewahrte auch noch Geduld, als sie ihm immer wieder dieselben Fragen stellte und sich umständlich Notizen machte. Wes saß schweigend dabei und wäre sich überflüssig vorgekommen, hätte Parker nicht gelegentlich nach seiner Hand gegriffen und sie gedrückt. Saito schienen diese kleinen Gesten nicht zu entgehen, aber sie sagte nichts.

Schließlich klappte sie ihren Notizblock zu und legte den Stift auf den Tisch. „Vielen Dank für Ihre Informationen, Mr. Levin."

„Werden Sie meinem Verdacht nachgehen?"

„Ich werde alle Informationen pflichtgemäß zusammentragen und danach meine Entscheidung treffen."

„Selbstverständlich. Aber werden Sie eine Untersuchung einleiten?"

Saito beugte sich etwas vor und ließ zum ersten Mal ihre professionelle Maske fallen. „Ich tue, was ich kann. Aber unsere Ressourcen sind begrenzt. Wir haben einige Spuren gesichert, aber wenn ich Laboranalysen anfordere, kann es Monate dauern, bevor mir die Ergebnisse vorliegen. Solange es keine eindeutigen Hinweise auf eine Straftat gibt, hat dieser Fall für uns leider keine Priorität. Es tut mir leid. Ich glaube Ihnen, was Sie mir berichtet haben. Ich weiß, dass Logan Ihnen nicht gleichgültig war. Aber ich kann nicht hexen."

Sie wirkte müde und älter, als Wes sie ursprünglich eingeschätzt hatte. Wahrscheinlich wünschte sie sich in diesem Augenblick nichts mehr, als alle ihre Fälle gelöst zu haben und sich einen Urlaub gönnen zu dürfen. Irgendwo am Meer, wo es warm war.

Parker nickte. „Okay", sagte er seufzend. „Logans äh … Leiche. Ist sie …?"

„Seine Familie kümmert sich um die Bestattung."

„Gut. Ich hoffe nur, sie beerdigen ihn nicht in Oklahoma. Er hat Oklahoma gehasst."

Saito verabschiedete sich. Sie nahm ihren leeren Pappbecher mit und warf ihn auf dem Weg zur Tür in einen Mülleimer. Parker starrte in Gedanken aus dem Fenster. Auf der gegenüberliegenden Straßenseite war eine Bücherei. Es war ein interessantes Gebäude – Glas und Stahl und gerade Kanten.

„Sie werden nichts unternehmen", sagte er zu dem Fenster.

„Warum ist dir die Sache so wichtig?"

Parker drehte sich zu ihm um. „Weil er mein Freund war, auch wenn wir ... mein Gott. Dir fühle ich mich jetzt schon näher als Logan in unseren besten Zeiten. Und wir hatten bisher noch nicht einmal Sex. Aber Logan war noch keine dreißig, und jetzt ist er tot. Ich finde, man sollte ihn nicht einfach vergessen und zum Alltag übergehen."

Was Wes an Parker so sehr lie... *mochte*, war seine Leidenschaft. Er schämte sich nicht, seine Gefühle zu zeigen. Er sprach sie offen aus und sie waren seinem Gesicht anzusehen. Logans Tod ging ihm zu Herzen, obwohl er mittlerweile zu akzeptieren schien, dass er nicht dafür verantwortlich war. Und offensichtlich hatte Parker auch ... Gefühle für Wes. Das hatte er schon durch seine kleine Rede in der Tiefgarage mehr als deutlich gemacht. Wes hatte ihm vielleicht nicht jedes Wort geglaubt, aber Parker hatte sie ernst gemeint. Und das war ein großes Geschenk.

„Willst du mir jetzt die Stadt zeigen?"

Die Andeutung eines Lächelns huschte über Parkers Gesicht.

WES WAR nicht sonderlich interessiert, tote Fische fliegen zu sehen, also ließen sie den Pike Place Market bei ihrer Stadtbesichtigung aus. Auch an der Space Needle fuhren sie nur vorbei, weil Parker meinte, es wäre illegal, Seattle zu besuchen, ohne sie gesehen zu haben. Nachdem sie getankt hatten, übernahm Parker das Steuer, damit Wes nicht auf den Verkehr achten musste. Sie fuhren nach Capitol Hill, wo Parker ihm die Zebrastreifen in Regenbogenfarben zeigte und ihn auf einige Clubs und Bars hinwies, die er manchmal besuchte. Danach umrundeten sie den Lake Union und als es dunkel wurde, fuhren sie zu dem Mietshaus, in dem er und Logan gewohnt hatten.

„Das Tierheim ist nicht weit von hier. Es heißt *Barkin' Lot*", sagte Parker und zeigte nach Norden.

Wes schnaubte. „*Barkin' Lot?*"

„Ja, ich weiß. Ein dummer Name. Aber unsere Gäste – so nennen wir die Hunde – werden dort sehr gut behandelt. Sie haben viel Auslauf und werden gut versorgt. Die großen Hunde werden von den kleinen getrennt, damit die Chihuahuas nicht versehentlich von den Doggen totgetrampelt werden."

„Du hast gerne dort gearbeitet."

„Ja." Parker knabberte an der Unterlippe, lächelte aber bald wieder. „Warst du schon mal auf einem Boot?", fragte er Wes.

Wes konnte den plötzlichen Themenwechsel nicht verstehen, entschied aber, nichts dazu zu sagen. „Nein."

„Willst du heute Nacht noch zurückfahren oder kannst du dir bis morgen Zeit nehmen?"

„Morgen reicht." Wes' Herz schlug schneller, als über die Bedeutung von Parkers Frage nachdachte.

„Gut. Dann habe ich eine Idee."

PARKER VERRIET ihm nicht, was er vorhatte. Er grinste nur, fuhr ins Stadtzentrum zurück und parkte vor einem großen Hotel. „Meine Mom war schon einige Male hier. Es ist recht nett."

„Du willst hier übernachten?" Wes übernachtete selten in Hotels. Wenn er in Portland abends noch eine Bar besuchte – was nicht oft vorkam –, suchte er sich anschließend einen ruhigen Parkplatz und schlief hinten im Auto. Die Nacht in Fort Bragg war die erste seit Jahren, die er in einem Hotel verbracht hatte.

„Ja. Jedenfalls gehört das zu meinem Plan."

Glücklicherweise sorgte Wes für solche Fälle vor und hatte immer das Nötigste dabei, auch wenn er es selten brauchte. Gestern die Übernachtung bei Rhoda, heute in Seattle … Er konnte sich nicht erinnern, die Tasche jemals an zwei Tagen hintereinander aus dem Auto geholt zu haben. Was mochte Parker vorhaben? Wes spürte ein leichtes Flattern im Magen und schrieb es dem unerwarteten Abenteuer zu, das ihm bevorstand.

Parker übergab die Autoschlüssel einem Pagen und führte Wes in die Lobby. Dann ging er direkt zur Rezeption und meldete sie an, während Wes sich kritisch umsah. Die Möbel waren alle industriell hergestellt. Fantasielose Massenware. Als es ans Bezahlen ging, wollte er die Rechnung übernehmen, aber Parker winkte ab. „Meine Idee, mein Geld. Keine Sorge, ich habe noch genug auf dem Konto."

Wes beneidete ihn fast um seine Sorglosigkeit. Parker war bei seiner Mutter untergeschlupft, schlief in seinem alten Jugendzimmer und half ihr im *P-Town* aus, weil er keine andere Arbeit hatte. Trotzdem hatte er kein Problem damit, mehrere hundert Dollar für ein Hotelzimmer auszugeben, weil er sich sicher sein konnte, dass ihn jemand auffangen würde, wenn ins Straucheln geriet. Wes war nicht missgünstig, dazu mochte er Parker viel zu gern. Wes hatte nur noch nie in seinem Leben einen Menschen gehabt, der ihm wieder auf die Füße half. Er kannte das Gefühl nicht, sich bedingungslos auf einen Menschen verlassen zu können.

Ihr Zimmer war im achten Stock. Wes schaute aus dem Fenster. Unter ihnen lag eine kleine Gasse mit einem alten Backsteingebäude auf der anderen Seite. Sie gingen nacheinander ins Bad, um die Toilette zu benutzen und sich zu erfrischen. Wes fragte sich, ob das große Doppelbett auch zu Parkers Plan gehörte. Vielleicht war es nur Zufall oder es war kein anderes Zimmer mehr frei gewesen. Als sie wieder in die Lobby kamen, bestellte Parker ein Taxi.

„Wir könnten Morrison nehmen", meinte Wes.

„Dann müssten wir aber einen Parkplatz suchen. So ist es einfacher."

105

Wie sich herausstellte, hätte sie auch zu Fuß gehen können, denn ihr Ziel lag nur etwa einen Kilometer entfernt. „Der Weg führt bergauf und es regnet", erklärte Parker. Nun, das hätte sie nicht umgebracht. Wes wollte Parker die Laune nicht verderben und schwieg.

Zu seiner Überraschung wurden sie vor einem Einkaufszentrum abgesetzt. Sie gingen in den vierten Stock zu einem kleinen Restaurant, in dem weißgekleidete Männer riesige Mengen Nudeln und Klöße zubereiteten. Es war gut besucht, aber Parker hatte ihnen offensichtlich einen Tisch reservieren lassen. Wes hatte schon lange nicht mehr in einem Restaurant gegessen, in dem man reservieren musste. Er nahm an, dass Parker für die Reservierung eine App benutzt hatte. Telefoniert hatte er jedenfalls nicht. Wes stellte fest, dass er in den letzten Jahren den Anschluss an das moderne Leben verloren hatte. Er kam sich vor wie ein Zeitreisender. Oder ein Einsiedler.

„Ich hoffe, du hast Hunger", sagte Parker, als sie Platz genommen hatten. „Hier schmeckt alles prima. Man kann viele kleine Gerichte bestellen und sie teilen."

„Kommst du oft hierher?" Es hörte sich kitschig ab, aber das war Absicht. Wes lächelte.

„Wenn ich kann. Leider schließen sie schon sehr früh, aber wir haben oft hier gegessen, bevor wir in die Clubs gegangen sind. Oder ins Kino. Es gibt hier auch ein Kino. Vor einem Jahr haben wir hier zu zehnt oder zwölft gegessen, als *Thor – Tag der Entscheidung* ins Kino kam. Ich bin kein großer Marvel-Fan, aber zwei Stunden Chris Hemsworth auf der Leinwand? Das war es definitiv wert."

Wes stellte sich einen unbeschwerten, fröhlichen Parker mit seinen Freunden vor. Noch so eine Erfahrung, die er selbst nie gemacht hatte.

Sie hatten beide Hunger und bestellte Unmengen an Klößen, grünen Bohnen, Nudeln und Reisgebäck. Es war viel zu viel für zwei Personen, aber es schmeckte köstlich. Noch besser als das Essen war die Gesellschaft. Sie aßen mit Stäbchen und zogen sich gegenseitig über ihre Unbeholfenheit auf und erzählten sich lachend Geschichten über peinliche Situation bei früheren Restaurantbesuchen, die sie selbst verursacht oder erlebt hatten. Wes amüsierte sich köstlich und falls Parker sich wünschte, lieber mit seinen Freunden hier zu sein, so war ihm davon nichts anzumerken.

Natürlich bezahlte Parker die Rechnung. Als sie das Restaurant verließen, rieben sie sich stöhnend die Bäuche, so satt waren sie. „Wie wäre es, wenn wir zu Fuß gehen?", schlug Parker vor. „Der Regen hat aufgehört und ein kleiner Spaziergang tut uns jetzt bestimmt gut."

Wes fragte nicht nach ihrem nächsten Ziel. Parker würde es ihm sowieso nicht verraten.

Seine Jacke war warm genug, um ihn gegen die abendliche Kälte zu schützen, aber Parker schien in seinem Hoodie zu frösteln. Es war schön, mit ihm durch die Stadt zu gehen und ihm zuzuhören, was er über die Stadt zu erzählen hatte. Sie gingen den Hügel hinab bis zur Bucht, dann weiter am Ufer entlang. Wes ging in ein kleines Andenkengeschäft, vorbei an den Schneekugeln, Schnapsgläsern und Einkaufstaschen.

„Warum sind wir hier?", fragte Parker, der ihm gefolgt war.

Jetzt war Wes der Geheimniskrämer. „Das ist eine Überraschung. Warte draußen auf mich."

Parker sah aus, als wollte er widersprechen, drehte sich dann aber grinsend um und marschierte zur Tür zurück. Als er den Laden wieder verlassen hatte, ging Wes zu einem Regal mit Jacken, Pullovern und anderer Kleidung. Er entschied sich für eine dunkelblaue Fleecejacke. Perfekt. Er bezahlte und erklärte dem Verkäufer grinsend, er bräuchte keine Tüte.

Parker erwartete ihn schon ungeduldig vor der Tür. „Was hast du…"

„Hier." Wes drückte ihm die Jacke in die Hand. „Anziehen."

Parker hielt die Jacke hoch und betrachtete sie von allen Seiten. Sie war auf dem Rücken bedruckt. Mit einem Bigfoot, der sich wie eine Art King-Kong an die Spitze der Space Needle klammert. Parker zog kritisch die Augenbrauen hoch. „Das ist der schlimmste Touristenkitsch, den ich jemals gesehen habe."

„Ich könnte dir noch eine Seahawks-Mütze kaufen. Zieh das Ding jetzt an. Du zitterst schon lange genug." Wes riss das Preisschild von der Jacke ab und steckte es in die Tasche.

Parker machte ein rätselhaftes Gesicht und zog wortlos die Jacke an.

Ihr Ziel, so stellte sich heraus, war nicht mehr weit entfernt. Es war der Fährhafen. Parker ging Schalter und kaufte zwei Tickets. „Bainbridge Island?", fragte Wes lächelnd, als Parker zurückkam und ihm eines davon in die Hand drückte.

„Ja. Es ist nicht gerade eine Kreuzfahrt in die Tropen, aber es macht Spaß."

„Und ich kann mit einem Schiff fahren."

„Das kannst du."

Kurz darauf legte die Fähre an. Sie war überraschend groß. Wes hatte, warum auch immer, eine Art größeres Boot erwartet, aber das war natürlich dumm: Diese Fähre transportierte täglich Tausende Passagieren, von den Autos ganz zu schweigen, die unten im Schiff untergebracht wurden. Parker und Wes gingen an Bord. Sie hätten sich im Innenraum einen Sitzplatz suchen können, aber Parker ging direkt zum Bug und lehnte sich an die Reling. Wes war jetzt doppelt froh, ihm die Jacke gekauft zu haben.

„Es ist bewölkt, deshalb ist die Aussicht nicht sehr gut", sagte er. „Manchmal kann man Orcas sehen. Aber dazu ist es schon zu dunkel."

„Es ist schön."

Parker brummte zufrieden und rückte näher an ihn heran.

Es war wirklich schön. Die Fähre glitt durch die ruhige See und in der Ferne glänzten Lichter in der Dunkelheit. Wes musste sich erst an das leichte Schwanken gewöhnen, aber Parker hatte den Arm um ihn gelegt und machte die üblichen Titanic-Witze. Das half. Sie standen Seite an Seite und lauschten dem Brummen der Motoren. Außer ihnen war niemand hier oben. Es war fast, als hätten sie das Schiff für sich, auf dem Weg in ein neues Abenteuer. Wes wusste jetzt schon, dass dieser Ausflug zu den schönsten gehörte, die er jemals unternommen hatte, auch wenn er bald wieder vorbei war.

Nachdem die Fähre angelegt hatte, gingen sie an Land und erreichten nach wenigen Minuten die kleine Stadt mit ihren Backstein- und Holzhäusern. Die Läden waren schon geschlossen und sie hatten schon gegessen, also spazierten sie nur durch die Straßen. Die Luft roch nach einer Mischung aus Salzwasser, feuchtem Asphalt und Natur. Es war ganz anders als zuhause, aber es war gut.

„Als Kind habe ich immer *Gilligan's Island* gesehen", sagte Parker. „Mein Dad hatte die ganze Serie auf DVD. Mom hasste sie und hat sogar das Zimmer verlassen, aber Dad und ich haben stundenlang vorm Fernseher gesessen und Pizza gegessen. Ich habe Listen angelegt mit all den Dingen, die ich mitnehmen würde, falls ich jemals mit dem Boot unterwegs wäre. Ich wollte vorbereitet sein für den Fall, dass ein kurzer Ausflug mit einem Schiffbruch endet und ich wochenlang auf einer einsamen Insel festsitze."

„Und heute hast du nichts dabei außer der Jacke, die ich dir besorgt habe."

„Und dich. Ich habe dich mitgebracht." Parker fasste ihn an der Hand und küsste sie. „Wenn ich jemals auf einer einsamen Insel strande, dann hoffentlich nur mit dir."

Es war eine Nacht der gemischten Gefühle. Wes war irgendwie traurig und gleichzeitig … er konnte es nicht genau beschreiben, aber es war ein gutes Gefühl. Zuneigung? Dankbarkeit? Glück? Konnte man sich gleichzeitig traurig und glücklich fühlen?

Sie gingen zur Anlegestelle zurück und warteten auf die nächste Fähre, die sie zurückbringen würde. „Wir sollten länger hierbleiben", sagte Parker verträumt. „Drei oder vier Tage vielleicht. Dann könnte ich dir Seattle richtig zeigen."

„Deine Mom will dich wahrscheinlich früher zurückhaben."

Parker lachte humorlos. „Nein, sie …"

„In zwei Tagen ist Thanksgiving."

Daran hatte Parker nicht gedacht. Er blinzelte. „In zwei Tagen schon?" Er nahm das Handy aus der Tasche und schaute aufs Datum. „Mist, du hast recht. Dann muss ich zurück nach Portland. Mom feiert immer groß."

„Sie will dich bestimmt dabeihaben."

Parker nahm ihn an beiden Händen. „Und du kommst auch."

„Ich kann nicht …"

„Oh doch. Es ist eine große Sache. Das Haus ist voller Menschen, es gibt bergeweise zu essen und dumme Partyspiele."

Wes wurde die Brust eng. „Thanksgiving ist ein Familienfest, Parker."

„Rhoda definiert Familie sehr großzügig. Früher waren wir nur zu dritt und nach Dads Tod dachte ich, wir würden gar nicht mehr feiern. Oder vielleicht nur ausgehen. Keine Ahnung. Aber Mom hat einfach alle möglichen Leute eingeladen. Jeremy ist gekommen und Gäste aus dem *P-Town*, die keine Familie hatten. Es war so lustig, dass wir fast vergessen hätten, wie sehr uns Dad fehlte. Mittlerweile ist es Tradition geworden." Parker machte eine kurze Pause. „Vor einigen Jahren lag Jeremy während Thanksgiving im Krankenhaus, weil er entführt und misshandelt worden war. Qay wollte ihn nicht allein lassen, also hat Mom das Essen einfach ins Krankenhaus bringen lassen."

„Ich bin froh, dass Jeremy sich wieder erholt hat."

„Ich auch. Aber es geht mir jetzt nicht um Jeremy: Ich möchte, dass du am Donnerstag mit uns feierst, Wes. Du musst kommen."

Wes versuchte erst gar nicht, sich mit einer anderen Verpflichtung zu entschuldigen – Parker hätte es ihm sowieso nicht geglaubt. Er sagte ihm auch nicht, dass ihn die Vorstellung nervös machte, mit so vielen fremden und – wie er Rhoda kannte – interessanten Menschen zusammen zu sein. Parker hätte ihn nicht verstanden. Wes hatte Thanksgiving seit dem Tod seines Großvaters nicht mehr gefeiert, und selbst damals waren sie nur zu zweit gewesen und es gab Steaks, weil ein Truthahn für zwei Personen viel zu viel war.

„Wir werden sehen", sagte er.

Parker kniff die Augen zusammen und sah ihn nur an, ohne ein Wort zu sagen. Aber Wes' Hände ließ er nicht los.

Die Rückfahrt nach Seattle war magisch. Langsam tauchten unter den tiefliegenden Wolken die Lichter der Stadt auf, die sich die *Smaragdstadt* nannte. Sie verdankte diesen Namen den vielen Bäumen, aber Wes fühlte sich an die zauberhafte Hauptstadt des Landes Oz erinnert. Nur: Ein großer Teil dieses Zaubers hatte sich als Täuschung erwiesen, der große Zauberer war nur ein Betrüger aus Omaha gewesen. Und morgen würde Wes Parker in Portland absetzen und dann weiterfahren – zu seinem Bus, zu seinen alten Holzresten und seinen Enten.

Konnte er sich nicht wenigstens für diese eine Nacht einreden, dass dieser Zauber Realität war? Noch fiel es ihm leicht, mit Parker an seiner Seite. Parkers blaue Haare flatterten im Wind, der Griff seiner Hand war warm und tröstlich. Ja, für heute Nacht wollte Wes sich diesen Luxus erlauben und sich seine Sehnsucht erfüllen: Die Sehnsucht nach einem Freund, nach einem Geliebten in dem großen Doppelbett, das sie in ihrem Hotelzimmer erwartete. Er wusste schon, wie Parkers Lippen schmeckten, jetzt wollte er auch den Rest von ihm kennenlernen. Er wollte wissen, ob Parker leise war oder laut, wenn sie sich liebten. Wollte wissen, welche Berührungen, welche Zärtlichkeiten ihn erregten und wie es sich anfühlen würde, sich für einige Stunden ganz Parker hinzugeben. Für diese eine Nacht sich selbst vergessen.

Die Lichter der Smaragdstadt kamen immer näher, aber Wes ließ Parkers Hand nicht los.

VON DER Anlegestelle bis zum Hotel war es nur ein kurzer Weg und sie gingen zu Fuß. Als sie den Pioneer Square überquerten, zeigte Parker auf eines der Gebäude. „Hast du schon von den Underground Touren gehört?"

„Nein."

„Sie machen Spaß, auch wenn sie vor allem für Touristen gedacht sind. Seattle lag früher viel tiefer als heute, aber es gab so viele Überflutungen und Probleme mit den Abwasserkanälen, dass die Straßen und Gebäude im Laufe der Zeit immer höhergelegt wurden. Das, was früher das Erdgeschoss war, ist heute im Untergrund."

„Interessant." Wes hörte nur mit halbem Ohr zu. Seine Gedanken kreisten darum, was passieren würde, wenn sie wieder in ihrem Hotelzimmer waren und Parker ihn küsste. Dieses Mal wollte Wes ihn nicht wegstoßen. Sollte er selbst die Initiative ergreifen, wenn Parker sich zurückhielt? In der Tiefgarage hatte Parker auf seinen Kuss begeistert reagiert.

Vielleicht sollte er einfach abwarten und aufhören, darüber nachzugrübeln.

Als sie nur noch einen Block vom Hotel entfernt waren, nahm Parker ihn an der Hand und zog ihn hinter sich her. „Mach schon, alter Mann", rief er lachend.

„Alter Mann?"

Wes entzog ihm seine Hand und sprintete los. Parker war zwar größer und jünger, aber Wes war gut in Form und seine Sportschuhe waren besser zum Laufen geeignet als Parkers Kampfstiefel. Er schlug ihn um ein, zwei Meter. Sie standen auf dem Bürgersteig und krümmten sich vor Lachen. Als sie sich wieder gefangen hatten, torkelten sie, immer noch lachend, durch die Lobby zum Aufzug und kämpften darum, wer auf den Knopf ins achte Stockwerk drücken durfte. Wieder setzte Wes sich durch. Als sie oben ankamen und durch den Flur zu ihrem Zimmer rannten, war Parker schneller und öffnete triumphierend die Tür. Sie rangelten sich über die Schwelle und als sie endlich beide im Zimmer waren, schlug Wes die Tür mit einem lauten Knall zu, warf sich auf Parker und drückte ihn mit dem Rücken an die Wand.

Ursprünglich hatte er eigentlich Parker die Initiative überlassen wollen, bedauerte aber nicht, von seinem Plan abgewichen zu sein. Immerhin hielt er jetzt Parker in den Armen, der seinen Kopf umfasste und leidenschaftlich küsste – ein Kuss voller salziger Lippen und feuchter Zungen, Hitze und Begehren. Natürlich war es nicht ihr erster Kuss und die anderen waren auch schon wunderbar gewesen, aber dieses Mal wollte Wes mehr. Parkers Stöhnen nach zu urteilen, war er mit diesem Wunsch nicht allein.

Der viele Stoff zwischen ihnen störte – Parker lächerliche neue Jacke und sein Hoodie, Wes' zuverlässige alte Regenjacke und sein Lieblingspulli. Sie wollten sich nicht loslassen oder ihren Kuss unterbrechen, was zu einem ziemlich peinlichen und wirkungslosen Gefummel an diversen Reißverschlüssen und Knöpfen führte. Wes schaffte es schließlich, seine Jacke und beide Schuhe loszuwerden, aber Parker war immer vollständig bekleidet, auch wenn ihm Hoodie und T-Shirt mittlerweile um den Hals hingen und die Jeans um die Hüften.

„Warte!", rief Parker keuchend.

Wes ließ ihn sofort los und fluchte innerlich über seine Dummheit. Er hätte nicht einfach über Parker herfallen sollen, hätte…

„Besser so", sagte Parker, zog sich Jacke, Hoodie und T-Shirt aus und warf alles zur Seite. Die Lampe, die im Weg stand, wackelte gefährlich und wäre fast umgefallen. „Lass uns langsamer machen. Wenn wir jetzt noch in der Notaufnahme landen, war die ganze Warterei umsonst."

Wes war so erleichtert, dass seine Ungeduld fast noch zunahm. Er gab sich alle Mühe, sich langsam auszuziehen. Glücklicherweise zitterten seine Hände so stark, dass es ihm – zwangsläufig – gelang. Vorsichtshalber schaute er noch zur Seite, um Parker nicht ansehen zu müssen. Aber er konnte ihn noch *hören*. Er hörte das Rascheln des Stoffes, das Knirschen der Lederstiefel und das Keuchen, das jede Bewegung begleitete. Er konnte Parker auch noch auf der Haut und an den Lippen fühlen, obwohl sie sich nicht mehr berührten. Es war, als würde Parker eine unsichtbare Aura ausstrahlen, die Wes mit ihrer Leidenschaft und Wärme einhüllte.

Parker brauchte etwas länger als Wes, was vor allem an den Schnürstiefeln lag. Als sie schließlich beide nackt waren, standen sie nur da und starrten sich an.

Natürlich hatten sie sich schon nackt gesehen. In Wes' engem Bus war das unvermeidlich gewesen, von der Dusche im Freien ganz abgesehen. Aber jetzt durften sie sich zum ersten Mal offen ansehen, und das war ein großer Schritt nach vorne.

Parker war wunderschön. Seine blasse Haut kontrastierte mit den dunklen Haaren zwischen seinen Beinen und dem verstrubbelten Kobaltblau, das ihm in die Stirn fiel. Die haarlose Brust war vermutlich entwachst oder rasiert. Parker war schlank, hatte schmale Hüften und eine leichte, aber nicht übertrieben muskulöse Brust. Sein Schwanz war schon halb hart und richtete sich unter Wes' Blick noch weiter auf.

„Schön", sagte Parker und grinste lüstern. „Sehr, sehr schön."

Wes schaute an sich hinab. Seine Unterarme und Unterschenkel waren immer noch leicht gebräunt, weil im Süden von Oregon öfter die Sonne schien als in Portland oder Seattle und er gerne in T-Shirt und Shorts arbeitete, wenn das Wetter es zuließ. Er war noch nie sehr behaart gewesen und die dunkelblonden Haare, die seinen Körper bedeckten, fielen kaum auf. Wes hatte als Jugendlicher und während seiner Zeit als Polizist regelmäßig ein Fitnessstudio besucht, aber in den letzten zehn Jahren beschränkte sich seine körperliche Tätigkeit auf das Heben schwerer Lasten und lange Spaziergänge. Das reichte, um seinen schon von Natur aus muskulösen Körper in Form zu halten. Und sein Schwanz war genauso eifrig bei der Sache wie Parkers.

Er war, wie er zu seiner Überraschung feststellte, stolz auf seinen Körper. *Und ich habe dieses Glänzen in Parkers Augen gebracht.* Es war ein berauschendes Gefühl.

Parker kam einen Schritt näher. „Ich will dich jetzt berühren."

Sie standen wenige Zentimeter voneinander entfernt und erkundeten sich sanft mit den Fingerspitzen. Noch nie hatte Haut sich so sanft, so glatt und so heiß angefühlt. Noch nie waren Gliedmaßen so perfekt zusammengefügt, Muskeln so hart gewesen. Noch nie hatten Nippel so süß geschmeckt.

Oh. Süß geschmeckt? Wes merkte erst jetzt, dass seine Fingerspitzen nicht mehr allein waren. Er leckte Parker am Hals und übers Schlüsselbein, saugte zärtlich an den beiden harten kleinen Knubbeln. Parker zog ihm das Haarband auf, ließ es fallen und fuhr ihm mit den Fingern durch die feuchten Haare. Und Parker zitterte.

„Dir ist kalt."

„Nein."

Wes glaubte ihm. Ihm ging es genauso, obwohl ihm nicht kalt war. Ganz im Gegenteil. Als Parker ihm die Hand über den Rücken auf den Arsch gleiten ließ, bekam er schwache Knie. „Ins Bett."

Es war kein sehr eleganter Abgang. Sie verhedderten sich mit den Beinen, Parker wäre fast über seine Stiefel gestolpert und Wes stieß beinahe den hässlichen, kleinen Tisch um. Als sie es endlich bis zum Bett geschafft hatten, ließ Parker sich mit dem Rücken auf die Matratze fallen und zog Wes auf sich.

Perfekt.

Sie nahmen ihren Vorsatz ernst und ließen sich Zeit. Vor ihnen lag eine ungewisse Zukunft, aber diese Nacht konnte ihnen niemand nehmen. Wes wollte mehr als sein übliches Grapschen-und-Ficken. Er wollte etwas ganz anders, weil Parker ganz anders war.

Parker streichelte ihm über den Rücken, massierte ihm die Schultern und legte ihm schließlich die Hände auf den Arsch. „Du fühlst dich so verdammt gut an", sagte er. „So stark. Und du bist wirklich hier."

„Ich bin hier." Alles an ihm war hier, weil die Vergangenheit in diesem Moment keine Rolle spielte und der Rest der Welt weit, weit weg war. Seine Lippen erkundeten Parkers Mund, seine Brust und seinen Nabel. Die empfindliche Haut an der Innenseite seiner Schenkel und zwischen seinen Beinen. Er leckte über Parkers Schwanz und als Parker fluchend zusammenzuckte, beschloss er, ihn leiden zu lassen. Er kniete sich zwischen Parkers Beine, ließ die Zunge langsam – gaaanz langsam – über Parkers Leib nach oben gleiten, knabberte hier und leckte ihn dort, bis er ihm wieder in die Augen sehen konnte. Dann biss er ihm sanft in die Unterlippe und zog daran.

Parker blieb nicht passiv liegen. Seine Hände erkundeten jeden Quadratzentimeter von Wes' Haut, den sie erreichen konnten. Immer wieder fassten sie Wes am Kopf und zogen ihn an den Haaren – nicht allzu fest, aber fest genug, um ihm zu zeigen, dass Parker ihn begehrte. Heute gehörst du nur mir, schienen sie sagen zu wollen. Es war eine erregende Botschaft.

Sie küssten sich und rieben ihre Körper aneinander. Wes war froh, dass sie nicht die Bettdecke über sich gezogen hatten. Das hätte nur gestört. Ihre Schwänze berührten sich, hart und feucht und so verdammt gut. Parker drückte den Kopf nach hinten ins Kissen und gab Wes freien Zugang zu seinem Hals. Er spreizte die Beine und Wes' Schwanz stieß mit der Spitze an die empfindliche Stelle hinter Parkers Hoden. Parker erschauerte unter ihm. „Gummis und Gleitgel. Bitte sag mir, dass du vorbereitet bist."

Wes erstarrte. Nein, er war nicht vorbereitet. Er packte normalerweise alles Nötige in seinen Kulturbeutel, wenn er in Portland eine Bar besuchen wollte. Dieses Mal hatte er nicht vorgesorgt, weil er nur Rhodas Regal abliefern und danach sofort wieder zurückfahren wollte. Wes konnte sich nicht erinnern, wann er seinen Vorrat das letzte Mal aufgefrischt hatte.

„Einen Moment."

Es fiel ihm schwer, sich von Parker zu trennen. Er lief ins Badezimmer – sein Schwanz nervend auf- und abwippend – und wühlte verzweifelt in seinem Kulturbeutel, bis … „Ja! Glück gehabt." Als er zum Bett zurückkam, schwenkte er seine Ausbeute triumphierend überm Kopf. Parker klatschte in die Hände, als hätte Wes gerade eine Goldmedaille gewonnen.

Die kurze Unterbrechung tat ihrer Stimmung keinen Schaden, im Gegenteil. Als Wes Parker vor sich auf dem Bett liegen sah, Arme und Beine erwartungsvoll ausgestreckt, konnte er sich vor Erregung kaum noch zurückhalten. Parker packte ihn am Arm und zog ihn nach unten. „Wie schnell kriegst du das Gummi übergezogen?", fragte er grinsend.

Die dämliche Verpackung wollte sich nicht aufreißen lassen. Wes ließ das Ding zweimal fallen, bevor es endlich klappte und er das Kondom aus seinem Gefängnis befreien konnte. Dann musste er es noch über seinen Schwanz rollten, was ihm normalerweise keine Probleme bereitete, sich aber heute Abend als große Herausforderung erwies. Doch daran war allein Parker schuld, der ihn mit großen Augen anstarrte und sich dabei genüsslich über den Schwanz rieb.

Wes murmelte ein kurzes Gebet an die Götter. Er brauchte jede erdenkbare Hilfe, um länger als fünf Sekunden durchzuhalten.

Natürlich musste er Parker vorher noch anfeuchten, damit er schön glibberig wurde. Auch das hätte er normalerweise genossen, war aber verdammt froh über Parkers Mithilfe, der sich Gel über die Finger goss und sie mit einem sündhaften Grinsen in sich hineinschob.

„Jesus."

„Ich habe dir doch gesagt, dass ich Jude bin."

Wie schaffte Parker es nur, gleichzeitig so umwerfend sexy und spitzbübisch zu sein? Er musste geheime Superkräfte besitzen. Anders konnte Wes es sich nicht erklären. Leider war er selbst nur ein gewöhnlicher Sterblicher, der es kaum schaffte, das Kondom nicht gleich bei der ersten Berührung Parkers zu füllen.

Sie schoben Parker ein Kissen unter die Hüften. „Komm her", sagte Parker, schlang Wes die Beine um die Taille und drückte ihn mit den Fersen an sich, während Wes in ihn eindrang. „Perfekt. Oh Gott, so perfekt."

Die Enge, das feuchte Gleiten und die klatschenden Geräusche ihrer Körper – all das kannte Wes nur zu gut. Das allein war nichts Besonderes. Aber wie Parker seinen Kopf zu sich herab zog und ihn küsste, als gäbe es nur ihn auf der Welt ... das verband sie auf eine Weise, die ihn überwältigte. Es war, als würde sich ein Kreislauf zwischen ihnen schließen. Wes vibrierte am ganzen Leib. Jede Zelle seines Körpers erwachte zu neuem Leben und als er kam, wurde ihm fast schwarz vor Augen.

Parker folgte ihm nur Bruchteile von Sekunden später. Er bäumte sich unter Wes auf, presste sich an seinen Bauch und schrie seine Erlösung in ihren Kuss.

Eine unbestimmte Zeit später lagen sie zusammengekuschelt unter der Decke. Eine der Lampen brannte noch, aber keiner von ihnen hatte noch die Energie, etwas dagegen zu unternehmen. Das benutzte Kondom, die aufgerissene Verpackung und die Flasche mit dem Gleitgel lagen auf dem Nachttisch wie ein Stillleben. *Nachglühen* wäre ein passender Name, dachte Wes träge.

„Das war das Warten wert." Parker lag mit dem Kopf auf Wes' Schulter und spielte mit den Fingern von Wes' linker Hand.

„Stimmt."

„Ich liebe die Schwielen, wenn du mich berührst. Es ist so ... männlich." Er lachte.

„Gut", antwortete Wes einsilbig. Sein Sprachvermögen musste sich erst wieder einstellen. Vermutlich lag es daran, dass sich der größte Teil seines Bluts noch unterhalb des Kopfs befand. Parkers Haare kitzelten ihn, was er genauso angenehm empfand wie die warme Decke, die sie wie ein Kokon einhüllte.

Parker hielt plötzlich still. „Willst du etwas total Dummes sehen?"

„Äh ... ja?"

Parker richtete sich auf und zeigte auf eine Stelle auf seiner Brust, direkt über dem Herzen. „Da ist es."

Wes konnte nichts erkennen. „Was?"

„Du musst näherkommen."

Gehorsam hob Wes den Kopf und kniff die Augen zusammen. „Eine Sommersprosse?"

„Das ist keine Sommersprosse. Es ist das kleinste Tattoo der Welt."

Bei näherer Inspektion war es tatsächlich nicht braun, sondern eher schwarz.

„Warum hast du das kleinste Tattoo der Welt?"

„Weil es ursprünglich nicht so geplant war. Es sollte ein Segelschiff werden. Eines von diesen altmodischen Schiffen mit hohen Masten und einem Einhorn als Galionsfigur. Es sollte mitten im Ozean schwimmen mit einer Wolke mit Gesicht, die Wind in seine Segel blies. Der Entwurf war schon fertig. Er stammte von Rhodas Freund Ery, der ein wunderbarer Künstler ist. Er hat auch eines der Bilder in meinem Zimmer gemalt. Das Schiff sollte meine Reise zu mir selbst symbolisieren und mir bei der Suche danach helfen. Wie ein Talisman oder so."

„Hört sich an, als hättest du lange darüber nachgedacht."

„Das habe ich auch! Monatelang sogar. Ich habe nach einem Tätowierer gesucht, der Erys Vorlage für mich umsetzen sollte. Ich hatte auch schon das Geld dafür gespart, und Sparen fällt mir normalerweise verdammt schwer."

Wes nickte und verkniff sich eine Bemerkung dazu. „Und dann?", fragte er.

„Dann kam der große Tag. Ich bin mit einem Freund ins Studio gegangen, mit dem ich kurz liiert war. Wir hatten uns damals schon getrennt, waren aber immer noch Freunde. Er und seine neue Freundin waren echt cool und haben mich moralisch unterstützt. Alle notwendigen Formulare waren unterschrieben. Und dann … hat der Tätowierer mir mit der Nadel in die Brust gestochen."

„Es hat wehgetan?"

Parker seufzte. „Ja. Und wie. Ich konnte Nadeln noch nie ab. Ich habe als Kind schon gehasst, eine Spritze zu bekommen. Aber da war noch mehr." Er seufzte wieder. Sein Atem strich warm über Wes' Haut.

„Was?"

„Meine Mom. Ich machte mir plötzlich Sorgen, was sie dazu sagen würde."

Das überraschte Wes. Rhoda war ihm nicht so engstirnig vorgekommen. Die meisten ihrer Mitarbeiter hatten Tattoos, ebenso wie viele ihrer Gäste. „Sie hat etwas gegen Tattoos?"

„Nicht direkt. Nur … wir sind jüdisch, ok? Traditionelle Juden lassen sich nicht tätowieren. Es hat irgendwas mit Leviticus zu tun. Mom und ich sind nicht sehr traditionell. Wir essen sogar Schinken, und den verbietet Leviticus auch. Auch dieser ganze Unsinn über Schwule steht dort. Dass sie Sünder wären und so. Und darum hat Mom sich mit Sicherheit noch nie gekümmert. Aber … trotzdem. Ich lag da auf dem Tisch und dachte: *Was wird Mom dazu sagen?* Vielleicht hätte sie gedacht, es wäre kindisch oder ich würde ein Heidengeld für etwas ausgeben, das ich später im Leben möglicherweise bereue. Deshalb habe ich alles wieder abgeblasen und habe jetzt das kleinste Tattoo der Welt."

„Mir gefällt es", sagte Wes, küsste seine Fingerspitze und drückte sie auf das kleinste Tattoo der Welt.

„Du findest es nicht idiotisch?"

„Parker, du bist viele Dinge, aber du bist kein Idiot."

Parker lächelte erleichtert, packte Wes' Hand und drückte ihm einen Kuss auf die Fingerspitze. Dann ließ er sie wieder los und verschwand unter der Bettdecke.

Wes holte tief Luft und stellte erfreut fest, dass er noch eine zweite Runde verkraften konnte.

13

WES WAR verdammt schwer anzusehen, was in ihm vorging. Trotzdem war Parker sicher, dass Wes die letzte Nacht nicht bereute. Er war mit einem Lächeln auf den Lippen aufgewacht und seine Begeisterung für die dritte Runde war definitiv nicht gespielt. Sex nach dem Aufwachen war unschlagbar. Vielleicht nicht so weltbewegend wie *Das Erste Mal* – das war unglaublich gewesen! –, aber dafür nicht so überhastet und noch viel liebevoller. Das Erste Mal war wie ein asiatisches Mischgericht, saftiges Fleisch, köstliches Gemüse und extra scharf gewürzt. Das Zweite Mal, kurz vorm Einschlafen, war eine sättigende Beilage mit raffinierten Soßen. Jetzt war das Dessert an der Reihe, ein köstlicher Pudding mit Obst und Karamellsoße – langsam zu genießen, einen Löffel nach dem anderen, obwohl sie so verdammt satt waren, dass sie dabei über ihren vollen Magen jammerten.

Parker wurde schon hart, wenn er nur daran zurückdachte. Er saß auf Morrisons Beifahrersitz und rutschte unbehaglich hin und her.

Ja, Wes hatte jeden einzelnen Gang in vollen Zügen genossen. Aber er wollte sich merkwürdigerweise wegen Thanksgiving nicht festlegen, obwohl ein Essen mit Freunden doch wesentlich weniger verpflichtend war als heißer Sex. Während sie durch den Berufsverkehr südlich von Seattle manövrierten, saß er nur schweigend hinterm Steuer.

Parker machte sein Schweigen durch sein pausenloses Plappern wett. Er fing mit Musik und Filmen an und erzählte Wes über die drei Monate, die er für einen Internetversand gearbeitet hatte. „Du kannst dir nicht vorstellen, was die Leute alles verschicken und wie erfinderisch sie es verpacken." Wes lachte an den richtigen Stellen, also hörte er wenigstens zu.

Parker selbst hatte ganz andere Dinge im Kopf und achtete kaum noch auf das, was er gerade von sich gab. Er versuchte erfolglos, Ordnung in das Gefühlschaos zu bringen, das Wes in ihm ausgelöst hatte. Die Freude über einen perfekten Abend mit Dinner und nächtlichem Ausflug. Die Euphorie über seine Nacht mit Wes. Die Unsicherheit über die Zukunft – seine eigene und die gemeinsame mit Wes. Die Bange davor, Rhoda über seine neue Beziehung mit Wes – konnte man es überhaupt Beziehung nennen? – informieren zu müssen. Die Neugier über die neueste Entwicklung zwischen Rhoda und diesem Bob Martinez. Die Trauer über Logans Tod. Das Bedauern, dass die Hintergründe der Geschichte wahrscheinlich nie aufgeklärt würden.

Die Vorstellung war ernüchternd. Parker verstummte schlagartig. „Danke, dass du mitgekommen bist", sagte er schließlich. „Nicht nur für den Teil, der Spaß gemacht hat, sondern vor allem auch für das Gespräch mit Detective Saito."

„Das hat keinen Spaß gemacht."

„Nein, hat es nicht." Parker trommelte mit den Fingern zum Takt der Musik. Es war ein Lied, das Rhoda manchmal hörte, aber er kannte den Namen der Band nicht. Warum hatte Wes einen so altmodischen Musikgeschmack? Parker störte sich nicht daran, im Gegenteil. Die Musik gefiel ihm. Aber normalerweise hörte ein Mann in Wes' Alter nicht Musik aus den Sechzigern und Siebzigern.

„Die Polizei in Seattle wird nichts unternehmen, nicht wahr?"

Wes zögerte kurz mit seiner Antwort. „Es kann sein, dass sie etwas herumstochern, aber mehr nicht."

„Ich kann das verstehen. Wirklich. Schließlich ist er schon tot und selbst die gründlichste Untersuchung kann das nicht rückgängig machen. Ich bin sicher, es gibt wichtigere Fälle als Logans Tod. Fälle, die den Lebenden helfen und Bösewichter hinter Gitter bringen. Aber Logan … sie sehen nur einen jungen Schwulen, der Hunde betreut hat, gerade gefeuert wurde und Mietschulden hatte, während er sein Geld für Tattoos aus dem Fenster geschmissen hat. Der Gras geraucht und seine Zeit mit Videospielen verplempert hat. Einen jungen Kerl, aus dem nie was geworden wäre und der niemandem wichtig war." Parker schniefte. „Selbst seinem Freund nicht", flüsterte er leise.

Wes klopfte ihm aufs Knie. „Er war dir wichtig. Du hast ihn vielleicht nicht geliebt, aber sein Schicksal ist dir nicht gleichgültig."

„Ja. Aber es wäre schön, wenn die Bullen es genauso sehen würden."

PARKER LIEß sich von Wes am *P-Town* absetzen, weil er einige Stunden arbeiten wollte. Er fühlte sich schuldig, Rhoda so kurzfristig im Stich gelassen zu haben. Außerdem brauchte sie vermutlich einen freien Nachmittag, um alles für Thanksgiving vorzubereiten. „Du könntest mitkommen", sagte er zu Wes, als er ausstieg. „Einen Kaffee trinken. Falls Nevin da ist, sorge ich dafür, dass er nett zu dir ist."

„Nein, danke. Ich muss noch einiges erledigen."

„Na gut. Aber du kommst heute Abend, ja? Du kannst wieder bei uns übernachten. Auf dem Sofa oder bei mir im Bett." Damit musste Rhoda sich abfinden. Parker war schließlich kein Kind mehr. Der Gedanke, im Haus seiner Mutter mit Wes im Bett zu liegen und so richtig leise sein zu müssen … das war eine heiße Vorstellung. Je länger er darüber nachdachte, umso besser gefiel ihm der Gedanke.

„Wahrscheinlich nicht."

Wes gab ihm keine Gründe an und entschuldigte sich auch nicht. Das konnte man nach einem One-Night-Stand auch nicht von ihm verlangen, aber es wäre trotzdem nett gewesen. Parker hätte zu gerne gewusst, was in Wes' Kopf vor sich ging.

„Okay", sagte er.

„Danke für … letzte Nacht. Es war die beste Nacht seit … seit immer."

„Für mich auch." Und das war die reine Wahrheit. Selbst ohne den Sex wäre es eine wunderbare Nacht gewesen. Wes hatte Parker zugehört, als wäre sein Geplapper interessant. Als wäre *Parker* interessant. Und Wes hatte sogar einen kleinen Witz gemacht, was für ihn mehr als ungewöhnlich war. Das war für Parker ein ganz besonderes Geschenk gewesen.

Hinter ihnen hupte ein Auto, weil Morrison halb auf der Straße stand.

„Ich hoffe, du kommst wenigstens morgen", sagte Parker. „Das Essen ist normalerweise so gegen drei Uhr fertig, aber die meisten kommen schon einige Stunden vorher und wir hören nicht auf zu essen, bis wir kurz vorm Platzen sind."

„Okay."

„Du musst nichts mitbringen. Falls du dich das gefragt hast, meine ich. Einige Leute bringen selbstgekochte Gerichte mit, aber wir haben auch so schon mehr als genug. Mom ist erst zufrieden, wenn jeder mindestens fünf Pfund zugenommen hat."

Wes' lächelte so lieb, dass es Parker das Herz brach. „Das hört sich gut an. Aber ich kann nicht …"

„Vielleicht doch. Sag noch nicht nein. Und falls du jetzt Nein sagst, kannst du trotzdem kommen." Parker war kurz vorm Betteln. Nur das ungeduldige Hupen hinter ihnen rettete seine Würde.

„Pass auf dich auf, Parker."

„Du auch." Er schloss die Tür und Wes fuhr davon. Parker sah ihm nach und fragte sich, ob er ihn wohl jemals wiedersehen würde.

Es WAR schon fast Mitternacht, als Parker endlich wieder zuhause war. Clover, eine der Baristas, war bis zum Schluss mit ihm geblieben und fuhr ihn anschließend noch nach Hause. Wes war nicht mehr aufgetaucht.

Parker wollte sich leise in sein Zimmer schleichen, um Rhoda nicht zu wecken, aber das war nicht nötig. Sie saß noch in der Küche, eine große Tasse Kräutertee vor sich auf dem Tisch. Sie trug neongrüne Leggings und ein Pink-Floyd-T-Shirt, das früher Parkers Dad gehört hatte, dazu ihre älteste graue Strickjacke. „Danke, dass du das Café heute für mich geschlossen hast, Gonzo."

„Kein Problem. Warum bist du noch nicht im Bett?"

Sie zeigte auf den Herd. „Der letzte Kuchen. Apfel mit gesalzenem Karamell. Er ist bald fertig." Im ganzen Haus duftete es verführerisch nach Zucker, Zimt und Plätzchen. Rhoda kochte nicht gerne, aber für Thanksgiving machte sie immer eine Ausnahme und wuchs über sich hinaus.

„Wann muss ich morgen aufstehen, um dir zu helfen?"

„Irgendwann vor Mittag?" Sie zwinkerte ihm zu. „Ich habe es unter Kontrolle. Aber du kannst die Cranberrysoße übernehmen, wenn du Lust hast."

„Wird gemacht." Früher war sein Dad für die Cranberrysoße zuständig gewesen. Sie benutzten immer noch sein Rezept.

Parker ging zum Kühlschrank, goss sich ein Glas Wasser ein und setzte sich zu ihr an den Tisch. Rhoda sah müde aus, was kein Wunder war. Sie war schon seit fünf Uhr in der Früh auf den Beinen. Aber es war eine entspannte Müdigkeit, weil sie mit ihrer Arbeit zufrieden war.

„Wie war es in Seattle?", fragte sie ihn.

Parker wurde rot, als er sich an die letzte Nacht und Wes' nackten Körper erinnerte. Aber diesen Teil der Geschichte behielt er geflissentlich für sich. „Beschissen. Saito war höflich, aber sie wird nichts unternehmen."

„Das tut mir leid, mein Schatz." Sie griff über den Tisch nach seiner Hand. „Wenigstens hast du es versucht."

„Ja."

„Und wie war es mit Wes? Hat es euch gefallen?"

Verdammt. Jetzt wurde er noch röter. „Ja. Er ist ein verdammt netter Kerl. Ich habe ihn übrigens für morgen eingeladen, glaube aber nicht, dass er kommen wird."

„Warum nicht?"

Er legte stöhnend den Kopf auf die Arme. „Weil ich nicht gut bin, wenn es um menschliche Beziehungen geht", murmelte er leise, aber sie verstand ihn trotzdem.

„Sag das nicht. Du bist der beste Sohn, den ich mir wünschen könnte. Und ein guter Freund bist du auch."

„Aber ich habe immer Pech mit meinen Liebesbeziehungen." Und genau das war des Pudels Kern. Männer amüsierten sich für eine Nacht mit ihm und manche hielten es sogar eine Woche oder so aus, aber spätestens dann war alles wieder vorbei, weil sie feststellten, dass er als Freund nichts taugte. Wes war natürlich spezieller, weil er vermutlich gar keinen Freund suchte. Das machte die Sache aber nur noch trauriger, weil Parker ihn wirklich mochte und nicht ertragen konnte, dass er so einsam war.

„Vielleicht denkst du nur zu viel darüber nach. Ein Mensch ist nicht nur perfekt, wenn er einen festen Partner hat. Die eigene Persönlichkeit zählt."

Diese Rede kannte er schon zu Genüge. Er stöhnte und überlegte, wie er am besten das Thema wechseln könnte. Dann hob er den Kopf und blinzelte sie unschuldig an. „Gab es in letzter Zeit interessante neue Gäste, Mom?"

Dieses Mal wurde Rhoda rot, was wirklich außergewöhnlich war. Parker hatte sie noch nie so erlebt. Er hätte schwören können, dass sie dazu gar nicht fähig war. Eine Frau wie seine Mutter schämte sich nicht. Er konnte sich noch gut an einen Tag erinnern, als er einen Apfel nach einem Mitschüler geworfen hatte. Er war damals in der siebten Klasse und zum Direktor zitiert, der Parkers Mutter verständigte. Rhoda, die wegen einer Erkältung nicht im Büro war, tauchte daraufhin prompt in der Schule auf – in einem mit Gummienten bedruckten Flanellpyjama, lila Bademantel und selbstgestrickter Pudelmütze. Sie brüllte den Direktor vor versammelter Lehrerschaft an, weil das Opfer von Parkers Apfelangriff ihren Sohn seit Monaten schikanierte und niemand etwas dagegen unternommen hatte. Parker wusste nicht, ob er im Erdboden versinken oder seine Mutter umarmen sollte.

„Das hast du eingefädelt", sagte sie jetzt und zeigte anklagend mit dem Finger auf ihn.

Parker klimperte mit den Wimpern und schlug sich mit der Hand auf die Brust. „*Moi?*"

„Und du hast Bob verheimlicht, dass du mein Sohn bist."

„Mag sein. Aber jetzt weiß er es vermutlich, nicht wahr?" Er zog die Augenbrauen hoch. „Und er ist auch ein Bulle, oder?"

„Staatsanwalt. Im Ruhestand."

Parker schnaubte. „Noch besser. Wie auch immer, ich fand ihn nett."

„Nett."

„Die eigene Persönlichkeit bedeutet viel, Mom. Aber das heißt noch lange nicht, dass du Single bleiben musst. Versuch's doch wenigstens. Gib ihm eine Chance."

Sie winkte ab. „Ich bin viel zu beschäftigt, um mit Männern auszugehen."

„Unsinn. Du kannst dir locker mittags eine Stunde Auszeit gönnen und mit ihm essen gehen." Was ihn auf eine Idee brachte. „Hat er schon Pläne für Thanksgiving? Er ist nämlich neu in der Stadt. Wahrscheinlich verbringt er den Tag morgen allein vor dem Fernseher und isst irgendein ungesundes Fertiggericht."

„Ich weiß nicht, wie ich ihn erreichen kann."

„Du kennst seinen Namen und weißt, dass er ganz in der Nähe des *P-Town* wohnt. Ich wette, Nevin kann ihn innerhalb einer Stunde für dich aufspüren."

„Pfft." Sie winkte wieder ab, konnte aber das Funkeln in ihren Augen nicht verbergen. Es war ihm gelungen, ihr eine Idee in den Kopf zu setzen. Und wenn Rhoda eine Idee hatte, gab sie so leicht nicht auf.

Parker nahm einen mächtigen Schluck Wasser, stand auf und brachte das leere Glas in die Spülmaschine. „Gute Nacht, Mom."

„Träum süß, mein Schatz."

Er war schon fast eingeschlafen, als sein Handy klingelte. Er beschloss, den Anruf zu ignorieren, aber das Klingeln ließ nicht locker. Er tastete nach dem Handy und schaute müde auf den Bildschirm. Es war eine Nachricht von Wes. Parkers Herz schlug schneller. Schnell öffnete er die Nachricht, las sie und … stutzte. Was war *das* denn?

Wo hat sich Logan das Tattoo machen lassen?

14

NACHDEM ER Parker am *P-Town* abgesetzt hatte, fuhr Wes zur nächsten Tankstelle. Er lehnte am Auto und dachte über sein nächstes Projekt nach, während der Tank sich langsam mit Benzin füllte. Die Arbeit an dem Seemonster-Tisch hatte er zwar unterbrochen, um das Regal für Rhoda anzufertigen, aber spätestens in einem oder zwei Tagen war der Tisch fertig. Er dachte über ein edles, teures Stück nach, weil sein Bankkonto eine Auffrischung vertragen konnte. Irgendetwas, was den gutbetuchten Kunden Mimis gefallen würde. Ein Schreibtisch vielleicht, nicht übermäßig groß, aber mit vielen Nischen und dekorativen Details, wie beispielsweise exzentrischen Griffen an den Schubladen. Die alten Manschettenknöpfe, die er vor einigen Monaten in einem Trödelladen gefunden und kistenweise für eine Handvoll Dollar gekauft hatte, wären dazu gut geeignet.

Nachdem er die Benzinrechnung bezahlt hatte, machte er sich auf den Weg zur Autobahn. Seine Gedanken schweiften immer wieder ab vom Schreibtisch hin zu … Parker. Natürlich. Parker, dem es gelungen war, eine Bresche in die Mauer zu schlagen, mit der Wes sein Herz umgeben und die er so lange für uneinnehmbar gehalten hatte.

Er konnte selbst nicht recht erklären, was ihn zu Parker hinzog. Sicher, Parker sah gut aus, aber er hatte schon viel attraktivere Männer gefickt und sie am nächsten Tag wieder vergessen. Parker war aber auch interessant, lebensfroh und ein Farbklecks in Wes' trüber Existenz. Er sah in Wes, aus welchen Gründen auch immer, einen Mann, der es wert war, dass man ihn besser kennenlernte und seine Zeit mit ihm verbrachte.

Wes schnaubte. Es war lächerlich. Und dennoch – als er auf die Autobahn kam, schlug er spontan den Weg nach Norden ein anstatt nach Süden, wie er es ursprünglich geplant hatte.

Es herrschte noch genauso viel Verkehr wie gestern, was wahrscheinlich vor allem daran lag, dass viele auf dem Weg zu ihren Familien waren, um gemeinsam Thanksgiving zu feiern. Wes stellte sich vor, wie es wäre, den Feiertag mit Parker zu verbringen: mit gutem Essen, fröhlichem Lachen und in der Gesellschaft von guten Freunden. Aber er war kein Freund, er war nur ein Außenseiter. Er hatte sich daran gewöhnt, die Feiertage allein zu verbringen. Er sah die Ruhe und Einsamkeit waren sogar als gewaltigen Fortschritt zu den Familienfeiern seiner Kindheit an, umgeben von Stiefeltern und Stiefgeschwistern, deren Anwesenheit allein ihn daran erinnerte, dass er nicht zu ihnen gehörte.

Nein, er wollte sein kleines Vorhaben hinter sich bringen, und wenn es sich als Fehlschlag erweisen sollte, wieder zu seinem Bus und seinen Werkzeugen zurückkehren. Und sollte er zufällig doch fündig werden, wollte er Parker eine Nachricht schicken und danach zu seinem Bus zurückkehren.

Das Tierheim quoll nahezu über mit Hunden aller erdenklichen Rassen. Wes nahm an, dass es vor allem an dem bevorstehenden Feiertag lag. Parker hatte davon gesprochen, dass viele Hunde hier nur vorübergehend abgeliefert wurden, weil ihre Besitzer die Stadt kurz verlassen mussten oder sich tagsüber nicht um die Tiere kümmern konnten. Er wartete an der Tür und beobachtete, wie eine etwa vierzigjährige Frau an der Rezeption ein Formular ausfüllte und sich anschließend von Courtney, ihrem Schäferhund, verabschiedete. Nachdem die junge Frau Courtney einem anderen Mitarbeiter übergeben hatte, ging Wes zu der Frau an der Rezeption.

„Hallo. Hätten Sie vielleicht ein paar Minuten Zeit, mir einige Fragen zu beantworten?"

Die Frau – ihr Namensschild sagte Ophelia – blinzelte ihn an. „Handelt es sich etwa um eine Umfrage? Die Wahlen sind doch schon vorbei."

„Nein, nichts dergleichen." Wes holte tief Luft und machte sein bestes Profigesicht. Er musste sich konzentrieren, weil er es schon seit Jahren nicht mehr versucht hatte. „Ich bin Privatdetektiv. Ich ermittle im Fall eines Ihrer früheren Mitarbeiter."

Jeder vernünftige Mensch hätte ihn nach seinem Ausweis oder seiner Lizenz gefragt. Nicht so Ophelia. Sie riss die Augen auf und starrte ihn mit offenem Mund an, wie Wes es erhofft hatte. Sein unerwartetes Auftauchen war offensichtlich aufregender, als das nächste Formular über die Fressgewohnheiten eines Hundes auszufüllen. „Wird jemand von der Polizei gesucht?", fragte sie.

„Nein. Es handelt sich um Logan Miller."

Sie schien von Logans Tod zu wissen, denn sie sah ihn traurig an. „Der arme Logan", sagte sie schniefend. „Er hat sich umgebracht, nicht wahr? Jedenfalls habe ich das gehört."

„Es tut mir leid, aber ich darf Ihnen keine Details nennen."

„Oh. Klar."

„Kannten Sie ihn gut?"

Sie rutschte unbehaglich hin und her. „Äh, ja. Gewissermaßen. Wir haben ungefähr ein Jahr zusammengearbeitet und uns natürlich auch gelegentlich unterhalten. Aber wir waren nicht befreundet oder so."

„Ich verstehe. Wissen Sie, wer seine Freunde waren?"

„Vor allem Parker. Parker hat auch hier gearbeitet und sie waren zusammen. Niemand sollte davon erfahren, aber wir wussten natürlich alle Bescheid. Ich weiß nicht, was Parker …" Sie schloss schnell den Mund.

Wes sah sie fragend an. „Was Parker…?"

Ophelia sah sich verstohlen um, als wollte sie sichergehen, dass sie nicht belauscht wurden. „Parker ist supersüß", flüsterte sie vertraulich. „Aber Logan war ein ziemliches Arschloch. Ich weiß, über Tote soll man nichts Schlechtes sagen, aber er ist … *war* wirklich ein Arschloch. Er konnte fantastisch mit Hunden umgehen, aber Menschen hat er nicht sehr gut behandelt. Und er schuldet mir noch hundert Dollar."

Parker war für seinen Ex viel zu gut gewesen. Aber darum ging es jetzt nicht. „Wofür hat er sich das Geld geliehen?"

„Er sagte, sein kleiner Bruder wäre krank und ihr Geld würde nicht reichen, um Medizin zu kaufen. Das war vor, hm … ungefähr einem Monat. Er wollte mir das Geld zurückgeben, sobald er den nächsten Gehaltsscheck bekam. Hat er aber nicht. Und jetzt kann er es nicht mehr."

„Das tut mir leid. Hatte er auch bei anderen Mitarbeitern Schulden?"

„Ja. Einige sind eingesprungen, weil sie dachten, sein Bruder bräuchte das Geld."

Interessant. „Okay. Und hatte er – abgesehen von Parker – noch andere besondere Freunde?"

„Hier nicht. Parker war erst seit einigen Monaten bei uns. Logan war davor immer sehr zurückhaltend."

Wes stellte ihr noch einige Fragen, aber sie konnte ihm nicht mehr weiterhelfen. Dann kamen ein Vater und sein kleiner Sohn durch die Tür. Sie hatten eine Transportbox dabei, in der ein wuscheliger kleiner Kläffer saß. Wes bedankte sich bei Ophelia für ihre Hilfe und ging.

Sein nächster Halt war das Mietshaus, in dem Parker und Logan zuletzt gewohnt hatten. Dem Haus war deutlich anzusehen, dass es seine besten Zeiten schon hinter sich hatte. Ein Hinweisschild verriet ihm, wo er die Hausverwaltung fand. Wes drückte auf die Klingel und kurz darauf öffnete sich die Tür.

„Ja?" Eine kleine Frau, etwa fünfzig Jahre alt, sah ihn misstrauisch an.

Wes stellte sich wieder als Privatdetektiv vor und wiederholte die Geschichte, die er schon Ophelia erzählt hatte. Die Frau nahm sie ihm ebenfalls ab, zeigte aber – ganz im Gegensatz zu Ophelia – keinerlei Mitgefühl über Logans Tod. „Er war mir noch drei Monate Miete schuldig", sagte sie und lehnte sich mit verschränkten Armen an den Türrahmen. „Sie können einen Privatdetektiv bezahlen, aber für seine Schulden bei mir reicht es nicht?"

„Es tut mir leid, aber ich kann nicht …"

„Schon gut, ich weiß. Was wollen Sie von mir?"

„Ich versuche, mehr über seinen Tod in Erfahrung zu bringen. Können Sie mir dazu etwas sagen?"

Sie überlegte kurz, dann nickte sie. „Na gut. Kommen Sie rein."

Die Wohnung war klein, aber vollkommen zugestellt mit übergroßen Möbeln und allerlei Schnickschnack. Das vorherrschende Thema waren Frösche in allen erdenklichen Ausführungen. Die Frau führte Wes in die Küche. Es roch nach Fisch und Zwiebeln. Im Spülbecken stapelte sich das Geschirr. Er setzte sich und sie bot ihm eine Tasse Pulverkaffee an. Er konnte kaum glauben, dass dieses

Zeug im Land der Starbucks noch getrunken wurde, nahm den Kaffee aber an und bedankte sich höflich.

Nachdem sie sich entschieden hatte, ihn in ihre Küche zu lassen, wurde die Frau – sie stellte sich Wes als Cathy vor – gesprächiger. Sie beschwerte sich ausschweifend über Mieter, die zu laut waren, ihre Wohnungen zumüllten oder ihre Autos auf den Besucherparkplätzen abstellten. Wes nippte an seinem Kaffee und hörte ihr geduldig zu.

„Hat Logan auch zu dieser Art Mieter gehört?", fragte er schließlich.

„Nein, der war in Ordnung. Bis er dann nicht mehr bezahlt hat. Ich dachte, es würde sich ändern, als dieser nette Junge mit den bunten Haaren bei ihm eingezogen ist, aber das war nicht der Fall. Jetzt ist der Junge weg und Logan tot." Sie wackelte mit den Fingern, als würde etwas vermissen. Wahrscheinlich eine Zigarette. Wes überlegte, wann sie mit dem Rauchen aufgehört haben mochte.

„Ich bin sicher, Sie haben schon mit der Polizei gesprochen und …"

„Ich habe sie angerufen! Ich habe ihn schließlich gefunden." Sie schüttelte sich.

„Können Sie mir mehr darüber erzählen?"

„Na ja, ich wollte ihn nach der Miete fragen. Wieder mal. Die Tür stand einen Spalt auf. Ich habe geklopft, aber niemand hat geantwortet. Ich dachte, er wäre vielleicht nur kurz rausgegangen. Das gibt es oft. Wie auch immer. Also habe ich die Tür weiter aufgemacht, weil ich sehen wollte, was los war. Natürlich wäre ich nie ohne seine Erlaubnis in die Wohnung gegangen! Ich kenne die Vorschriften, ok? Jedenfalls hat er mitten im Zimmer gelegen und war mausetot. Ich habe sofort 911 angerufen."

Würde sich jemand, der sich mit einer Überdosis Drogen umbringen wollte, nicht einen bequemeren Platz aussuchen als den Fußboden? Sein Bett oder ein Sofa? Es konnte natürlich sein, dass Logan noch einmal kurz aufgestanden und dann mitten im Zimmer kollabiert war. Aber das erklärte noch lange nicht die offene Tür.

„Es muss ein sehr traumatisches Erlebnis für Sie gewesen", sagte Wes.

„Ich habe vorher schon Leichen gefunden. So was passiert. Aber dieser Logan hat mich überrascht."

„Warum?"

Sie rieb die Hände zusammen. „Er war einfach nicht der Typ dafür. Er hat fast zwei Jahre hier gewohnt und war bis vor einigen Monaten ein angenehmer Mieter. Hat immer rechtzeitig bezahlt und nie laute Partys gefeiert. Ich glaube nicht, dass er drogensüchtig war. Er hat mir oft erzählt, dass er sich selbstständig machen will."

„Als was?"

„Irgendwas mit Hunden. Wie das Tierheim, in dem er gearbeitet hat. Aber in letzter Zeit hat er das nicht mehr erwähnt. Ich habe ihn kaum noch gesehen. Wahrscheinlich ist er mir aus dem Weg gegangen wegen der Miete."

Wes stellte ihr noch einige Fragen über Logans Vergangenheit und Gewohnheiten, erfuhr aber nicht mehr viel. Vor Parkers Einzug hatte er gelegentlich Männer zu Besuch, die manchmal auch bei ihm übernachteten. Aber das war nicht oft der Fall und nach Parkers Einzug gar nicht mehr. „Bis auf den Kerl mit den Tattoos", sagte Cathy. „Der war vor einigen Wochen hier."

Wes, der schon in seinem Stuhl zusammengesackt war, richtete sich schlagartig wieder auf. „Tattoos?"

„Überall." Sie fuhr sich über Arme und Hals. „Einfach überall, wo Haut zu sehen war. Außer im Gesicht."

„Kennen Sie den Mann? Oder wissen Sie mehr über ihn?"

„Er hat auf einem der Anwohnerparkplätze geparkt und ich bin rausgegangen, um ihm zu sagen, dass er sein Auto wegfahren soll. Er sagte, er wolle Logan besuchen. Ich habe ihn nach dem Grund gefragt, weil er nicht sehr vertrauenserweckend aussah. Und das lag nicht nur an den Tattoos. Er meinte, er wolle Logan wegen eines Tattoos konsultieren. *Konsultieren.* Genau dieses Wort hat er benutzt. Ich habe ihm gesagt, das könnten sie hier nicht machen, weil ich kein Blut oder Tintenflecken in der Wohnung haben will. Da hat er nur gelacht und ist gegangen."

Cathy beschrieb den Mann nur sehr oberflächlich. Sie meinte, bei dem Auto könnte es sich um einen Ford gehandelt haben. Jedenfalls wäre es grau gewesen und *eine alte Kiste.* Mehr konnte sie Wes über den Mann nicht sagen.

Wes knurrte der Magen. Er hatte seit dem Müsli im Hotelrestaurant nichts mehr gegessen und Cathy hatte ihm alles gesagt, woran sie sich noch erinnerte. Er bedankte sich für ihre Geduld und den Kaffee und verabschiedete sich.

Er fand ein kleines Bistro in der Nähe, in dem es Hamburger und Sandwiches gab. Während des Essens dachte er darüber nach, was er von Ophelia und Cathy erfahren hatte. Es war nicht viel, aber der eine oder andere Hinweis könnte sich noch als wertvoll erweisen. Seine Gedanken schweiften ab. Warum hatte Parker sich eigentlich mit Logan eingelassen? Es hörte sich nicht gerade an, als wäre Logans einnehmende Persönlichkeit dafür verantwortlich gewesen. Außerdem konnte er sich nicht vorstellen, dass Parker sich auf eine Beziehung einließ, weil er sich keine eigene Wohnung leisten konnte. Das passte einfach nicht zu ihm. Schließlich hatte er immer noch Rhoda, die ihm jederzeit geholfen hätte. Er hätte jederzeit zu ihr zurückkehren können, anstatt sich mit diesem Arschloch eine Wohnung zu teilen. Nein, es musste mehr gewesen sein als nur die eingesparten Mietkosten.

Vielleicht hatte Parker sich nach Zuneigung gesehnt? Aber auch dafür hätte er einen besseren Partner finden können. Außer … glaubte Parker etwa, er hätte nichts Besseres verdient als einen Mann wie Logan? Parkers Selbstwertgefühl war nicht sehr ausgeprägt. Es grenzte schon fast an Ironie, denn er hatte ein unfehlbares Gespür für die guten Eigenschaften seiner Mitmenschen. Nur wenn es um ihn selbst ging, ließ dieses Gespür ihn im Stich.

Nachdem er den Hamburger gegessen hatte, blieb er noch vor seiner Tasse Kaffee sitzen. Wenigstens war es kein Pulverkaffee. Er dachte jetzt nicht mehr über Logan und dessen Tod nach, sondern nur noch über sich selbst. Und Parker. Wes hätte sich nie vorstellen können, einen Abend wie den gestrigen mit einem Mann zu verbringen. Ein nettes Essen mit einem faszinierenden Begleiter und ein Spaziergang durch die Stadt, der mit einem Schiffsausflug endete – das alles war mehr, als ein Mann wie er erwarten konnte. Guter Gott, er verdiente sein Geld mit einer improvisierten Möbelschreinerei und lebte in einem alten Schulbus! Und trotzdem hatte er diesen Abend mit Parker erlebt und … es war wunderbar gewesen. Sie passten erstaunlich gut zusammen.

Warum waren Menschen nicht wie Möbel? Man fand das passende Rohmaterial, schnitt die Teile zu und setzte sie zusammen. Mit etwas Glück hielt das Ergebnis, sei es nun ein Tisch oder ein Bücherregal, Jahrzehnte lang und leistete seinem Besitzer gute Dienste. Manche Stücke hielten sogar Jahrhunderte. Aber Menschen? Die gab es in allen möglichen Formen und wollten nie so richtig zusammenpassen. Man konnte sich noch so sehr abmühen, sie fielen unvermeidlich wieder auseinander. Entweder verließen sie einen oder starben und dort, wo sie ursprünglich mit dir verbunden waren, blieb eine klaffende Leere zurück.

Die Kellnerin kam schon zum dritten Mal an seinen Tisch und erkundigte sich, ob er noch etwas bestellen wollte. Es war ein Wink mit dem Zaunpfahl. Wes bezahlte seine Rechnung und machte sich auf den Weg zu Morrison. Er fuhr noch zwei Stunden, vielleicht auch länger, ziellos durch die Stadt, ohne dabei allzu viel nachzudenken.

Als er, mehr zufällig als beabsichtigt, in eine ruhige Wohngegend kam, suchte er sich eine unbeleuchtete Stelle und parkte am Straßenrand. Er wollte heute hinten im Auto schlafen, wo noch die alten Decken lagen, in die er Rhodas Regal eingewickelt hatte. Sie hielten nicht nur warm, sie waren auch eine Verbindung zu Parker.

Vielleicht sollte er aufhören, hier in Seattle hinter Chimären herzujagen. Vielleicht sollte er morgen nach Portland zurückfahren und Thanksgiving mit Parker, Rhoda und der Heerschar ihrer Freunde verbringen. Oder nach Wyoming fahren. Oder einfach nach Hause, wo er an dem Schreibtisch arbeiten konnte.

Er rollte sich endlos hin und her, bis er endlich zu einem Entschluss kam. Er zog das Handy aus der Tasche und tippte eine Nachricht.

Wo hat sich Logan das Tattoo machen lassen?

Es dauerte lange, bis Parkers Antwort kam. Entweder war er wütend auf Wes oder er schlief schon. Als er sich schließlich doch noch meldete, erschien nur ein einziges Wort auf dem Bildschirm: *Warum?*

Wes wollte es ihm nicht erklären. Er wollte Parker keine falschen Hoffnungen machen und war nicht sicher, ob er morgen Antworten auf seine Fragen finden würde. Also nahm er all seinen Mut zusammen und rang sich zu einem Versprechen durch. *Das erkläre ich dir morgen beim Truthahn.*

Gut. Ich will dich sehen, Wes. Ich vermisse dich.

Ich dich auch.

Wie seltsam. Parker die Wahrheit zu gestehen, fiel ihm schwerer, als Ophelia oder Cathy anzulügen. Dafür fühlte er sich allerdings besser, nachdem es endlich raus war.

Ich glaube, der Laden hieß Anza oder so ähnlich.

Danke. Gute Nacht, Parker.

Er musst lachen, als Parker ihm ein Herzchen-Emoji schickte.

ANZA RISING befand sich in einem dreieckigen, zweistöckigen Gebäude in einer Wohngegend, die zwar auf dem Weg zur Gentrifizierung war, es aber noch nicht ganz geschafft hatte. Das obere Stockwerk wurde vermutlich als Wohnung genutzt. Jedenfalls war es dunkel hinter den Fenstern und sie hatten Vorhänge. Das Erdgeschoss jedoch war, obwohl es schon nach Mitternacht war, noch hell beleuchtet. Es musste also Leute geben, die sich in den frühen Morgenstunden von Thanksgiving noch spontan ein Tattoo stechen lassen wollten. Vielleicht wollten sie damit ihren Angehörigen imponieren. Oder das Gegenteil.

Wes musste einigen Blocks weiterfahren, bis er einen Parkplatz fand, der für Morrison groß genug war. Obwohl seine Schuhe Gummisohlen hatten, hallten seine Schritte laut in der Nacht.

Als er sich dem Haus näherte, fiel ihm ein alter Ford auf, der in der Nähe parkte. Die Farbe des Autos war in der Dunkelheit schwer zu erkennen, aber es konnte durchaus grau sein. Wes blieb im Schatten stehen und schaute durch ein Schaufenster ins Innere des Studios. Es machte einen unerwartet guten Eindruck. Im Wartebereich standen Polstersessel und große Topfpflanzen und an den Wänden hingen gerahmte Zeichnungen von Fantasietieren. Eine Frau mit langen, glatten Haaren – champagnerfarben – saß auf einem Barhocker hinter der Empfangstheke und beschäftigte sich mit ihrem Handy. Hinter ihr stand ein tätowierter Mann Anfang dreißig, der vermutlich gerade einem zweiten, bärtigen Mann den Arm tätowiert hatte. Wes beobachtete, wie der Künstler ihm den Arm desinfizierte und bandagierte. Der Kunde hatte es nicht eilig. Er blieb im Stuhl sitzen und unterhielt sich mit dem Künstler.

Jetzt wird's ernst.

Alle schauten auf, als Wes das Studio betrat. „Sorry, wir wollten gerade schließen", sagte die Frau. „Ich kann Ihnen einen Termin für die nächste Woche geben."

„Ich bin nur gekommen, um Ihnen einige Fragen zu stellen, falls Sie nichts dagegen haben."

Sie sah den Künstler fragend an. Als der Mann nur mit den Schultern zuckte, drehte sie sich wieder zu Wes um. „Na gut. Einen Moment."

Wes setzte sich in einen der Ledersessel und wartete ab. Aus den Lautsprechern klang leise Musik. Es hörte sich nach Black Sabbath an, aber er war sich nicht hundertprozentig sicher. Heavy Metal war nicht sein Ding. Auf dem Couchtisch vor ihm lag ein großer Ordner, der Fotos von Tattoos – vor allem von Tieren – enthielt. Wes blätterte ihn durch und obwohl er Laie war, machten die Arbeiten auf ihn einen sehr hochwertigen Eindruck. Er überlegte kurz, ob er sich ein Tattoo zulegen sollte, aber nichts war ihm wichtig genug, um es für immer mit sich rumzutragen. Er erinnerte sich an die verblassten blauen Tätowierungen auf den Armen seines Großvaters, Relikte aus seiner Zeit als Soldat. Sein Großvater hatte nie darüber gesprochen: Er hatte damals im Koreakrieg gekämpft. Vielleicht sollte Wes sich einen kleinen Punkt auf die Brust tätowieren lassen. Wie Parker.

„Was kann ich für Sie tun?"

Wes wurde aus seinen Gedanken gerissen. Es war der Künstler. Der Kunde hatte mittlerweile das Studio verlassen und die Frau reinigte den Stuhl, in dem er gesessen hatte.

Wes stand auf und reichte dem Mann die Hand. „Wes Anker." Er überlegte, ob es besser gewesen wäre, einen falschen Namen anzugeben. Aber wozu? Hier kannte ihn niemand.

Der Mann erwiderte seinen Händedrück fest und kurz. „Leo Cavelli."

„Ihre Arbeiten sind sehr beeindruckend."

„Danke, Mann. Aber es ist schon spät. Wenn Sie sich beraten lassen wollen, sollten Sie am Montag zurückkommen."

„Ich bin nicht wegen einer Beratung hier", erwiderte Wes und hob das Kinn. „Kannten Sie Logan Miller?"

War Cavelli erschrocken, als er Logans Namen hörte? Schon möglich. Jedenfalls warf er der Frau einen kurzen Blick zu. „Ja, ich kenne ihn. Ich habe an seinem Rücken gearbeitet. Ein großes Ding. Warum?"

„Wissen Sie, dass er tot ist?"

Jetzt wirkte Cavelli wirklich beunruhigt, fing sich aber sofort wieder und machte ein überraschtes Gesicht. „Nein. Was ist passiert?"

Wes ging aufs Ganze. „Vielleicht wurde er ermordet. Wir sind uns noch nicht sicher."

Wieder flackerte kurz Beunruhigung in seinem Blick auf. „Scheiße! Wer würde Miller ermorden wollen?"

„Das würden wir auch gerne wissen. Vielleicht haben Sie Informationen, die uns weiterhelfen."

„Du bist kein Bulle." Vorbei war es mit dem *Sie*.

Es war komisch. Cavelli sprach recht ungehobelt, trug zerfledderte Jeans und ein altes T-Shirt mit einem Logo von Judas Priest. Trotzdem hatte Wes den Eindruck, dass dieses Image nur aufgesetzt war und er aus einem Mittelklassehaushalt irgendwo in den Vororten stammte. Da waren beispielsweise seine gesunden, geraden Zähne, die auf regelmäßige Besuche beim Zahnarzt hindeuteten. Außerdem trug er teure Schuhe und seine Hände hatten offensichtlich noch nie harte Arbeit verrichtet.

„Ich bin ein Freund der Familie." Teilweise stimmte das sogar. „Wir wollen die Wahrheit über seinen Tod herausfinden."

Cavelli kniff die Augen zusammen und musterte ihn einige Sekunden, bevor er zu einer Entscheidung kam. „Ich kümmere mich um den Rest, Coco", rief er der Frau zu. „Du kannst gehen."

Sie ließ ihren Putzlappen sofort fallen, schnappte sich Handy und Jacke und wünschte ihnen eine gute Nacht. Cavelli verschloss hinter ihr die Tür. „Ich will keine Nachzügler mehr riskieren", erklärte er.

„Sie arbeiten sehr lange."

„Ich gönne mir ein verlängertes Wochenende. Das ändert aber nichts daran, dass ich meine Rechnungen bezahlen muss."

„Das kenne ich nur zu gut."

Cavelli verschränkte die Arme vor der Brust. „Was willst du über Miller wissen? Und lass das mit dem Siezen."

„Na gut. Also dann … wie gut kanntest du ihn?"

„Habe ich doch schon gesagt. Er war ein Kunde. Ein so großes Tattoo braucht seine Zeit. Da kommt man ins Gespräch."

Das hörte sich alles viel zu beiläufig an, um einen Besuch bei Logan zu erklären. „Und worüber habt ihr gesprochen?"

„Keine Ahnung. Das Übliche halt. Er hat viel über Hunde geredet. War wohl sein Ding." Er fuhr sich nervös mit der Zunge über die Lippen. „Und über, äh, seinen Freund. Hat sich angehört, als hätten sie Probleme."

„Probleme? Welcher Art?"

„Weiß ich nicht genau. Aber Logan hatte ein teures Hobby, ja? Sein Freund war darüber vermutlich sauer."

Wes war mittlerweile sicher, dass Cavelli ihm ein Märchen auftischte. Wahrscheinlich hatte er etwas zu verbergen. Aber dieser Verdacht allein reichte noch nicht aus, um von Saito ernstgenommen zu werden. Er musste mehr erfahren. „Welches Hobby? Glücksspiel? Shopping?"

„Drogen."

Das passte zwar perfekt zu der Geschichte mit der Überdosis, widersprach aber Parkers Aussage, dass Logan nur gelegentlich Gras geraucht hatte. Selbst wenn Logan sich jeden Tag mit Gras zugedröhnt hätte, wäre er vermutlich nicht in finanzielle Schwierigkeiten geraten. Außerdem hatten seine ehemaligen Kollegen ihn als zuverlässigen Mitarbeiter beschrieben, was ebenfalls nicht zu einer schweren Drogenabhängigkeit passen wollte.

„Meinst du, die Drogen könnten für seinen Tod verantwortlich sein?"

„Keine Ahnung, Mann. Er hat nicht viel darüber gesagt."

„Weißt du, wer sein Dealer war?"

„Nein! Wie gesagt, darüber hat er nicht viel geredet. Nur über die verdammten Köter."

Wes bezweifelte sehr, dass die Hunde etwas mit Logans Tod zu tun hatten. Er überlegte, wonach er Cavelli noch befragen könnte. „Was genau hat er darüber erzählt? Wollte er Hunde züchten?"

„Nein. Er wollte ein Geschäft eröffnen. Mit Sachen, die man für Hunde braucht, aber sehr edel. Und dazu eine Art Tierheim. Er hat gesagt, dass man damit richtig reich werden kann, weil Leute, die gut verdienen keine Zeit mehr für Kinder haben und sich stattdessen Hunde und Katzen zulegen. Dass sie ein Vermögen ausgeben, um ihren Fifis die schönsten Halsbänder und Leinen zu kaufen. Und wenn sie dann in Ruhe Urlaub machen wollen, muss Fifi zwischenzeitlich in einem gottverdammten Ritz logieren. Das Beste ist gerade gut genug für die Biester."

Das hörte sich vernünftig an und passte zu dem, was Wes schon über Logan gehört hatte. Aber es passte *nicht* zu einem Mann, der nur noch seine Drogen im Kopf hatte. Außerdem schien Cavelli viel über Logans Träume zu wissen, was nicht zu seiner ursprünglichen Behauptung passen wollte, dass sie sich nur oberflächlich kannten.

Während Wes noch darüber nachdachte, schürzte Cavelli die Lippen und sah ihn fragend an. „Wie kommst du eigentlich auf die Idee, er wäre ermordet worden? Ich meine ... er war deprimiert, weil er Ärger mit seinem Freund hatte. Und er hat Drogen genommen. Da passiert manchmal Scheiße."

Jetzt redete er wieder Unsinn. „Wir haben einige Hinweise", erklärte Wes vage. „Es passt alles nicht so recht zusammen."

„Wenn du meinst. Ich habe dir alles gesagt, was ich über Logan weiß."

„Was hat ihn das Tattoo gekostet?"

„Das müsste ich erst nachsehen. Wahrscheinlich einen Tausender oder so. Ich habe lange daran gearbeitet."

Wes nickte. „Ja, ich verstehe. Hat er im Voraus bezahlt?"

„Nein. Wir hatten einen Ratenvertrag."

„Hat er jemals über Geldprobleme gesprochen? Außer den Drogen, meine ich."

„Keine Ahnung. Kann sein." Cavelli drehte sich zur Seite. „Willst du das Tattoo sehen? Ich habe Fotos gemacht."

„Ja, gerne." Wes interessierte sich nicht sonderlich für die Fotos, aber sie gaben ihm einen Grund, noch etwas länger zu bleiben und vielleicht weitere belastende Informationen zu sammeln. Er hatte nämlich mittlerweile den starken Verdacht, dass Cavelli in Logans Tod verwickelt war, wusste nur noch nicht, wie und warum.

Cavelli ging nach hinten und verschwand durch eine Tür. Als er kurz darauf zurückkam, brachte er einen großen Ordner mit. „Das sind meine aktuellen Arbeiten." Er reichte Wes den Ordner. „Ich fotografiere sie oft, weil sie gute Referenzen für potenzielle Kunden sind."

Wes blätterte durch den Ordner. „Das hier. Das ist er", sagte Cavelli, der ihm über die Schulter blickte.

Leider war auf dem Foto nur Logans Rücken zu sehen. Wes hätte gerne einen Blick auf das Gesicht von Parkers Ex geworfen, weil er wissen wollte, ob sie sich vielleicht ähnlich sahen. Hatte Parker einen bestimmten Typ? Und gehörte Wes auch zu diesem Typ? Aber außer hellbraunen, nackenlangen Haaren war nichts zu sehen. Sie waren entweder von einem unerfahrenen Frisör geschnitten worden oder natürlich schief gewachsen. Logan hatte breite Schultern und eine leichte Andeutung von Speckröllchen um die Hüften, die durch den Bund seiner Jeans betont wurden. Er musste ein großer, kräftiger Mann gewesen sein.

Die Tätowierung nahm fast den gesamten Rücken ein, obwohl ein Teil noch nicht koloriert war, als das Foto aufgenommen wurde. In der Mitte saß ein großer, schwarzer Labrador, der starr nach vorne blickte. Es war eine wunderbare Arbeit. Selbst auf dem Foto wirkte das Fell des Hundes nahezu dreidimensional. Rund um den Labrador waren kleinere Hunde verschiedener Rassen abgebildet. Die meisten waren bisher nur in Umrissen vorhanden. Sie liefen, lagen oder sprangen. Ein Collie versuchte, einen Ball aus der Luft zu fangen. Ein Bernhardiner zog einen kleinen Wagen hinter sich her und ein unbestimmbarer, schwarzer Bastard paddelte im Wasser.

Hätte Logan so viel Zeit und Geld in dieses Kunstwerk gesteckt, um sich dann vor seiner Vollendung eine Überdosis zu setzen? Höchst unwahrscheinlich.

„Wow", sagte er und beugte sich näher. „Das ist …"

In diesem Moment nahm er aus dem Augenwinkel eine Bewegung wahr und wirbelte herum. Dadurch landete der Schlag nur an der Seite seines Kopfes. Er stolperte und ließ den Ordner fallen, hörte ihn aber nicht mehr auf dem Boden aufschlagen. Es war plötzlich unheimlich still geworden.

Und dann wurde ihm schwarz vor Augen.

15

PARKER WURDE von seiner Nase geweckt. Im ganzen Haus roch es köstlich nach gebratenem Truthahn, geschmolzener Butter und Gewürzen. Er gähnte, streckte sich und holte das Handy vom Nachttisch. Keine Neuigkeiten von Wes. Parker war gestern Abend zu müde gewesen, um noch lange über Wes' Frage nach dem Tattoo-Studio nachzudenken, aber jetzt überkam ihn die Neugier. Was hatte Wes vor? Er griff sich seine Klamotten und machte sich auf den Weg zum Badezimmer. „Ich bin wach, Mom. Komme gleich", rief er, als er durch den Flur ging.

Parker beeilte sich. Er hüpfte kurz unter die Dusche, rasierte und kämmte sich und zog Jogginghose und T-Shirt an. Das musste vorläufig reichen. Rhoda meinte zwar immer, er sollte sich an Feiertagen besser anziehen, aber dafür war später noch Zeit – kurz bevor die Gäste kamen.

Rhoda stand in der Küche, schnippelte Sellerie und schwang die Hüften zu Billie Holiday. Parker drückte ihr einen Kuss auf die Wange. „Guten Morgen."

„Hey, Gonzo. Du hast gute Laune."

„Hmm." Er goss sich ein Glas Milch ein, trank es in einem Zug aus und spülte das Glas unter fließendem Wasser ab. Dann aß er ein Schinken-Käse-Croissant, das gestern aus dem *P-Town* übriggeblieben war. „Wie kann ich dir helfen?", fragte er seine Mutter.

„Du kannst die Tische aufstellen."

Parker ging in den vollgestellten Keller. Hier gab es alles: Kisten mit den Kunstprojekten seiner Kindergartenzeit; Kleidung der letzten Jahrzehnte, die Rhoda einfach nicht hergeben konnte; Stapel mit mysteriösen Gartenwerkzeugen; Vorhänge, die seine Eltern nach dem Einzug hierher ausgemistet hatten; eine hässliche Couch, die wie ein Wunder den Weg in den Keller gefunden hatte und nie wieder oben aufgetaucht war. Nach einigem Suchen fand Parker einen Klapptisch, über und über mit Spinnweben bedeckt. Er lehnte ihn an die Wand hinter dem Heizkessel, wischte ihn mit einem alten Lappen ab und hoffte, alle der am Tisch ansässigen Spinnen vertrieben zu haben. Dann manövrierte er ihn die enge Treppe hoch ins Erdgeschoss.

Die vielen Gäste konnten nicht in einem Raum untergebracht werden, also gab es ein Buffet, an dem sich jeder bedienen und dann essen konnte, wo immer er Platz fand. Parker stellte den Tisch an eine Wand im Esszimmer und rückte den Esstisch an die gegenüberliegende Wand. Er bedeckte die beiden Tische mit passenden bunten Tischdecken – bedruckt mit Truthähnen, Laub und Kürbissen – und holte das weiße Geschirr, das Rhoda in großen Mengen billig bei einem ihrer Lieferanten erstanden hatte und das nur zu Thanksgiving in Einsatz kam. Dazu noch tonnenweise Besteck und einige Dutzend Weingläser und Keramikbecher, letztere für den Glühwein.

Parker hatte seine Mutter vor Jahren gefragt, warum sie kein Plastikgeschirr benutzte, um sich das Spülen zu ersparen. „Thanksgiving ist ein feierlicher Anlass", hatte sie kopfschüttelnd geantwortet. „Zu einem echten Fest gehört echtes Geschirr." Ihre einzige Konzession an die Bequemlichkeit war Papierservietten, aber auch die waren edel und dem Anlass entsprechend bedruckt.

Nachdem er sich kurz mit ihr beraten hatte, füllte er einige Platten und Schalen mit unverderblichen Lebensmitteln, die kalt gegessen wurden. Dann trat er einen Schritt zurück und musterte sein Werk. Es sah gut aus. Besser als gut. Es sah einladend aus, eine Vorwegnahme des Gelächters und der Freundschaften, die in einigen Stunden das Haus füllen würden. Und weil es zu Thanksgiving passte, gönnte sich Parker einen Moment der Dankbarkeit. Er hatte eine Mutter, auf deren Liebe und Zuneigung er sich immer verlassen konnte. Sie war immer für ihn da, wenn er ihre Hilfe brauchte. Er musste sich nicht um sein Essen sorgen und hatte immer etwas anzuziehen. Er war gesund. Er hatte einen Job im *P-Town*, der nur auf ihn wartete, wenn er ihn brauchte oder wollte. Er hatte wunderbare Freunde. Und dann war da noch Wes …

Parker zog sein Handy aus der Tasche und schickte ihm eine kurze Nachricht: *Vermisse dich. Hoffe, du kommst bald.* Er wartete einige Minuten auf Antwort und als Wes sich nicht meldete, steckte er das Handy wieder weg. Vielleicht saß Wes gerade im Auto und musste auf den Verkehr achten.

Er vertrieb sich die Zeit damit, Rhoda bei ihren weiteren Vorbereitungen zu helfen. Sie hatte kleine Blätterteigformen gekauft, die mit einer Mischung aus Lachs, Frischkäse, Schnittlauch und Kapern gefüllt werden mussten – *kunstvoll* gefüllt, wie sie ihn ermahnte. Also gab er sich Mühe und es dauerte entsprechend lang. Danach schnitt er Gemüse für einen Salat, den er für vollkommen überflüssig hielt. Seiner Meinung nach war Thanksgiving ein Tag, an dem man guten Gewissens auf Rohkost verzichten konnte. Rhoda war allerdings anderer Meinung und als sie den fertigen Salat mit Granatapfelsamen bestreute, um ihm mehr Farbe zu verleihen, musste Parker zugeben, dass er sehr appetitlich aussah. Danach kochte er noch einen großen Topf Cranberrysoße, die er mit einem Schuss Bourbon abschmeckte. Als er noch ein Kind war, hatte sein Vater ihn immer an dem Whiskey nippen lassen, während Rhoda so tat, als würde sie es nicht bemerken.

Ganz zum Schluss zog Parker sich um. Er entschied sich für eine enge, weinrote Jeans, ein schwarz-weiß gestreiftes Hemd und einen silbergrau-glänzenden Blazer. Danach spielte er mit seinen Haaren, arrangierte sie mal so und mal so, bis er mit dem Ergebnis zufrieden war. Nachdem er die Lautsprecher aufgestellt hatte, bat er Rhoda um ihre Playlist. Kurz darauf fingen die Beach Boys zu singen an.

Von Wes hatte er immer noch nichts gehört.

Einige Minuten später traf der erste Gast ein, eine ehemalige Barista des *P-Town*, die jetzt als Sozialarbeiterin tätig war. Sie kam mit ihrem sechsjährigen

134

Sohn und brachte einen Kürbiskuchen mit. Parker hatte kaum hinter ihnen die Tür geschlossen, als es schon wieder klingelte.

„Bob!", rief er erfreut.

Bob stand mit einem großen Blumenstrauße und einem Pappkarton voller Weinflaschen in der Tür. „Deine Mutter hat mich aufgespürt. Sie ist eine sehr einfallsreiche Frau."

„Du hast ja keine Ahnung. Komm doch rein. Mom ist in der Küche."

Danach ging es Schlag auf Schlag. Ptolemy brachte ihren Freund mit, einen älteren Mann, der als Lehrer arbeitete. Parker hatte ihn schon kennengelernt und mochte ihn sehr. Die beiden kamen manchmal ins *P-Town*, obwohl Ptolemy schon lange nicht mehr dort arbeitete. Jeremy und Qay kamen, zwei der Katzenladies, Jeremys Freund Malcolm und ein Mann namens Al, den Rhoda kennengelernt hatte, als er noch obdachlos war. Jetzt wohnte Al in einem Übergangsheim und es schien ihm gut zu gehen. John und Carter waren ebenfalls gekommen und brachten, sehr zu Rhodas Freude, kein Essen mit, sondern Bücher. Einige Besucher kamen nur auf eine Stippvisite vorbei, weil sie noch andere Einladungen hatten. Darunter waren auch John und Carter, zwei der Musiker, die gelegentlich im *P-Town* auftraten. Sie wurden von Travis und Ery, ihren Lebenspartnern, begleitet. Nevin und Colin konnten auch nicht lange bleiben, da sie noch bei Colins Eltern eingeladen waren.

Das Haus füllte sich mehr und mehr mit Menschen. Es ging laut und etwas chaotisch zu, aber es war wunderschön. Alle waren fröhlich, lachten und unterhielten sich und knabberten an kleinen Appetithäppchen. Rhodas Playlist wurde durch eine Reihe Lieblingslieder ergänzt, die einige der Gäste mitgebracht hatten. Travis ließ ein Glas fallen und gewann durch seine Tollpatschigkeit die begehrte Butterfinger-Trophäe: einen Footballspieler, dem ein Bonbonpapier an den Finger klebte. Parker hatte die Trophäe im letzten Jahr gewonnen und reichte sie unter lautem Applaus der Anwesenden an Travis weiter. Travis verbeugte sich tief, bevor er sie annahm. Rhoda war überall gleichzeitig. Sie kochte, servierte, tratschte mit Freunden. Genau so musste ihre Version des Himmels aussehen, davon war Parker fest überzeugt.

Er schaute immer wieder auf sein Handy. Nichts. Als Rhoda den Truthahn aus dem Ofen holte und verkündete, dass er in zwanzig Minuten aufgeschnitten würde, hielt Parker es nicht mehr aus. Er schickte Wes eine neue Nachricht: *Hey, das Essen ist fertig. Es gibt genug und wir heben dir etwas auf. Hoffentlich kommst du bald.*

Die Nachricht blieb ungelesen.

Der Truthahn war mit köstlichem Ahornsirup glasiert. Dazu gab bergeweise Kartoffelpüree und Ery hatte einen Süßkartoffelauflauf mitgebracht, den Parker besonders gerne aß. Außerdem quoll das Büffet mit anderen Beilagen über, alle mit viel Liebe zubereitet von Menschen, die Parker viel bedeuteten. Und alles schmeckte nach nichts.

Er konnte kaum etwas essen. Seine Versuche, festliche Stimmung auszustrahlen, blieben ebenfalls erfolglos. Wenigstens Rhoda war zu beschäftigt, um ihn zu durchschauen, aber es dauerte nicht lange, da zog Jeremy ihn in eine stille Ecke. „Was ist mit dir los?", fragte er Parker.

„Nichts."

Parker wollte wieder gehen, aber Jeremy packte ihn am Arm, zog ihn auf den Flur und blockierte die Tür. „Warum bist du so trübsinnig, Parker?"

Jeremy war ein großer Mann. Parker konnte ihn nicht einfach zur Seite schieben. Ihm blieb nichts anderes übrig, als schmollend im Flur stehenzubleiben und zu hoffen, dass Rhoda ihre Abwesenheit bemerkte und ihm zur Hilfe kam. Oder Jeremys Frage zu beantworten. „Es geht um Wes", gab er schließlich seufzend nach. „Er wollte heute kommen. Jedenfalls hat er das gesagt."

Jeremy rieb sich den Nacken. „Pass mal auf … Ich halte Wes für einen guten Mann, aber er hat viele Probleme. Vielleicht solltest du dich lieber von ihm fernhalten."

„Qay hatte auch Probleme und du hast dich davon nicht abhalten lassen."

Jeremy seufzte. „Ja, das stimmt. Und ich bin froh darüber. Aber es war nicht einfach. Wir lieben uns sehr, aber es gibt auch jetzt immer noch Tage, die uns zu schwer schaffen machen."

Parker verschränkte die Arme vor der Brust. „Du glaubst, ich wäre nicht stark genug, um damit umgehen zu können."

„Nein, das glaube ich nicht. Ich bewundere dich. Du hast schon oft Pech gehabt, aber du rappelst dich immer wieder auf und fängst von vorne an. Manchmal beneide ich dich um deinen Optimismus. Und du hast dich nie versteckt und nie geschämt, du selbst zu sein. Die meisten von uns müssen erst viel älter und reifer werden, bevor sie dazu die Kraft und den Willen finden."

Parkers Empörung löste sich in Luft auf. Jeremy, davon war er überzeugt, sah in ihm immer noch Rhodas naiven Jungen, nicht den erwachsenen Mann. Aber Jeremy meinte es nicht böse. „Ich habe keine Angst vor Wes' Vergangenheit und seinen Problemen. Er ist die Herausforderung wert."

„Mag sein. Aber da ist noch eine Sache, die mir erst bewusst geworden ist, nachdem ich Qay kennenlernte und beinahe wieder verloren hätte: Du kannst nicht die Probleme deiner Mitmenschen für sie lösen. Niemand kann das. Dafür sind sie selbst verantwortlich. Du kannst sie nur dabei unterstützen und sie lieben. Du kannst ihnen Ratschläge geben, wenn sie dich darum bitten. Du kannst ihnen zeigen, dass du für sie da bist, auch wenn sie Mist gebaut haben. Du kannst ihnen Verständnis entgegenbringen. Aber letztendlich müssen wir uns alle selbst heilen."

Parker nahm sich etwas Zeit, um darüber nachzudenken. Es hörte sich vernünftig an. Rhoda und ihm ging es genauso. Seine Mutter konnte ihn noch so sehr lieben, aber unterm Strich war er selbst dafür verantwortlich, sein Leben auf die Reihe zu bringen. Trotzdem, ihre Liebe gab ihm Sicherheit und half ihm auf der

Suche nach seinem eigenen Weg. Und diese Sicherheit wollte er Wes auch gerne geben – falls Wes das wollte.

„Ich verstehe", sagte er.

Jeremy sah ihn nachdenklich an, dann nickte er. „Ja, das glaube ich auch. Aber heute ist er nicht gekommen."

Parker musste noch eine Frage loswerden, die ihm schon lange durch den Kopf geisterte. „Ich kenne Wes' Fehler. Aber gehört Unzuverlässigkeit auch dazu? Oder lügt er?"

„Ich habe ihn nie so erlebt."

„Er hätte sich gemeldet, wenn er seine Meinung geändert hätte. Er hätte mir eine Nachricht geschickt. Es wäre vielleicht keine sehr elegante oder diplomatische Nachricht gewesen, aber er hätte mich nicht einfach ignoriert."

„Warum ist er dann nicht gekommen?"

„Ich weiß es nicht." Und dann gab Parker zu, was ihm auf der Seele lag. „Ich mache mir Sorgen um ihn."

„Warum?"

„Er hat mir gestern Abend eine merkwürdige Nachricht geschickt."

Parker zeigte ihm die kurze Unterhaltung, die er mit Wes geführt hatte. Jeremy runzelte besorgt die Stirn. „Du glaubst doch nicht, dass er ... will er Logans Tod etwa auf eigene Faust untersuchen?"

Das wäre eine sehr dumme Idee. Aber warum sonst hätte er nach dem Namen des Studios gefragt? Etwa, weil er sich auch ein Tattoo stechen lassen wollte? Von demselben Tätowierer wie Logan? Unsinn.

„Ich weiß es nicht", erwiderte Parker niedergeschlagen.

„Ich rede mit Nevin darüber."

„Nein. *Wir* reden mit Nevin darüber."

Sie gingen ins Wohnzimmer zurück. Drew und Karl hatten ihre Gitarren ausgepackt. Sie spielten gerade *Hey Jude* und alle sangen fröhlich mit. Das Zimmer war so vollgepackt mit Menschen, dass viele auf dem Boden saßen oder an den Wänden lehnten. Parker war dankbar, Teil ihrer Gemeinschaft zu sein. Es mochte eine etwas verrückte Familie sein, die Rhoda sich in den letzten Jahren zugelegt hatte, aber Parker hätte sie gegen keine andere eintauschen wollen. Er wünschte nur, Wes wäre hier. Wes hatte auch eine Familie verdient.

Nevin und Colin standen Arm in Arm mitten in dem improvisierten Chor. Colins Stimme war nicht zu überhören – er hatte eine wunderbare Stimme und liebte es zu singen. Nevin bewegte nur die Lippen zum Text. Jeremy ging auf ihn zu, zeigte erst auf Parker und dann zur Haustür. Nevin schien sofort zu wissen, dass etwas nicht stimmte. Seine Miene wurde hart, er stieß Colin leicht an und flüsterte ihm leise ins Ohr. Colin nickte und Nevin machte sich geradewegs auf den Weg zur Tür. Jeremy und Parker folgten ihm.

Draußen war es kalt, aber unter der kleinen Veranda waren sie wenigsten vor dem Regen geschützt. „Was ist los?", fragte Nevin. Parker war froh, dass die beiden sofort für ihn da waren, wenn er ihre Hilfe brauchte, selbst an einem Feiertag.

Parker erklärte ihm die Lage so präzise und kurz wie möglich. Nevin hörte aufmerksam zu, ohne ihn zu unterbrechen. Dann sah er ihm direkt in die Augen. „Du magst den alten Wanker, nicht wahr?"

„Ich glaube, ich habe mich in ihn verliebt."

„Ein Unglück kommt selten allein", kommentierte Nevin trocken, hörte sich allerdings nicht allzu genervt an.

„Willst du mir jetzt auch erklären, warum ich ein bescheuerter Idiot bin?"

„Natürlich bist du ein bescheuerter Idiot. Liebe ist grundsätzlich eine bescheuerte Angelegenheit und das Herz ist das bescheuertste Organ im menschlichen Körper. Selbst ein Arschloch hat mehr Verstand als das Herz, und mein Schwanz ist ein Genie im Vergleich zu diesem Ding." Er klopfte sich auf die linke Brustseite. „Aber das Leben erfordert mehr als nur Genialität, Schlumpf. Deshalb ist das Herz auch unglaublich stark."

„Sie hörten die *Ode an die Inbrunst* von Nevin Ng, vorgetragen vom Dichter selbst." Jeremy grinste.

„Halt den Mund, Germy. Du bist ein Arschloch. Und wartet hier auf mich. Saito macht mir bestimmt gleich die Hölle heiß, weil ich sie an einem Feiertag anrufe." Er joggte zur nächsten Straßenecke, wo er seinen lila GTO geparkt hatte. Direkt vor einem Feuerhydranten. Es war gut möglich, dass er keinen anderen Parkplatz gefunden hatte, aber Parker hatte den leisen Verdacht, dass Nevin es genoss, gegen die Parkvorschriften zu verstoßen. Und zwar vor allem, weil er damit Colin ärgern konnte.

Parker und Jeremy blieben auf der Veranda zurück und schauten in den Regen hinaus. „Was hältst du von Bob?", erkundigte sich Parker, um sich von seiner Sorge um Wes abzulenken.

„Er scheint ein netter Kerl zu sein. Hast du dafür gesorgt, dass er hier ist?"

„Ich, äh … habe ihm vielleicht einen Tipp gegeben."

Jeremy schmunzelte. „Du bist deiner Mutter sehr ähnlich."

„Nein, sie hat immer alles im Griff. Ich stecke ständig in Schwierigkeiten."

„Nein, das stimmt nicht."

Parker überlegte, was Rhoda tun würde, wenn ein geliebter Mensch verschwunden war, der vermutlich einen verdächtigen Todesfall aufklären wollte. Sie hätte wahrscheinlich sofort das FBI informiert und verlangt, dass ein Einsatzkommando losgeschickt wurde. Dann würde sie mit einem Helikopter über dem Einsatzort kreisen und durch ein Megafon ihre Befehle nach unten brüllen. Nicht so Parker. Wenn Jeremy ihn nicht nach dem Essen angesprochen hätte, wäre er mit seinen Sorgen immer noch allein. Und jetzt? Stand er hilflos rum und hoffte, dass Jeremy und Nevin sich um alles kümmern würden.

In diesem Moment kam Nevin auf die Veranda zurück. Er machte ein grimmiges Gesicht. „Detective Kriegt-den-Arsch-nicht-hoch ist sauer, die dumme Kuh", verkündete er. *„Was hat er dort gewollt? Warum mischt er sich in meinen Fall ein?"*, kreiste er dann in einem schrillen Falsetto, das mehr an die böse Hexe des Westens erinnerte als an Detective Saito. „Ich habe ihr erklärt, dass sich niemand in ihren Fall einmischen würde, wenn sie sich selbst darum kümmern würde."

Parker zitterte vor Aufregung. „Was kann sie ..."

„Sie schickt eine Patrouille zum Studio, die sich dort umsehen soll. Sobald sie von ihnen gehört hat, ruft sie mich an."

Okay. Tief durchatmen. Wenigstens unternahm sie etwas.

„Wie wäre es, wenn wir jetzt wieder ins Haus gehen und uns einen Schluck gönnen? Am besten einen starken Wodka. Und danach noch einen zum Abrunden."

„Nein." Parker war kein großer Trinker. Selbst eine ganze Flasche von dem Zeug konnte ihm vermutlich nicht helfen.

Jeremy legte ihm den Arm um die Schultern. „Lass uns wenigstens ins Haus gehen. Es ist verdammt kalt hier."

Parker spürte die Kälte kaum. Er war wie abgestumpft und ließ sich widerstandslos ins Haus führen.

Kaum hatte Nevin hinter ihnen die Tür geschlossen, kam Rhoda auf sie zugeschossen. „Was ist passiert?"

Parker warf Nevin einen flehenden Blick zu. Nevin reagierte sofort und zog Rhoda zur Seite. „Männerproblem. Wir haben alles im Griff." Sie machten sich auf den Weg in Parkers Zimmer – Nevin voraus, Parker in der Mitte und Jeremy hinter ihm. Parker kam sich vor, als wollten die beiden ihn abschirmen. Normalerweise hätte er darüber gelacht, aber ihm war so schlecht, dass er sich vor Angst um Wes beinahe übergeben hätte.

Als sie in sein Zimmer kamen, winkte Nevin ihn zum Bett und setzte sich neben ihm auf die Bettkante. Jeremy stand Wache an der geschlossenen Tür. „Was meint ihr wohl, was Mom jetzt denkt?", fragte Parker.

„Männerproblem."

„Ja, ja. Aber was *ist* ein Männerproblem?"

Nevin zog eine Augenbraue hoch. „Ein Ständer. King-Kong aller Ständer, hält mindestens vier Stunden an und nur Superman kann uns retten. Dein Anblick muss unschuldigen Augen erspart bleiben, bis der Schrecken wieder vorbei ist."

Parker nickte ernst. „Oder erratisch eingewachsene Bartstoppel."

„Ein akuter Ausbruch latenter Heterosexualität. Wir müssen verhindern, dass du die Kontrolle über dich verlierst, dir im nächsten Schnellimbiss vor Fett triefende Pommes frites bestellst und dabei die schlecht bezahlte, spärlich bekleidete Kellnerin anmachst."

Sie machten noch einige Minuten so weiter. Es war lächerlich, aber es war besser, als vor Sorge um Wes den Kopf zu verlieren. Parker überlegte gerade, ob er

Nevins Angebot mit dem Wodka doch noch annehmen sollte – schließlich konnte es nicht schaden, oder? –, als Nevins Handy klingelte.

„Ja?" Nevin hörte kurz zu, dann drehte er sich zu Parker um. „Was für ein Auto fährt Wanker?"

„Morrison." Tolle Antwort. Wirklich sehr informativ. Glückwunsch, Levin! „Einen weißen Transporter."

„Nummernschild aus Oregon?"

„Äh, ja."

Nevin kniff unglücklich die Lippen zusammen. „Ja", sagte er ins Handy und hörte wieder zu. „Schick ihm eine Nachricht", sagte er dann zu Parker.

Parkers Finger schossen über den Bildschirm. *Bist du da? Ich mache mir Sorgen. Du musst nicht kommen. Sag mir nur, dass es dir gut geht.*

Er bekam keine Antwort und schickte eine weitere Nachricht. *Ich flippe hier aus. Antworte! Bitte!* Wieder nichts. Oh Gott. Es fühlte sich an, als würde ihm das Herz aus der Brust gerissen. Er schickte eine Nachricht nach der anderen. Nichts, nichts, nichts. Scheiße! Er gab auf und versuchte es mit einem Anruf, wurde aber direkt an die Mailbox weitergeleitet.

Parker sah Nevin ratlos an. Das Rauschen in seinen Ohren war so laut, dass er nicht verstehen konnte, worüber Nevin mit Detective Saito sprach. Er ließ das Handy aufs Bett fallen und ihm wurde schwindelig. Jeremy kam zum Bett gerannt und kniete sich vor ihm auf den Boden.

„Tief durchatmen, Parker", sagte er und legte ihm die Hände auf die Schultern. Parker beruhigte sich und das Summen in seinem Kopf wurde wieder leiser. „Tief durchatmen."

Alte Luft raus, frische Luft rein. Raus. Rein. Raus. Rein. Ganz einfach. Parker konzentrierte sich aufs Atmen.

Nevin beendete das Gespräch und steckte das Handy in die Jackentasche. Er schien sich zu ärgern, aber als er Parker ansah, strahlte er nur Ruhe und Kontrolle aus. Selbst seine Stimme hörte sich vollkommen ruhig an. „Das Studio ist geschlossen. Im oberen Stockwerk ist eine Wohnung. Die Kollegen haben geklingelt, aber keine Antwort erhalten. Saito will versuchen, einen Durchsuchungsbefehl zu erwirken."

„Einen Durchsuchungsbefehl?" Parker stöhnte. „Dazu braucht man Anträge und Richter und es dauert ewig!"

„Nein. In Notfällen kann alles telefonisch geregelt werden und geht sehr schnell. Aber sie braucht einen guten Grund und bisher haben wir nur Vermutungen und einen unbestimmten Verdacht. Sie will mit dem Kollegen vor Ort reden und hofft, dass sie noch einen überzeugenden Grund finden."

„Sie sollten einfach die Tür aufbrechen! Wes könnte …" Parker schluckte. Er konnte es nicht über die Lippen bringen.

„Oder sein Handy hat keinen Saft mehr und er macht gerade einen Spaziergang. Ich weiß, du hast Angst, Schlumpf. Aber du musst geduldig sein. Sie beeilen sich."

„Ich kann aber nicht geduldig sein!"

„Doch, das kannst du", sagte Jeremy. „Wir bleiben hier. Lass uns abwarten."

Also wartete Parker ab.

16

WES WAR im Keller seines Großvaters. Er erkannte den vertrauten Geruch nach feuchtem Zement und Holz und hörte das vertraute Zischen des Heizkessels, konnte sich aber nicht erinnern, wieso er hier war. Sollte er Großvater ein Werkzeug bringen? Und ... er lag auf dem Boden. Auf dem kalten, harten Boden. Was zum Teufel war hier los?

Wes wollte sich aufrappeln, konnte sich aber nicht bewegen. Panisch versuchte er, Hände und Füße zu befreien, aber sie ließen sich nicht entwirren und er konnte nichts sehen, konnte nicht atmen und ... oh Gott, er war hier lebendig begraben. War ein Baum auf ihn gefallen und er war schon tot oder ...

Er kämpfte gegen den Brechreiz. Ironischerweise bekam er dadurch einen etwas klareren Kopf. Er wollte nicht an der Galle in seiner Kehle ersticken, konnte sie aber nicht ausspucken. Sein Mund war blockiert und sein Kopf tat höllisch weh.

Wes lockerte die Muskeln und atmete langsamer, bis er sich wieder besser konzentrieren konnte. Dann zog er Bilanz. Er war gefesselt. Und zwar an allen vier Gliedmaßen. Die Stricke schnitten tief in seine Haut ein. Er war mit einem Stoffballen geknebelt, den er nicht aus dem Mund stoßen konnte. Was kein Wunder war, denn er konnte Klebeband an den Wangen und in den Haaren spüren.

Okay. Gefesselt und geknebelt. Waren ihm auch die Augen zugebunden worden? Offensichtlich nicht, den er konnte einen schwachen Lichtschein erkennen, der durch ein kleines Fenster unter der Decke fiel. Er war also in einem sehr dunklen Raum. Einem Keller. Aber nicht im Keller seines Großvaters, denn der war schon seit Jahren tot. Außerdem war der Keller seines Großvaters in Oregon und Wes war ... in Seattle. In dem Das Tattoo-Studio.

Verdammte Scheiße.

Wes versuchte, seine Verletzungen zu diagnostizieren. Er hatte auf der Polizeiakademie auch einen Erste-Hilfe-Kurs absolviert, der ihm jetzt zugutekam. Die Bewusstlosigkeit, seine Verwirrung nach dem Aufwachen, die Kopfschmerzen und die Übelkeit – gegen die er immer noch ankämpfte, weil er nicht an seiner Kotze ersticken wollte – wiesen eindeutig auf eine Gehirnerschütterung hin.

Er ging noch die anderen Symptome einer Gehirnerschütterung – Schwindel, verschwommene Sicht, verwaschene Sprache, Geräusch- und Lichtempfindlichkeit – durch, aber in seinem gegenwärtigen Zustand konnte er nicht beurteilen, inwieweit sie bei ihm zutrafen. Es war auch egal, denn er hatte im Moment größere Probleme als eine exakte Diagnose. Er musste hier raus.

Er versuchte, durch gezielte Bewegungen die Fesseln zu lockern, aber sie waren offensichtlich aus Nylon, denn sie gaben keinen Millimeter nach. Zuhause hatte er Werkzeuge, mit denen er das Problem in wenigen Sekunden hätte lösen können, aber Zuhause war einige hundert Meilen entfernt. Außerdem waren seine Hände gebunden. Selbst wenn die verdammen Dinger direkt vor seiner Nase liegen würden, hätte er sie nicht einsetzen können. Er musste sich auf realistische Optionen konzentrieren.

Viele waren es nicht. Er konnte nicht um Hilfe rufen, weil er geknebelt war. Er konnte zwar ein gedämpftes Stöhnen von sich geben, aber der Heizkessel war so laut, dass er sich selbst kaum hören konnte. Er konnte sich leicht winden, aber nicht über den Boden rutschen. Außerdem rebellierte sein Magen bei jeder überflüssigen Bewegung und er wollte nicht riskieren, sich doch noch übergeben zu müssen. Also gut. Vorläufig konnte er nichts anderes tun, als Ruhe zu bewahren und abzuwarten. Aber worauf? Dass Cavelli zurückkam und ihn umbrachte?

Wes tröstete sich mit dem Gedanken, dass Cavelli vorläufig nicht an seinem Tod interessiert zu sein schien. Hätte dieses Arschloch ihn wirklich umbringen wollen, hätte er ihm jederzeit die Kehle durchschneiden können, als er bewusstlos war. Stattdessen hatte Cavelli ihn gefesselt und – wenn er die Schmerzen an seinem Rücken richtig interpretierte – die Kellertreppe runtergeschleift. Wes wollte nicht darüber spekulieren, warum er noch am Leben war. Leben war Hoffnung. Die Hoffnung auf Flucht oder Befreiung.

Und die Hoffnung, dass er Parker wiedersehen würde. Parker, dem er versprochen hatte, zu Rhodas Feier zu kommen. Wes sehnte sich so sehr nach ihm, dass er fast seine Kopfschmerzen vergaß. Sollte Parker ihm jemals eine zweite Chance geben, wollte er sie ergreifen. Sollte es für ihn noch eine Zukunft geben, dann nur mit Parker – wo und wie auch immer. Er wollte so lange nicht von Parkers Seite weichen, bis Parker genug von ihm hatte. Und es war ihm vollkommen egal, ob das nach einem Tag der Fall war, nach einer Woche oder einem Monat. Jede Minute mit Parker war kostbar. Er stellte sich Parkers neonbunte Haare vor, die ihn am Hals kitzelten, das Funkeln in Parkers Augen, wenn er sich freute, und das helle Lachen, glücklich war. Parker war so lebensfroh, so spontan und doch so klug und einfühlsam. Und seine Küsse …

Okay. Das brachte ihn jetzt nicht weiter, obwohl es immer noch besser war als Panik und *viel* besser, als über die Gefahren seiner unmittelbaren Zukunft nachzugrübeln.

Hey, Kopf hoch, sagte er sich. *Wenigstens hast du das Rätsel von Logans Tod gelöst.* Wenn er jetzt noch die Chance bekäme, mit Parker darüber zu reden …

WES HATTE zwar gelernt, dass man mit einer Gehirnerschütterung nicht einschlafen sollte, wurde aber immer müder. Die pochenden Kopfschmerzen waren kaum auszuhalten und er lag hilflos auf dem Boden, konnte aber nichts dagegen unternehmen. Also döste er vor sich hin. Gelegentlich schlief er ein und träumte von seiner Kindheit. Es waren keine sehr angenehmen Träume, deshalb wachte er regelmäßig nach kurzer Zeit wieder auf. Dann wurde das Licht eingeschaltet. Es war so grell, dass es seine Augen regelrecht durchbohrte. Wes stöhnte leise auf. Lichtempfindlichkeit. Er kreuzte auf seiner mentalen Checkliste ein weiteres Symptom an.

Hinter ihm war das laute Poltern von Schritten zu hören, die eine Holztreppe herabkamen. Wes tippte auf zwei Personen und machte ein weiteres Kreuz auf seiner Liste: Geräuschempfindlichkeit. Er konnte sich nicht zu ihnen umdrehen, aber sie waren so freundlich und bauten sich direkt vor ihm auf.

Einer der beiden Männer war – natürlich – Leo Cavelli. Der andere hatte weniger Tattoos und war älter als Leo, aber die Familienähnlichkeit war nicht zu übersehen. Es musste sich um einen Bruder handeln. Die beiden musterten ihn grimmig.

„Arschloch", sagte Leo und trat ihm in den Bauch. Wes schrie in den Knebel und verbrachte die nächsten Minuten damit, seinen Brechreiz zu unterdrücken. Als er sich wieder halbwegs unter Kontrolle hatte, waren die Brüder in ein Gespräch vertieft.

„Ich weiß nicht, wer ihn geschickt hat", lamentierte Leo. „Er wollte es nicht sagen."

„Weißt du wenigstens, wer er ist?"

„Keine Ahnung. Irgendein Kerl aus der Pampa. Oregon. Er hatte einen Führerschein bei sich, eine Kreditkarte und ein paar hundert Dollar. Mehr nicht."

„Keine Autoschlüssel?"

„Nein."

„Und wie zum Teufel ist er dann von Oregon nach Seattle gekommen?"

Darüber hätte Wes sie auch ohne Knebel nicht freiwillig aufgeklärt. Seine Autoschlüssel lagen in einer kleinen Metallbox, die sich im Fahrgestell von Morrison verbarg. Wes hatte sie vor einigen Jahren selbst dort festgeschweißt, nachdem er die Schlüssel in einem Club in Portland verloren hatte – vermutlich, als er in einer Toilettenkabine einen unbekannten Mann fickte. Was danach kam, ging ihm derart auf die Nerven, dass er die Schlüssel seitdem sicher verstaute, wenn er sich auf dubiose Unternehmungen einließ. Wie beispielsweise die Verfolgung von Mördern.

„Was ist mit seinem Handy?", wollte der ältere Cavelli von seinem Bruder wissen.

„Gesichert. Ich komme nicht rein."

„Du bist ein Idiot. Absolut unfähig und nutzlos."

„Halt's Maul, Curtis."

Wes hätte mit den Cavellis nichts zu tun haben wollen, auch wenn sie nicht für seine Entführung und – höchstwahrscheinlich – den Mord an Logan verantwortlich wären. Sie waren Arschlöcher.

Die beiden stritten sich noch eine Weile. Wer war dieser Kerl und wieso war Leo so dämlich gewesen, ihn anzugreifen? Und was sollten sie jetzt mit ihm anfangen? Obwohl es um ihn ging, hörte Wes kaum noch zu. Es war seltsam. Seine Lage war beschissen und normalerweise hätte er sich zu Tode ängstigen sollen. Stattdessen empfand er vor allem Bedauern. Er bedauerte allerdings weniger die vielen Fehler, die er in seinem Leben gemacht hatte – wie beispielsweise die Naivität, mit der er Cavelli geradezu in die Klauen gesprungen war –, sondern mehr die vielen Dinge, die er *nicht* getan hatte. Er bedauerte die vielen Male, die er zwar *neben* Parker, aber nicht *mit* ihm geschlafen hatte. Er bedauerte jede Minute, die er nicht mit Parker verbracht hatte, seit sie sich vor einigen Monaten kennenlernten. Er bedauerte, dass er Parker nicht schon längst gesagt hatte, wie wunderbar er war und wie viel er ihm bedeutete. Er bedauerte, sich gegen seine Liebe zu Parker gesträubt zu haben.

Und er hoffte zutiefst, dass Parker sich seinetwegen nicht die gleichen Vorwürfe machen würde wie für Logans Tod.

Die Cavellis waren derweil offensichtlich zu einem Entschluss gelangt, denn sie drehten sich wieder zu ihm um. Curtis trat ihm in den Bauch – genau in dieselbe Stelle, in die ihn Leo vorhin schon getreten hatte. Es tat höllisch weh. Wes tat mittlerweile *alles* weh: der Bauch und der Rücken, die gefesselten Hand- und Fußgelenke, die verkrampften Muskeln, die lichtempfindlichen Augen, der geknebelte Mund, der ramponierte Schädel und sogar die Blase, weil er dringend pissen musste. Aber am schlimmsten hatte es sein Herz erwischt.

Curtis griff nach hinten und zog eine Pistole aus dem Gürtel, die er seelenruhig auf Wes' Kopf richtete. „Wir nehmen dir jetzt den Knebel aus dem Mund, damit wir uns besser unterhalten können. Wenn du auch nur ein lautes Wort von dir gibst oder gar schreist, drücke ich sofort ab. Hast du mich verstanden?"

Als Wes nickte, bückte sich Leo und riss das Klebeband ab. Es schmerzte höllisch. Umso größer war die Erleichterung, als Leo ihm diesen verdammten Stofffetzen aus dem Mund zog. Wes saugte, bis sich genug Speichel in seinem Mund gesammelt hatte, um den Geschmack nach schmutziger Baumwolle auszuspucken.

„Warum habt ihr Logan umgebracht?", krächzte er. Es war kein sehr guter Einstieg in ihre *Unterhaltung*, aber er konnte sich seine Neugier nicht verkneifen. Außerdem würden die beiden sich sowieso nicht höflich bei ihm entschuldigen und ihn wieder nach Hause schicken, also musste er kein Blatt vor den Mund nehmen.

Es war Leo, der ihm den nächsten Fußtritt verabreichte. Wes grunzte, aber er schrie nicht.

„Wer hat dich geschickt?", wollte Curtis wissen.

„Niemand."

„Lüg mich nicht an."

Wes musste lachen, so absurd kam ihm die ganze Sache vor. Sein Kopf war wohl mehr in Mitleidenschaft gezogen worden, als er gedacht hatte. „Ich lüge nicht. Es war meine Idee."

„Ich jag dir eine Kugel durch den Kopf."

„Dann wirst du es nie erfahren."

Das brachte die Cavellis zum Schweigen. Wes hatte den Verdacht, dass die beiden nicht sehr helle waren. Waren Idioten gefährlicher als Genies oder war es umgekehrt? Er konnte sich nicht erinnern, jemals eine Statistik zu dem Thema gesehen zu haben.

Die Cavellis unterhielten sich flüsternd, dann stapfte Leo die Treppe hoch. Curtis sah Wes grimmig an und senkte den Lauf seiner Pistole, behielt sie aber in der Hand. Kurz darauf kam Leo mit Wes' Handy in den Keller zurück.

„Wie kommen wir da rein?"

Logans angeblicher Abschiedsbrief zeigte, dass die Cavellis Parker aus Logans Erzählungen kannten. Wes wollte nicht riskieren, dass sie Parkers Nachrichten fanden und sich auf die Suche nach ihm machten.

„Gar nicht. Ich muss mit meinem Finger in einem bestimmten Muster über den Bildschirm fahren." Das mit dem Muster war richtig, aber es musste nicht sein eigener Finger sein. Wes hoffte, dass die Cavellis das nicht wussten.

Er hatte Glück. Sie fingen wieder zu flüstern an, dann drehte sich Leo zu ihm um. „Ich binde dir jetzt die Hände los. Mach keinen Unsinn."

Wes rollte mit den Augen. Hielten diese Idioten ihn etwa für Bruce Lee? Leo klappte ein Taschenmesser auf und schnitt ihm die Handfesseln durch.

Okay. Das tat auch weh. Wes' Arme und Beine waren so lange in derselben Position gewesen, dass sie bei jeder Bewegung protestierten. Er musste sich auf die Lippen beißen, um nicht laut zu schreien. Als der Schmerz sich etwas gelegt hatte, streckte er vorsichtig die Beine aus, stützte sich mit den Händen auf dem Boden ab und setzte sich auf. Der Raum drehte sich um ihn, als wären sie auf einem Schiff auf hoher See. Er drehte den Kopf zur Seite und übergab sich. Leo sprang nicht rechtzeitig zurück und seine Schuhe bekamen einen Teil der Ladung ab. Gut so.

„Gottverdammt!", brüllte Leo und zog den Fuß zurück, um Wes einen weiteren Tritt zu versetzen, aber Curtis stieß ihn zur Seite. Leo verlor das Gleichgewicht und wäre fast auf dem Boden gelandet. Noch besser.

„Lass den Mist und gib ihm endlich das verdammte Handy!"

Fluchend reichte Leo Wes das Handy. „Einloggen", zischte er.

Wes starrte auf das Handy und holte tief Luft. Dann holte er aus, schleuderte das Handy mit aller Wucht auf den Boden und trat sicherheitshalber noch zusätzlich mit den gefesselten Füßen zu. Das Knirschen von Glas und Plastik klang wie Musik in seinen Ohren.

Curtis kam mit erhobener Pistole auf ihn zu, drückte aber nicht ab. Stattdessen schlug er mit dem Lauf direkt auf die wunde Stelle an Wes' Kopf.

Wes schrie auf und verlor das Bewusstsein.

ALS ER wieder aufwachte, zitterte er am ganzen Leib. Er konnte nur verschwommen sehen und es dauerte einige Minuten, bis er sich wieder erinnern konnte, wer und wo er war, warum ihm so kalt war und woher diese verdammten Schmerzen kamen. Wes war versucht, die Augen zu schließen und wieder ohnmächtig zu werden. Lieber das, als sich sinnlos abzuquälen. Dann sah er das Bild eines Mannes mit kobaltblauen Augen vor sich, der ihn anflehte, im Hier und Jetzt zu bleiben. Sich zu wehren und nicht aufzugeben.

„Parker", wollte er sagen, doch sie hatten ihn wieder geknebelt und er konnte nur leise stöhnen. Aber allein der Gedanke an Parker gab ihm neue Kraft.

Er war jetzt nicht mehr an Händen und Füßen gefesselt, was ein gewisser Fortschritt war. Stattdessen saß er mit ausgestreckten Beinen an einen Pfosten gelehnt. Seine Hände waren hinter dem Pfosten zusammengebunden und an den Fußknöcheln war er ebenfalls gefesselt. Sein Arsch fühlte sich feucht an und es stank nach Urin. Na prima. Aber wenigstens konnte sich seine Blase nicht mehr beschweren.

Dafür war sein Schädel jetzt kurz vorm Platzen, nachdem Curtis ihm einen zweiten Schlag versetzt hatte.

Wes konnte sich umsehen, weil die Cavellis das Licht angelassen hatten. Es kam von zwei blanken Glühbirnen, die an der Decke hingen. Ansonsten war nur der übliche Trödel zu sehen, wie er sich in jedem Keller ansammelte. Vor dem kleinen Fenster hing ein dunkles Tuch. Es war oben leicht eingerissen, sodass etwas Licht von draußen in den Keller drang. Wes hielt es für Sonnenlicht, aber der Riss war zu klein, um den Sonnenstand zu erkennen. Wenigstens wusste er jetzt, dass es Tag war.

Er lehnte sich mit dem Kopf an den Pfosten und überlegte, was Parker wohl gerade machte. Hatte er schon gegessen? War er wütend, weil Wes nicht gekommen war? Wes hoffte, Parker nicht allzu sehr verletzt zu haben. Er schien sich so gefreut zu haben, als Wes ihm geschrieben hatte, dass er kommen würde. Würde er Rhoda das Regal trotzdem schenken? Wes hoffte es. Er hatte viel Zeit und Liebe in die Arbeit gesteckt.

Was würde wohl aus seinem alten Bus werden, wenn er nicht zurückkam? Er stellte überrascht fest, dass ihm die alte Kiste sehr ans Herz gewachsen war. Und was wurde aus seinen Werkzeugen, dem Holz und den Eisenteilen, die er über Jahre zusammengetragen hatte? Und aus dem Land? Er hoffte sehr, die neuen Eigentümer würden den Teich nicht trockenlegen und seinen Enten die Heimat nehmen.

Oh. Und Morrison. Wahrscheinlich würde die Stadt ihn irgendwann abschleppen und verschrotten lassen. Oder er wurde für einige Dollar versteigert.

Wes bekam ein schlechtes Gewissen. Er hätte Morrison besser behandeln sollen. Öfter das Öl wechseln und ihm vielleicht sogar gelegentlich einen Ausflug in die Waschanlage spendieren sollen. Oder neue Schonbezüge für die Sitze. Das hätte ihm bestimmt gefallen.

Guter Gott. Was bereute er eigentlich nicht? Wollte er ausgerechnet so diese Welt verlassen? War das alles, was von ihm übrigblieb?

Nein. Nein, da war noch mehr. Da war der Stolz auf seine Möbel. Sie waren nicht nur schön, sondern auch stabil und lange haltbar. Seine Möbel würden Generationen überdauern und ihren Besitzern Freude bereiten. Darauf konnte er stolz sein. Und er hatte sich bei Nevin und Jeremy entschuldigt. Es hatte seinen ganzen Mut erfordert, aber er hatte es geschafft. Und dann – last, but not least – die kurze, aber wunderschöne Zeit mit Parker. Daran gab es nichts, aber auch *gar nichts* zu bereuen. Selbst wenn sie der Grund dafür war, dass er in diesem verdammten Keller gelandet war.

Er konnte nicht lächeln, der Knebel und das Klebeband ließen es nicht zu. Aber in seiner Brust machte sich ein friedliches Gefühl breit und er summte leise vor sich hin. Beach Boys.

Über ihm waren die schweren Schritte von Stiefeln zu hören. Sie stammten vermutlich von mehr als einer Person. Da das Studio übers Wochenende geschlossen war, musste der Lärm von den Cavellis stammen. Er überlegte, was dort oben wohl vor sich gehen mochte, gab es aber bald wieder auf. Die Geräusche sagten ihm nicht viel und außerdem war es nicht gut für seinen Seelenzustand.

Wes ließ die Gedanken schweifen. Zu seiner Überraschung wanderten sie zurück in seine Kindheit. Er erinnerte sich an ein Erlebnis mit seinen Eltern und es war überraschenderweise sogar eine schöne Erinnerung. Er mochte damals fünf oder sechs Jahre alt gewesen sein und ihre Ehe war schon ein Scherbenhaufen, auch wenn sie sich das noch nicht eingestehen wollten. Sie schrien sich ständig an. Wenn Wes Pech hatte, wurde er auch angeschrien, aber meistens ignorierten sie ihn einfach.

Aber an diesem besonderen Tag schrie niemand. Alle lächelten. Seine Mom füllte eine Kühlbox mit belegten Broten, Kartoffelchips, Äpfeln und Limonade. Dann stiegen sie in Dads Chevy und fuhren los. Sein Dad erzählte lustige Geschichten von der Arbeit, seine Mom lachte und wuschelte Wes durch die Haare. In einer der Geschichten wurde der Sheriff gerufen, weil jemand gesehen hatte, wie vor seinem Haus ein Kamel über die Straße lief. Wes wusste nicht mehr, wie die Geschichte ausging.

Sie fuhren über die Berge zum Strand. Die Sonne schien und der Himmel war blau. Nachdem sie gegessen hatten, spazierten sie am Strand entlang und erkundeten die kleinen Tümpel, die von der Flut zurückgelassen worden waren. Sie bewunderten die Seesterne und beobachteten die Fische, die im Wasser hin und her flitzten und darauf warteten, von der nächsten Flut befreit zu werden. Als sie einige Einsiedlerkrebse fanden, setzten sie sie nebeneinander in den Sand und ließen sie

Rennen austragen. Dann setzten sie sich nebeneinander auf einen Stapel Treibholz und sahen zu, wie die Sonne im Meer versank. Als sie wieder aufbrachen, war Wes so müde, dass sein Dad ihn zum Auto tragen musste. Während der Rückfahrt schlief er ein, warm und geborgen zwischen seiner Mom und seinem Dad.

Wes war froh und dankbar, die Erinnerung an diesen besonderen Tag wiederentdeckt zu haben.

DIE CAVELLIS kamen langsam die Treppe herab und sahen sich um, als wollten sie sich erst davon überzeugen, dass Wes sich nicht befreit hatte und ihnen gefährlich werden konnte. Wes beobachtete sie ausdruckslos. Sein Mund war staubtrocken von dem verdammten Knebel.

„Du wirst jetzt unsere Fragen beantworten." Curtis hatte sich ein größeres Messer besorgt, das er Wes vors Gesicht hielt. Leo riss ihm unnötig grob das Klebeband ab und zog ihm den Knebel aus dem Mund. Wes hustete.

„So", sagte Curtis. „Wer hat dich geschickt?"

„Niemand."

„Falsche Antwort." Curtis bückte sich und stieß ihm das Messer mit der Spitze ins linke Bein.

Wes schrie nicht – es war mehr ein Grunzen. Als er reflexartig das Bein zurückzog, drang das Messer noch tiefer ein. Er grunzte wieder, als Curtis das Messer mit einem Ruck aus dem Bein zog. Blut quoll aus der Wunde, tränkte den Stoff von Wes' Jeans und lief ihm am Bein hinab.

„Wer hat dich geschickt?" Das Messer, jetzt rot von Blut, zitterte leicht in Curtis' Hand.

Wes wollte nicht mehr gestochen werden. „Logans Eltern", platzte er heraus.

„Was?"

„Logans Eltern haben mich geschickt, um mehr über seinen Tod herauszufinden." Logans Eltern wohnten weit genug weg und waren nicht in unmittelbarer Gefahr.

Leo kam näher, hockte sich vor ihn und kniff die Augen zusammen. „Warum?"

„Wegen ... des Abschiedsbriefs. Sie hielten ihn für verdächtig."

„Wo leben Logans Eltern?"

Mist. Parker hatte es zwar erwähnt, aber Wes konnte sich beim besten Willen nicht mehr daran erinnern. Wyoming war es nicht, aber einer dieser anderen Staaten mitten im Land ... „Kansas", antwortete er und versuchte, überzeugend zu klingen.

„Verdammter Lügner!" Leo trat auf die Stichwunde. Es schmerzte mehr als der Stich selbst. Curtis, der nicht zurückstehen wollte, stach ihm ins andere Bein. Wes renkte sich fast die Schultern aus bei dem Versuch, dem Messer auszuweichen. Es war zwecklos. Alles Drehen und Winden der Welt konnte ihn nicht retten.

„Wer?", fragte Curtis erneut.

Die Zeit verging in merkwürdigen, ruckartigen Schüben. Manchmal schien sie zu rasen, dann wieder stillzustehen. Fast so, als wenn jemand mit einer Videokamera spielte. In der einen Sekunde fuhr ihm Curtis noch quälend langsam mit der Messerspitze über die Wange, in der nächsten bombardierten die beiden Brüder ihn auch schon so schnell mit ihren Fragen, dass er kaum ein Wort verstand. Aus der Kälte des Kellers wurde sengende Hitze, die seinen ganzen Körper erfasste. Wes konnte die vielen Verletzungen und Wunden nicht mehr anhand der Schmerzen lokalisieren, die von ihnen ausgingen. Sie hatten sich ausgebreitet und zusammengeschlossen zu einem einzigen, unsäglichen Schmerz, von dem keine Stelle seines Körpers verschont blieb.

„Wie Godzilla", lallte er. Seine Zunge fühlte sich so schwer an, dass er kaum noch ein klares Wort über die Lippen bekam. „Wie Bigfoot auf der Space Needle."

Curtis knurrte etwas Unverständliches und stach wieder mit seinem Messer zu. Es traf Wes nicht *in* die Eier, kam ihnen aber gefährlich nahe.

Ich habe ihnen nichts verraten. Ich mag dumm und nutzlos sein, aber ich kann auch stark sein. Wes sackte lächelnd in sich zusammen. Seine Augenlider wurden immer schwerer, aber es ging ihm gut. Alles war in Ordnung. Er konnte diese Welt mit Selbstachtung verlassen und dem Wissen, dass er alles gegeben hatte, um den Mann zu beschützen, den er liebte.

Den er liebte.

Er liebte Parker. Es musste ein Wunder sein, aber er hatte es noch erlebt.

Oben im Studio wurde es laut. Ein Schlag war zu hören, dann krachte es und laute Schritte dröhnten durch die Decke. *Viele* laute Schritte. Und laute Stimmen.

Wes nahm seine ganze Kraft zusammen – viel war es nicht mehr – und holte tief Luft. „Vorsicht!", schrie er. „Sie sind bewaffnet!"

Dieses Mal drückte Curtis ab.

17

Sie mussten gefühlte tausend Jahre auf Saitos Rückruf warten. Vielleicht waren es auch zweitausend. Glücklicherweise war Parkers Zimmer groß genug, denn Jeremy nahm viel Platz ein. Parker endete wieder auf der Bettkante neben Nevin, der das Handy mit seinen Blicken zu durchbohren schien.

„Du solltest gehen", platze Parker heraus.

„Gehen? Wohin?"

„Seid ihr nicht bei Colins Eltern zum Essen eingeladen?"

Nevin zog die Augenbrauen hoch. „Glaubst du wirklich, ich könnte auch nur ein einziges Stück Kuchen essen? Wenn mein Freund in einer Krise steckt?"

„Aber sie sind deine Schwiegereltern und ..."

„... können auch ohne mich essen. Außerdem bin ich verdammt froh, mir diesen Zirkus zu ersparen."

Oh. Gut. Endlich hatten sie ein anderes Thema als Wes' Verschwinden. „Ich dachte, ihr versteht euch so gut."

„Tun wir auch. Sie sind so was von perfekt, dass ich davon Zahnschmerzen bekomme. Aber Collies Schwester hat einen neuen Freund und der ist ein Scheißkerl. Er ist nicht ansatzweise gut genug für sie. Und Collies Nichte ist in einen Schulfreund verknallt und ist noch viel zu jung für so was. Sie ist gerade mal sechzehn! Aber wenn ich sie darauf anspreche, rollt dieses Gör mit den Augen."

Parker musste lächeln. Nevin war richtig süß, wenn er Onkel spielte. Außerdem hätte er nie erwartet, dass der allmächtige Nevin Ng vor einem Teenager kapitulieren würde. Gut zu wissen.

„Sie haben den Durchsuchungsbefehl", sagte Nevin. „Wollen ihn jetzt vollstrecken."

Dieses Mal dauerte es mindestens zehntausend Jahre, bis Nevins Handy endlich wieder klingelte. Parker hätte fast laut geschrien, weil Nevin unendlich lange brauchte, um die vielen Nachrichten durchzulesen. Als er schließlich aufschaute, machte er ein ernstes Gesicht. Parker hielt den Atem an.

„Sie haben ihn gefunden", sagte Nevin leise. „Er ist ... auf dem Weg ins Krankenhaus."

Es gab eine Diskussion darüber, wer Parker nach Seattle fahren würde. Parker sah Rhoda, Jeremy und Nevin aufgeregt gestikulieren, aber das, was sie sagten, drang nicht zu ihm durch. In seinem Kopf hallte nur ein einziges Wort wider – Krankenhaus, Krankenhaus, Krankenhaus.

Rhoda umarmte ihn und drückte seinen Kopf an ihre Brust. Sie duftete nach Kaffee und Gewürzen und Wein – so vertraut und gut – und sie fühlte sich warm und weich an. Und stark. Immer stark. „Schatz?", sagte sie, als sie ihn wieder losließ.

„Alles okay."

Sie musterte ihn zweifelnd. „Du kannst hier warten, bis wir mehr erfahren."

Parker schüttelte den Kopf. Er wollte nicht nach Seattle fahren, aber das sagte er nicht laut. Er wollte nur weglaufen. Weit, weit weg. So schnell wie möglich. Vielleicht nach Wyoming. ·

Aber Wes lag in Seattle im Krankenhaus und war ... Parker wusste nicht, wie schlimm es um ihn stand, aber Nevin und Jeremy machten sehr ernste Gesichter. Und Wes hatte niemanden. Nur Parker. Parker konnte die Vorstellung nicht ertragen: Wes, ganz allein in diesem Krankenhaus, hilflos und leidend. Keine Freunde, die ihn trösteten und ihm Mut zusprachen. Niemand, der seine Hand hielt und ihm sagte, dass er ihn liebte.

„Ich muss zu ihm, Mom."

„Na gut."

„Ich fahre dich", sagte Nevin.

„Aber Colin ..."

„Ist ein schon großer Junge und wird es verstehen."

„Ich kann selbst fahren." Er konnte sich ein Auto ausleihen oder mieten oder ...

„Nein, das kannst du nicht. In deinem Zustand wickelst du dich um den nächsten Laternenpfahl, noch bevor du Portland verlassen hast. Dann landest du zwar auch im Krankenhaus, aber deinem Mann bist du damit keine große Hilfe." Nevin kniff die Augen zusammen. „Du bist weder ein Schwächling noch infantil, wenn du unsere Hilfe annimmst, Schlumpf."

Parker hatte immer noch ein schlechtes Gewissen, weil er Nevin in die Sache reingezogen hatte. Und jetzt machte er alles noch schlimmer. Aber er wusste, dass es sinnlos war, Nevin zu widersprechen, sie würden nur Zeit vergeuden. Also zog er den Blazer aus, ging zum Schrank und holte sich seine Jacke heraus. Die neue. Sie war lächerlich, aber warm und sie war ein Geschenk von Wes. Das machte sie zum idealen Talisman. „Dann lass uns aufbrechen."

Mit Nevin als Fahrer hatte er einen Glücksgriff gelandet. Nevin scherte sich einen Kehricht um Geschwindigkeitsbegrenzungen. Thanksgiving war fast vorbei und überall in der Stadt lösten sich Familienfeiern langsam auf. Auf den Straßen herrschte Hochbetrieb, aber Nevin schlängelte sich mit einer Entschlossenheit durch den Verkehr, als würde ihm die Qualifikation zum Grand Prix von Monaco winken. Nevin hatte einen sehr souveränen, sicheren Fahrstil, fluchte dabei aber ohne Punkt und Komma vor sich hin.

Sie waren irgendwo in der Nähe von Longview unterwegs, als hinter ihnen rot-blaue Lichter auftauchten. „Scheiße", grummelte Nevin, fuhr an den Straßenrand und hielt an. Als der Polizist am Seitenfenster auftauchte, schwenkte Nevin seinen Dienstausweis und überschüttete den armen Kerl mit einem Redeschwall, der diesem keine Chance ließ: Es endete damit, dass er sich bei Nevin entschuldigte und ihnen eine gute Fahrt wünschte.

Mit einem selbstgefälligen Grinsen reihte Nevin sich wieder in den Verkehr ein.

„Unverschämtheit führt zum Ziel", kommentierte Parker lakonisch.

„Es ist meine Superkraft. Sei froh, dass ich sie nur zum Guten einsetze."

Einige Minuten später stellte Parker endlich die Frage, die ihm schon seit ihrem Aufbruch unter den Nägeln brannte. Er hatte immer noch Angst vor der Antwort. „Was ist passiert?"

„Ich kenne die Details nicht. Dieser Scheißtätowierer hatte ihn. Als diese Trottel von Bullen endlich mit dem Durchsuchungsbefehl angerückt sind, hörten sie im Keller Schreie. Und Schüsse."

Parker stöhnte gequält, forderte Nevin aber auf weiterzureden.

„Es stellte sich heraus, dass der Dreckskerl noch einen Kumpel hatte. Aber der atmet jetzt nicht mehr – dank der freundlichen Unterstützung meiner Kollegen aus Seattle. Der Dreckskerl selbst sitzt im Knast und Wanker liegt im Krankenhaus. Sie haben ihn übel zugerichtet. Hat auch eine oder zwei Kugeln abbekommen."

Parker schluchzte auf und bekam kaum noch Luft. Nevin sah ihn voller Mitleid an. „Ich weiß nicht, wie es ihm jetzt geht und will dir auch keine falschen Versprechungen machen. Aber vergiss nicht, dass Colin einen Schuss in die Brust überlebt hat. Und er ist immer noch die gleiche Nervensäge wie früher."

Die Erinnerung an Colin half tatsächlich. Wenigstens konnte Parker wieder atmen. Er wickelte die Jacke fest um sich, obwohl Nevin die Heizung voll aufgedreht hatte.

Als sein Dad starb, hatte Parker sich ähnlich gefühlt, aber so schlimm wie heute war es nicht gewesen. Damals erfuhr er erst nachträglich vom Tod seines Vaters und es war, als wäre ihm ein Arm oder Bein abgehackt worden – erst fühlte er sich wie betäubt, dann kamen diese entsetzlichen Schmerzen, gefolgt von einer langen Genesungszeit. Aber die Sache mit Wes heute? Das war die reinste Folter. Als würde er bei vollem Bewusstsein langsam aufgeschlitzt, damit die Folterknechte ihm mit einem Suppenlöffel sämtliche inneren Organe entfernen konnten.

„Nevin?", sagte er leise, weil reden immer noch besser war als vor sich hin zu grübeln.

„Ja?"

„Wann hast du erkannt, dass du Colin liebst?"

Nevin schnaubte und beschimpfte den Fahrer auf der linken Spur als Hurensohn, weil er die Unverschämtheit besaß, nur Hundertzwanzig zu fahren. Dann herrschte langes Schweigen. Als er endlich wieder den Mund aufmachte, starrte er stur geradeaus. „Ich habe ihn bei der Arbeit gestört, weil ich mich wegen der Hochzeit meines Bruders verlassen fühlte und mich bei ihm ausweinen wollte. Und anstatt mir zu sagen, ich wäre ein selbstsüchtiges Stück Scheiße, hat er mich in den Rosengarten eingeladen. Zu einem Picknick. Im Regen. Dann hat er mir ein altes Haus gezeigt, dass er gerade gekauft hatte. Und mich dort um den Verstand gefickt."

„Äh … ja. Sehr romantisch. Dann wusstest du also, dass du ihn liebst, weil der Sex so gut war?"

„Der war mehr als nur gut. Der war spektakulär", sagte Nevin grinsend. „Aber ich wusste es, weil er an diesem Tag von meiner schlimmsten Seite kennengelernt hat, ohne mir dafür einen Tritt in den Arsch zu geben. Stattdessen hat er mich umarmt und getröstet."

Das war also Liebe? Alle Unzulänglichkeiten und Fehler eines Menschen zu kennen und ihn trotzdem nie wieder verlieren zu wollen? Es war nicht gerade die Definition von Liebe, die auf kitschige Glückwunschkarten gedruckt wurde oder in epischer Breite in Gedichten nachzulesen war. Parker hatte jedoch noch nie eine bessere Definition gehört.

IM KRANKENHAUS mussten sie wieder auf Nevins Überredungskünste zurückgreifen. Niemand wollte ihnen Auskunft erteilen, weil sie keine direkten Verwandten waren. So waren die Vorschriften. Aber Wes *hatte* keine direkten Verwandten. Er hatte niemanden. Nevin schaffte es schließlich, die Mitarbeiter zu zermürben. Sie wollten ihn nur noch loswerden. Kurz darauf saßen Parker und Nevin in einem Wartezimmer, das Familienangehörigen vorbehalten war.

Die Atmosphäre war bedrückend. Hier saßen Menschen, die sich darauf gefreut hatten, den Feiertag mit ihren Liebsten zu verbringen. Stattdessen waren sie hier gelandet und warteten angespannt auf Neuigkeiten, umgeben von Golfmagazinen und Gesundheitsratgebern und billigen Landschaftsdrucken, die an den farblosen Wänden hingen. Eine junge Frau strickte mit grimmiger Miene einen langen, grünen Schal. Eine Großfamilie unterhielt sich flüsternd auf Spanisch. Ein Ehepaar mittleren Alters starrte unverwandt auf seine Handys und eine erschöpfte Mutter versuchte – mit wenig Erfolg –, ihr quengelndes Kind zu beruhigen. Nevin führte Parker zu einem der billigen Plastikstühle. „Warte hier", befahl er und stapfte wieder davon.

Parker setzte sich und starrte mit leerem Blick auf den Bildschirm unter der Decke, auf dem ein Gesundheitsvideo abgespielt wurde.

Als Nevin eine halbe Stunde später mit düsterer Miene ins Wartezimmer zurückkam, brachte er zwei Pappbecher mit Kaffee mit. Einen davon gab er Parker. „Kein Vergleich zu Rhodas Kaffee. Schmeckt absolut beschissen", sagte er und setzte sich neben ihn auf einen Stuhl.

Er hatte recht. Der Kaffee schmeckte beschissen. Aber wenigstens überdeckte er den schlechten Geschmack in Parkers Mund.

„Willst du ein Update?", fragte Nevin.

„Ja!"

„Wanker wird gerade operiert. Sein Zustand ist ernst."

Parker schnürte sich die Kehle zu. „Was bedeutet das?", krächzte er.

„Es bedeutet, dass die Ärzte auch noch nichts Genaues wissen. Aber ernst ist immer noch besser als kritisch." Er nippte an dem Kaffee und verzog angewidert das Gesicht. „Er wurde in die Schulter geschossen. Wahrscheinlich nicht lebensbedrohend. Aber mit dem Messer ist er ziemlich übel zugerichtet worden. Sein Kopf hat auch einiges abbekommen." Er wollte noch mehr sagen, schloss aber den Mund und ließ Parker Zeit, die Informationen zu verdauen.

Und Parker verdaute sie. Er stellte sich Wes – den freundlichen, begabten Wes – in den Händen dieser beiden Arschlöcher vor. Derselben beiden Arschlöcher, die wahrscheinlich Logan auf dem Gewissen hatte. Es hörte sich an, als hätten sie sich einen Spaß daraus gemacht, Wes zu verletzen.

Parker war noch nie so wütend gewesen.

„Diese gottverdammten Hundesöhne!", knurrte er und ließ den Pappbecher in den Mülleimer fallen. Dann sprang er auf und lief zur Tür, um … um *was* zu tun? Er wusste es nicht. Der eine Hundesohn war tot, der andere saß im Knast. Aber es juckte ihn in den Fäusten. Er hätte am liebsten getobt und geschrien, bis ihm die Stimme versagte. Er wollte diese Männer genauso leiden lassen, wie sie es mit Wes getan hatten. Er wollte sie grün und blau schlagen und in Stücke …

„Whoa!" Nevin packte ihn und machte ihn mit einem geübten Klammergriff bewegungsunfähig. Er war zwar klein, aber sehr stark.

Parker bleckte die Zähne.

„Es reicht, Bruce Banner. Zieh hier keine Show ab." Nevin zeigte auf die Angehörigen der anderen Patienten, die Parker mit offenem Mund anstarrten. Dann führte er Parker aus dem Zimmer. Sie gingen durch ein Labyrinth von Gängen nach draußen und über den spärlich beleuchteten Parkplatz. Als sie den äußersten Rand des Geländes erreicht hatten, ließ er Parkers Arm los. „Hier sind wir allein. Jetzt kannst du es rauslassen."

Parker holte einige Male tief Luft, dann brüllte er sich die Kehle aus dem Leib – jeden einzelnen Fluch und jede Beschimpfung, die er jemals von Nevin gehört hatte, dazu noch einige mehr. Und um sicherzugehen, dass er nichts unversucht gelassen hatte, drehte er sich zum nächsten Laternenpfahl um und trat mit aller Kraft dagegen. Wieder und wieder trat er zu und half schließlich noch mit den Fäusten nach.

Das war ein Fehler.

Ein höllischer Schmerz durchzuckte ihn und gesellte sich zu seiner Wut und Hilflosigkeit. Es war eine unerträgliche Mischung. Parker sackte auf dem Asphalt zusammen und heulte sich die Augen aus.

Nevin wartete geduldig ab, vermutlich das erste Mal in seinem Leben. Parker war froh, dass Nevin ihn nicht zu trösten versuchte. Er wollte nicht getröstet werden. Aber Nevin ließ ihn auch nicht einfach stehen oder machte unnötig Wind um Parkers Ausraster. Er wartete einfach ab, bis Parker sich wieder im Griff hatte.

Parker wünschte, er hätte Moms Vorrat an Papiertaschentüchern dabei. Er rappelte sich schniefend auf und hielt sich vorsichtig die rechte Hand. „Sorry."

„Schon gut. Ich habe gerade einige interessante neue Wörter von dir gelernt. Ich hätte dich nie für so begabt gehalten."

Parker lachte unsicher. „Und ich hätte nie gedacht, dass du Bruce Banner kennst."

„Wenn man drei Jahre mit Collie zusammenlebt, weiß man sogar, was diese verdammten Marvel-Helden zum Frühstück essen", sagte Nevin. Die Mischung aus Zärtlichkeit und falscher Entrüstung in seiner Stimme ließ Parker wieder auflachen.

Dann wurde er ernst. „Ich muss wieder zurück ins Krankenhaus."

„Okay. Wir müssen auch deine Hand untersuchen lassen, sonst reißt mir Rhoda die Eier ab."

ER HATTE sich nichts gebrochen. Das war gut. Die Hand wurde verbunden, er bekam einen Eisbeutel und den guten Rat, nicht mehr auf wehrlose Laternenpfähle einzuschlagen. Als er mit Nevin in den Warteraum zurückkehrte, zog er einige misstrauische Blicke auf sich.

Die Qual des Wartens ging weiter. Parker rutschte auf dem Stuhl hin und her und knabberte an den Fingernägeln der linken Hand. Im Fernseher lief ein Video über die Vorteile einer ballaststoffreichen Ernährung. Er blätterte einen Artikel durch, in dem erklärt wurde, wie er sein Golfspiel verbessern konnte. Das Geheimnis waren eine ruhige Hand und ein gleichmäßiger Rhythmus beim Abschlag. Parker drehte sich zu Nevin um, der wieder mit seinem Handy beschäftigt war. „Warum haben sie es getan?"

Nevin hob den Kopf und sah ihn an. „In praktischer Hinsicht oder ist das eine Grundsatzfrage?"

„Beides. Vermutlich."

„Das Grundsätzliche ist nicht schwer zu erklären: Manche Menschen sind einfach Arschlöcher und denken nur an sich selbst. Praktisch? Keine Ahnung. Saito verhört den Dreckskerl noch."

Parker lehnte sich zurück. Hoffentlich war Saito gut darin, den bösen Bullen zu spielen.

Nach zwei bis drei Ewigkeiten kam eine Krankenschwester durch die Tür und schaute auf ihr Klemmbrett. „Mr. Levin?" Die Frau machte einen müden Eindruck. Parker bedauerte sie – bestimmt hätte sie Thanksgiving lieber mit ihrer Familie verbracht. Nevin und er folgten ihr durch den Flur in ein kleines Zimmer, in dem nur ein runder Tisch und einige Stühle standen.

„Ist Wes …"

„Der behandelnde Arzt kommt gleich."

„Ja, aber ist Wes …"

„Er liegt jetzt im Aufwachraum." Damit verließ sie das Zimmer und schloss die Tür hinter sich.

Im Aufwachraum. Das klang optimistisch, auch wenn es über Wes' Zustand nicht viel aussagte. Parker spielte mit dem Eisbeutel.

Einige Minuten später klopfte es kurz an der Tür und ein Mann in weißem Kittel betrat das Zimmer. „Dr. Ogochokwu", stellte er sich mit leichtem Akzent vor. Parker und Nevin stellten sich ebenfalls vor und sie schüttelten sich die Hände. Parker musste sich sehr zurückhalten, um den Mann nicht mit seinen Fragen zu bombardieren. „Sie sind Mr. Ankers Freunde?"

„Ja", antworteten sie im Chor und Nevin hörte sich an, als hätte er es ernst gemeint.

„Sehr gut. Er hat hier keine Familie, nicht wahr?"

„Doch", sagte Parker. „Er hat uns."

„Gut. Dann freut es mich, Ihnen mitteilen zu können, dass er wieder vollständig genesen wird."

Er sagte noch mehr, sprach über Narben und Infektion und Heildauer, aber Parker hörte ihm kaum noch zu. Wes wurde wieder gesund. Nur das zählte. Parker hätte beinahe wieder geweint – dieses Mal vor Freude.

Kurz darauf kamen einige Polizisten ins Zimmer, um sie zu befragen. Parker überließ es Nevin, ihre Fragen zu beantworten. Saito wusste, dass er Logans Tod nicht für Selbstmord hielt. Viel mehr konnte er nicht beitragen. Wes hatte nicht mit ihm über seine Absichten gesprochen, aber sicherheitshalber zeigte er den Polizisten die Textnachrichten, die Wes und er gestern ausgetauscht hatten. Es war ihm etwas peinlich, aber die Männer gaben sich Mühe, über die persönlichen Passagen hinwegzusehen. Vermutlich lag es an dem eisigen Blick, mit dem Nevin sie fixierte.

Sie gingen ins Wartezimmer zurück. Parker döste vor sich hin, als die Frau mit dem Klemmbrett zurückkam. „Sie können ihn jetzt kurz sehen. Aber nur einer von Ihnen und nur für eine Minute."

Parker hätte sie knutschen können.

Er wäre am liebsten durch den Flur getanzt. Als er vor Wes' Zimmer stand, musste er einige Male tief durchatmen, bevor er die Tür öffnete.

Wes sah so klein und hilflos aus in dem Krankenbett. Er hatte die Augen geschlossen und eine Seite seines Kopfs war kahlrasiert. An mehreren Stellen seines Körpers waren Kabel und Schläuche befestigt. Zwei lange Schnittwunden an seinen Wangen – rot und geschwollen – waren mit mehreren Stichen genäht worden. Aber seine Brust hob und senkte sich regelmäßig und die Hauptsache: Er war Gott sei Dank am Leben. Und wunderschön.

Nach einem kurzen Moment der Unsicherheit berührte Parker ihn vorsichtig an der Hand. Wes' Augenlider öffneten sich flatternd und als er Parker erkannte, lächelte er schwach. „Du bist hier", krächzte er leise. Die vielen Maschinen piepsten so laut, dass Parker ihn kaum verstehen konnte.

„Ich bin hier. Du bist in Sicherheit. Du musst dich jetzt ausruhen und schnell wieder gesund werden."

Wes schloss lächelnd die Augen.

18

„GUT GEMACHT, Wes!"

Wes hatte es allein zur Toilette geschafft. Als er das letzte Mal dafür gelobt wurde, war er zwei Jahre alt gewesen. Er lächelte die Krankenpflegerin nur leicht an und schlurfte zurück zum Bett. „Heißt das, ich werde entlassen?", fragte er.

„Der Arzt kommt heute Nachmittag zur Visite. Danach sehen wir weiter."

Er seufzte und zog sich vorsichtig die Decke über, damit sie sich nicht mit dem Infusionsschlauch verheddterte. Dann legte er sich erschöpft hin und drehte sich zu Parker um, der sich in einem Sessel zusammengerollt hatte. Parker sah müde aus. Seine Haare waren verstrubbelt und man sah ihm an, dass er sich schon lange nicht mehr rasiert hatte.

„Es geht mir gut", sagte Wes, als die Pflegerin das Zimmer verlassen hatte. „Du solltest dir ein Hotelzimmer nehmen und …"

„Willst du mich loswerden?"

„Nein, natürlich nicht. Aber du bist seit zwei Tagen ununterbrochen hier und …"

„Und hier bleibe ich auch. Bei dir." Wes erinnerte sich amüsiert daran, dass Parker seine Mutter als stur beschrieben hatte. Er war froh, Parker bei sich zu haben. Parker hatte alles stehen und liegen gelassen, um nach Seattle zu kommen. Wes' Schmerzen ließen sofort nach, wenn er ihn am Bett sitzen sah. Parker trug mehr zu seiner Heilung bei als jeder Arzt und jede Medizin.

Dann erinnerte Wes sich an den Anblick im Badezimmerspiegel. Er leckte sich nervös über die Lippen. „Parker, du kannst …" Guter Gott, es fiel ihm so schwer, es auszusprechen. Aber es musste sein. „Niemand macht dir einen Vorwurf, wenn du gehst. Ich am wenigsten." Ohne bewusst darüber nachzudenken, fuhr er sich mit dem Finger über eine der Wunden an seinen Wangen. Die Fäden waren noch nicht gezogen worden.

„Ich bleibe." Parker stand auf und kam zum Bett. Er streichelte Wes zärtlich übers Gesicht, direkt über der Naht. Dann beugte er sich zu Wes hinab und küsste ihn sanft auf die Stirn. „Ich bleibe."

„Ich sehe aus wie Frankensteins Monster."

Parker funkelte ihn empört an. „Glaubst du wirklich, dass mich die paar Narben abschrecken? Hältst du mich für so oberflächlich?"

„Nein, aber … das ist …"

„Du lebst. Und du bist wunderschön. Also hör auf mit dem Mist, ja?"

Wes seufzte. „Na gut." Er wusste selbst, dass Parker nicht oberflächlich war und seine Zuneigung nicht von Wes' hübschem Gesicht abhängig machen würde.

Parker setzte sich wieder auf den Sessel. „Außerdem mag ich Frankensteins Monster. Ich finde ihn sexy."

Wes zog die Augenbrauen hoch. Es zog schmerzhaft an den Nähten. „Sexy?"

„Sicher. Ich habe schon oft mit Mom darüber gestritten. Sie steht mehr auf Vampire, aber ich finde Blutsauger eklig. Außerdem sind sie unheimlich, weil sie sich ständig anschleichen. Sie sind nicht an einer Beziehung interessiert. Sie wollen nur fressen. Aber das Monster? Das will nur dazugehören und geliebt werden."

Parker lächelte. Es war fast so, als könnte er Wes' geheimste Gedanken lesen.

In den nächsten Stunden döste Wes immer wieder für kurze Zeit ein. Er hatte noch nie so lange untätig im Bett gelegen. Parker war allerdings der Meinung, dass er eine Menge tun würde: er müsse schließlich die Wunden heilen, die diese verdammten Cavellis ihm zugefügt hatten.

Kurz nach dem Mittagessen traf Detective Saito ein. Sie machte kein sehr glückliches Gesicht. Wes fühlte sich in seiner Überzeugung bestärkt, dass sie einfach nicht fähig war zu lächeln. Er fragte sich, ob ihr Beruf sie desillusioniert hatte oder ob sie genau deshalb diesen Beruf gewählt hatte, weil er zu ihrer Grundstimmung passte.

„Wie fühlen Sie sich?"

„Besser. Wenn Sie nicht im letzten Moment Hilfe geschickt hätten, gingen es mir jetzt nicht so gut. Vielen Dank."

Oha. Da zuckte doch tatsächlich ein Mundwinkel. „Dafür sollten Sie sich bei Parker und Detective Ng bedanken. Die beiden waren … sehr beharrlich."

Wes wollte Parker seine Dankbarkeit zeigen, sobald er wieder halbwegs auf den Beinen war. Hoffentlich kam es noch dazu. Was Nevin anging … Bei dem musste er sich natürlich auch bedanken, auch wenn ihm schon allein der Gedanke daran unangenehm war. Glücklicherweise war Nevin nach Portland zurückgefahren und hatte Wes dadurch eine Galgenfrist verschafft.

„Ich würde jetzt gerne Ihre Aussage aufnehmen", sagte Saito.

Wes nickte. Saito setzte sich in den zweiten Sessel, zog ein Aufnahmegerät, einen Notizblock und einen Stift aus ihrer Tasche und fing an, ihm Fragen zu stellen. Es war überraschend anstrengend für Wes und Parker versuchte mehrfach, Saito zu unterbrechen, aber Wes wollte es hinter sich bringen. Dann, er beschrieb Saito gerade einige der blutigeren Aktivitäten der Cavellis, warf er einen Blick auf Parker. Parker war kreidebleich.

„Willst du die Gelegenheit nicht für einen kurzen Spaziergang nutzen?", schlug Wes ihm vor.

Parker schüttelte den Kopf, verschränkte die Arme vor der Brust und rutschte in seinem Sessel nach unten.

Sie waren alle erleichtert, als Saito endlich alles wieder einpackte und aufstand. „Ich glaube nicht, dass es zu einer Gerichtsverhandlung kommt. Der Angeklagte wird sich schuldig bekennen. Die Staatsanwaltschaft hat ihn im Fall von Mr. Miller des Mordes angeklagt. Dazu kommen noch einige kleinere Vergehen."

Parker wurde neugierig. „Hat dieses Arschloch, äh … hat Cavelli gesagt, was genau mit Logan passiert ist?"

„Er hat kurz darüber gesprochen, aber dann nach einem Anwalt verlangt. Seitdem herrscht Stille. Er schiebt die Schuld für Mr. Millers Tod seinem toten Bruder in die Schuhe." Sie rollte mit den Augen, als hätte sie nichts anderes erwartet. „Es hört sich an, als hätten sie zu dritt ein Geschäft ausgeheckt, um schnell reich zu werden. Die Idee dazu ging angeblich auf Mr. Miller zurück. Als die Sache in die Binsen ging und sie ihr Geld verloren, wollten die Cavellis von Mr. Miller ihren Anteil zurück. Er hat nicht bezahlt und …" Sie zuckte mit den Schultern.

„Diese Idioten", sagte Parker mit Tränen in den Augen. „Sein Tod war so sinnlos. Das Geld war trotzdem weg."

„Mord ist meistens sinnlos. Es ist eines der dümmsten Verbrechen, das man begehen kann." Saito schaute auf ihr Handy und nickte. „Ich muss jetzt gehen." Sie warf noch einen langen Blick auf Wes. „Ich bin froh, dass es Ihnen wieder gut geht. Aber das nächste Mal überlassen Sie die Ermittlungen den Profis." Mit einem weiteren Fast-Lächeln auf den Lippen verließ sie den Raum.

GEGEN DREI Uhr kam der Arzt vorbei. Er machte ein fröhliches Gesicht. Es musste ein gutes Gefühl sein, erfolgreich ein Leben gerettet zu haben. Nachdem er Wes untersucht und die Messwerte auf dem Klemmbrett an seinem Bett studiert hatte, teilte er ihm mit, dass einer Entlassung nichts mehr im Wege stünde. „Aber Sie brauchen noch viel Ruhe. Sie können frühestens in einer Woche wieder mit der Arbeit beginnen und dürfen in den nächsten sechs Wochen nichts heben, was schwerer ist als sieben oder acht Kilo. Haben Sie mich verstanden?"

„Ja." Wes hatte glücklicherweise Ersparnisse. Es war nicht viel, aber es sollte reichen, um zwei Monate durchzuhalten. Er musste sich nur etwas einschränken und sparsam leben.

„Gut. Und melden Sie sich, wenn Probleme auftauchen. Haben Sie noch Fragen?"

Wes schüttelte den Kopf. Der Arzt hatte schon alles angesprochen. Er hatte ihm auch einige Ratgeber in die Hand gedrückt. Wes fand sie nicht sehr hilfreich und einige waren so wenig hilfreich, dass sie schlicht irrelevant für ihn waren: Ja, er wusste, dass Gemüse gut für die Verdauung war – aber alles Gemüse der Welt hätte nicht verhindern können, dass die Cavellis mit Fäusten, Messern und Schusswaffen auf ihn losgegangen sind.

Er bedankte sich bei dem Arzt, der ihm gute Besserung wünschte und ankündigte, dass bald jemand mit den Entlassungsunterlagen vorbeikommen würde. Dann verabschiedete er sich und ging.

„Ich habe einen Plan", verkündete Parker, als sie wieder allein waren „Er gibt dir mehrere Optionen."

„Ja?"

„Morrison steht auf den Parkplatz. Nevin lässt übrigens ausrichten, du solltest dir ein besseres Versteck für deine Autoschlüssel zulegen. Er hat sie sofort gefunden und mir gegeben. Ich fahre uns also nach Süden. Dann hast du die Wahl, ob du mit mir bei Rhoda bleiben willst, wo du von vorne bis hinten bedient wirst, oder ob ich mit dir zum Bus komme, wo du von vorne bis hinten bedient wirst."

„Selbstversorgung gehört nicht zu meinen Optionen?"

„Nein."

„Hmm …" Wes dachte ausgiebig darüber nach. Er benötigte dafür ungefähr drei Sekunden. „Der Bus ist mir lieber."

„Gut. Diese Antwort hatte ich mir erhofft."

„Wirklich? Warum?"

„Weil es mir bei dir zuhause gefällt. Es ist so … gemütlich." Parker grinste breit.

„Hmm. Ich glaube, ich habe nichts anzuziehen." Wes zog an dem dünnen Stoff des Krankenhemds. Seine eigene Kleidung, blutbefleckt und voller Pisse, war ihm bei der Einlieferung in die Notaufnahme vom Leib geschnitten worden.

„Ich habe nichts gegen den Anblick, aber du bist krank und es ist kalt. Aber ich habe die Lösung schon parat." Parker hob eine Plastiktüte hoch, die neben seinem Sessel stand. „Neue Klamotten. Nevin hat sie besorgt, also …" Er lächelte amüsiert.

Wes stöhnte. Die schwarze Jogginghose war in Ordnung. Nicht sein üblicher Stil vielleicht, aber bequemer als Jeans. Mit den schwarzen Turnschuhen hatte er auch kein Problem. Aber die Unterhose war mit Hotdogs bedruckt und auf den Socken waren Dinosaurier mit Rollschuhen unterwegs. Das lila T-Shirt hatte ein Einhorn auf der Brust. Beim Stangentanz. Und die Jacke? War die gleiche, die Wes auf dem Weg zum Fährhafen für Parker gekauft hatte.

„Wo hat er das nur aufgetrieben?", fragte sich Wes.

„Keine Ahnung. Aber er ist schließlich Detective. Da lernt man so was bestimmt."

DIE FAHRT war nicht sehr angenehm. Wes spürte jede Kurve und jedes Schlagloch. Er tröstete sich damit, bald wieder zuhause zu sein.

„Hey, Wes?", sagte Parker plötzlich. „Ich will dich nicht beleidigen mit meiner Frage, aber … kannst du die Krankenhausrechnung bezahlen?"

„Ich bin versichert." Die Arbeit mit den scharfen Werkzeugen und das Möbelschleppen waren nicht ungefährlich. „Nach der Einführung von Obamacare konnte ich es mir leisten. Die Beiträge sind immer noch verdammt hoch, aber wenigstens geht man davon nicht mehr pleite."

Parker lachte. „Das ist gut. Danke, Obama!"

„Und wie geht es dir? Finanziell, meine ich. Du verdienst keinen Cent, solange du für mich den Babysitter spielst."

„Ich brauche nicht viel. Außerdem kann ich mich im Notfall auf die Mama-Bank verlassen. Ich weiß, ich bin privilegiert. Ptolemy hat mir darüber schon Dutzende von Vorträgen gehalten. Natürlich brache ich genug Geld für Grundbedürfnisse wie Miete, Essen …"

„… und Haarfärbemittel."

„Und Haarfärbemittel. Aber ich brauche keinen Luxus. Menschen sind mir wichtiger." Er tätschelte Wes zärtlich das Bein.

„Das ist eine gute Einstellung."

„Ich höre oft, ich hätte zu wenig Ehrgeiz."

„Das glaube ich nicht. Ehrgeiz muss sich nicht auf Karriere und Gehalt beschränken, um Respekt zu verdienen."

„Danke." Parker lächelte strahlend.

„Verrätst du mir jetzt, was mit deiner Hand passiert ist?" Wes berührte sie zärtlich. Parker hatte den Verband schon entfernt, aber die Knöchel waren immer noch geschwollen.

„Nein."

Sie legten einen Zwischenstopp bei Rhodas Haus ein, damit Parker Kleidung und andere Kleinigkeiten packen konnte. Rhoda war im *P-Town*, hatte ihnen aber einen Vorrat an haltbaren Nahrungsmitteln bereitgestellt und eine Nachricht hinterlassen, um sie daran zu erinnern, genug zu essen und sich oft zu melden. Parker rollte mit den Augen, aber Wes sah ihm an, dass er sich über die Fürsorge seiner Mutter freute.

„Wollen wir im *P-Town* vorbeischauen und uns von ihr verabschieden?"

„Nein. Wir bringen dich jetzt nach Hause."

Es war schon dunkel, als sie ankamen. Wes' kleines Anwesen machte einen verlassenen Eindruck. Parker ging voraus zum Bus, machte Licht und zündete das Holz im Ofen an. Als Wes langsam die Stufen hochstieg und durch die Tür kam, war der Bus hell erleuchtet und es wurde langsam warm.

„Du gehst jetzt direkt ins Bett", befahl Parker.

„Ich muss pinkeln. Und mich waschen."

„Ich habe eine von diesen Pinkelflaschen aus dem Krankenhaus mitgehen lassen. Alles andere kann ich dir bringen."

„Wie herrisch von dir." Wes wurde warm ums Herz.

„Jawohl."

Parker brachte ihm seine Lieblingspyjamahose aus Flanell und ein weiches, altes T-Shirt. Wes hätte sich allein umziehen können, aber Parker bestand darauf, ihm dabei zu helfen. Dann brachte er ihm, wie versprochen, eine Schüssel mit warmem Wasser, Seife, einen Waschlappen und ein Handtuch. Er verzog keine Miene, als er die reichlich gefüllte Pinkelflasche nach draußen brachte und ihren Inhalt entsorgte. Nachdem alles erledigt war, bereitete er ihnen das Abendessen

163

vor – Sandwiches und Tee – und setzte sich zu Wes aufs Bett. Während des Essens plauderten sie fröhlich über Gott und die Welt.

„Wir haben Krümel im Bett", bemerkte Wes hilfsbereit.

„Du wurdest gefoltert und fast erschossen und hast es überlebt. Die paar Krümel bringen dich nicht um."

„Hmm." Mehr sagte Wes dazu nicht mehr, denn Parker stellte das Tablett zur Seite, kam zu ihm unter die Decke gekrochen und kuschelte sich an ihn.

„Ist das okay? Oder tut es weh?"

„Nein." Wes fühlte sich wohl. Parker war angenehm warm und seine Haare kitzelten ihn im Nacken. Was störte da schon ein unbeabsichtigter Schubs?

„Meine Haare sehen lächerlich aus", sagte Wes und gähnte herzhaft.

„Wir können die Frisur zum neuen Modetrend erklären. Ein halber Mohawk. Ich könnte ihn dir lila färben." Parker lachte leise. Sein warmer Atem blies Wes über die Schulter. „Oder wir können die restlichen Haare auch abrasieren und ganz von vorne anfangen."

„Okay." Wes war es egal. Seine Welt war in Ordnung. Parker war bei ihm. Sie waren zusammen und Parker hielt ihn warm. Es war mehr, als er sich jemals erhofft hatte.

19

PARKER LEBTE sich überraschend problemlos ein. Er fühlte sich in dem Bus schon zuhause und Wes war ein unkomplizierter Mensch. In den ersten Tagen kümmerte er sich vor allem um den Haushalt und sorgte dafür, dass Wes sich nicht überanstrengte. Sie hatten oft nichts zu tun, aber auch das war kein Problem. Sie genossen die freie Zeit, saßen auf dem Sofa und unterhielten sich, hörten Musik oder lasen ein Buch. Manchmal machten sie auch einen kurzen Ausflug zum Teich, um die Enten zu besuchen.

Eines Nachmittags fuhren sie nach Grants Pass, wo Wes sich in einer kleinen Klinik die Fäden ziehen ließ. Danach kauften sie ein neues Handy für Wes. Es dauerte ewig, bis es dem jungen Verkäufer endlich gelang, die alten Kontaktdaten und Einstellungen auf das neue Gerät zu übertragen. Wes bestand darauf, Parker zur Feier des Tages zum Essen einzuladen.

Sie bestellten Hamburger mit gebratenen Süßkartoffeln. Wes fuhr sich ständig mit der Hand über den Kopf. Vermutlich hatte er sich immer noch nicht an seine Igelfrisur gewöhnt. Wenn jemand die Narben in seinem Gesicht anstarrte, senkte er verlegen den Blick. Parker starrte ihn auch an, aber in seinem Fall lag es daran, dass Wes ihm jetzt noch besser gefiel als vorher. Besonders dann, wenn er lächelte.

„Chanukka", sagte Wes plötzlich.

„Was?"

„Fängt nicht in zwei Tagen Chanukka an?"

Parker hatte das Zeitgefühl verloren und musste erst sein Handy zurate ziehen. „Ja, stimmt."

„Und du steckst bei mir in der Pampa fest."

„Ich steckte nirgendwo fest, Wes. Es gibt keinen Ort der Welt, an dem ich lieber sein möchte."

Wes sah ihn ernst an. „Die Welt ist groß."

„Ich weiß." Und weil Wes ein so unglückliches Gesicht machte, lenkte Parker das Gespräch in eine andere Richtung. „Mom wird sich mächtig über das Regal freuen. Ich kann es kaum abwarten."

„Ich bin froh, dass es dir gefällt."

Wes schien noch mehr auf dem Herzen zu haben, sagte aber nichts mehr. Dann brachte die Kellnerin ihre Hamburger. Während des Essens sprachen sie kaum ein Wort. „Es schmeckt prima", sagte Parker schließlich, um das Schweigen zu brechen.

„Ja, es schmeckt nicht schlecht."

„Nicht schlecht? Das hört sich nicht sehr begeistert an."

Wes zuckte mit den Schultern. „Du kochst besser." Er schaute auf den Teller, als würden die Süßkartoffeln seine ganze Aufmerksamkeit erfordern.

„Von wem hast du Kochen gelernt?", fragte Parker.

Wes schaute auf. „Von niemandem. Großvater konnte nur eine Handvoll Gerichte zubereiten. Das meiste habe ich mir selbst beigebracht, aus reiner Notwendigkeit. Ich wollte nicht immer das Gleiche essen."

„Du bist bewundernswert."

„Weil ich eine essbare Mahlzeit auf den Tisch bringen kann?" Wenn sah ihn überrascht an.

„Weil du mit null Unterstützung so viel erreicht hast."

„Ich habe weder den Mars erkundet noch den Pulitzer-Preis gewonnen. Ich baue Möbel und lebe in einem ..."

„In einem Bus. Ja, ich weiß." Parker lächelte. „Aber ich ziehe meine Feststellung nicht zurück. Ich kenne dich, Wes. Ich kenne dich verdammt gut. Du bist der Hammer. Erstklassig. Beste Wahl."

Wes warf schnaubend mit einer Bratkartoffel nach Parker, aber seine Augen glänzten warm. Vielleicht musste Wes nur oft genug daran erinnert werden, um es zu glauben.

Wieder zuhause angekommen, spielte Wes mit seinem neuen Handy, während Parker sich um die Wäsche kümmerte und mit Rhoda telefonierte. Sie hörte sich abgelenkt an. „Was ist los mit dir, Mom?"

„Nichts. Heute war Dinas letzter Arbeitstag, aber ich habe schon Ersatz gefunden. Larry und Padma übernehmen beide zusätzliche Stunden."

„Und du bist mir nicht böse, dass ich die ersten Tage von Chanukka verpasse?"

„Nein, mein Schatz." Sie zögerte kurz. „Kannst du an Silvester zurück sein?"

„Sicher." Silvester war erst in über einem Monat. Bis dahin hatte Wes bestimmt genug von ihm. Dann konnte Parker nach Portland zurückkehren, auch wenn es ihm das Herz brechen würde. Er wollte gar nicht darüber nachdenken. „Du plant doch nicht schon wieder eine Riesenfeier, oder?" Weil ... feiern? Das könnte er in diesem Zustand bestimmt nicht ertragen.

Sie räusperte sich. Es war eine so ungewöhnliche Reaktion, dass Parker sofort misstrauisch wurde. „Um ehrlich zu sein, habe ich über einen kleinen Urlaub nachgedacht."

„Oh?" Soweit Parker sich erinnern konnte, hatte sie seit der Eröffnung des *P-Town* noch nicht ein einziges Mal Urlaub gemacht – von ihren Besuchen in Seattle abgesehen, wenn sie Parker mal wieder aus der Patsche helfen musste. An den wenigen Tagen, an denen das Café geschlossen blieb, bereitete sie ihre Thanksgiving-Feier vor oder blieb zuhause, legte die Beine hoch und schmökerte. „Wohin?"

„Las Vegas."

„Wirklich? Wie ungewöhnlich. Cool, aber ungewöhnlich."

Es folgte eine lange Pause. Parker genoss es insgeheim, seine Mutter so unsicher zu erleben. „Bob meint, es würde mir gefallen", gab sie schließlich zu.

Parker grinste. Er war erleichtert, dass er Bob mit seinem persönlichen Drama nicht entmutigt hatte. „Das freut mich, Mom. Ich springe gerne für dich ein, bis ihr wieder zurückkommt."

„Danke, Gonzo. Du bist ein Schatz."

„Du auch."

Wes lächelte, als Parker wieder in den Bus kam. „Alles in Ordnung in Portland?"

„Ja. Mom plant eine Reise nach Las Vegas. Mit Bob. Es ist unfassbar." Parker ließ sich neben Wes aufs Sofa fallen. „Mom kann auch allein glücklich sein, aber einige Tage mit Bob tun ihr bestimmt gut."

„Du magst den Mann?"

„Ja. Ich wünschte, du hättest ihn kennengelernt. Er war an Thanksgiving auch auf Rhodas Feier." Was ihn an etwas erinnerte … „Du bist nie dazu gekommen. Zum Feiern, meine ich."

„Es tut mir leid, dass ich dich sitzengelassen habe."

„Entführt zu werden ist ein legitimer Entschuldigungsgrund." Aber Wes hatte seine erste Chance seit Jahren verpasst, mit Freunden zu feiern. Wie oft hatte er in all den Jahren die Feiertage allein zuhause verbracht? Es war eine beklemmende Vorstellung. Dann zuckte ihm ein Gedanke durch den Kopf. „Ich muss einige Dinge erledigen. Kann ich morgen mit Morrison in die Stadt fahren?"

PARKER WACHTE schon früh auf und bereitete ihnen das Frühstück zu. Nachdem sie gegessen hatten, nahm er Morrisons Autoschlüssel von dem Haken an der Tür und drehte sich noch einmal zu Wes um. „Brauchst du etwas aus der Stadt?"

„Ich habe alles, was ich brauche."

Auf der Fahrt nach Grants Pass sang er gut gelaunt einige Beatles-Lieder mit. Er hatte ursprünglich nur drei Stopps geplant, einen davon in einem Geschäft für Partyzubehör, beschloss aber spontan, auch noch einen Abstecher zu einem Buchladen zu machen.

Nach seiner Rückkehr fand er Wes unter der Plane vor, wo er mit kritischem Blick ein Stück Holz musterte, das auf seinem Werktisch lag. Parker ging zu ihm und schüttelte missbilligend den Kopf. „Wirklich?"

„Es wiegt nur zwei oder drei Pfund und ich habe nicht vor, damit zu arbeiten. Die verdammte Schulter tut immer noch weh und behindert mich. Ich überlege nur, was ich damit machen könnte." Er streichelte liebevoll über das alte Holz.

„Die Untätigkeit fällt dir wirklich schwer, ja?"

„Ja. Ich bin Schreiner. Meine Arbeit ist ein Teil von mir."

Parker hatte sich noch nie über seine Arbeit definiert, deshalb fiel es ihm schwer, Wes zu verstehen. Aber er hatte – im Gegensatz zu Wes – andere Ressourcen, auf die er zurückgreifen konnte, zum Beispiel die als Rhoda Levins Sohn. Er legte Wes die Hand auf die unverletzte Schulter und drückte sie. „Es dauert nicht mehr lange, dann bist du wieder fit. Vielleicht findest du andere Projekte, die du schon lange erledigen wolltest und die nicht gegen die ärztlichen Vorschriften verstoßen."

Wes fuhr sich mit der Hand über die Stoppeln auf seinem Kopf. „Ich wollte schon lange einen überdachten Windschutz für die Küche und die Werkstatt bauen. Es wird kalt im Winter."

„Warum hast du es noch nicht gemacht?"

„Es ist teuer. Bauen kann ich es selbst, aber die Materialien dafür muss ich kaufen. Außerdem brauche ich wahrscheinlich Handwerker für den Stromanschluss und die Wasserleitungen." Er seufzte. „Ich könnte die Pläne zeichnen. Das kostet nichts."

„Was brauchst du dafür?"

„Die Maße. Willst du mir helfen?"

Die nächste Viertelstunde verbrachte Parker damit, ein Maßband zu halten, während Wes sich Notizen machte. Es war keine anstrengende Arbeit, aber als sie fertig waren, wirkte Wes erschöpft und sein Humpeln war sichtbar stärker geworden.

Parker konfiszierte das Maßband und hängte es an seinen angestammten Haken. „Du machst jetzt Pause", sagte er und gab Wes einen Klaps auf den Hintern.

„Ich bin zu nichts zu gebrauchen."

„Doch, das bist du. Aber du musst erst wieder gesund werden. Geh jetzt." Der nächste Klaps war mehr ein Tatschen und brachte Wes zum Lachen.

Sobald Wes im Bus verschwunden war, machte sich Parker an die Arbeit. Nach ungefähr einer Stunde hörte er auf und kochte Tee. Als er damit in den Bus kam, lag Wes schlafend auf dem Sofa, einen aufgeklappten Notizblock auf dem Bauch. Auf dem Fußboden lag ein Bleistift, der ihm aus der Hand gefallen sein musste. Parker stellte den Tee auf den Tisch, legte Notizblock und Bleistift daneben und deckte Wes vorsichtig zu, um ihn nicht zu wecken. Dann verließ er leise den Bus und ging an seine Arbeit zurück.

Eine halbe Stunde später war alles erledigt und er ging wieder in den Bus zurück. Wes war mittlerweile aufgewacht und saß, die Wolldecke um sich gewickelt, auf dem Sofa und trank Tee.

„Der Tee ist schon kalt", sagte Parker.

„Ich werde es überleben."

„Komm mit nach draußen, ich koche dir frischen Tee."

Wes stand auf, streckte sich und zog Stiefel und die Jacke an, die Nevin in Seattle für ihn gekauft hatte. Er musste grinsen, als ihm auffiel, dass Parker und er jetzt Partnerlook trugen. Als er mit seiner Teetasse zur Bustür kam, blieb er wie angewurzelt stehen.

„Was ist denn …?" Er konnte es nicht fassen.

„Frohes Fest!", rief Parker strahlend.

„Aber …"

„Erst Geschenke, dann Essen."

„Ich …"

Da Wes sich immer noch nicht vom Fleck rührte, nahm Parker ihm die Tasse ab und stellte sie zur Seite. Dann nahm er seine Hand und gab ihm eine Führung. „Die bunten Lichter an den Bäumen symbolisieren natürlich Weihnachten", erklärte er. „Der Leuchter steht für Chanukka und, zusammen mit den Lichtern, für Multikonfessionalität. Es war gar nicht so einfach, in Grants Pass eine Menora aufzutreiben. Die Krachmacher sind für Silvester, aber den Sekt dazu gibt's erst zum Essen. Die Papierherzen sind für den Valentinstag und die kleinen Fähnchen für den Nationalfeiertag. Für deinen Geburtstag habe ich Kuchen besorgt. Ich weiß zwar nicht, wann du Geburtstag hast, aber wir feiern ihn trotzdem heute. Halloween-Deko findet man Ende November nicht mehr, was echt schade ist. Halloween ist nämlich mein Lieblingsfeiertag. Aber ich habe als Ersatz einige Tüten Bonbons mitgebracht. Der Truthahn ist im Ofen und die Thanksgiving-Pappteller waren ein Sonderangebot. Und es gibt Latkes. Ich liebe Latkes."

Wes blinzelte einige Male. Dann zeigte er auf eine Holzschüssel mit gekochten Eiern. Parker hatte sie mit einem Filzstift bemalt. „Und was ist das?"

„Natürlich Ostern."

„Ostern ist im Frühjahr."

„Ja. Pessach auch. Übrigens ist es unmöglich, in Grants Pass im November Matze-Knödel zu finden." Er zog Wes' Hand an den Mund und küsste ihn auf die Knöchel. „Wir feiern heute alles, was es zu feiern gibt."

„Warum?"

„Als Ausgleich für verlorene Zeit. Du musst viel nachholen."

Wes schien wie benebelt, als er sich von Parker zur Werkbank führen ließ, wo ein Stapel Geschenke auf ihn wartete. Einige waren in Weihnachtspapier gewickelt, andere in Geburtstagspapier oder in blaues und silbernes Geschenkpapier, das für Chanukka-Zwecke herhalten musste. „Auspacken", befahl Parker.

Wes gehorchte. Parker hatte vor allem Second-Hand-Bücher gekauft, von denen er annahm, sie würden Wes gefallen: Romane und Reiseführer für Venedig, Tokio und Mexico City. Aber unter den Geschenken war auch eine blaue Strickmütze, damit Wes seinen kahlgeschorenen Kopf warmhalten konnte, wenn er im Freien arbeitete, ein Päckchen edler Kaffeebohnen und ein Lufterfrischer, geformt wie Bigfoot.

„Der ist für Morrison", sagte Parker. „Gefallen dir deine Geschenke?"

Wes blinzelte wieder und rieb sich mit dem Handrücken über die Augen. „Ja", krächzte er. „Ja."

Es wäre schön gewesen, unter der Weihnachtsbeleuchtung im Freien zu essen, aber Parker wollte nicht riskieren, dass Wes sich eine Erkältung holte. Zu seiner Überraschung hatte Wes noch nie Latkes gegessen, erklärte sie aber spontan zu einem neuen Lieblingsgericht. Nach dem Essen bestand er darauf, das Spülen zu übernehmen. Parker musste sich auf einen der Gartenstühle unter der Plane setzen und wurde zum Zuschauen verdammt.

Auf dem Rückweg in den Bus schnappte sich Parker noch ein letztes Geschenk, dass er unverpackt in einer von Wes' Plastikkisten versteckt hatte. „Wie wäre es jetzt damit?", fragte er Wes und reichte ihm die kleine Schachtel.

Wes schaute sie sich an. „Ein Lebkuchenhaus zum Selbstbauen?"

„Es sieht nicht sehr kompliziert aus. Ich dachte mir, das schaffen wir heute noch."

„Wir können zusammen ein Haus bauen."

Sein Tonfall und sein Gesichtsausdruck ließen den Eindruck entstehen, dass er damit mehr meinte als nur das Lebkuchenhaus. Viel mehr. Jetzt war es Parker, der stehen blieb und ihn sprachlos ansah.

Wes zuckte mit den Schultern und gab ihm einen Klaps auf den Hintern. „Lass uns reingehen."

Sie stellten die Schachtel auf den Tisch. Während Wes die Musik einschaltete – seine Wahl fiel auf die Eagles –, packte Parker die Schachtel aus und breitete die einzelnen Lebkuchenbauteile auf dem Tisch aus. Sie stellten bald fest, dass sie beide blutige Anfänger waren in der Kunst des Lebkuchenhausbaus.

„Richtige Häuser zu bauen ist einfacher", grummelte Wes, nachdem die Wand zum dritten Mal wieder zusammenbrach. „Meinst du, ich sollte mein Bolzenschussgerät holen?"

„Der Zuckerguss ist leichter zu verdauen." Parker drückte sich einen Tropfen Zuckerguss aus der Tube auf den Finger und rieb ihn Wes über die Lippen.

Wes zog die Augenbrauen hoch und leckte den Zuckerguss genießerisch ab. Dann schnappte er sich die Tube ab und dekorierte Parkers die Nase mit Zuckerguss.

„Wie gemein!" Parker lachte und wollte ihm die Tube wieder abnehmen.

Wes sprang zurück, Parker stolperte über das Tischbein und sie fielen lachend zu Boden – Parker auf den Rücken und Wes auf ihn drauf. Parker fürchtete, Wes könnte sich verletzt haben, aber bevor er den Mund aufmachen und fragen konnte, schwenkte Wes triumphierend die Tube und verteilte den Zuckerguss großzügig über Parkers Gesicht. Parker wand sich hin und her, aber Wes ließ ihn nicht entkommen. Und dann fing der Übeltäter auch noch an, Parker zu kitzeln.

„Hast du das auf der Polizeiakademie gelernt?", fragte Parker lachend.

„Nein." Wes leckte ihm den Zuckerguss aus dem Gesicht und wackelte dabei mit den Hüften. Parker verging das Lachen.

Er legte die Arme um Wes und hielt ihn fest. „Du musst erst wieder gesund …"

„Dafür reicht es allemal. Soll ich es dir beweisen?" Er rollte sich auf die Seite, schob Parkers Hemd hoch und drückte ihm eine Zuckergusslinie auf die Brust, die erst am Hosenbund endete. Als er sie wieder ableckte, ließ Parkers Widerstand nach. Dann knöpfte Wes ihm die Hose auf und Parker gab endgültig auf.

„Oh mein Gott", seufzte er, als Wes ihm den Schwanz mit Zuckerguss verzierte. „Das ist ..."

Wes hob den Kopf und sah ihn unschuldig an. „Ja?"

„Der Zuckerguss reicht nicht mehr fürs Lebkuchenhaus."

„Du schmeckst sowieso besser." Wes senkte den Kopf und fing an zu saugen.

Es war ein wunderbar sündhaftes Gefühl, breitbeinig in dem Schulbus zu liegen, das Hemd unter die Achseln geschoben und Jeans und Unterhose über die Knie, den Schwanz halb in Wes' warmem Mund. Und es war nicht vergleichbar mit allem, was Parker bisher erlebt hatte. Wes stellte Parkers Welt auf den Kopf und weckte die Sehnsucht nach mehr. Mehr von allem – innerlich und äußerlich. Parker sehnte sich danach, endlich Wurzeln zu schlagen und zu einem Baum heranzuwachsen, den Wes in eines seiner Kunstwerke verwandeln konnte, nützlich und doch einmalig schön. Wenn er nur wüsste, wie sich diese blumigen Metaphern in lebendige Wirklichkeit verwandeln ließen ...

Er wollte Wes stoppen und vorschlagen, die Sache ins Bett zu verlagern. Wirklich, das wollte er. Nur noch ein paar Sekunden, dann ...

„Ich komme!", schrie er auf und ging ab wie eine Rakete.

Wes hörte erst auf, als Parker nahezu besinnungslos unter ihm lag und mit offenem Mund an die Decke starrte. Dann lachte er leise. „Viel besser als ein Lebkuchenhaus."

„Das war ... schnell vorbei. Sorry."

Wes lachte wieder. „Du bist noch jung. Ich glaube nicht, dass es schon vorbei ist."

Parkers Schwanz zuckte zustimmend. „Siehst du? Genau das habe ich mir auch gedacht", sagte Wes grinsend.

Auf dem Weg zum Bett zog sich Parker aus. Die Jeans wickelte sich um seine Füße und er kam zweimal mächtig ins Stolpern, erreichte aber schließlich nackt und unbeschadet sein Ziel und ließ sich mit dem Rücken auf die Matratze fallen. Dann sah er genüsslich zu, wie Wes sich auszog und dabei auch nicht viel geschickter vorging. Seine sonst so geschickten Finger schienen sich vorübergehend abgemeldet zu haben.

Wes schien sich seiner Narben immer noch zu schämen, obwohl Parker ihn in den letzten Tagen so oft nackt gesehen hatte. Die Narben bestätigten ihm nur, was er schon wusste: Wes war ein wunderschöner, starker Mann. Parker bewunderte ihn und gab sich keine Mühe, das zu verbergen – im Gegenteil. „Nein. Bitte nicht", sagte er deshalb leise, als Wes das Licht ausschalten wollte.

Wes hielt inne, die Hand am Lichtschalter. Dann ließ er die Hand fallen und kam zu Parker ins Bett. Er rührte Parker nicht an, stützte sich auf die Ellbogen und sah zu, wie Parker sich über den Schwanz streichelte. Parker spreizte die Beine etwas weiter.

Als Wes schließlich die Hand nach ihm ausstreckte, hielt Parker ihn zurück. „Nein. Leg dich auf den Rücken und fass dich an. Für mich."

Wes sah ihn überrascht an und gehorchte. Seine Handbewegungen waren erst zögerlich, aber das änderte sich bald. Die rote Spitze seines Schwanzes wurden zwischen den Fingern seiner Faust sichtbar und verschwand wieder. Er drückte den Kopf ins Kissen und biss sich auf die Unterlippe.

Parker gefiel es, ihm zuzusehen. Aber er wollte ihn auch berühren. Er sah Wes in die Augen und streichelte ihm über die Brust. Wes' Nippel wurden hart und er erschauerte leicht, also hörte Parker nicht auf. Er fuhr ihm mit dem Daumen erst über den einen, dann über den anderen Nippel. Wes schnappte nach Luft und bog den Rücken durch.

Parker fühlte sich ermutigt. Er fuhr Wes mit der Fingerspitze über die Rippen und weiter nach unten, achtete dabei aber sorgfältig darauf, ihn nicht an den noch unverheilten Wunden zu berühren. Dann spielte er eine Weile mit Wes' Nabel und seinen Hüftknochen. Wes hatte eine besonders heftige Schnittwunde am Oberschenkel, ließ sich davon aber nicht beeindrucken und spreizte die Beine. Parker nutzte die Gelegenheit sofort und ließ die Hand nach unten gleiten, direkt zwischen Wes' Beine.

Wes stöhnte tief und kehlig auf, ein Ton, der Parker bis ins Mark drang. Sein Schwanz wurde noch härter, und obwohl er gerade erst gekommen war, traute er sich nicht, ihn anzufassen. Dieses Mal wollte er sich mehr Zeit lassen. Er legte die Hand um Wes' Faust, drückte sie und zog sie dann zur Seite.

„Du fühlst dich so gut an", flüsterte er Wes ins Ohr. „Deine Haut ist so zart und innen ganz hart. Heiß. Feucht. Ich wette, du schmeckst nach Salz." Aber er machte keinerlei Anstalten, ihn in den Mund zu nehmen. Stattdessen knabberte er an Wes' Ohrläppchen, am Kinn und an den Lippen. Er blies ihm sanft über die Haut und küsste ihn auf den Mund, direkt dort, wo sich der Mundwinkel immer so neckisch hochzog, wenn Wes lächelte. Dann küsste er ihn auf die kleinen Lachfalten an den Augen und auf den Bogen in der Mitte der Oberlippe. Wes keuchte leise und sein Herz schlug schneller. Parker genoss seine Reaktion in vollen Zügen. Es war ein so gutes Gefühl.

Wes rieb ihm über den Rücken und manchmal, wenn er weiter unten unterwegs war, drückte er Parkers Hintern. Das war schön. Noch schöner war aber, wie er Parker dabei ansah. Seine Pupillen waren geweitet und sein Blick so offen, dass man ihm seine Gefühle deutlich ansah. Trotz allem, was er durchgemacht hatte, vertraute er Parker. Es war das wertvollste Geschenk, das Parker jemals bekommen hatte.

Parker fuhr ihm mit den Zähnen über den Hals und leckte beruhigend über die irritierte Haut. Wes' Gesicht und Brust waren rot angelaufen, seine Hüften bewegten sich im Takt mit Parkers Hand und sein Schwanz fühlte sich immer schlüpfriger an.

„Mehr ... ich brauche mehr von dir", stöhnte er.

Die Kondome und das Gleitgel waren in der kleinen Holzdose, die auf einem Regal über dem Bett stand. Parker hätte sich nur kurz aufrichten müssen, um sie zu holen, wollte sich aber nicht von Wes trennen. Als Wes zu betteln anfing, gab er schließlich nach, kniete sich aufs Bett und griff nach der Dose. Er war so aufgeregt, dass sie ihm beim Öffnen aus der Hand rutschte. Kondome rieselten aufs Bett und die Dose flog in hohem Bogen durch die Luft, bevor sie mit einem lauten Knall auf dem Boden aufschlug.

„Sie ist zerbrochen!", rief Parker. Es war eine so wunderschöne Dose gewesen. Wes hatte sie offensichtlich selbst hergestellt. „Es tut mir so ..."

Wes packte ihn und zog ihn zu sich auf die Matratze zurück. „Ist mir egal", knurrte er und drückte ihm ein Kondom in die Hand. „Mehr. Jetzt."

Was war besser: der verletzliche Wes oder der selbstbewusste Wes? Glücklicherweise musste Parker sich nicht zwischen dem einen oder dem anderen entscheiden. Er hatte sie beide. Schnell rollte er sich das Kondom über. Wes lenkte ihn ab, weil er sich in diesem Moment auf allen Vieren vor ihm positionierte. Sein Arsch war ein prachtvoller Anblick – nicht so platt und knochig wie Parkers, sondern fest und knackig. Genau die Art von Arsch, bei der man einfach nicht anders konnte, als ihn zu anzufassen oder zu lecken oder sogar reinzubeißen. Und genau das machte Parker, nachdem das verdammte Kondom endlich dort war, wo es hingehörte. Kurz darauf spürte er auch die Tube mit dem Gleitgel auf, die sich unter der Bettdecke versteckt hatte. Er rieb Wes großzügig mit dem Gel ein und fluchte leise, als Wes zu stöhnen anfing. Er wollte nicht schon wieder auf den Hauptgang verzichten müssen.

„Bist du soweit?"

„Schon ewig."

Wes hieß ihn willkommen, als wären sie füreinander gemacht. Parker musste an Legos denken und die Schwalbenschwanzverbindungen, mit denen Wes die Einzelteile seiner Möbel zusammenfügte. Aber es gab einen Unterschied: Ihre Verbindung war nicht statisch, sie war dynamisch. Parker fing langsam an, sich zu bewegen. Im Hintergrund gab *Witchy Woman* den Takt vor. Wes ließ sich stöhnend mit dem Oberkörper auf die Matratze sinken und streckte den Arsch höher in die Luft. Seine Augen waren geöffnet, aber sein Blick ohne Fokus. Seine Knöchel waren weiß, so fest hatte er die Hände ins Bettlaken gekrallt. Parker stieß tiefer und fester zu und fuhr ihm dabei mit der Hand über den Rücken.

„So gut. So perfekt. Ich brauche dich und du bist da und ... Oh mein Gott." Parker plapperte nur Unsinn vor sich hin, konnte aber nicht aufhören damit und außerdem war es sowieso egal. Er hatte Wes. Nur das war wichtig. Und dann fasste sich Wes an den Schwanz und fing an zu wichsen und Don Henley jaulte aus den

Lautsprechern und Parkers Welt zog sich immer mehr zusammen und bestand nur noch aus ihm selbst und Wes und …

Parker warf den Kopf in den Nacken und brüllte laut, als er kam.

Wes ließ sich unter ihm auf die Matratze fallen und nahm ihn mit. Der Schweiß klebte sie zusammen. Parker küsste ihn am Hals.

„Jesus", sagte Wes seufzend.

„Ich habe dir doch gesagt, dass ich …"

„War das nicht deine Wiederholung? Du bist doch gerade zum zweiten Mal gekommen und ich dachte immer …" Weiter kam er nicht.

Eine nackte, klebrige Rangelei war definitiv der beste Abschluss für solch großartigen Sex. Und danach vielleicht ein kleines Nickerchen. Waschen konnten sie sich später noch.

20

„OKAY", FING Wes an. „Eine Laubsäge ist für vieles gut. Sie ist die einzige Säge, mit der man vernünftig Kurven schneiden kann. Aber es gibt dabei einiges zu beachten."

Parker nickte aufmerksam. „Das Ding wiegt doch nicht mehr als fünfzehn Pfund, oder?"

Wes verkniff sich ein Grinsen. Es war schon zwei Wochen her und er wurde langsam ungeduldig. Ab und zu hatte er versucht, die ärztlichen Vorschriften zu umgehen – hatte beispielsweise die Kiste mit dem Metallschrott umräumen wollen –, aber Parker war immer sofort zur Stelle und hielt ihn zurück. Wes hob die Säge hoch. „Fünf oder sechs Pfund, mehr nicht."

„Okay."

„Willst du den Babysitter spielen oder willst du etwas lernen?"

„Beides." Parker grinste ihn frech an.

„Na gut. Der Trick liegt darin, das Holz gut festzuklemmen, damit es sich beim Sägen nicht bewegt. Außerdem darfst du beim Sägen nie den Kontakt mit dem Holz verlieren und musst das Sägeblatt immer ganz hinten am Griff ansetzen."

„Immer in Kontakt mit der Latte. Verstanden."

Wes seufzte übertrieben resigniert. „Wie oft willst du mich noch mit deinen billigen Anspielungen ablenken?"

„So oft wie möglich. Denk doch nur an die Schrauben und Muttern! Und das Hämmern und Nageln!" Parker gab ihm einen Klaps auf den Hintern – der nach dem *Hämmern* gestern Nacht immer noch etwas empfindlich war. Vermutlich ging es Parkers Hinterteil nicht viel besser, weil sie sich abgewechselt hatten. Sie hatten das Beste aus beiden Welten, und das war auch gut so, weil … Mist. Jetzt hatte Parker ihn wieder erfolgreich abgelenkt.

„Laubsägen sind für nahezu jedes Material geeignet: Stein, Metall, Kacheln, Holz, Plastik. Du musst nur das richtige Blatt benutzen. Und achte darauf, dass es schön scharf ist." Er nahm ein Sägeblatt vom Werktisch und zeigte es Parker. „Das hier ist aus Karbonstahl und läuft spitz zu. Es ist am besten geeignet für Feinarbeiten an Holz." Er schraubte das Blatt am Griff fest. Parker sah ihm aufmerksam zu.

„Ist das nicht falsch rum?", fragte er Wes.

„Wie meinst du das?"

„Na ja, die spitzen Dinger …"

„Die Sägezähne?"

„Ja, die. Die zeigen in die falsche Richtung."

175

Wes schmunzelte. „Das muss so sein. Eine Säge schneidet beim Ziehen." Er wartete auf Parkers Reaktion. „Soll ich es dir zeigen?"

„Ja."

„Gut. Nimm dir ein Stück Holz und zeichne ein Muster darauf. Mit Kurven, aber nicht allzu kompliziert. Dafür ist die Laubsäge gemacht."

Parker nahm einen dicken Bleistift und ein Stück Holz, ging damit zu einem Stuhl, der einige Schritte entfernt stand, und legte das Holz auf die Sitzfläche. Wes wurde sofort misstrauisch. Offensichtlich wollte Parker ihm nicht zeigen, was er zu malen gedachte. Andererseits hatte Wes von hier einen hervorragenden Blick auf Parkers Arsch, also wollte er sich nicht beschweren.

Als Parker sich grinsend umdrehte und ihm sein Werk zeigte, war Wes schon vorbereitet. „Ein Schwanz?"

„Und Eier. Das ist doch schön kurvig, oder?"

„Ich soll einen Schwanz mit Eiern sägen?"

„Klar doch. Du kannst ihn damit eines deiner Möbel dekorieren. An, äh… herausragender Stelle. Oder an die Weihnachtsbeleuchtung hängen." Er zeigte auf die Lichterkette, mit der er die Plane geschmückt hatte, die über der Werkstatt aufgespannt war. Wes hatte schon überlegt, ob er die Lichter ganzjährig dort hängen lassen sollte, weil sie nachts so schön glänzten.

Er schüttelte grinsend den Kopf, klemmte das Holz in den Schraubstock und schaltete die Säge ein. Parker kam an den Tisch und beobachtete jede seiner Handbewegungen. Wes bewegte das Sägeblatt genau an der Bleistiftlinie entlang. Er musste das Holz einige Male umspannen, bis er wieder am Ansatzpunkt angelangt war. Als er fertig war, warf er Parker das Meisterstück zu. „Hier. Jetzt müssen die Kanten geschliffen werden. Du hast die Wahl: entweder du machst es mit der Hand oder ich zeige dir, wie die elektrische Schleifmaschine funktioniert."

Parker lachte. „Ich glaube, ich mache es wie die alten Römer: hänge Glöckchen dran und benutze ihn als Windspiel. Es soll das Böse fernhalten und Glück bringen. Jedenfalls habe ich das bei meinem kurzen Abstecher in die höhere Bildung gelernt."

„Du könntest unten einige kleine Häkchen einschrauben, an die du die Glöckchen hängst. Sie dürfen allerdings nicht allzu schwer sein."

„Prima! Ein Schwanzglockenspiel!"

„Willst du jetzt die Säge ausprobieren oder noch mit deinem Schwanz spielen?"

Parker legte das Kunstwerk schmollend zur Seite.

Wes wollte ihn nicht überfordern – Genitalien erforderten Übung – und zeichnete eine einfache, gerade Linie auf ein Stück Holz. „Okay. Jetzt klemmst du das Holz in den Schraubstock", sagte er und reichte es Parker.

Parker nahm es ihm ab, klemmte es ein und sah Wes fragend an. Wes schüttelte den Kopf. „Nein, nicht so. Die Schraubzwinge blockiert das Sägeblatt. Es ist besser, das Holz so wenig wie möglich umspannen zu müssen. Und du musst die Zwinge besser festziehen, damit es sich nicht bewegen kann, wenn du mit der Säge Druck ausübst."

„Ich verstehe." Parker hatte die Angewohnheit, mit der Zungenspitze zwischen den Lippen zu wackeln, wenn er sich konzentrierte. Es war so süß, dass Wes ihn am liebsten geküsst hätte.

Nach einigen weiteren Versuchen war er mit Parkers Bemühungen zufrieden und reichte ihm die Säge. „Der Anfang kann tückisch sein, weil die Säge noch wenig Kontakt mit dem Holz hat. Achte darauf, sie immer schon gerade zu halten und vorsichtig an der Linie entlangzuführen."

„Gerade halten. Vorsichtig führen. Verstanden." Parker sah ihn an. „Hattest du in der Schule Werkunterricht als Wahlfach?"

„Ja."

„Ich nicht. Ich war in der Theatergruppe, im Chor und im Buchhaltungskurs. Meine Noten waren nie besser als mittelmäßig."

Wes lächelte. „Das Schöne am Erwachsenwerden ist, dass sich niemand mehr für deine schulische Vergangenheit interessiert. Glücklicherweise. Ich war nämlich mehr als einmal in Prügeleien verwickelt."

Parker blinzelte überrascht. „Du? In Prügeleien verwickelt?"

„Ich war damals ziemlich jähzornig."

„Hm."

„Hast du etwa schon vergessen, dass ich ein stures Arschloch sein kann?"

Parker fuhr ihm mit der Hand über die Schulter, als wollte er einen imaginären Makel abwischen. „Ja, du kannst stur sein. Aber du bist kein Arschloch." Er zeigte auf die Säge. „So. Und wie schalte ich das Ding jetzt an?"

„Setz es erst an." Er beobachtete kritisch, wie Parker das Sägeblatt auf dem Holz positionierte. „Das ist schief. Du musst es gerade ausrichten. So ist es besser. Jetzt legst du die linke Hand mit dem Daumen nach oben auf die Spitze. Gut. So kannst du das Blatt leicht nach unten drücken und es wackelt nicht. Und jetzt mit der rechten Hand den Schalter umlegen."

Parker holte tief Luft und legte los. Für eine oder zwei Sekunden folgte das Sägeblatt gehorsam der Linie. Dann – er musste es unabsichtlich verzogen haben – rutschte es ab und Parker verlor die Kontrolle.

„Loslassen!", rief Wes erschrocken.

Und Parker ließ los. Die Säge. Und sie wäre ihm mit aller Wucht auf den Fuß gefallen, wäre er nicht im letzten Moment nach hinten gesprungen. Die Säge knallte scheppernd auf den Boden.

„Oh mein Gott! Es tut mir so leid! Ist sie kaputt?"

Wes hob die Säge vorsichtig auf. Das Blatt war etwas verbogen, aber die Maschine schien überlebt zu haben. Jedenfalls brummte der Motor ordnungsgemäß, als Wes ihn einschaltete. „Alles in Ordnung."

„Das Blatt ist hinüber."

„Das ist keine große Sache. So ein Sägeblatt kostet nur ein paar Dollar." Wes schraubte es ab und warf es in einen Eimer mit Metallschrott. „Willst du einen neuen Versuch wagen?"

„Nein, danke." Parker brachte einige Schritte Sicherheitsabstand zwischen sich und die Werkbank. „Ich brauche meine Arme und Beine noch."

„Um die musst du keine Angst haben. Mit der Laubsäge schaffst du höchstens einen Finger oder zwei."

„Die brauche ich auch noch, danke. Ich glaube, ich halte mich an weniger blutrünstige Arbeiten. Wie wäre es, wenn ich uns einen Kaffee koche?"

„Du hast es doch noch gar nicht richtig versucht. Mit etwas Übung ...""

„... finde ich einen Weg, uns beide umzubringen. Kaffee?"

Wes seufzte. „Ja, danke."

„Gut. Kaffeekochen ist nämlich mein Spezialgebiet. Wenigstens das kann ich."

PARKERS STIMMUNG war danach nicht die beste. Er lächelte kaum und wenn doch, erreichte sein Lächeln nicht die Augen. Er redete wenig und sang auch nicht mit, als Wes zum Abendessen Queen – *News of the World* – auflegte. Und als sie nach dem Essen mit einem Buch auf dem Sofa saßen, blätterte er nicht ein einziges Mal um. Er starrte nur grübelnd in die Ferne.

In dieser Nacht hatten sie keinen Sex, obwohl Parker sich an ihn kuschelte und seine Haare ihn im Gesicht kitzelten. Wirklich, Wes liebte dieses Kuscheln nicht weniger als den Sex, weil die Welt sich ruhiger drehte und seine Träume süßer waren, wenn er Parker in den Armen hielt.

Am nächsten Morgen wirkte Parker immer noch abwesend. Er machte Pfannkuchen mit Würstchen zum Frühstück und räumte den Bus auf, während Wes die Finanzen durchging. Sie würden sich in den nächsten paar Monaten etwas einschränken müssen, aber das war zu schaffen. Wes hatte Mira schon eine Mail geschickt und ihr erklärt, dass es mit der nächsten Lieferung etwas länger dauern würde. Er war nicht in die Details gegangen, weil sie die Sache mit dem Kidnapping nichts anging. Mira hatte sehr verständnisvoll reagiert, als er ihr von seiner Verwundung und anschließenden Operation berichtete. Sie hatte ihm versichert, sie wäre schon sehr gespannt auf seine nächsten Stücke, auch wenn sie etwas länger darauf warten müsste. Sobald Wes in einigen Wochen wieder mit der Arbeit anfangen konnte, würden sich ihre Finanzprobleme lösen.

Jetzt stand er mit seinem Notizbuch unter der Plane und studierte die Skizzen für eine Erweiterung der Werkstatt. Je länger er sich damit befasste, umso besser gefiel ihm die Idee. Die neue Werkstatt wäre nicht nur besser organisiert, sie wäre auch sicherer. Er hatte sich in der Vergangenheit oft Sorgen über Diebstahl gemacht, obwohl er hier so abgeschieden lebte, dass potenzielle Diebe ihn noch nicht aufgespürt hatten. Außerdem wäre es nach dem Umbau viel wärmer hier draußen und zwar nicht nur beim Arbeiten, sondern auch beim Kochen und Duschen. Das machte das Leben angenehmer, auch wenn er weiterhin im Bus wohnte.

Wes knabberte an seinem Bleistift. Mit etwas Geschick ließ sich vielleicht alles so einrichten, dass er den bestehenden Betonboden nicht erweitern musste. Damit konnte er Materialkosten und Arbeitszeit sparen.

In diesem Moment kam Parker von hinten auf ihn zu, schlang die Arme um ihn und legte ihm sein spitzes Kinn auf die Schulter.

„Hi", sagte Wes.

„Hi", erwiderte Parker und sein Atem kitzelte Wes im Nacken.

„Verrätst du mir jetzt endlich, was dir auf der Seele liegt?"

Parker seufzte und es kitzelte wieder. „Können wir einen kleinen Spaziergang machen?"

„Warum nicht?" Wes legte den Bleistift auf den Tisch.

Parker nahm ihn an der Hand. Sie schlugen den Weg zur Landstraße ein. Der Himmel über ihnen war grau und düster. Wes konnte die Feuchtigkeit in der Luft riechen.

Das Haus seines Großvaters wirkte verlassen. Kein Weihnachtsschmuck und kein Licht, das durch die Fenster schien. Kein Auto, das in der Einfahrt parkte. Wes hatte früher oft nach der Schule auf der Veranda gesessen und seine Hausaufgaben gemacht. Manchmal war er ins Träumen gekommen und hatte sich vorgestellt, ein geheimnisvoller Fremder käme auf ihn zu und würde ihn in ein Leben voller Aufregung und Abenteuer entführen. Ein Traum, der sich nie erfüllt hatte.

Wes und Parker gingen den schmalen Grasstreifen entlang, der die Straße von den Zäunen der benachbarten Häuser trennte. Über ihnen zwitscherten einige Vögel, auf den Weiden grasten Pferde und gelegentlich bellte ein Hund. Menschen waren nicht zu sehen. Die verdorrten Disteln erinnerten Wes an die Dornen, die er aus Parkers Hand gezogen hatte. Er musste an Daniel in der Löwengrube denken, aber Parker war kein wildes Tier und Wes hatte nie geglaubt, ihn zähmen zu können.

Nach etwa einer Meile fing es zu nieseln an und sie beschlossen, sich auf den Rückweg zu machen. Als sie wieder auf Wes' Grundstück waren, blieb Parker am Teich stehen. Er ließ Wes' Hand los und schlang sich die Arme um die Brust, den Blick auf die Enten gerichtet. Wes wartete geduldig ab.

Nach einer Weile drehte Parker sich zu Wes um. „Ich muss gehen."

Damit hatte Wes zwar gerechnet, aber es schmerzte. Es schmerzte mehr als alles, was die Cavellis ihm angetan hatten. „Warum?", fragte er mit einem leichten Beben in der Stimme.

„Was tue ich hier?"

„Viel. Du kochst und putzt und …"

„Ja. Aber das kannst du jetzt wieder selbst übernehmen."

Wes drehte den Kopf zur Seite. „Das kann ich. Ich will dich nicht ausnutzen."

„Du nutzt mich nicht aus!" Parker legte ihm die Hand auf die Schulter und drehte ihn zu sich um. Sie sahen sich an. „Ich helfe dir gerne aus. Aber du brauchst meine Hilfe jetzt nicht mehr. Du brauchst *mich* nicht mehr."

Oh doch. Wes sagte es nicht laut. Er wollte Parker nicht mit seinen egoistischen Wünschen an sich ketten. „Ich habe dich gerne hier." Es war nur die halbe Wahrheit, aber mehr brachte er nicht über die Lippen.

„Und ich bin gerne hier. Aber du gehörst hierher. Du hast dir hier ein Zuhause aufgebaut und ich … ich nehme dir nur Platz weg. Ich kann noch nicht einmal ein Café führen oder Babysitter für Hunde spielen."

„Das stimmt nicht! Du …" Wes schloss die Augen und dachte daran zurück, was ihm alles durch den Kopf geschossen war, als die Cavellis ihn folterten und er glaubte, sein Leben wäre bald zu Ende. Jetzt war er der Wes der Zukunft. Jetzt wollte er Parker so sehr, wie er damals am Leben bleiben wollte. „Ich liebe dich."

„Oh Gott." Parker wischte sich ungeduldig die Tränen aus den Augen.

„Es tut mir leid."

„Entschuldige dich nicht dafür!", brüllte Parker. Dann senkte er die Stimme. „Ich liebe dich auch. Wirklich, ich liebe dich. Du hast dich in mein Herz geschlichen und in jede Zelle meines Körpers. Es fühlt sich so gut an, aber … es tut auch weh."

„Was meinst du?" Wes war wie benommen. Seine Gefühle drehten sich im Kreis und er konnte dem Strudel nicht entkommen.

„Weil es nicht reicht. Es reicht nicht, sich nur zu lieben. Ich habe mich vom Leben immer nur treiben lassen, hatte nie ein Ziel vor Augen. Ich hatte nie einen Plan. Wahrscheinlich lag es teilweise daran, dass ich mich immer auf Rhoda verlassen konnte, wenn es brenzlig wurde. Wenn ich bei dir bleibe, verlasse ich mich stattdessen auf dich."

„Das ist mir egal."

„Aber mir nicht. Ich will mehr sein als nur der Mann, der dir den Kaffee kocht. Ich brauche ein Ziel und einen Plan, wie ich es erreiche. Ich will mich nicht länger treiben lassen und die Menschen ausnutzen, die mich lieben."

Wes packte ihn und zog ihn an sich, weil sie beide Halt brauchten. „Du nutzt niemanden aus. Und du bist mehr, als du denkst."

„Das glaube ich nicht."

Wes wusste, dass auch die besten Argumente Parker nicht umstimmen würden. Selbst Liebe konnte einen Menschen nicht von seinem eigenen Wert überzeugen. Dieses Wissen musste von innen kommen. Parker musste es selbst erkennen.

„Ich möchte dich nicht verlieren", sagte er und kämpfte gegen die Tränen. „Aber ich kann nicht verlangen, dass du bei mir bleibst. Ich will dich auch nicht darum bitten. Ich hoffe nur, dass dein Weg dich irgendwann zu mir zurückbringt."

21

ENDE JANUAR herrschte im *P-Town* Hochbetrieb. Die Studenten waren aus den Ferien zurück und machten sich wieder über ihre Bücher her. Nicht nur sie brauchten eine Extradosis Koffein, um das düstere Regenwetter zu ertragen. Parker war es egal. Seit er Wes verlassen hatte, machte er viele Überstunden und war oft der Letzte, der das Café verließ. Die Arbeit half ihm zwar nicht unbedingt dabei, seinem Leben endlich ein Ziel zu geben, aber sie verhinderte erfolgreich, dass er ins Grübeln kam und anfing, sich in Selbstmitleid zu suhlen.

Wenn er nicht im *P-Town* war, arbeitete er ehrenamtlich für *Bright Hope*, eine Hilfsorganisation, bei der auch Nevin und Jeremy mit ihren Ehemännern gelegentlich aushalfen. Meistens fuhr er Essen für ältere Angehörige der LGBT-Community aus, die sich über seinen Besuch genauso freuten wie über das Essen. Es war ein gutes Gefühl, den alten Menschen helfen zu können. Parker hörte ihnen gerne zu, wenn sie ihm Geschichten aus ihrem Leben erzählten. Eine Berufsperspektive fand er durch seine Tätigkeit bei *Bright Hope* allerdings auch nicht.

Parker hatte sogar mit dem Gedanken gespielt, wieder nach Seattle zurückzukehren, ließ ihn aber wieder fallen. Seattle steckte voller bittersüßer Erinnerungen, denen er nicht nachhängen wollte. Außerdem würde er sich dort genauso ziellos treiben lassen wie in Portland oder an jedem anderen Ort.

Mindestens einmal wöchentlich schlenderte er durch Baumärkte und Gebrauchtwarenläden für Handwerker und Architekten. Es war ein merkwürdig tröstliches Gefühl. Alles hier erinnerte ihn an Wes und manchmal kaufte er sogar Kleinigkeiten, die er sich leisten konnte. Einen alten Türgriff. Ein Stück altes Holz. Eine Deckenverzierung aus einem alten Saloon. Parker bewahrte sie in einer Kiste auf und hoffte, sie vielleicht eines Tages Wes schenken zu können.

Wes schien es gut zu gehen. Sie tauschten alles zwei oder drei Tage Textnachrichten aus und gelegentlich unterhielten sie sich sogar via FaceTime. Wes war mittlerweile wieder genesen und arbeitete an neuen Projekten. Parker konnte das frische Holz nicht riechen oder das Brummen der Säge hören. Er konnte Wes nicht in den Armen halten. Aber es war besser als nichts.

„Gonzo, du polierst ein Loch in die Glasplatte."

Parker hörte sofort auf, die Kuchentheke abzuwischen. „Sorry. Ich war in Gedanken."

„Das habe ich bemerkt. Du solltest eine Pause machen. Hol dir einen Kaffee und setz dich zu mir."

Mist. Er konnte es ihrem Gesicht ansehen. Sie würde ihn jetzt mit einer ganzen Liste guter Ratschläge überfallen, ob es ihm passte oder nicht. Selbst Nevin zog den Kopf ein, wenn Rhoda dieses Gesicht machte. Aber Nevin konnte wenigstens dienstlichen Notfall vorschieben und die Flucht ergreifen. Dieses Glück hatte Parker nicht.

Da er sich nicht aktiv wehren konnte, beschränkte er sich darauf, seine Stellung zu festigen. Er machte sich einen extragroßen Kaffee und holte sich ein übergroßes Plätzchen mit Schokolade und Buttertoffee aus der Theke. Damit ging er zu Rhoda, die schon an ihrem Lieblingstisch bei der Kasse saß. Sie hatte das Laptop aufgeklappt und einen dicken Ordner vor sich liegen. Vermutlich war sie mit der Buchhaltung beschäftigt oder musste die Steuererklärung vorbereiten. Kein Wunder also, dass sie Parker lieber Lebensberatung erteilen wollte.

„Du hast doch morgen frei, mein Schatz?"

„Ja. Aber wenn du mich hier brauchst, kann ich kommen. Kein Problem."

„Nein, ich brauche dich nicht. Hast du schon Pläne für morgen?"

Er zuckte mit den Schultern. „Ich habe darüber nachgedacht, mir die Haare neu zu färben." Das Blau war schon ausgeblichen und der Haaransatz dunkel. Vielleicht sollte er zu Knallrot wechseln.

„Nun, wenn das alles ist, solltest du heute Abend vielleicht ausgehen. Verabrede dich mit einigen Freunden. Du warst nicht mehr Tanzen seit … Urzeiten. Ich kann mich nicht mehr an das letzte Mal erinnern."

„Keine Lust."

Sie musterte ihn über den Rand ihrer Teetasse. „Du bist in letzter Zeit nicht sehr gesellig."

„Ich habe hier mehr als genug Gesellschaft und bin froh, wenn ich am Ende des Tages allein sein kann. Findest du das so ungewöhnlich?"

„Nein. Ich mache mir nur Sorgen um dich und wollte sichergehen, dass du nicht zu viel arbeitest. Oder unglücklich bist."

Unglücklich? War er nicht. Eher … abgestumpft. Wie nach einer Betäubungsspritze beim Zahnarzt, wenn sich die Lippen plötzlich wie Gummi anfühlen und nur im Weg sind. So fühlte er sich jetzt am ganzen Leib. Sogar im Kopf.

„Es geht mir gut, Mom. Wenn du mich heute Abend los sein willst, kann ich ins Kino gehen."

Sie lachte. „Und warum sollte ich dich nicht im Haus haben wollen?"

„Keine Ahnung. Vielleicht kommt Bob zu Besuch?"

„Das können wir auch bei ihm zuhause machen", erwiderte sie. „Du bist in diesem Haus auch zuhause, Parker. Immer."

„Ich weiß." Und dieses Wissen war Trost und Fessel zugleich.

Rhoda zupfte an ihrem rosa Nagellack. „Da wir gerade von Bob reden …"

„Ja?" Parker spitzte die Ohren.

„Sein Sohn Gabriel kommt nächste Woche zu Besuch. Hättest du Lust, mit uns Essen zu gehen?"

„Gabriel? Ist das der schwule Sohn?", fragte Parker und kniff die Augen zusammen. Bob hatte vier Söhne, von denen einer schwul war.

„Ja."

Er verschränkte die Arme vor der Brust. „Sag jetzt nicht, dass du mich mit dem Sohn deines Freundes verkuppeln willst."

Rhoda runzelte die Stirn und kniff die Lippen zusammen. Mist. Sie wurde nicht oft wütend, aber wenn es passierte, war es ein mittleres Erdbeben. „Nein", schnappte sie ihn an. „Wie wäre es, wenn du ausnahmsweise nicht alles auf dich beziehst, Parker Herschel Levin? Vielleicht geht es nur darum, dass ich seit tausend Jahren das erste Mal wieder der Familie meines Freundes vorgestellt werde und deshalb nervös bin?"

Oh. „Tut mir leid, Mom." Er ließ den Kopf hängen.

„Und Gabriel hat eine schwere Zeit hinter sich und könnte etwas Abwechslung und Aufmunterung vertragen. Was er *nicht* brauchen kann, ist ein Date mit einem Mann, der in einen anderen verliebt ist."

Parker riss so schnell den Kopf hoch, dass ein Halswirbel knackte. „Ich habe nie gesagt, dass ich in …"

„Ich bin doch nicht dumm. Und ich kenne dich, mein Junge. Ich habe dir die Windeln gewechselt, vier Bindehautentzündungen und die Ringröteln mit dir durchgestanden. Ich habe sieben Monate überlebt, in denen du fast nichts essen wolltest, weil du dir eingeredet hast, Essen müsste beige sein. Wenn mein Sohn verliebt ist, dann weiß ich das!" Ihr Ärger schmolz dahin und wurde von einer zärtlichen Besorgnis abgelöst, die ihm fast die Tränen in die Augen trieb.

„Aua." Er schlug die Hände vors Gesicht und wartete ab.

Nichts. Kein Ratschlag. Im Gegenteil – Rhoda sagte gar nichts. Nach einer Weile nahm er die Hände vom Gesicht und sah sie an. „Willst du mir nicht sagen, was ich jetzt tun soll?"

„Das, mein Schatz, musst du schon selbst herausfinden."

„Und wenn ich es nicht kann?"

„Wenn es um die Liebe geht, bist du nicht mehr und nicht weniger qualifiziert als wir alle. Entweder baust du Scheiße oder alles wird ganz wunderbar. Es gibt keinen einzigen, richtigen Weg. Liebe kommt nicht von der Stange. Sie ist immer eine Spezialanfertigung und für jeden Menschen anders. Man muss sie nur den eigenen Bedürfnissen anpassen."

Sie wollte ihm offensichtlich keine falschen Hoffnungen machen, aber ihre Worte waren trotzdem beruhigend. Andere Menschen hatten auch mit Problemen zu kämpfen, wenn es um die Liebe ging. Selbst dem sonst so klugen und kompetenten Jeremy war die Liebe nicht in den Schoß gefallen. Wieder andere waren überraschend erfolgreich, obwohl sie – wie Nevin – keinerlei Grundkompetenz vorzuweisen hatten.

Einige Tische weiter diskutierten die Katzenladies lautstark darüber, ob eine Rohfleischdiät für ihre Lieblinge den zusätzlichen Aufwand und die Kosten wert war. In der Ecke saßen Drew und Travis, die Köpfe über ein Stück Papier gebeugt. Vermutlich war es Drews Playlist für den kommenden Dienstag. Die Oberschülerinnen am Nachbartisch unterhielten sich über ein bevorstehendes Projekt für den Geschichtsunterricht. Der Tisch am Fenster war von einem neuen Stammkunden in Beschlag genommen worden. Mauricio hatte kürzlich seinen Job gekündigt, um sich um seine Tochter zu kümmern, die noch im Vorschulalter war. Sie war ein ernstes Mädchen, malte gerne und war gerade dabei, in einer Plastikbox mit Buntstiften nach der richtigen Farbe zu suchen.

Das *P-Town* war Parkers Zuhause. Daran würde sich nie etwas ändern – egal, wohin er ging und mit wem.

Rhoda griff über den Tisch nach seiner Hand. „Ich hätte einen Vorschlag für dich, falls du ihn hören willst. Es geht um Wes, hat aber nichts mit Romantik oder Liebe zu tun."

„Leg los."

„Ich weiß, er verdient gut an seinen Möbeln. Meinst du, er wäre vielleicht daran interessiert, einige kleinere Stück hier im Café zu verkaufen? Ich werde oft gefragt, ob das Regal zu verkaufen ist." Sie zeigte auf ihr Chanukka-Geschenk, das hinter der Theke an der Wand hing. „Wenn ich ablehne, fragen sie mich oft, wo man solche Regale kaufen kann."

„Hmm … das müsste ich ihn fragen."

„Gut. Er verdient daran nicht so viel wie an den großen Möbeln, aber die Regale lassen sich schnell herstellen, und wenn er mehrere auf Vorrat macht, ist die Gewinnspanne vielleicht sogar größer. Ein Gast hat mir für das Regal achthundert Dollar geboten!"

„Und du hast trotzdem abgelehnt?"

Sie schnalzte missbilligend mit der Zunge. „Es ist unbezahlbar. Ich würde es für kein Geld der Welt weggeben."

Ein ganzer Schwarm neuer Gäste kam ins Café und stellte sich an der Theke an. Parker drückte Rhodas Hand und stand auf. „Zurück in die Tretmühle", sagte er und zwinkerte ihr zu.

„Ich glaube, sie meint es ernst mit Bob."

Auf dem Bildschirm seines Handys zuckten Wes' Mundwinkel. „Und was hältst du davon?"

„Ich freue mich darüber. Sie ist eine wunderbare Frau, aber mit dem richtigen Partner wäre sie noch glücklicher."

„Das gilt für die meisten Menschen."

Wes saß unter seiner Plane. Hinter ihm stand etwas Klotziges auf der Werkbank, vielleicht der Teil eines Kleiderschranks. Wes trug seine Bigfoot-Jacke und den Hut, den Parker ihm gekauft hatte. Die Narben in seinem Gesicht heilten gut. Die Schwellung war komplett zurückgegangen und nur noch zwei dünne, rote Linien waren zu sehen. Parker konnte nicht sagen, ob Wes glücklich oder traurig oder irgendetwas dazwischen war. Man sah ihm seine Gefühle selten an.

„Ich habe lange nachgedacht", sagte er.

„Und? Ist das eine gute Nachricht?"

„Ja." Parker lehnte sich zurück. Sein Bett war bequem, aber nicht mit dem Bett in Wes' Bus zu vergleichen. „Glaubst du, ich bin qualifiziert, um Entscheidungen über mein Liebesleben zu treffen?"

Wes lachte. „Ich glaube, ich bin nicht qualifiziert, das zu beurteilen. Warum?"

„Meine Mom hat da gestern etwas gesagt ..." Parker rieb sich über Kinn. Er musste sich dringend rasieren. „Bei IKEA gibt es doch recht gute Tische, oder?"

„Äh ... ja?"

„Jedenfalls sehen sie recht gut aus und man kann unbedenklich ein Glas Saft oder eine Schale mit Müsli darauf abstellen."

„Ganz sicher", meinte Wes. „Aber wenn du einen neuen Tisch brauchst, kann ich dir einen machen."

„Nein, nicht nötig. Okay. Und was kostet so ein IKEA-Tisch? Vierhundert Dollar höchstens?" Er hatte eine ungefähre Vorstellung von den Preisen bei IKEA, weil er in der Vergangenheit mit einem Mitbewohner dort eingekauft hatte.

„Vermutlich."

„Und wie viel kostet ein Tisch von dir?"

Wes überlegte kurz. „Ich glaube, Miri hat den letzten für sechzehnhundert verkauft."

Parker hätte sich fast verschluckt. „Wirklich? Heiliges Kanonenrohr! Warum kauft jemand einen so sauteuren Tisch, wenn er bei IKEA nur einen Bruchteil dafür bezahlt?"

„Gute Frage. Ein Tisch von mir hält ein Leben lang. Mit etwas Glück überlebt er mehrere Generationen. Und er ist keine Massenproduktion, sondern ein handgefertigtes Unikat. Manche Menschen schätzen die Zeit und Sorgfalt, die in ihre Möbel investiert wurde. Niemand hat denselben Tisch wie sie. Er ist einmalig. Das heißt auch, dass meine Kunden sich genau den Tisch ausgesucht haben, der zu ihnen passt. Die Tische von IKEA sind adäquat und erfüllen ihren Zweck, aber meine können ideal sein."

Parker hörte ihm nickend zu. Wes sah ihn fragend an. „Ich nehme an, hinter deiner Frage steckt mehr als nur ein plötzliches Interesse für Tische", sagte er.

„Ja. Sie war metaphorisch gemeint. Manchmal ist eine perfekte Sache einmalig und entspricht nicht dem, was andere Menschen als perfekt bezeichnen würden. Und vielleicht sollte man sich nicht zu einem Leben à la IKEA zwingen, wenn man sich nach einem Unikat à la Wes Anker sehnt."

„Das verstehe ich nicht. Du musst mir schon auf die Sprünge helfen."

185

Parker lächelte. „Ich bin mir nicht sicher, ob ich es selbst verstehe. Ich glaube, ich muss noch darüber nachdenken." Es war merkwürdig. Kaum hatte er es laut ausgesprochen, hatte sich die Idee in seinem Kopf festgesetzt. Er konnte sie zwar noch nicht ganz erfassen, war aber davon überzeugt, dass sich das bald ändern würde.

Parker wechselte das Thema. „Wie steht es mit deinen Plänen für die Erweiterung der Werkstatt?"

„Ich habe mir einige Kostenvoranschläge besorgt. Mein Bankkonto hat sich wieder etwas erholt, aber es wird noch eine Weile dauern, bis ich mir die Ausgaben leisten kann."

„Rhoda hat eine Idee, die dir dabei vielleicht helfen kann." Parker erzählte ihm von Rhodas Vorschlag und Wes hörte interessiert zu.

„Warum will sie mir helfen?", erkundigte er sich dann. „Sie führt ein Café, keinen Möbelladen."

„Stimmt. Aber sie verkauft gelegentlich auch Gemälde. Das *P-Town* ist gut als Ausstellungsort geeignet. Außerdem versetzen ein guter Kaffee und Mandel-Pfirsich-Kuchen die Gäste offensichtlich in Kauflaune."

Wes überlegte. „Vielleicht …", murmelte er.

„Es ist natürlich kein Ersatz für deine großen Aufträge, aber es kann sie ergänzen. Vielleicht als Lückenbüßer zwischen den größeren Projekten oder so? Und du hast mehr als genug Material rumliegen, das für solche kleineren Stücke perfekt geeignet ist."

„Hmm." Wes stand auf. „Willst du deine Freunde besuchen?"

„Ja."

Wes ging zum Teich und drehte das Handy um, damit Parker die Enten sehen konnte, die auf dem Wasser paddelten. „Hallo, ihr Süßen!", rief Parker. Natürlich gaben sie ihm keine Antwort, aber damit konnte er leben. FaceTime war bei Wasservögeln wahrscheinlich nicht sehr populär.

Kurz darauf tauchte Wes wieder auf dem Bildschirm auf. „Richte Rhoda meinen Dank auf für ihr Angebot. Ich werde ernsthaft darüber nachdenken."

„Prima. Ich liebe dich, Wes. Und es hat nichts mit IKEA zu tun."

„Ich dich auch. Obwohl ich immer noch nicht verstehe, was du damit meinst."

Es war März und die Tür gegen die Kälte geschlossen. Aus den Lautsprechern schmachtete die Stimme von Lena Horne. Niemand wollte Parker glauben, als er später erzählte, er hätte in diesem Augenblick Morrison auf der Straße vorbeifahren hören. Niemand außer John – aber der war auf seine Art ein … Exzentriker – und Wes, der ihm damit wahrscheinlich nur einen Gefallen tun wollte. Aber Parker hatte Morrison wirklich gehört. Er war gerade dabei, das Wechselgeld für einen von Jeremys Kollegen aus der Kasse zu holen, als er es hörte und erstarrte.

„Äh, sorry", sagte er und drückte dem Mann das Geld in die Hand. „Dina bringt den Kaffee gleich vorbei."

Der Ranger warf die Münzen in die Trinkgelddose. „Danke."

Wes würde einen seiner *kleinen Schätze* vorbeibringen, wie Rhoda sie nannte: exquisite kleine Schmuckdosen, fantasievoll dekorierte Ladestationen für Handys, exotische Ständer für Topfpflanzen. Seine erste Lieferung hatte sich fast schneller verkauft, als Rhoda sie ausstellen konnte. Wes bestand zwar darauf, dass sie eine Kommission annahm, aber es blieb immer noch mehr als genug für ihn übrig. Rhoda freute sich, Wes verdiente mehr und Parker war glücklich, weil Wes die Nacht nach der Lieferung bei ihm verbracht hatte. Sie kuschelten sich in Parkers schmalem Bett zusammen und versuchten, nicht allzu laut zu werden.

Parker hoffte, dass Wes heute auch wieder bei ihm übernachten würde. Oder vielleicht sogar einen Tag länger blieb. Parker hatte nämlich morgen frei. Sie könnten in den Buchladen gehen, einen Spaziergang durch den Park machen und anschließend zusammen essen gehen. Parker wusste, dass er damit seine ständige Sehnsucht nach Wes nur vorübergehend stillen konnte. Sein Grundproblem – dass er immer noch keine Entscheidung getroffen hatte, wie es mit ihnen weitergehen sollte – konnte nur er selbst lösen.

Als Wes kurz darauf ins *P-Town* kam, rannte Parker sofort auf ihn zu. Wes ließ überrascht die Einkaufstüte fallen und verlor fast das Gleichgewicht, so stürmisch fiel Parker ihm um den Hals. Die Gäste klatschten und feuerten ihn an.

„Hi", sagte Wes, als er wieder Luft bekam.

„Hi", erwiderte Parker grinsend. Wes war das schönste Geschenk, das man ihm hätte machen können. Nur schade, dass er ihn nicht gleich auspacken durfte.

Wes stand vor ihm und sah ihn an, als wollte er eine geheime Botschaft aus seinem Gesicht ablesen. Einige Sekunden später nickte er zufrieden. „Wir müssen reden."

Parkers Herz schlug schneller. „Worüber? Etwas Gutes?"

„Das hoffe ich. Aber erst muss ich noch etwas erledigen." Wes hob die Tüte auf und ging damit zu dem Tisch, an dem Rhoda mit Jeremy, Nevin und Qay saß. Parker folgte ihm.

Die vier hatten natürlich genau beobachtet, was sich nach Wes' Eintreffen abgespielt hatte. Vermutlich hatten sie sogar begeistert mitgeklatscht. „Ich hoffe, du hast mir mehr Schätze mitgebracht", sagte Rhoda, nachdem sie ihn begrüßt hatten.

„Ja, habe ich. Ich hole sie gleich." Und dann drehte er sich zu aller Überraschung zu Nevin um. „Ich muss dir etwas sagen."

„Ja?" Nevin baute sich breitbeinig vor ihm auf und verschränkte die Arme vor der Brust.

„Danke."

Es war ein rarer Genuss, Nevin sprachlos zu erleben. Er stand vor Wes und starrte ihn mit offenem Mund an.

Wes fuhr fort. „Du hast mir das Leben gerettet. Du hast Parker zu mir gebracht und uns alles besorgt, was wir für ein paar Tage brauchten. Ich weiß, du hast es vor allem für Parker getan, aber ich bin dir sehr dankbar dafür. Parker kann sich glücklich schätzen, dass er einen Freund wie dich hat."

Nevin blinzelte einige Male und ließ die Schultern hängen. „Mist", knurrte er. Dann umarmte er Wes, kurz und heftig, und boxte ihn an die Schulter. Die *unverletzte* Schulter.

Wes grinste idiotisch. „Ich dachte mir, dafür hast du dir ein Geschenk verdient." Er reichte Nevin die Einkaufstüte.

Nevin nahm sie nur zögernd an. Er machte ein Gesicht, als würde er einen Sack voller lebender Giftschlangen erwarten. Der große Weidenkorb, den er aus der Tüte hervorzog, war jedoch vollkommen ungiftig und harmlos. Nevin stellte ihn auf den Tisch. Der Korb enthielt einen kleinen Gipsabguss der Höhlenmenschen-Statue aus Grants Pass, eine Flasche Reinigungsmittel mit dem exotischen Namen *Ballwash* und, dazu passend, eine Dose *Sack Spray*. Alle brachen in lautes Gelächter aus. Nevin verzog theatralisch das Gesicht, pfiff aber zustimmend durch die Zähne, als er das letzte Geschenk aus dem Korb holte: eine Flasche Whiskey. „Teures Zeug", sagte er.

„Ich dachte mir, du weißt ihn zu schätzen."

Nevins Lächeln war nichts von seinem üblichen Spott anzusehen. Es war warm und herzlich. „Damit stoßen wir demnächst an."

„Das wäre schön", sagte Wes.

Parker brach nicht in Tränen aus, was er als Erfolg verbuchte.

„Entschuldigt mich jetzt", sagte Wes. „Ich muss kurz mit Parker reden."

Rhoda hob zwar die Hand vor den Mund, aber Parker konnte ihr das Lächeln an den Augen ansehen. Was hatte das zu bedeuten? Wusste sie etwa, worüber Wes mit ihm reden wollte? Parker hatte nämlich keine Ahnung, was es sein könnte.

Parker musste es wissen. Er packte Wes am Arm und zog ihn mit sich nach draußen auf den Bürgersteig. Es regnete zwar, aber solange es wirklich nur ein kurzes Gespräch war, würden sie nicht erfrieren.

„Hier haben wir uns das erste Mal gesehen", bemerkte Wes.

„Ja. Es war ein höllischer Tag für uns beide, aber kein Vergleich zu dem, was in diesem Monat noch kommen sollte."

Wes sah ihn an. „Tut es dir leid?"

„Es macht mich immer noch traurig, dass Logan ermordet wurde. Ich wünschte bei Gott, diese Arschlöcher hätten dich nicht in die Finger bekommen. Aber der ganze Rest? Nicht im Geringsten. Dich kennenzulernen war das Beste, was mir jemals passiert ist."

„Ditto." Wes senkte den Blick und fuhr mit dem Fuß über den Bürgersteig, als müsste er noch die richtigen Worte finden. Seine Haare waren wieder nachgewachsen. Es würde noch Monate dauern, bis er sie wieder zu einem Pferdeschwanz binden konnte, aber sie waren schon lang genug, um sie zu verwuscheln. Parker hätte es am liebsten sofort ausprobiert. Sie würden sich wieder weich anfühlen und nach Holz und Harz und Kaffee duften.

Nach einer Weile hob Wes den Kopf und sah ihm in die Augen. „Ich habe über deine Analogie nachgedacht. Den IKEA-Vergleich. Ich glaube, ich verstehe sie jetzt. Und ich wollte dir im Austausch dafür eine Erleuchtung anbieten, die gestern Nacht über mich gekommen ist."

„Oh, die möchte ich gerne hören."

„Okay." Wes holte tief Luft. „Du hast gesagt, dass du dich vom Leben nur treiben lässt. Aber das stimmt nicht. Ja, du bist viel in Bewegung und hast nicht immer einen Plan."

„Ich habe *nie* einen Plan", unterbrach ihn Parker.

„Egal. Du lässt dich also treiben. Der Punkt ist aber, dass du immer wieder hier landest. In Portland. Im *P-Town*."

„Weil ich mich nicht abnabeln kann."

„Nein! Nein, das ist es nicht. Du kannst dich nur treiben lassen, *weil* du noch an dieser Nabelschnur hängst. Du bist ein Freigeist, Parker. Ein einmaliger, wunderbarer Mensch, der sich in keine Schublade pressen lässt. Du hast das Selbstbewusstsein, um dir treu zu sein. Aber das hast du nur, weil du weißt, dass du jederzeit wieder nach Hause kommen kannst. So, und jetzt kommt meine Analogie: Du bist wie ein Akrobat, der frei und furchtlos durch die Luft wirbelt, weil er genau weiß, dass unter ihm ein Sicherheitsnetz aufgespannt ist. Wer will schon Büromuffel werden, wenn er als Akrobat leben kann?"

Parker dachte darüber nach, während die Autos an ihnen vorbeirauschten und zwei der Katzenladies um die Ecke kamen, ihm zuwinkten und im *P-Town* verschwanden.

Ein Akrobat. Der Vergleich hörte sich im ersten Moment lächerlich an, aber je mehr er darüber nachdachte, umso besser gefiel er ihm. Er war über sein scheinbar zielloses Leben nie unglücklich gewesen. Er hatte nur ein schlechtes Gewissen, weil er glaubte, Rhoda und der Rest der Welt wären von ihm enttäuscht. Was aber, wenn das gar nicht der Fall war? Rhoda hatte ihn noch nie gedrängt, mehr aus seinem Leben zu machen, eine Karriere anzustreben oder sich niederzulassen. Rhoda nahm nie ein Blatt vor den Mund. Wenn sie von ihm enttäuscht wäre, dann hätte er davon erfahren. Ganz bestimmt.

„Ich glaube, ich lasse mich gerne treiben", sagte er leise.

„Ja!" Wes drückte ihn an sich. „Und eines Tages willst du dich vielleicht für eine Weile niederlassen oder auch nicht. Solange du nur du selbst bleibst, spielt das alles keine Rolle."

Parker nickte benommen. Er war erschüttert, fühlte sich aber auch wunderbar frei. Fast so, als müsste er nur die Arme ausstrecken, um zu entschweben. Sicherheitshalber klammerte er sich an Wes' Arm fest, weil er im Moment lieber auf der Erde bleiben wollte.

„Und da ist noch eine Sache, die du wissen solltest, Parker. Wohin du dich auch treiben lässt, du bist immer da, wo du gebraucht wirst. Ohne deine Hilfe hätte Rhoda jetzt nicht die Zeit, sich gelegentlich eine Pause zu gönnen. Ohne deinen Einsatz wäre Logans Tod nicht hinterfragt und aufgeklärt worden. Und du bist mir, im Krankenhaus und danach, nicht von der Seite gewichen."

„Weil ich dich liebe", flüsterte Parker.

„Ich weiß." Wes' Augen funkelten verdächtig feucht, aber er lächelte. „Aber zu meiner Erleuchtung gehört noch mehr. Nämlich, dass ich dein Gegenstück bin. Ich habe mich an einen Ort gekettet, weil ich mich davor fürchte, alles zu verlieren, wenn ich mich treiben lasse."

„Weil du nie ein Sicherheitsnetz hattest", erklärte Parker ernst.

„Genau. Ich will aber nicht so leben. Ich will mich auch gelegentlich treiben lassen, will reisen und … experimentieren. Aber ich war immer zu feige dazu. Schau mich doch an! Ich lebe in einem Bus, der nicht mehr fährt. Das ist als Metapher fast noch passender als dein schwedischer Esstisch."

Wes war mittlerweile so laut geworden, dass einige Passanten sie neugierig anstarrten. Sie kümmerten sich nicht darum. Parker packte ihn am anderen Arm und sah ihm direkt in die Augen. „Was wäre, wenn du ein Sicherheitsnetz hättest? Wenn *ich* dein Sicherheitsnetz wäre?"

„Ich glaube, dann könnte ich alles schaffen."

Sie umarmten sich so fest, dass sie kaum atmen konnten. Sie schnieften sogar leise, lachten aber gleichzeitig. Ja, Parker konnte fliegen. Und er konnte Wes mit sich nehmen. Und wenn ihnen danach war, konnten sie wieder landen. Gemeinsam.

Sie blieben lange so stehen, gaben sich Versprechen und schmiedeten sogar einige Pläne. Parker zitterte mittlerweile vor Kälte, aber innerlich fühlte er sich kuschelig warm.

„Lass uns reingehen", sagte Wes schließlich und nahm ihn an der Hand.

Sie mussten ein ziemlicher Anblick gewesen sein, als sie wieder an Rhodas Tisch kamen: mit verheulten Gesichtern, aber breit grinsend.

Niemand sagte ein Wort, selbst Rhoda nicht.

„Hey, Mom?" Parker wollte sich lässig anhören, aber sein Versuch ging voll daneben. „Könnte vielleicht jemand für mich einspringen? Für die … absehbare Zukunft?"

Man musste schon seine eigene Mutter als Chef haben, um auf diese Frage ein Lächeln zur Antwort zu bekommen. „Hast du etwa Pläne, Gonzo?"

„Wes und ich wollen verreisen."

„Wohin?"

Das hatten sie noch nicht entschieden. Parker sah Wes fragend an. Wes hätte mit seinem strahlenden Lächeln die ganze Stadt beleuchten können. „Nach Wyoming."

EPILOG

PARKER LIEß sich aufs Bett des kleinen Hotelzimmers fallen und rieb sich stöhnend den Bauch. „Oh Gott, ich sterbe. Ich habe viel zu viel gegessen." Was für ein Tod!

Wes saß an dem wackeligen kleinen Tisch und betrachtete die vielen Schätze, die sie an diesem Tag gesammelt hatten. „Ich dachte, es wäre eine gute Idee, zweimal zu essen."

„Zwei Abendessen, drei riesige Gläser Punsch mit Bourbon und ... oh Gott, flambierte Bananen."

„Ich dachte, du magst Bananen", meinte Wes und wackelte anzüglich mit den Augenbrauen.

„*Ich* mache hier die Anspielungen!" Parker überlegte, ob er ein Kissen nach ihm werfen sollte, aber es war ihm dann doch zu anstrengend.

Er sah zu, wie Wes mit einem zufriedenen Brummen ein geschmiedetes Eisenteil aus der Tasche zog und ans Licht hielt. Das Ding war, so hatte er Parker erklärt, vermutlich der Teil eines alten Kaminschirms. Es war ungefähr so groß wie ein Kuchenteller und geformt wie ein Spinnennetz. In der Mitte saß sogar eine dicke Spinne. Wes würde daraus bestimmt etwas Schönes machen. Gut, dass sie morgen weiterfahren wollten, sonst hätte Wes wahrscheinlich sämtliche Trödelläden der Stadt leergekauft. Morrison war schon fast bis unters Dach mit großen und kleinen Schätzen beladen und wartete auf dem Parkplatz auf sie.

Aber diese Freude in Wes' Gesicht! Er freute sich nicht nur über seine vielen Schnäppchen, sondern über jedes neue Erlebnis: als er das erste Mal den Mississippi erblickte. Als sie den alten Friedhof besichtigten. Als sie durch die Altstadt schlenderten und die alten Häuser bestaunten. Als sie in der Bourbon Street immer wieder stehenblieben, um der Musik zu lauschen, die aus den Häusern auf die Straße drang.

Morgen wollten sie die Heimreise beginnen. Sie hatten sich für eine weiter südlich verlaufende Route entschieden, die sie durch Texas und New Mexico führen würde. Und sie hatten schon ihre nächste Reise geplant. Sie wollten im Spätwinter einen Trip nach Mexiko machen. Wes musste sich erst einen Reisepass besorgen und mehr Möbel verkaufen, um ihr Bankkonto aufzubessern. Aber das war so in Ordnung. Parker freute sich schon auf die ruhigen Monate in Rogue Valley. Er wollte Wes bei der Arbeit zusehen, sich ums Kochen und den Haushalt kümmern und an der neuen Website arbeiten, über die Wes seine Möbel verkaufen wollte. Sie steckte noch in den Kinderschuhen und musste dringend aufgepeppt werden.

Und vielleicht wollte er über eine Idee nachdenken, die ihm seit einiger Zeit durch den Kopf ging.

Das alte Haus von Wes' Großvater stand seit Jahren leer. Wes machte jedes Mal ein trauriges Gesicht, wenn sie daran vorbeifuhren. Falls es zu vermieten oder für einen vernünftigen Preis zu verkaufen war, könnte man darin eine gemeinnützige Organisation unterbringen. Das einzige LGBTQ-Zentrum der Gegend hatte vor einem Jahr schließen müssen. Vielleicht war es an der Zeit, für Ersatz zu sorgen und ein neues zu gründen. Vielleicht war *Bright Hope* an einem neuen Standort interessiert, mit Parker als Mitarbeiter. Und abends hätten sie den Bus mit ihren Büchern und ihrer Musik. Und ihrem Bett.

„Deine Augen strahlen", sagte Wes.

„Tun sie das?"

„Ich dachte, du wärst zu vollgegessen, um dich noch zu rühren. Ich dachte, du wärst dem Sterben nahe."

„Ich habe mich wieder erholt. Ein Wunder ist geschehen. Also räum dein Spielzeug weg und komm zu mir ins Bett." Parker klopfte auf die Matratze.

Wes wollte gerade antworten, als Parkers Handy klingelte. Er erkannte den Klingelton sofort und seufzte theatralisch.

„Mach schon", sagte Wes. „Melde dich. Sie hat dir seit über einer Woche nicht mehr geschrieben."

„Falsch. Sie hat sich vorgestern über Facebook gemeldet."

„Das zählt nicht."

Wes hatte sich zu Rhodas zuverlässigstem Verbündeten entwickelt. Im März, als sie aus Wyoming zurückkamen, hatte Rhoda ihn gebeten, sie *Mom* zu nennen. Seitdem war der Deal besiegelt. Wes hatte sich so darüber gefreut, dass Parker es ihm nicht übel nehmen konnte.

Bist du da, Gonzo?

Seufz. *Ja, Mom.*

Habt ihr Spaß?

Nein, im Moment nicht. Jedenfalls nicht so, wie Parker es eben noch geplant hatte.

NOLA ist wunderbar. Wir lieben die Stadt.

Gut. Seid ihr an Thanksgiving zurück?

Uff. Als hätte sie nicht schon mehr als genug Truthahn-Katastrophen hinter sich.

Natürlich, schrieb er.

Könnt ihr übers Wochenende und vielleicht noch einige Tage länger bleiben? Für mich aufs P-Town aufpassen?

Sicher. Wollt ihr wieder nach Las Vegas?

Er musste einige Minuten auf ihre Antwort warten. Vermutlich war sie bei der Arbeit oder wurde abgelenkt. *Hawaii.*

Oh! Wie edel. Er fügte ein Palmen-Emoji ein.

Meinst du nicht, das hätten wir verdient? Für unsere Flitterwochen?

Sein Freudenschrei machte Wes neugierig. Er kam zum Bett und schaute Parker über die Schulter. Als er Rhodas Text las, lachte er laut und klopfte Parker auf den Rücken.

Glückwunsch, Mom. Wir freuen uns so für euch. Dieses Mal schickte er eine ganze Reihe Emojis: eine Tröte, klatschende Hände, ein Stück Torte und Herzchen in allen möglichen Farben.

„Wie eloquent von dir", kommentierte Wes.

Ihr müsst euch Smokings besorgen. Wir reden darüber, wenn ihr zurück seid. Und vielleicht solltet auch ihr mal mit dem Rabbi sprechen. Er ist wunderbar. Religion oder Geschlecht sind ihm egal.

„Oh Gott", stöhnte Parker. „Ich habe es geahnt. Das musste ja kommen. Sie kann es einfach nicht lassen."

Wes starrte ihn an. „Hast du etwas dagegen?"

„Nein." Parker streichelte ihm über die Wange. „Ich habe nichts dagegen. Soll das etwa ein Antrag sein?"

„Ich denke schon. Soll das etwa ein Ja sein?"

„Ich denke schon."

Parker ließ das Handy fallen, zog ihn an sich und küsste ihn.

Er konnte Rhoda später antworten. Und auf der Heimfahrt konnten sie Pläne schmieden für die Hochzeit und … oh Gott. Ein verheirateter Mann. Er – Parker Hershel Levin – war bald ein verheirateter Mann. Er musste Wes unbedingt vorwarnen, weil das Rhoda nicht stoppen würde. Ihr nächstes Projekt war jetzt schon absehbar: Enkelkinder.

Aber jetzt hatte er Wes in seinem Bett, in seinen Armen und in seinem Herzen. Sie waren beide genau da, wo sie sein wollten.

KIM FIELDING freut sich jedes Mal, wenn sie als Eklektikerin bezeichnet wird. Ihre Bücher umspannen viele Genres, aber alle haben unkonventionelle Helden gemeinsam, denen sie eine authentische Stimme verleiht. Kim hat 2021 den *BookLife* Preis für Belletristik gewonnen. Außerdem gewann sie für ihre Bücher Preise sowohl beim *Rainbow Award* wie auch *SARA Emma Merritt*, war Finalistin beim *LAMBDA Award* und dreimal *Foreword INDIE finalist®*. Sie ist kreuz und quer durch die westlichen zwei Drittel der Vereinigten Staaten gezogen und lebt derzeit in Kalifornien, wo ihr mittlerweile auch der Platz für Bücherregale ausgeht. Als Universitätsprofessorin hat sie immer davon geträumt, viel reisen und hauptberuflich schreiben zu können. Außerdem träumt sie davon, zwei Töchter zu haben, die gelegentlich ihr Handy zur Seite legen, einen Ehemann, der nicht vom Football besessen ist, und eine Katze, die sie nicht nachts um vier Uhr aufweckt. Manche Träume lassen sich leichter verwirklichen als andere.

Blogs:
kfieldingwrites.com
www.goodreads.com/author/show/4105707.Kim_Fielding/blog
Facebook: www.facebook.com/KFieldingWrites
E-mail: kim@kfieldingwrites.com
Twitter: @KfieldingWrites

Von KIM FIELDING

Brutus, der Dorftrottel
Die Blechdose
Rattlesnake
Sprachlos

LIEBE IST...
Liebe ist nicht allmächtig
Liebe ist herzlos
Liebe hat keinen Plan

Veröffentlicht von DREAMSPINNER PRESS
www.dreamspinner-de.com

LIEBE
IST NICHT
ALLMÄCHTIG

KIM FIELDING

Band 1 der Serie Liebe ist…

Jeremy Cox hatte keine sehr glückliche Kindheit. Er wuchs in einer Kleinstadt in Kansas auf, wurde in der Schule schikaniert und von seinen Eltern vernachlässigt. Aber er entkam dieser Enge und ging nach Portland, Oregon, wo er jetzt als Park Ranger arbeitet und versucht, Ausreißern und Obdachlosen zu helfen. Er ist mittlerweile schon über vierzig und hat sich mit seinem Leben arrangiert, da steht eines Tages sein ehemaliger Freund Donny, den er vor sechs Jahren an die Alkohol- und Drogensucht verlor, vor der Tür und zieht Jeremy unweigerlich mit in seine Probleme hinein. Und als ob das noch nicht genug wäre, trifft Jeremy einen faszinierenden, rätselhaften Mann, der seinerseits auch sein Bündel zu tragen hat.

Qayin Hill hat den Keller voller Leichen und den Kopf voller Dämonen. Er war früher drogensüchtig und kämpft auch jetzt noch mit Depressionen und Panikanfällen. Qay weiß nicht, ob er Jeremy seine Geheimnisse anvertrauen kann oder wie er darauf reagieren soll, dass Jeremy immer wieder versucht, ihn vor sich selbst zu retten.

Doch obwohl sie beide von ihrer Vergangenheit heimgesucht werden, finden Jeremy und Qay zusammen Leidenschaft, Freundschaft und die Hoffnung auf eine bessere Zukunft. Jetzt müssen sie nur noch entscheiden, ob ihre Liebe wirklich die Macht hat, um – wie ein altes Sprichwort besagt – alles zu überwinden. Oder ob manche Hindernisse so hoch sind, dass selbst die größte Liebe vor ihnen kapituliert.

Scanne bitte den QR Code, um auf Deutsch zu bestellen

LIEBE IST HERZLOS

KIM FIELDING

Band 2 der Serie Liebe ist...

Klein, aber oho – das könnte Detective Nevin Ngs Motto sein. Auch ein harter Start ins Leben hat ihn nicht davon abhalten können, jetzt beim Portland Police Bureau seine Pflicht zu erfüllen und für seine Mitmenschen da zu sein, wann immer sie ihn brauchen. Er lässt sich nichts gefallen und ist nicht an einer Beziehung interessiert. Bis er zu einem alten Herrn gerufen wird, der von Unbekannten zusammengeschlagen wurde. Und Nevin dort den reichen und etwas steifen Vermieter des Opfers kennenlernt.

Der Bauunternehmer und Immobilienmanager Colin Westwood ist mit all dem aufgewachsen, wovon Nevin nie zu träumen gewagt hätte – Geld im Überfluss und einer Familie, die ihn liebt und unterstützt. Vielleicht sogar etwas zu viel, denn Colin litt als Kind an einer schweren Krankheit und seine Familie hat immer noch nicht begriffen, dass er mittlerweile ein erwachsener Mann ist, der sich um sich selbst kümmern kann. Colin ist sehr wohl an einer Beziehung interessiert, aber bisher ist daraus nie etwas geworden. Deshalb hat er beschlossen, sich in Zukunft vielleicht mit dem zufriedenzugeben, was ihm über den Weg läuft. Weniger Erwartungen, aber dafür mehr Aufregung. Bis er Zeuge eines – oder sogar mehrerer – fürchterlichen Verbrechen wird. Darauf war er nicht vorbereitet gewesen.

Obwohl sie unterschiedlicher nicht sein könnten, fliegen die Funken, wann immer Colin und Nevin sich begegnen. Aber Funken haben keine lange Lebenserwartung, vor allem nicht angesichts der wenigen Gemeinsamkeiten zwischen den beiden Männern und der immer brutaleren Machenschaften, mit denen sie konfrontiert werden. Die Frage ist, ob sie das Herz und die Kraft haben, diese Funken dauerhaft zum Leuchten zu bringen.

Scanne bitte den QR Code, um auf Deutsch zu bestellen

BRUTUS,
der DORFTROTTEL

Kim Fielding

Brutus führt ein einsames Leben in einer Welt, in der Magie nichts Ungewöhnliches ist. Er ist über zwei Meter groß, hässlich, und stammt aus einer Familie von schlechtem Ruf. Niemand, er selbst eingeschlossen, hält ihn für gut genug, mehr als nur Knochenarbeit zu verrichten. Aber Heldentum kommt in allen Formen und Größen. Als er bei der Rettung eines Prinzen schwer verletzt wird, ändert sich sein Leben schlagartig. Er wird in den Palast von Tellomer gerufen, um als Wärter für einen Gefangenen zu dienen. Das hört sich recht einfach an, stellt sich aber als die größte Bewährungsprobe seines bisherigen Lebens heraus.

Wenn man den Gerüchten Glauben schenken darf, ist Gray Leynham ein Hexer und Verräter. Sicher ist nur, dass er Jahre im Elend verbracht hat: blind, in Ketten gelegt und nahezu stumm durch sein fürchterliches Stottern. Und er träumt vom Tod anderer Menschen. Träume, die sich bewahrheiten.

Brutus gewöhnt sich an das Leben im Palast und lernt Gray kennen. Er entdeckt dabei seinen eigenen Wert – erst als Freund, dann als Mann, und schließlich als Geliebter. Brutus lernt auch, dass Helden manchmal vor schwierige Entscheidungen gestellt werden und dass es nicht ungefährlich ist, die richtige Entscheidung zu treffen.

Scanne bitte den QR Code, um auf Deutsch zu bestellen

RATTLESNAKE

KIM FIELDING

Welcome to
Rattlesnake
pop. 2317

Zwischen dem Landstreicher Jimmy und dem Barmann Shane fliegen die Funken. Aber wird Jimmy um Shanes Willen dem Ruf der Straße widerstehen können?

Jimmy Dorsett ist schon seit seiner Jugend auf der Straße unterwegs, ohne Heim und ohne Hoffnung. Er besitzt nicht viel: eine Reisetasche, ungezählte Geschichten aus einem unsteten Leben und eine alte Rostschüssel von Auto. In einer kalten Nacht nimmt er in der Wüste einen Anhalter mit, der ihm etwas Unverhofftes hinterlässt – nämlich den Brief eines sterbenden Mannes an den Sohn, den er seit Jahren nicht mehr gesehen hat.

Jimmy will den Brief bei seinem Adressaten abliefern und landet in Rattlesnake, einer kleinen Stadt in den Hügeln der kalifornischen Sierra. Im Zentrum der Stadt befindet sich das Rattlesnake Inn, wo der frühere Cowboy Shane Little als Barmann arbeitet. Zwischen den beiden Männern fliegen die Funken, und als Jimmys Auto den Geist aufgibt, besorgt ihm Shane im Rattlesnake Inn einen Job als Handwerker.

In der Gemeinschaft der kleinen Stadt und in Shanes Armen findet Jimmy eine ungewohnte Ruhe. Aber das kann nicht von Dauer sein. Die Straße ruft und Shane – ein starker, stolzer Mann mit einer leidvollen Vergangenheit und einer komplizierten Gegenwart – hat mehr verdient als einen verlogenen Landstreicher, der es nirgends lange aushält.

Scanne bitte den QR Code, um auf Deutsch zu bestellen

SPRACHLOS

KIM FIELDING

Travis Miller arbeitet als Mechaniker. Er hat eine Katze namens Elwood und ein nicht vorhandenes Liebesleben. Der einzige Lichtblick in dieser Tristesse ist der gutaussehende Gitarrist, an dem er manchmal nach der Arbeit auf seinem Heimweg vorbeikommt. Als er schließlich den Mut aufbringt, den Mann anzusprechen, erfährt er, dass der frühere Romanautor Drew Clifton an Aphasie leidet. Drew kann jedes Wort verstehen, das Travis sagt; aber er kann nicht mehr reden oder schreiben.

Aus der anfänglichen Freundschaft der beiden einsamen Männer wird eine Liebesbeziehung. Aber ihre Kommunikationsschwierigkeiten sind nicht das einzige Hindernis, das sie überwinden müssen. Travis ist unerfahren in der Liebe und hat finanzielle Probleme. Und wenn es Worte sind, die zwischen den Menschen Brücken bauen – was soll Travis und Drew dann zusammenhalten?

Scanne bitte den QR Code, um auf Deutsch zu bestellen